NUESTRO ES EL CIELO

NUESTRO ES EL CIELO

LUKE ALLNUTT

Editado por HarperCollins Ibérica, S.A.
Núñez de Balboa, 56
28001 Madrid

Nuestro es el cielo
Título original: We Own the Sky
© 2018 by Luke Allnutt
© 2017, para esta edición HarperCollins Ibérica, S.A.
© De la traducción del inglés, Victoria Horrillo Ledesma

Diseño de cubierta: Calderónstudio
Imágenes de cubierta: Shutterstock

ISBN: 978-84-9139-212-5

Depósito legal: M-35074-2017

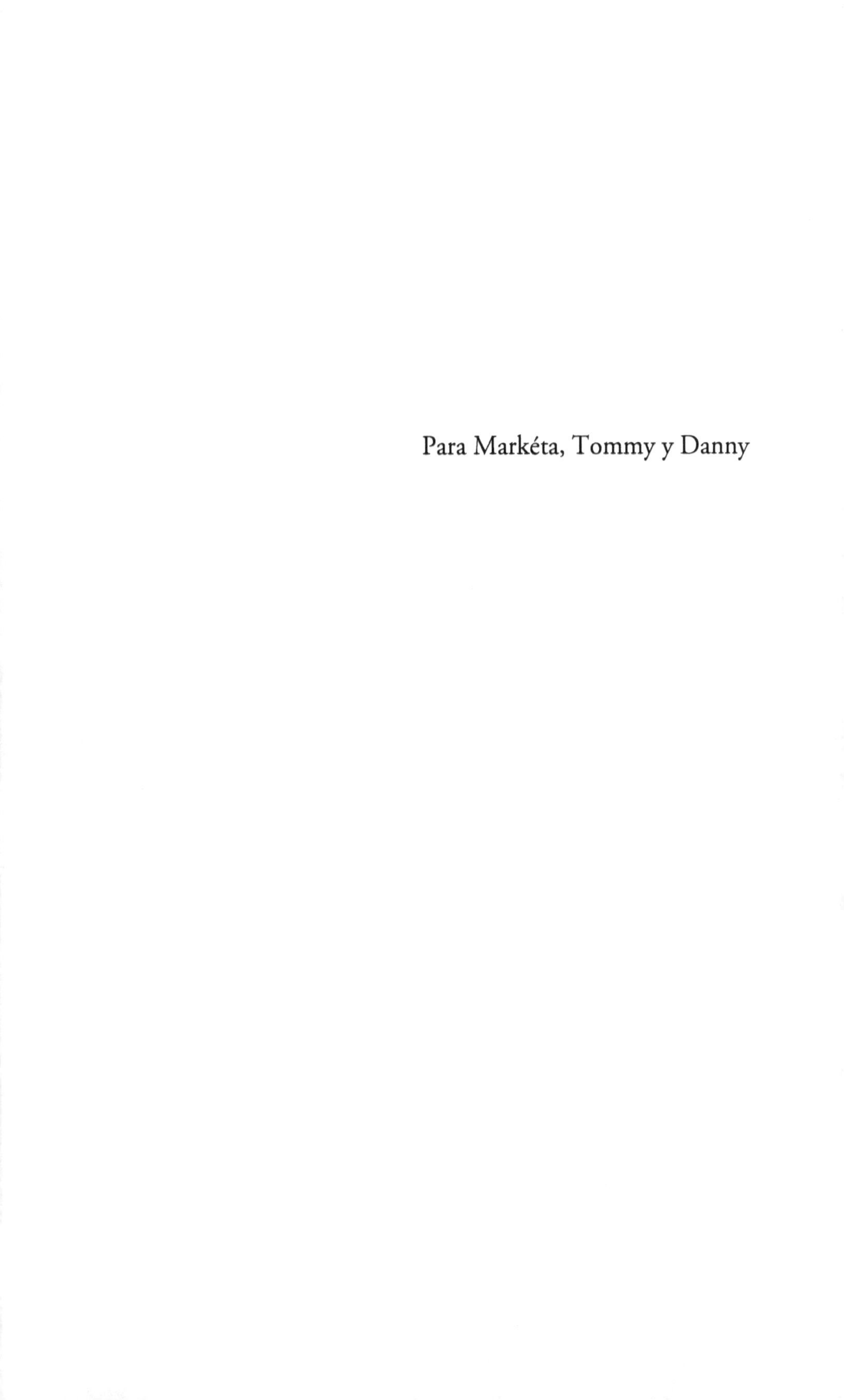

Para Markéta, Tommy y Danny

PRIMERA PARTE

1

Leyó con ahínco antes de marcharse. En su sillón favorito, el de respaldo duro; y en la cama, apoyada en un montículo de almohadas. Los libros rebosaban de la mesilla de noche y se amontonaban por el suelo. Prefería las novelas de detectives extranjeras, en las que se zambullía con los labios pudorosamente fruncidos y el semblante rígido e inmóvil.

A veces me despertaba de madrugada y veía la lámpara todavía encendida y la nítida silueta de Anna sentada con la espalda bien recta, como le enseñaron que había que sentarse. Fingía que no se daba cuenta de que me había despertado incluso cuando me giraba hacia ella. Seguía con la mirada fija en el libro, pasando páginas como si estuviera hincando los codos para un examen.

Al principio fueron autores escandinavos, los sospechosos habituales: Henning Mankell, Stieg Larsson. Luego fue más allá: pasó a la novela negra alemana de los años cuarenta y a una serie tailandesa ambientada en Phuket en la década de 1960. Las portadas me resultaban familiares al principio: la grafía y los diseños característicos de las grandes editoriales. Pero al poco tiempo fueron haciéndose más esotéricas, con grafismos de aire extranjero y encuadernaciones variopintas.

Y luego, un día, se marchó. No sé dónde estarán ahora esos libros. Los he buscado desde entonces, por si alguno se había quedado en mis estanterías, pero no he encontrado ninguno. Imagino que se los llevó todos, guardados en una de sus bolsas de basura clasificadas por colores.

Los días que siguieron a su marcha son una neblina. Un recuerdo anestésico. Cortinas corridas y vodka a palo seco. Un silencio inquietante, como cuando los pájaros enmudecen antes de un eclipse. Me recuerdo sentado en el cuarto de estar con la vista fija en un vaso, preguntándome si los dedos de vodka se medían en vertical o en horizontal.

Había una corriente que soplaba por toda la casa. Debajo de las puertas, por las rendijas de las paredes. Creo que sabía de dónde venía. Pero no podía ir allí. No podía subir al piso de arriba. Porque aquella ya no era nuestra casa. Aquellas habitaciones habían dejado de existir, como si unos adultos cargados de secretos las hubieran declarado territorio prohibido. Así que me quedaba abajo, en aquella casa vieja y muerta, y la corriente me helaba el cogote. Ellos se habían ido y el silencio se desangraba colmándolo todo.

Sí, estoy seguro de que le encantaría verme ahora mismo, arrebujado en este oscuro rincón de un *pub* de mala muerte: solos yo, una tele parpadeante y un tipo que finge ser sordo para vender llaveros de Disney que brillan en la oscuridad. La puerta del *pub* tiene un agujero, como si alguien hubiera intentado echarla abajo de una patada, y a través del plástico tembloroso que lo cubre alcanzo a ver a unos chavales que pasan el rato en el aparcamiento, fumando y haciendo piruetas con una vieja BMX.

«Te lo dije». Ella no lo diría en voz alta (tenía demasiada clase para eso), pero lo llevaría pintado en la cara: la curvatura casi imperceptible de una ceja, el asomo de una sonrisa.

Siempre le parecí un poco tosco, como si no pudiera sacudirme de encima mis orígenes obreros. Me acuerdo de cuando le conté que mi padre solía pasar los sábados por la tarde en el salón de apuestas. Ese regocijo cortés, esa sonrisilla condescendiente. Porque en su familia nadie iba nunca al *pub*. «¿Ni siquiera en Navidad?», le pregunté una vez. No, contestó. Podían tomarse una copita de jerez después de las comidas, pero eso era todo, nada más. Preferían salir a la calle a pedir para obras de caridad al son de una campanilla.

Ya es de noche y sin embargo no recuerdo que haya salido el sol. Fuera ruge el motor de un coche y unos faros barren el *pub* como el reflector de una cárcel. Vuelvo a la barra y pido otra pinta. Varias cabezas se vuelven hacia mí, pero yo no miro a nadie, evito las miradas, los gestos inescrutables.

Sentado en un taburete, de cara a la puerta, hay un pescador corpulento. Está contando un chiste racista sobre una mujer que se enrolla con un tipo y se depila el pubis, y me acuerdo de que oí contar ese mismo chiste una vez después del colegio, en un callejón del este de Londres en el que la gente tiraba revistas porno y latas de Coca Cola vacías. Los parroquianos le ríen la gracia, pero la camarera se queda callada y se aleja. En la pared, detrás de ella, hay varios carteles de chicas medio desnudas y recortes de prensa enmarcados, del día posterior al 11 de Septiembre.

—Cuatro libras diez, cielo —dice la camarera al ponerme delante la cerveza.

Me tiemblan las manos y no acierto a sacar el dinero de la cartera. Las monedas se desparraman sobre la barra.

—Perdona —digo—. Tengo las manos frías.

—Sí, ya —contesta—, fuera hace un frío que pela. Espera, ya lo hago yo.

Recoge el dinero y luego, como si fuera un jubilado achacoso, me lo pone en la palma de la mano contando moneda por moneda.

—Ya está —dice—. Cuatro libras diez.

—Gracias —respondo un poco avergonzado, y ella sonríe.

Tiene una cara amable, de las que escasean en sitios como este.

Cuando se inclina para vaciar el lavavajillas, doy un largo trago a mi petaca de vodka. Es más sencillo que pedir un chupito con cada pinta. Si no, se dan cuenta de que eres un borracho y no te quitan la vista de encima.

Vuelvo a mi mesa y me fijo en una chica sentada en el otro extremo de la barra. Antes estaba sentada con uno de los hombres, un amigo del pescador, pero el tipo se ha marchado, se largó haciendo rechinar los neumáticos de un coche tuneado. La chica parece haberse arreglado para salir: minifalda, camiseta corta de lentejuelas y las pestañas muy tiesas y negras.

Observo a la camarera para asegurarme de que no está mirando, le doy otro tiento al vodka y noto ese ronroneo familiar, esa felicidad triste y mezquina. Miro a la mujer sentada a la barra. Está bebiendo chupitos; grita a la camarera, que parece amiga suya. Al reírse casi se cae del taburete y recupera por los pelos el equilibrio y el aliento.

Le entraré dentro de un rato. Cuando me haya tomado un par de copas más.

Echo un vistazo a Facebook entornando los ojos para ver la pantalla. Mi perfil es un erial: no hay ni una foto, solo una silueta de hombre, y nunca le doy a «me gusta» ni hago comentarios, ni felicito a nadie por su cumpleaños, pero aun así entro todos los días: paso las páginas, juzgo, paso las páginas, juzgo, opacos ventanucos a las vidas de personas que ya no conozco, con sus amaneceres y sus puestas de sol, sus viajes en bicicleta por las Tierras Altas, su inagotable desfile de *pad thai* y tostadas con aguacate en Instagram, la incomprensible ufanía de sus cenas con *sushi*.

Respiro hondo y tomo un trago de cerveza y otro de vodka. Me dan lástima. Todos esos fantoches abonados a la tragedia, con sus banderas tricolores y sus banderas arcoíris, cambiando su foto de perfil según la causa con la que toque comulgar cada día: la de los refugiados o la de las víctimas del último atentado terrorista en algún lugar dejado de la mano de Dios. Sus *hashtags* y sus sentidos comentarios acerca de la necesidad de «dar» porque una vez ayudaron a construir una escuela en África en su año sabático o besaron, con su boca de dientes blancos como perlas, la mano atezada de un mendigo.

Cambio de postura para poder ver a la chica de la barra. Ha pedido otra copa y se está riendo, casi cacarea mientras mira un vídeo en su móvil; señala la pantalla intentando llamar la atención de la camarera.

Vuelvo a mi teléfono. A veces me obligo a mirar las fotos de los hijos de otras personas. Es —imagino— como la necesidad de rascarse una costra recién formada, de no cejar hasta que brota el rubor metálico de la sangre. El puñetazo en el estómago que siento al ver a los recién nacidos; niños mellados que empiezan el colegio con sus mochilas y esas chaquetas que siempre les quedan grandes; y luego las vacaciones en la playa, con sus castillos de arena y sus fosos, y sus helados vertidos accidentalmente en la arena. Zapatos grandes y zapatos pequeños alineados sobre el felpudo.

Y luego están las madres. ¡Ah, esas madres de Facebook! ¡Cómo hablan!, como si ellas en persona hubieran inventado la maternidad, como si fueran las creadoras del útero, tratando de convencerse a sí mismas de que son distintas de sus madres porque comen quinoa y llevan trencitas en el pelo y tienen un tablero en Pinterest con propuestas de manualidades para niños recalcitrantes de menos de cinco años.

Regreso a la barra y me acerco a la chica borracha. Bien empapado en alcohol, me siento mejor y ya no me tiemblan las manos. Sonrío y ella me mira de arriba abajo, tambaleándose en su taburete.

—¿Te apetece una copa? —pregunto jovialmente, como si ya nos conociéramos.

En sus ojos empañados aparece un destello de sorpresa. Hace un esfuerzo por ponerse derecha, por no seguir medio recostada en la barra.

—Ron con Coca Cola —dice volviendo a balancearse y, mirando para otro lado, se pone a tamborilear sobre la barra.

Mientras pido las bebidas, finge que hace algo con el teléfono, pero desde donde estoy alcanzo a ver la pantalla y solo está pasando al azar aplicaciones y mensajes.

—Me llamo Rob, por cierto —digo.

—Charlie —contesta—. Pero todo el mundo me llama Charls.

—¿Eres de aquí?

—Nacida y criada en Camborne —responde girándose para mirarme—. Pero ahora vivo aquí, en casa de mi hermana.

Sus ojos son como lenguas de lagarto: se proyectan hacia mí cuando cree que no estoy mirando.

—Seguro que nunca has oído hablar de Camborne, ¿a que no?

—Hay minería, ¿no?

—Sí. Aunque ya no. Mi padre trabajó en South Crofty hasta que cerraron la mina —cuenta, y entonces noto que tiene acento de Cornualles: esa inflexión que tiende a difuminarse, esas erres sutiles y ensortijadas.

—¿Y tú?

—De Londres.

—Londres. Qué bonito.

—¿Lo conoces?

—He estado una o dos veces —responde, y mira otra vez hacia el otro extremo de la barra antes de dar una profunda calada a su cigarrillo.

Es más joven de lo que pensaba: unos veinticinco años, con el pelo castaño rojizo y rasgos suaves, como de niña. Tiene un punto de voluble, un algo impreciso que no logro identificar pero que va más allá de la bebida y de las ojeras que ciñen sus ojos. Parece fuera de lugar en el Smugglers, como si se hubiera escapado de un banquete de bodas y hubiera venido a parar aquí.

—Entonces, ¿estás aquí de vacaciones?

—Algo así.

—¿Y te gusta Tintagel? —pregunta.

—He llegado hoy mismo. Mañana iré al castillo. Me alojo en el hotel de aquí al lado.

—Entonces, ¿es la primera vez que vienes?

—Sí.

Es mentira, pero no puedo hablarle de aquella vez que estuvimos aquí los tres al final de un húmedo verano inglés, abrigados contra el viento, con los chubasqueros puestos encima de los pantalones cortos. Recuerdo cómo brincaba Jack por el césped de al lado del aparcamiento y el miedo que tenía Anna de que se acercara demasiado al bordillo («La mano, Jack, dame la mano»). Recuerdo que subimos por el camino empinado y retorcido que llevaba a lo alto del acantilado y que luego, de repente, el tiempo nos concedió una tregua y, casi como en una escena bíblica, cesó la lluvia, se abrieron las nubes y apareció el arcoíris.

«¡Arcoíris, arcoíris!» gritaba Jack brincando a la pata coja, primero con una pierna y luego con la otra. Las hojas bailoteaban a su alrededor como duendes de fuego. Entonces fue como si alguien le tocara o le susurrara al oído: se quedó muy quieto y contempló a través de la columna de luz que hendía las nubes cómo se difuminaba el arcoíris en el cielo azul.

—¿Estás bien?

—¿Qué? Sí, estoy bien —contesto, y doy un sorbo a mi pinta.

—Parecías distraído.

—Perdona.

No dice nada. Se bebe la mitad de su ron con Coca Cola y agita el hielo del vaso.

—No está mal, Tintagel —dice—. Yo trabajo en el pueblo, en una tienda de *souvenirs*. Mi amiga trabaja aquí. —Señala a la camarera de rostro simpático.

—Es un *pub* agradable.

—Está bien. Aunque es mejor en fin de semana, y los martes hay karaoke.

—¿Tú cantas?

Suelta un bufido suave.

—Canté una vez, y nunca más.

—Es una lástima, me gustaría verte cantar —digo con una sonrisa y le sostengo la mirada.

Se ríe y me devuelve la sonrisa antes de apartar la mirada con timidez.

—¿Quieres otra? —pregunto—. Yo voy a pedir otra.

—Entonces, ¿no vas a seguir bebiendo de ahí? —Estira el brazo y me palmea el bolsillo de la chaqueta buscando mi petaca.

Me fastidia que me haya visto y, mientras pienso qué contestar, me toca el brazo blandamente.

—Hombre, no lo haces con mucha discreción. —Echa un vistazo a su reloj y, al darse cuenta de que no lo lleva puesto, mira la hora en el móvil—. Bueno, vale —dice, y se ríe mientras lucha por bajarse del taburete con su falda estrecha.

La miro ir hacia los aseos —un viaje que anuncia con aire pudibundo— y veo el perfil de sus bragas marcado en la falda y la huella del taburete en sus muslos.

Cuando vuelve huele a perfume y se ha retocado el maquillaje y recogido el pelo. Pedimos unas copas y nos ponemos a hablar y a trasegar alcohol. Nos turnamos para beber a morro de la petaca y luego empieza a enseñarme vídeos de perros en YouTube, porque su familia se dedica a la cría de ridgebacks, y vídeos de cámaras de seguridad callejeras, de peleas, de gente a la que dejan KO en plena vía pública, porque un colega suyo de Camborne —dice— hacía *kick boxing*, aunque ahora está en la cárcel por agresión.

Cuando levanto la vista, todo a mi alrededor es un borrón indistinto, un cedé rayado; las luces están encendidas y oigo el áspero gemido de un aspirador. Me pregunto si me he quedado dormido o me he desmayado, pero Charlie sigue a mi lado y veo que estamos bebiendo vodka con Red Bull. La miro y me sonríe con ojos húmedos de borracha y se echa a reír otra vez y señala a su amiga la camarera, que está pasando la aspiradora a la moqueta con el ceño fruncido.

Y entonces, tras una breve farsa en la que afirma que debería irse a casa, salimos del *pub* y echamos a andar cogidos del brazo por la calle mayor desierta, riéndonos por lo bajo y chistándonos el uno al otro. Subimos a trompicones la escalera del pisito que tiene encima de la tienda de *souvenirs* donde trabaja. Al llegar arriba me mira formando con la boca un corazón y siento un arrebato de deseo alcohólico, la atraigo hacia mí y empezamos a besarnos mientras le meto la mano bajo la falda.

Al acabar, nos quedamos tumbados en su colchoncito individual, en el suelo, sin mirarnos a los ojos, la cabeza hundida en el cuello del otro. Después de abrazarnos durante un intervalo de tiempo que considero razonable, recorro el pasillo en busca del cuarto de baño. Busco a tientas el interruptor de la luz y descubro que no es el del baño, sino el de la habitación de un niño. La habitación de Charlie está casi vacía, sin amueblar; esta, en cambio, parece el escaparate de una tienda de muebles. Una lámpara en forma de avión que se refleja en la gigantesca pegatina decorativa de la pared. Cajas llenas de juguetes apiladas con esmero. Una mesa con lápices de colores y papeles amontonados. Y, clavados en un tablón de corcho, varios diplomas: uno de fútbol, otro de yudo y otro por ser la superestrella del cole.

Al lado de la cama hay una lamparita nocturna y no puedo evitar encenderla. Veo cómo proyecta en el techo sus lunas y estrellas de color azul pálido. Me acerco a la ventana, aspiro el leve olor a suavizante para ropa y a champú infantil. En el rincón hay una linternita amarilla como la que tenía Jack. La cojo, palpo el plástico duro, la goma resistente, los botones grandes, hechos para los dedos torpes de un niño.

—Hola —dice Charlie, y doy un respingo, sobresaltado. Su tono es casi interrogativo, aunque no del todo.

—Perdona —balbuceo, sintiéndome de pronto sobrio, y empiezan a temblarme las manos—. Estaba buscando el baño.

Me mira las manos y me doy cuenta de que todavía sostengo la linterna.

—Es de mi niño —dice. Una luna proyectada por la lámpara desfila por su cara, bailando—. Esta noche se ha quedado a dormir en casa de mi hermana, por eso he podido salir de fiesta. —Endereza un papel y unas ceras, colocándolos simétricamente respecto al filo de la mesa—. Acaba de estrenar la habitación —añade, y guarda algo en el cajón de la mesilla de noche—. He tenido que vender un montón de cosas mías para pagarla, pero ha quedado bien, ¿verdad?

—Es preciosa —contesto, porque es verdad, y ella sonríe y nos quedamos así un rato, mirando los planetas y las estrellas que bailan por la habitación.

Sé que quiere preguntarme algo: si tengo hijos, si me gustan los niños, pero como no quiero responder la beso y noto aún el sabor a vodka y a tabaco. Creo que no se siente a gusto besándome allí, en la habitación de su hijo, así que se aparta, me quita la linterna de la mano y la coloca con cuidado en la estantería. Apaga la lámpara nocturna y me conduce fuera de la habitación.

De vuelta en el colchoncito, me besa cariñosamente en el cuello, como se besaría a un niño para darle las buenas noches y luego se aparta de mí y se queda dormida sin decir palabra. Su costado desnudo está al aire y hace frío en el cuarto, así que estiro el brazo y la arropo remetiéndole la colcha por debajo del cuerpo, y me acuerdo de Jack. «Bien arropadito, como un bichito en su capullito». Apuro el contenido de la petaca y me quedo tendido a la luz pálida y ambarina, oyéndola respirar.

2

Por la mañana hace frío, pero ha salido el sol, y echo a andar desde el aparcamiento dejando atrás la tienda de *souvenirs* Magic Merlin y los tablones callejeros que anuncian la ruta del rey Arturo y ofertas de té con leche, dos por el precio de uno. Con el equipo cargado a la espalda, bajo por una hondonada arenosa y cruzo la pequeña pasarela de piedra que comunica la isla con tierra firme. A mi derecha, un manto de hierba, roto por los agujeros de los conejos y algún que otro manchón de arena, desciende suavemente hasta el borde del acantilado.

No he dormido en casa de Charlie. Se removió cuando me marchaba y me la imaginé con un ojo abierto, fingiendo que dormía, esperando a oír el chasquido de la cerradura. La casa de huéspedes estaba solo unas puertas más allá. Se me ha hecho raro dormir en un hotel viviendo tan cerca, pero quería poder beber sin tener que preocuparme de coger el coche para volver a casa.

Subo por el camino pedregoso, la cabeza dolorida, el regusto a Red Bull todavía pegado al aliento. Aflojo el paso a medida que aumenta la pendiente. Subo por la empinada escalera de madera que lleva a las ruinas con la bolsa de la cámara como un peso muerto colgado del hombro. Cerca del borde, noto el relente del mar y me paro a descansar y a contemplar cómo sube la marea a toda prisa, arrasando sin miramientos los castillos de arena y las algas depositadas en la playa por otra pleamar.

Sigo subiendo por la cuesta, hasta el antiguo puesto de vigilancia. No hay turistas aquí arriba, solo el viento y el chillido de las gaviotas. Busco un trozo de suelo llano y pongo encima el tablón de madera para afianzar el trípode y lastrarlo; así será más fácil que no se vuelque. Coloco la lente y la cámara, y pruebo a ver si gira como es debido.

Las condiciones son perfectas. El mar, la arena y la hierba tienen unos colores tan vívidos, tan reales, que a la luz de la mañana parecen los colores de un arcoíris pintado por un niño. De espaldas al mar, observo la curvatura natural de las colinas, su lento declive hacia el valle, hacia la ciudad de los *souvenirs* de pacotilla. Es un lugar de una intensidad arrolladora. Desde aquí arriba, casi puede uno estirar el brazo y palpar la tierra, sentir sus abultamientos y sus concavidades, como si estuviera leyendo braille.

Se está levantando el viento y sé que debo empezar cuanto antes. Hago las primeras fotos panorámicas mirando hacia el noreste, hacia el cabo, y luego, poco a poco, voy girando el disco del trípode, parándome a intervalos regulares para hacer una ráfaga, hasta completar los 360 grados.

Cuando cesa el suave chirrido de la cámara, echo un vistazo a la pantalla LCD para comprobar que están todas las fotos; luego recojo mis cosas y vuelvo al aparcamiento.

La casa está aproximadamente a una hora en coche siguiendo la costa. El pueblo parece desierto cuando lo cruzo. La tienda de la esquina sigue con el cierre echado, clausurada por ser temporada baja. Dejo atrás la iglesia y continúo por la carretera sinuosa que cruza las dunas hasta más allá de la caseta de información turística y luego subo por la pista de tierra, rumbo al borde del acantilado y a la casa.

No fue únicamente su aislamiento lo que me atrajo de ella, sino su exposición, el hecho de que estuviera completamente a merced de los elementos. Encaramada a un saliente rocoso justo enfrente de St. Ives, al lado de la bahía, es el único edificio visible en estos contornos. No hay ningún refugio, ninguna cañada que interrumpa el soplo feroz del viento del Atlántico. Cuando la lluvia azota las ventanas y el viento se niega a ceder, la casa cruje y se estremece y da la impresión de que va a desmoronarse y a precipitarse al mar.

Nada más cruzar la puerta me sirvo un buen vaso de vodka. Luego subo a mi despacho en la planta de arriba, me siento a mi mesa y me quedo mirando por la ventana abuhardillada que da a la bahía. Abro mis perfiles en OKCupid y Heavenly Sinful para ver si tengo algún mensaje. Hay uno de una tal Samantha, una mujer con la que hablé hace un par de semanas.

Hola, ¿qué tal? Desapareciste de repente. ¿Todavía te interesa quedar?

Miro sus fotografías saltándome el muermo de los zapatos de charol, los paraguas viejos, las alas de aviones y los capuchinos con corazones de espuma, hasta que veo una en la que está de vacaciones en algún sitio y entonces me acuerdo de que es guapa: una morena menudita con pinta de tímida.

¡Creía que eras tú quien había desaparecido! Sí, me encantaría quedar.

Conecto la cámara y empiezo a descargar las fotos que he hecho en Tintagel. Cuando acabo, les echo un vistazo y me alegra comprobar que están bien alineadas y que apenas tendré que retocarlas. Las introduzco en el programa de edición que he creado y el *software* empieza a juntarlas fundiendo los píxeles como células de tejido cicatricial.

La luz es impredecible. Algunos días, cuando salgo con la cámara, creo que es perfecta y sin embargo las fotos salen borrosas o sobreexpuestas. Hoy, en cambio, es perfecta de verdad. El mar centellea y la hierba de los acantilados es tan verde y tirante como los cantos de una mesa de billar. A lo lejos, veo la tenue silueta de la luna.

Cuando el programa acaba de procesar la vista panorámica y las fotografías aparecen enlazadas como un pequeño tapiz de Bayeux, recubro la imagen resultante con una capa de código para que la gente pueda agrandarla, reducirla y voltearla a su gusto. Una vez hecho esto, subo la imagen a mi página web: We Own the Sky.

Me sorprende que la página esté teniendo tanto éxito. Empezó siendo un pasatiempo, algo con lo que entretenerme por las tardes. Pero el enlace empezó a circular por los foros de aficionados a la fotografía. Me escribían preguntándome por la técnica y el equipo que utilizaba, y la página apareció mencionada en un artículo del *Guardian* sobre la fotografía panorámica. *Sencilla pero bellísima*, comentaba el redactor del artículo, y sentí un extraño arrebato de orgullo.

La gente me pregunta a veces en los comentarios o en los correos que me mandan qué quiere decir *We Own the Sky* y si hace referencia a algo. Y la verdad es que no sé qué contestar. Porque desde que me marché de Londres esas palabras no han parado de resonar dentro de mi cabeza sin que yo sepa por qué. Cuando salgo a dar un paseo por las dunas o me siento junto a mi mesa a contemplar el mar, las repito en voz baja: nuestro es el cielo, nuestro es el cielo. Me despierto oyéndolas y, antes de quedarme dormido, escucho esas cuatro palabras como si fueran un mantra o una oración aprendida de niño.

La imagen ha acabado de cargarse y yo sigo mirando por la ventana y bebiendo vodka mientras espero que suene el pitido. Tarda un poco más de lo normal. Diez minutos, en vez de cinco. Y entonces, ahí está: un comentario, el primer comentario, siempre de la misma persona.

Swan09.

Precioso. Un trabajo excelente, sigue así.

Sus comentarios son siempre de ese estilo: «precioso», «encantador», «cuídate». Y siempre llegan tan pronto, nada más colgar la imagen, que imagino que tiene establecida una especie de alerta.

Es ya noche cerrada y antes de irme a la cama me sirvo otro vodka. Noto el tirón del sueño, el efecto anestésico del alcohol y deseo acelerarlo, que venga a mí cuanto antes.

A veces me gusta pensar que es Jack quien comenta las fotografías. Sé que las reconocerá porque son siempre de sitios donde él estuvo, de paisajes que vio con sus propios ojos. Box Hill, el London Eye, un mirador en South Downs. Y ahora Tintagel.

Para asegurarme de que se acuerda, de que no olvida los sitios donde hemos estado, le dejo mensajes, párrafos escondidos en el código, invisibles para los buscadores y legibles únicamente para el ojo del programador y —espero— también para el suyo. Son, supongo, las cosas que le diría si pudiera hablar con él. Las cosas que le contaría si ella no se lo hubiera llevado.

Tintagel

te acuerdas, jack, de cuando volvimos al aparcamiento y tú te habías caído en unas zarzas y te habías hecho daño. las dos manos, papi, las dos manos, pequeños verdugones rojos en las palmas. te besé los dedos para que no te doliera y tú me abrazaste y frotaste la cara contra mi cuello. me acuerdo, no puedo olvidarlo. tus besos como susurros secretos. las pecas rojizas de tu cara. tus ojos cálidos, como la parte menos honda de una piscina.

SEGUNDA PARTE

1

—No tienes pinta de ingeniero informático —dijo.

Un poco achispado, me había puesto a hablar con ella en la barra de un *pub* de Cambridge. Fue en esa especie de limbo que sucede a los exámenes finales, antes de que salgan los resultados: días ociosos y soleados, apurando nuestros últimos días de estudiantes.

—¿Lo dices porque no llevo maletín ni una camiseta de *El señor de los anillos*?

Ella sonrió, no con crueldad, sino con comprensión, como si hubiera oído bromas como aquella referidas a sí misma. Cuando se volvió hacia la barra para intentar pedir una copa, le lancé una mirada de reojo. Era menuda, con el pelo negro bien recogido en una coleta. Su piel pálida suavizaba una cara de rasgos afilados.

—Soy Rob, por cierto.

—Anna —contestó—. Encantada de conocerte.

Casi me eché a reír. Lo había dicho en un tono tan formal que no supe si estaba bromeando.

—Bueno, ¿y tú qué estudias? —balbucí mientras trataba de pensar en algo que decir.

—Economía —respondió mirándome a través de sus gafas.

—Ah, genial.

—La verdad es que ahora te tocaría a ti decir que no tengo pinta de economista.

Miré su pelo limpio, tan negro que relucía como un espejo, y su bolsa llena de libros, con la tira enganchada a la pata del taburete en el que estaba sentada. Sonreí.

—¿Qué?

—Que sí la tienes, un poco —dije—. En el buen sentido, quiero decir.

Le brillaron los ojos y abrió la boca como si se le hubiera ocurrido algo que decir, algo que le hacía gracia, pero luego se lo pensó mejor.

Yo sabía que era amiga de Lola, la chica cuyo cumpleaños estábamos celebrando. Resultaba un poco chocante que fueran amigas. Lola era una *hippy*-pija que contaba a todo el mundo que sus padres le pusieron ese nombre por la canción de los Kinks, y que siempre estaba dispuesta a cantarte la canción si se lo pedías. En Cambridge se la conocía por ser la chica que se desnudó en el baile de verano.

Y luego estaba aquella tal Anna, con su ropa modosita y sus zapatos robustos. Yo la había visto por la universidad, a menudo acarreando un instrumento musical, no colgado del hombro de cualquier manera, sino firme y cuidadosamente sujeto a la espalda. Parecía caminar siempre con ímpetu y determinación, como si acudiera a una cita importante.

—¿Y qué piensas hacer con tu ingeniería informática? —preguntó.

Yo me azoré. Miré a mis amigos, que estaban junto a la máquina tragaperras, sin saber qué contestar a una pregunta que normalmente se le hacía a quienes estudiaban Historia Antigua. Anna tenía algo casi de eduardiano: esa forma de pronunciar las vocales frunciendo la boca y esas consonantes tan puras. Hablaba con la precisión y el empaque de un personaje de Enid Blyton. Tenía un punto de cursi, una pizca de mojigata.

—Mapas —dije.

—¿Mapas?

—Cartografía online.

Anna no dijo nada. Parecía perpleja, inexpresiva.

—¿Has oído hablar de Google Maps? Es nuevo.

Negó con la cabeza.

—Ha salido últimamente en las noticias. Estoy escribiendo un programa relacionado con eso.

—Entonces, ¿vas a trabajar en una empresa? —preguntó.

—No. Voy a montar mi propia empresa.

—Ah —dijo, y tocó ligeramente el borde de su vaso vacío—. Eso suena muy ambicioso, aunque, si te digo la verdad, no sé mucho de esas cosas.

—¿Puedo ver tu teléfono?

—¿Perdona?

—Para enseñarte lo que quiero decir...

Pareció desconcertada, pero rebuscó en su bolso y sacó un Nokia anticuado.

Sonreí.

—¿Qué pasa? —dijo con una sonrisa que dejaba ver dos hoyuelos casi simétricos en sus mejillas—. A mí me sirve perfectamente.

—Seguro que sí —contesté cogiendo el teléfono, y le rocé los dedos al hacerlo—. Bueno... Imagínate que dentro de un tiempo tendrás aquí una pantalla mucho más grande, quizás incluso una pantalla táctil. Y que en algún sitio de por aquí habrá un mapa. La gente, cualquiera, podrá añadir cosas al mapa: restaurantes, las rutas que hace cuando sale a correr, lo que a cada cual le apetezca. Pues yo estoy trabajando en un programa que te permite hacer eso: añadir cosas, personalizar el mapa a tu gusto.

Pareció divertida y tocó la pantalla azul de su Nokia.

—Parece interesante —dijo—, aunque yo soy más bien ludita. ¿Podré seguir mandando mensajes de texto?

—Sí —contesté riendo un poco.

Era tan seca, tan seria, que no sabía si estaba de broma o no.

—Bien. Es un alivio. Entonces, ¿también eres amigo de Lola?

—Sí, aunque solo un poco —contesté—. La conocí en primero. Vivíamos en el mismo pasillo.

—Ah —dijo Anna—. Conque tú eres *ese* Rob.

«Ese Rob». Me estrujé la memoria. ¿Había hecho algo estando borracho? Recordaba que una noche había charlado con Lola en Fez, un par de cursos atrás. Se puso a hablar de su infancia en Kensington como si fuera una maldición, una esquila de leproso colgada alrededor de su cuello. Me pareció pesada y un poco aburrida, pero no recordaba haberme puesto borde con ella.

—¿*Ese* Rob? —pregunté con una sonrisa nerviosa.

—Bueno, es solo que Lola te mencionó alguna vez —dijo Anna como si tal cosa mientras se esforzaba otra vez por llamar la atención del camarero—. Decía que eras una especie de genio de la informática, un cerebrito, y encima de un barrio de viviendas sociales. —Ahogó un gritito de asombro al decir «viviendas sociales» y puso cara de indignación fingida—. Decía que era maravilloso que hubieras tenido oportunidad de venir a Cambridge como todos nosotros —añadió con una risita.

—Qué bonito —contesté yo con una sonrisa—. El chaval es un *crack*, aunque sea de familia humilde.

—¿Perdona?

—Digo que el chaval es un *crack*.

—¿Qué quieres decir?

—Nada. Es una referencia futbolística.

—Ah, perdona, no sigo los deportes —repuso como si aquello fuera una categoría del Trivial Pursuit.

El *pub* se había llenado y estábamos tan apretujados que nuestros brazos desnudos se tocaban de vez en cuando. Ella tenía a un lado del cuello un pequeño antojo en forma de corazón. Me quedé absorto un momento mirando el terso granulado de su piel y me sorprendió mirándola.

—¿Y tú? ¿Eres muy amiga de Lola? —pregunté desviando rápidamente los ojos.

—Fuimos juntas al colegio —dijo distraídamente, como si estuviera pensando en otra cosa.

—¿A Roedean?

—Sí.

Yo imaginaba que era pija, pero no hasta ese punto.

—¿Y tú qué vas a hacer? —pregunté.

—¿Cómo que qué voy a hacer? —dijo con cierta aspereza, poniéndose de pronto a la defensiva.

—Cuando acabe el curso, digo.

—Ah, entiendo. Contabilidad —contestó sin vacilar—. Tengo cinco ofertas de trabajo en la City y a finales de esta semana decidiré con cuál me quedo.

—Vaya, eso es genial.

—No exactamente, pero es a lo que me dedico. O a lo que voy a dedicarme, mejor dicho. —Esbozó una débil sonrisa—. No van a servirnos nunca, ¿verdad?

—No. Y menos ahora. —Señalé con la cabeza a un grupo de hombres vestidos con camiseta de *rugby*. Uno de ellos vestía únicamente unos calzoncillos y unas gafas protectoras.

—Ya —dijo Anna, y apartó la mirada.

De pronto pareció aburrida y me la imaginé volviendo con sus amigas, y temí no verla nunca más.

—¿Te apetecería que saliéramos alguna vez? —pregunté.

—Sí —respondió casi al instante, tan rápidamente que pensé que no me había entendido.

—Digo que si...

—Perdona —dijo—, puede que no te haya entendido bien. Creía que me estabas invitando a salir.

—Sí. Eso es —repuse yo, y me incliné un poco hacia ella para oírla entre el estruendo de la música.

—Muy bien —dijo sonriendo otra vez.

Olía a jabón y a pelo recién lavado.

—Perdona, aquí hay mucho ruido —dije—. Entonces, ¿puedes darme tu número de teléfono o tu *e-mail* o algo?

Dio un pasito atrás y me di cuenta de que me estaba echando encima de ella.

—Sí, aunque con una condición.

—Vale —contesté pensando aún en lo de «ese Rob»—. ¿Cuál?

—Que me devuelvas mi teléfono.

Miré hacia abajo y me di cuenta de que todavía tenía su Nokia en la mano.

—Ay, mierda, perdona.

Sonrió y se guardó el teléfono en el bolso.

—Vale —dijo—. Es Anna Mitchell-Rose,@yahoo.co.uk, todo junto. Mitchell con dos eles, sin puntos ni guion.

Una semana después fuimos al cine. Mientras veíamos los *trailers*, yo notaba el calor de su cuerpo y tenía ganas de alargar el brazo y tocarla, de apoyar la mano sobre su pierna desnuda. La miré un par de veces confiando en que se volviera hacia mí y nuestras miradas se encontraran, pero tenía los ojos fijos en la pantalla, la espalda tiesa como si estuviera sentada en la iglesia y las gafas de leer de montura gruesa bien apoyadas en la nariz. Solo se movía para sacar golosinas de una bolsa que tenía en la mano, en silencio. Yo la había visto contar las golosinas al comprarlas: cinco de la fila de arriba, cinco de la de abajo.

No pude estarme quieto mientras veía la película, que iba sobre un vagabundo insoportable que recorría Norteamérica haciendo autostop y acababa muriendo en Alaska. Estaba deseando que se acabase. Anna, en cambio, parecía estar disfrutando a juzgar por lo quieta que estaba y por la fijeza con que miraba la pantalla.

Cuando por fin acabó la película, pensé que quizá fuera de esas personas que se quedan sentadas en medio de un silencio reverencial hasta que acaban los créditos, pero en cuanto la pantalla se puso en negro se levantó y recogió su abrigo.

—Bueno, ¿qué te ha parecido? —pregunté mientras bajábamos a toda prisa las escaleras, camino del bar del cine.

—Un horror —dijo—. De principio a fin.

—¿En serio?

—Sí. Es absolutamente espantosa.

Nos sentamos en el pequeño bar del vestíbulo, en una mesita junto a un piano antiguo.

—Tiene gracia —dije—. Creía que te estaba gustando.

—No, no me ha gustado nada. El protagonista me ha parecido muy desagradable. Siempre viajando por ahí sin decirle a su familia dónde está. Le importa un pepino todo el mundo, excepto él mismo.

Un pepino. Por un momento, me imaginé presentándosela a mis amigos del barrio.

—¿No te ha parecido genial que renunciara a todas sus posesiones y quemara su dinero? —pregunté con intención de provocarla.

Se quitó las gafas, las limpió con un pañito y las guardó en un estuche de aspecto antiguo.

—¿Qué tiene de genial? —preguntó con las mejillas coloradas. Luego entornó un poco los ojos, como si necesitara volver a ponerse las gafas—. Ah, me estás tomando el pelo —dijo con una sonrisa—. Ya veo. Pero no, en serio. Su familia se esfuerza un montón para darle lo que tiene y él renuncia a todo por... ¿por qué? ¿Por esa filosofía de adolescente tan cansina? Es un caprichoso, absolutamente.

De pronto pareció un poco azorada y se calló cuando la camarera nos trajo las bebidas.

—Entonces, ¿a ti te ha gustado la película? —preguntó cuando volvimos a quedarnos solos.

—No —respondí—. Me ha parecido totalmente horrorosa.

Sonrió de oreja a oreja.

—Qué bien. Cuánto me alegro.

—¿Qué es lo que le dice a la gente? «Haz de cada día un nuevo horizonte».

—Dios mío, sí. Todos esos sermones *new age*... Menuda chorrada.

—¿Sabes qué es lo que tiene gracia?

—¿Qué?

—Que lo único que de verdad desea, que es vivir en plena naturaleza, se le da de pena, ¿no crees? Lo hace fatal.

—Exacto. —Se echó a reír y sus ojos azules centellearon a la luz suave y anaranjada del bar—. Dios mío, tienes razón, hasta eso se le da de pena. El caso es que, si de verdad hubiera hecho caso de los que sabían más que él, de la gente que tenía experiencia viviendo en el monte, expertos en supervivencia, por ejemplo, a lo mejor habría sobrevivido.

—¿Expertos en supervivencia?

—Sí, expertos en supervivencia —contestó con una mirada severa—. Creo que ese es el nombre técnico que se les da.

La miré mientras bebía de su vaso. Era realmente preciosa: la boca siempre al borde de la sonrisa, los ojos chispeantes como una promesa. Era demasiado para mí. Se iría a Londres y acabaría saliendo con uno de esos tíos a los que invitaban a sus bailes de fin de carrera.

—¿Y qué me dices de ti? ¿Dónde viven tus padres? —preguntó, y entonces caí en la cuenta de que la estaba mirando fijamente.

—Mi padre vive todavía en Romford.

Vaciló y bebió un poco más.

—¿Tus padres están divorciados?

—Mi madre murió cuando yo tenía quince años.

—Ah —dijo—. Lo siento mucho.

—No pasa nada, no es culpa tuya.

Tardó un momento en darse cuenta de que era una broma, y yo sonreí y ella me devolvió la sonrisa, un poco más relajada.

No me gustaba hablar de aquella mañana, cuando papá vino a buscarme a la puerta del colegio. No sé por qué, pero se había puesto su mejor traje. No dijo gran cosa. No hacía falta. Mamá se había desplomado en el trabajo, dijo. Un infarto fulminante. Siempre bromeaban con que él sería el primero en palmarla.

—¿Y tú? ¿Dónde está tu hogar? —le pregunté.

—Bueno, nuestra casa principal está en Suffolk, pero pasamos tan poco tiempo allí que no la siento como un hogar.

—Ah, es tan duro tener tantas casas...

No sé por qué lo dije. Pretendía que fuera una broma ligera, una ocurrencia sin importancia, pero sonó cruel y mezquino.

Me miró con el ceño fruncido y bebió rápidamente un sorbo de su vaso, como si tuviera que marcharse.

—Pues para que lo sepas, Rob, estudié en Roedean con una beca y mis padres no tienen ni un céntimo.

—Perdona, no era mi intención... —tartamudeé.

Seguía estando ceñuda y noté que le costaba disimular su mal humor.

—Y antes de que intentes convencerme de que eres más pobre que yo, te diré que mis padres eran misioneros y que pasé casi toda mi infancia viviendo en poblados de chabolas en Kenia comparado con los cuales tu barrio parecería un pintoresco pueblecito inglés.

Se apartó un poco de mí y ambos seguimos bebiendo en silencio.

—Te pido perdón otra vez, no pretendía decir eso, de verdad que no —dije.

Suspiró y se puso a toquetear la carta con nerviosismo. Luego sonrió y volvió a mirarme.

—Perdona, seguramente me he pasado un poco. Por lo visto no eres el único que está un poco resentido.

Esa noche nos besamos en cuanto cerramos la puerta de mi habitación. Después de unos minutos ansiosos, Anna se detuvo y yo pensé que se estaba arrepintiendo. Pero luego empezó a desvestirse como si estuviera sola en su cuarto, y yo la miré: los huesos angulosos de las caderas, los pechos pequeños y bonitos, los brazos pálidos y delicados. Cuando estuvo desnuda, dobló su ropa y la dejó bien ordenada sobre mi mesa.

Desde que era un adolescente, para mí el sexo había sido siempre un ejercicio de cautela: un sondear el terreno poco a poco, temiendo siempre que mis manos, en su vagar inquieto, fueran bruscamente rechazadas. Con Anna no fue así. Era ávida y desinhibida, muy distinta a esa apariencia suya tan formal y puritana. Su deseo era impetuoso, decidido, una cualidad que entonces, cuando conocía menos a las mujeres, me pareció extrañamente masculina. Estuvimos despiertos hasta bien entrada la madrugada, ocultos tras las cortinas corridas a toda prisa, el cuerpo impregnado con la humedad del otro, hasta que por fin nos venció el sueño.

La esperé en la pista, un poco incómodo con mi camiseta del West Ham y mis pantalones cortos marca Umbro. La pista olía a goma y a sudor reciente. Quería impresionarla, hacerle ver que me gustaba el deporte, que no me pasaba la vida sentado delante del ordenador, y quedamos en jugar un partido de *squash* porque Anna me contó que había jugado un par de veces en el colegio.

Por fin, después de lo que me pareció un siglo, salió a la pista. Con sus pantalones cortos de hombre y su camisita blanca, parecía una tenista de los años veinte.

—¿Qué pasa? —dijo.

—¿Que qué pasa? —respondí conteniendo la risa.

—Bueno, tu ropa tampoco es muy reglamentaria que digamos, con esa camiseta de fútbol.

—Yo no he dicho nada —protesté con una sonrisa burlona, y miré para otro lado.

—Ya. Bueno, ¿jugamos o qué? —preguntó sosteniendo torpemente la raqueta con las dos manos.

Empezamos a calentar peloteando lentamente, aunque en realidad Anna no daba una: accionaba brazos y piernas, pero hasta cuando intentaba servir le costaba darle a la pelota.

—Sin gafas no se me da muy bien —se excusó cuando mandó la pelota al techo.

Seguimos así un rato, sin que aquel peloteo llegara a parecerse en ningún momento a un partido.

—Vale, lo reconozco. Te mentí —dijo después de fallar otra vez.

—¿Me mentiste?

—La verdad es que nunca he jugado al *squash*.

—Ah —dije, y otra vez me costó contener la risa.

—Le pregunté a Lola y me dijo que era fácil. Que podía jugar cualquiera. Pero, por lo visto, no es así.

Deseé poder hacerle una foto en aquella pista de *squash*. Estaba tan guapa con sus pantaloncitos cortos de franela oscura que acentuaban la blancura de sus piernas y las mejillas sonrosadas por el ejercicio...

—¿Y tú? ¿De verdad solo has jugado un par de veces? —preguntó.

—No sé, cuatro o cinco. En el colegio.

Se quedó callada, mordiéndose el labio.

—La verdad es que odio los deportes.

—Creía que querías jugar —contesté pasándole el brazo por el hombro.

—No, qué va. Yo creía que querías tú. —Se dio unos golpecitos con la raqueta en la pierna—. Solo lo he hecho porque no quería que pensaras que soy muy sedentaria.

Sonreí cuando dijo aquello. Sedentaria. Era una palabra muy de Anna. Seguimos fingiendo unos cinco minutos y por fin desistimos y salimos a la calle.

Hacía un calor sofocante al sol. Nos sentamos sobre un murete que daba a un campo de *hockey* vallado. Había un campamento deportivo, niños que correteaban de acá para allá. Eran pequeños en su mayoría, pero también había algunos adolescentes.

Habíamos decidido quedarnos a pasar el verano en Cambridge, hasta agotar nuestros préstamos de estudios. Anna dijo que quería dedicarse a hacer turismo por Cambridge; había estado tan ocupada estudiando para acabar la carrera que no había tenido tiempo de ver casi nada. Así que fuimos a montar en barca y a pasear por los *colleges*; pasamos una tarde en el Museo Fitzwilliam y una mañana en el jardín botánico. Pero la mayor parte del tiempo la pasábamos en la cama.

Nuestros amigos se fueron marchando a medida que avanzaba el verano. Se iban de viaje: de mochileros por Australia o a recorrer Sudamérica en autocaravana. Aunque yo sentía una punzada de pesar cuando se marchaban, aunque tenía la sensación de estar perdiéndome algo, Anna y yo habíamos convenido en que lo nuestro no era viajar. No habíamos ido a Cambridge para luego tirarlo todo por la borda e irnos a los Andes a «buscarnos a nosotros mismos». Además, yo tenía que pensar en mis mapas, en el programa que estaba diseñando y en la empresa que quería montar.

El verdadero motivo, sin embargo, era que no queríamos separarnos. Éramos inseparables, como dos adolescentes enamorados cuyos padres y amigos se dan cuenta de que van a darse un batacazo. Sufríamos cada vez que intentábamos pasar una noche separados, cada uno en su habitación; nos entraba la angustia y, normalmente al cabo de una hora, nos dábamos por vencidos. Había un verso de una vieja canción de Blur que nos gustaba a los dos: *collapsed in love*. Eso era lo que nos pasaba: estábamos colapsados de amor.

La gente pensaba que Anna era muy reservada, muy seca, pero conmigo no era así. Una noche, sin que yo le preguntara, me habló de su vida en Kenia y de sus padres, los misioneros. Con frases comedidas, aquilatadas, me habló de los líos amorosos de su padre y de su progresivo alejamiento de la iglesia. Y también de su madre: de su incapacidad para aceptar las faltas de su marido y de cómo vehiculaba todo su amor haciendo obras de caridad.

Fue como un diluvio, como una epifanía, descubrir que aquella persona a la que yo consideraba tan hermética se había abierto por completo a mí, exponiéndose a mi mirada, y que no era con Lola, ni con su padre, ni con alguna de sus compañeras de residencia con quien había decidido sincerarse, sino conmigo.

El sol calentaba cada vez más y nosotros seguíamos sentados en aquel murete, bebiendo el agua que Anna había traído en un termo.

—¿Quieres que vayamos otra vez a jugar al *squash*?

—No —contestó—. Creo que ya me he humillado suficientemente por hoy.

—Yo lo he pasado muy bien.

—Sí —repuso ella—, no me cabe ninguna duda.

—Estás muy guapa en pantalón corto.

Sonrió y me dio un suave codazo en las costillas.

—Dios, qué calor hace, ¿verdad? —dijo enjugándose la frente.

La brisa, que nos había traído un alivio momentáneo, había dejado de soplar y daba la sensación de que estábamos casi a cuarenta grados.

—Podríamos ir allí, a la sombra. —Señalé un toldo que había al otro lado del campo.

Anna levantó la vista.

—Sí, pero para eso tendríamos que cruzar el campo —dijo—. Y mira.

No nos habíamos fijado hasta entonces, pero un grupo de animales (personas adultas, en realidad, disfrazadas con trajes de peluche) se había unido a los niños del campamento. Un león, un tigre, un oso panda. Parecían los restos mugrientos de un desfile de Disney. Iban a celebrar una especie de entrega de premios y los niños se estaban poniendo en fila para recibir el suyo.

—¿Qué están haciendo? —preguntó Anna.

—Van a darles medallas, creo.

—Ya, eso ya lo veo, pero ¿a qué viene lo de los animales?

Me encogí de hombros y Anna entornó los párpados tratando de ver mejor.

—No me gusta su aspecto —dijo.

—¿El de los animales o el de los niños?

—El de los animales.

Yo también los miré. Vistos con cierta luz tenían, en efecto, un aire bastante siniestro, las bocas de peluche paralizadas en una sonrisa permanente.

—Hay muchos —dije.

—Sí —contestó Anna desconfiada.

—¿Nos arriesgamos entonces? —pregunté poniéndome en pie.

—No —dijo ella indignada—. No podemos cruzar el campo como si tal cosa, Rob. Hay una especie de función escolar.

—No van a detenernos.

—Puede que sí.

—Bueno, pues yo me voy —dije, y miré atrás esperando que me siguiera—. Es mejor que quedarse aquí sentado achicharrándose al sol.

Eché a correr por el campo, pero Anna se quedó en la banda, avergonzada, como si estuviera haciendo acopio de valor para tirarse a una piscina.

Al llegar a la sombra, al otro lado del campo, le hice señas para que viniera y echó a andar indecisa. Intentando pasar desapercibida, decidió ir caminando en vez de correr, pero había algo en su nerviosismo que llamaba la atención. El maestro de ceremonias, que en ese momento empuñaba el micrófono, dejó de hablar y todos —niños, padres y animales— se volvieron a mirarla.

Ella sonrió educadamente, consciente de que todas las miradas estaban fijas en ella, y luego rompió a correr con un suave trotecillo. Con sus pantalones cortos y su camisa, parecía una adolescente. Seguramente por eso un gran tigre anaranjado le cortó el paso en el círculo central, la agarró del brazo y la llevó a rastras hasta la fila de niños. Yo me eché a reír pensando que escaparía a la carrera, pero Anna, siempre tan educada y formal, se quedó en la cola esperando su premio.

Tras recibir su medalla, tuvo que recorrer la fila de animales saludándolos a todos. Incluso desde allí vi el miedo reflejado en su rostro. Con su medalla colgada al cuello, recorrió la fila dejándose abrazar por los animales, uno por uno. A pesar del ímpetu que demostraban, Anna no correspondió a sus abrazos. Incluso se apartó cuando un oso trató de apoyar la cabeza sobre su hombro.

Cuando todo acabó y los niños rompieron filas para ir a saludar a sus padres rebosantes de orgullo, Anna caminó tímidamente hacia donde yo la esperaba, a la sombra. Tenía las mejillas muy rojas y hebras de peluche pegadas a la camisa.

—Dios mío —dije riéndome todavía—. ¿Qué hacías?

Empezó a reírse por lo bajo y se limpió el sudor de la frente.

—Me ha entrado el pánico. No sabía qué hacer. El tigre me ha acorralado.

—¿Por qué no te has ido sin más? —Le pasé el termo de agua.

—No sé. Estaba en la cola y luego... ya era demasiado tarde. Para de reírte —me dijo ceñuda—. No tiene gracia.

—Sí que la tiene.

—Bueno, puede que un poco. Y, además, es culpa tuya.

—¿Mía? ¿Por qué?

—Por hacerme cruzar el campo. Eres un idiota —dijo antes de beber—. Es mi peor pesadilla, literalmente. Que me abracen en público.

—Y además un animal.

—Pues sí.

Nos quedamos sentados un momento refrescándonos a la sombra, y en ese momento comprendí que la quería con toda mi alma. Anna nunca temía reírse de sí misma. Y supe que, mientras viviera, nunca olvidaría la mirada de reproche que le lanzó a aquel oso tan efusivo.

Nos habíamos sentado junto al Cam, con una botella de vino y unos sándwiches. Era otro día caluroso. El bochorno se adhería a la ribera con la terquedad de una niebla matutina y desde un café al otro lado del río llegaba, flotando sobre el agua, el tintineo de un piano de *jazz*.

—¿No vas a soltarla nunca? —preguntó Anna.

Me había gastado lo poco que me quedaba de mi préstamo de estudios en una cámara digital y varios objetivos.

—Sí, sí —dije mientras toqueteaba los botones de la cámara tratando de descubrir cómo se cambiaba la velocidad del obturador.

—En serio, deja de enfocarme. Me siento como una modelo o algo así.

—Pareces una modelo —contesté, y le hice una foto.

Me sacó la lengua y se volvió hacia el río, estirando las piernas sobre la orilla.

—¿Algún progreso entonces? —preguntó como si tal cosa.

—¿Con qué?

—Con tu búsqueda de trabajo.

—Ah, eso —dije—. He mandado un par de currículum, pero todavía no me han contestado. ¿Quieres más vino?

Tapó su vaso de plástico con la mano y negó con la cabeza. Yo me serví un poco más.

—No parece estresarte mucho.

Me encogí de hombros.

—¿Para qué voy a preocuparme?

Frunció los labios como hacía cuando no estaba de acuerdo con algo.

—Bueno, solo has mandado un par de currículums. Yo mandé unos quince y solo he recibido cinco ofertas de empleo.

—¿Qué pasó con los otros diez? —pregunté.

—No lo sé —contestó un poco abatida, sin darse cuenta de que estaba bromeando—. Es un fastidio que no hayan contestado. No entiendo por qué.

Desde hacía unas semanas parecía un poco nerviosa; de pronto le preocupaban mis planes para el futuro. Ella ya tenía un contrato asegurado con una empresa de contabilidad financiera de la City, y había empezado a hacer preguntas: ¿Qué iba a hacer? ¿Pensaba irme con ella a Londres y buscar allí trabajo?

La verdad era que no estaba poniendo mucho empeño en buscar trabajo porque solo pensaba en los mapas: mapas vivos y rebosantes de datos, mapas que podía crear un adolescente con una cuenta en MySpace y un ordenador portátil.

—Si te soy sincero, todavía confío en que mi idea de los mapas dé resultado —dije mientras me servía más vino y estiraba las piernas.

A ella se le crispó el semblante.

—Cuéntame otra vez eso de los mapas —me pidió quitándose las gafas de sol—. En realidad nunca me lo has explicado.

—Yo creía que sí.

—Bueno, puede que sí, pero sigo sin entenderlo —dijo.

De pronto parecía enfadada y yo no entendía por qué. Me incorporé un poco y me volví hacia ella.

—Pues todavía es algo muy novedoso, pero se trata de un programa que básicamente permite al usuario personalizar sus propios mapas. Se podría, por ejemplo, hacer un mapa con la ruta que uno sigue cuando sale a montar en bici o a correr. O colgar fotos en un plano turístico para que otros las vean.

—¿Se pondrían las fotos en el mapa?

—Sí.

Anna hizo una mueca.

—Parece un poco raro, ¿no? ¿Para qué iba a querer nadie hacer eso?

—No sé —contesté, un poco irritado—. Porque se puede.

Nos quedamos callados un rato mientras empezábamos a recoger las cosas del pícnic y a guardarlas en su mochila.

—De todos modos, no sabes nada de mapas, ¿no? —dijo—. Lo digo porque para ser cartógrafo hay que pasarse años estudiando. Un primo de mi padre era cartógrafo. Y es una profesión muy especializada.

—¿Por qué te pones así? Es como si te molestara.

—No, Rob. Solo te estoy preguntando.

—No ha cambiado nada, Anna.

—¿Qué quieres decir?

—Que sigo queriendo ir a Londres, si es eso lo que te preocupa.

Soltó un bufido.

—No se trata de eso. Para nada.

—Entonces ¿por qué te molesta tanto?

Siguió guardando las cosas del pícnic sin responder. Pero yo sabía qué era lo que le molestaba. Eran mis planes de ir a mi aire. Para ella entrañaban un riesgo, lo veía como un desvío del rumbo a seguir. En su opinión lo que tenía que hacer era buscarme un trabajo con primas y plan de pensiones incluidos. Para eso, a fin de cuentas, habíamos ido a Cambridge; para eso habíamos estudiado tanto.

—A veces eres exasperante —dijo mirando hacia el otro lado del río—. Estás siempre tan absolutamente seguro de que vas a conseguir lo que quieres...

—¿Y qué tiene eso de malo?

—Que las cosas no siempre son así.

—A mí de momento me ha dado resultado.

—¿Qué quieres decir?

—Pues que hasta ahora he conseguido todo aquello por lo que me he esforzado.

Yo sabía que aquello sonaba arrogante, pero lo cierto era que me sentía atacado. Anna se apartó de mí, enfadada, y se alisó la falda.

—Bueno, mientras sepas lo que haces.

—Pero ¿por qué te molesta tanto? —pregunté.

—No me molesta.

—Sí, claro que te molesta. Estás cabreada.

Estiró el brazo y se sirvió más vino.

—Es que me parece muy impulsivo, como si no lo hubieras pensado bien. Acabas de licenciarte en Cambridge, Rob. Las empresas se pelearán por contratarte, y a ti solo te preocupan esos mapas.

—Claro, porque es un proyecto que creo que puedo sacar adelante. Y, además, no me apetece trabajar para una empresa.

Anna suspiró profundamente.

—Sí, lo has dejado muy claro —dijo.

Habíamos llegado a un callejón sin salida. Nos quedamos allí sentados, mirando las barcas del Cam. Aparte de algunos rifirrafes sin importancia, era la primera vez que discutíamos.

—Sí que es por eso —dijo Anna al cabo de un rato, con un hilo de voz.

—¿El qué?

—Lo que dije antes. Dije que no era por lo de Londres, pero sí que es por eso. Solo quiero saber que vas a venir.

La miré. Estaba muy guapa, con las rodillas pudorosamente recogidas junto al pecho y el pelo salpicado de diminutas semillas de diente de león.

—Claro que voy a ir a Londres —contesté, y me acerqué a ella—. Pero con una condición.

—¿Cuál?

—Que vivamos juntos. Sé que llevamos poco tiempo saliendo, pero quiero vivir contigo.

2

—Anna, ¿puedes hablar? Joder, no te lo vas a creer.

Estaba frente a la puerta de la sala de reuniones de una oficina de Old Street.

—¿Qué pasa? —preguntó.

Procuré hablar en voz baja porque las paredes del pasillo eran muy delgadas.

—Lo quieren. El programa. Quieren comprarme el puto programa.

Un silencio. Un leve chisporroteo de la línea telefónica.

—No será una de tus bromas, ¿verdad, Rob? —dijo Anna.

—No, qué va. No puedo hablar mucho, pero ahora mismo están en la sala de reuniones echando un vistazo a la documentación. Ni siquiera he tenido que convencerlos. Lo quieren y punto. Me lo han comprado.

La empresa, Simtech, me la había recomendado un amigo programador. Era una *start-up* dirigida por un tal Scott que había estudiado en Cambridge un par de años antes que yo.

—Eso es fantástico, Rob. Es una noticia estupenda —contestó, aunque parecía estar esperando que le dijera otra cosa.

—¿Y a que no adivinas cuánto quieren pagarme?

—Pues... no sé.

—Un millón y medio.

Ni siquiera Anna pudo refrenar su emoción.

—¿De libras?

—Sí, de libras. Todavía no me lo creo.

Respiró hondo y oí una especie de resoplido, como si estuviera sorbiendo por la nariz.

—Anna, ¿estás bien?

—Sí —dijo con la voz un poco tomada—. Es que... no sé qué decir.

—Sí, ya, yo tampoco. Esta noche tenemos que celebrarlo.

—Sí, claro —contestó con una nota de cautela en la voz—. Pero no lo entiendo. ¿Qué ha pasado? ¿Qué te han...?

Oí el arañar de las sillas en el suelo de la sala de reuniones, ruido de gente poniéndose en pie.

—Anna, tengo que colgar. Te llamo dentro de un rato, ¿vale?

—Vale. Pero no te precipites, Rob. No firmes nada, ¿vale? Diles que tienes que consultarlo con tus abogados.

—Sí, sí... Tengo que...

—Lo digo en serio, Rob.

—Vale, vale, no te preocupes. Luego te llamo.

Un calor polvoriento me golpeó como una bofetada en cuanto salí del edificio. Me quedé un momento allí parado, parpadeando al sol, viendo cómo las filas de coches giraban velozmente por la rotonda. El sucio y alegre barullo de Londres.

Los últimos nueve meses no habían sido fáciles. Vivíamos en Clapham, en un piso alquilado, un bajo que pagaba Anna. Yo me pasaba las noches trabajando; me daba auténticas panzadas de programación sostenido a base de cafeína, y Anna se levantaba temprano para ir a trabajar. Apenas nos veíamos: nos saludábamos en el descansillo, los dos en bata, ella recién levantada y yo a punto de acostarme. Habíamos acordado que sería solo una temporada. Las cosas mejorarían cuando ella acabara su periodo de formación y yo terminara de escribir mi programa.

A Anna le encantaba su trabajo. Trabajaba en un departamento que se encargaba de comprobar que el banco respetaba la legislación financiera, un empleo ideal para ella: era tan respetuosa con las normas que siempre sabía dónde podía pasarse de la raya el banco. Y como conocía la normativa, también sabía cómo eludirla; conocía los atajos legales, las puertas falsas y las cláusulas de rescisión agazapadas en la letra pequeña. Su talento obtuvo reconocimiento casi de inmediato y en apenas seis meses la ascendieron, situándola en la antesala de los puestos de dirección.

Yo seguía tan aturdido que no sabía qué hacer, así que eché a andar hacia Liverpool Street, protegido del sol por la sombra de la City. Probé a llamar a Anna pero tenía el teléfono apagado, y me metí en un bar a tomar una cerveza.

Sabía que había dado en el blanco. Todas esas jornadas maratonianas trabajando veinte o treinta horas seguidas; todas las veces que había dormido en el suelo, tapado con una manta vieja. Les decía a los demás que los *smartphones* iban a cambiarlo todo y ponían cara de fastidio. Pero era verdad. Antes los mapas eran estáticos, una cosa que guardábamos doblada en la mochila o en la guantera del coche. Ahora los llevaríamos siempre encima, personalizados, dinámicos, en el teléfono, en el bolsillo.

Con la cerveza empecé a serenarme y sentí de pronto que me había quitado un gran peso de encima. El plan no era que Anna pagara el alquiler y me prestara dinero para comprarme un traje nuevo. Ella no lo decía abiertamente, pero yo sabía lo que pensaba: que debía hacer algún curso de gestión empresarial o ponerme a hacer prácticas en una empresa de videojuegos, y aparcar de momento aquella idea absurda de los mapas.

Y a mí eso me crispaba los nervios. Porque todo el mundo había pensado siempre que triunfaría, que era el típico niño prodigio que acabaría forrado. Y porque tenía una trayectoria que mantener. Decía que iba a licenciarme en Cambridge y lo había hecho. Les decía a mis incrédulos tutores que iba a ganar la competición anual de ciberseguridad de Cambridge y ganaba todos los años. Pero eso en Londres no parecía interesarle a nadie. Mientras Anna volaba a Ginebra cada quince días por trabajo, yo me quedaba arrellanado en el sofá, en calzoncillos, viendo la tele y comiendo sobras de arroz del Chicken King.

Sonó mi teléfono. Era Anna.

—Hola.

—Estás en un bar, ¿a que sí?

—¿Cómo lo has adivinado?

—Hoy tenía curso de formación pero he acabado temprano. ¿Quieres que nos veamos en Liverpool Street?

Era una ajetreada noche de jueves. Las calles estaban atestadas de gente trajeada que volvía del trabajo, y se percibía el zumbido peculiar de la semana laboral tocando a su fin. Llegué al *pub* antes que Anna y me mezclé con los que esperaban a que les sirvieran una copa.

La vi entrar. Aunque hacía nueve meses que vivíamos en Londres, nunca la había visto allí, en su terreno, y me encantó poder observarla: su manera cautelosa de acercarse a la barra; las cábalas que yo sabía que se hacía intentando calcular el mejor sitio para colocarse en la barra; su manera de juguetear con sus gafas nuevas, con las que, según decía ella, parecía una secretaria de peli porno.

—Hola —dije, y sonrió al volverse hacia mí.

Pensé por un momento que iba a abrazarme, pero me miró fijamente, pestañeando como si la luz le hiciera daño en los ojos.

—Te debo una disculpa —dijo.

—¿Por qué?

—Porque a veces no te he apoyado todo lo que debía, no he creído lo suficiente en tu idea, en tu programa, y lo siento mucho.

—Eso no es verdad, Anna. Además, lo has financiado todo pagando el alquiler...

—Sí, pero no me refiero a eso. Siento mucho reconocerlo, pero creo que dudaba de ti. Lo siento muchísimo. Estoy muy avergonzada.

Tragó saliva y de pronto pareció abatida.

—No pasa nada, Anna —dije pasándole el brazo por la cintura—. Entiendo que a veces cuesta reconocer a un genio.

Me dio un codazo en las costillas y se zafó de mi abrazo.

—No seas tan chulo. Espera, pero ¿qué digo? Eres el tío más chulo que he conocido en toda mi vida.

—No seas mala conmigo. ¿Pedimos algo?

Miró melancólicamente hacia la barra.

—Eso estaba intentando, pero no parece que mi plan de ataque esté funcionando.

De pronto se volvió hacia mí y me besó torpemente en la mejilla. Fue un beso casto, como el que se daría a una tía anciana, pero Anna rara vez hacía demostraciones de afecto en público.

—Me había prometido a mí misma que no iba a llorar —dijo—, y yo siempre cumplo mis promesas, pero quiero que sepas que estoy muy orgullosa de ti. De verdad, Rob. Te has esforzado mucho y te mereces todo el éxito del mundo.

Yo estaba a punto de contestar algo cuando vi que agarraba con más fuerza el asa de la bolsa de su portátil. Indicó la barra con la cabeza.

—Vamos —dijo—. Ahora hay hueco.

—¿Se lo has dicho a tu padre? —preguntó después de que encontráramos una mesa y yo le contara todo lo que había pasado en la reunión.

—«Qué maravilla, hijo. Es un sueldo de futbolista, ya lo creo que sí» —dije imitando la forma de hablar de mi padre, su acento del este de Londres—. No, la verdad es que se ha puesto contentísimo. Ya sabes cómo se emociona.

Había notado que mi padre se esforzaba por no llorar cuando se lo conté. Estaba todavía en la parada de taxis, esperando que llegara algún cliente. «Joder, hijo», decía sin parar. «Joder». Cuando consiguió recuperar el aliento, me dijo que estaba muy orgulloso de mí. «Todavía no me lo creo», dijo. «Primero Cambridge y ahora esto. Un taxista y una limpiadora. No sé a quién has salido, hijo».

Anna sacó un cuaderno de su bolso.

—Estoy muy contenta, por supuesto, pero quiero hacerte unas preguntas.

—Oh, oh. Has hecho una lista, ¿a que sí?

—Claro que he hecho una lista. —Pasó una hoja y allí estaba: una lista numerada, escrita con su letra pulcrísima.

—Dios mío, es verdad que la has hecho.

Se puso un poco colorada.

—Es una gran oportunidad para ti, Rob. No voy a permitir que la desperdicies.

—Es una gran oportunidad para los dos.

Se puso a juguetear con el salero y bebió otro sorbo de su copa.

—En serio, ¿podemos repasar la lista? Me estoy poniendo un poco nerviosa.

—Primero deberíamos pedir champán.

Negó con la cabeza lentamente, pero con decisión.

—¿Qué pasa? Venga ya, estamos de celebración.

—No quiero ser aguafiestas, Rob, pero es que en este sitio nos costaría un ojo de la cara.

—Por Dios santo, Anna. ¡Acabo de ganar un millón y medio de libras!

—Lo sé, y eso está muy bien —dijo bajando la voz por si alguien nos estaba oyendo—. Lo cual me lleva a mi primera pregunta.

—Estás muy sexi con tus gafas nuevas —dije, y levanté una ceja.

—Gracias. Eres muy amable, pero, Rob, por favor... —Pasó la mano por la hoja como si le quitara el polvo—. Entonces, ¿van a pagarte un sueldo?

—¿Qué?

—Además del dinero, ¿van a pagarte un sueldo?

Volví a pensar en la reunión. Lo recordaba todo borrosamente, pero habían dicho algo de un sueldo.

—Pues la verdad es que sí. Quieren que dirija la empresa.

Sonrió, radiante.

—Ah, cuánto me alegro.

—Espera, ¿te alegras más por eso que por lo que van a pagarme por el programa?

—En cierto modo, sí. Te parecerá raro, pero para mí tener ingresos regulares es mucho más importante.

—Espera, ¿qué?

De pronto adoptó una expresión muy seria: su cara de auditora contable.

—Pues sí, así es. Mira, lo del dinero es genial, pero es un capital que se irá reduciendo paulatinamente, mientras que un sueldo fijo es un capital que aumenta con el paso del tiempo.

—Es lógico, supongo.

—Esa es una de las muchas ventajas de tener una novia contable. —Sonrió y pasó otra hoja del cuaderno—. Ahora, ¿podemos repasar el resto de mi lista?

En casa de los padres de Anna había un extraño olor a rancio que me recordaba a esas grajeas dulces con sabor a violeta o a los pañuelos con perfume de jazmín que guardan las personas mayores en sus cajones.

Nos sentamos a comer casi en silencio, acompañados por el lúgubre tictac del reloj y el arañar de los cubiertos sobre la porcelana china. La comida era un tumefacto despliegue de pavo frío y verduras tan cocidas que estaban blandas y fofas, regado todo con una copita de jerez que, según decía Anna, habían sacado en mi honor.

—¿Y qué tal está tu padre, Robert? —preguntó el padre de Anna dejando el tenedor sobre la mesa.

Vestía un terno gris muy gastado y con los bordes raídos.

—Está bien, gracias. Sigue llevando el taxi, aunque ahora mismo no está muy bien de salud. Problemas con la diabetes.

El padre de Anna no dijo nada; fijó la mirada en su plato.

Las tres Navidades anteriores las habíamos pasado en casa de mi padre. Por cercanía, les decía Anna a sus padres. Romford nos quedaba mucho más a mano, y además mi padre estaba solo. Ese año, sin embargo (porque Anna se sentía obligada, no por otra cosa), decidimos pasar la Navidad con ellos en su pueblecito de la costa de Suffolk.

—¿Y va a pasar la Navidad solo?

—No, ha ido a cenar a casa de su colega... de su amigo Steven.

—¿Del Pequeño Steve? —preguntó Anna con una ligera sonrisa. Le hacía gracia —decía— que me esforzara por hablar como un finolis cuando estaba con sus padres.

—Sí, del Pequeño Steve. Seguro que está bien. Se ha comprado una televisión grande, de las de pantalla plana, y le hemos regalado una suscripción a Sky Sports, así que estará gozando como un cerdo en un... —Estuve a punto de atragantarme con el repollo—. Estará muy contento.

Al otro lado de la mesa, Anna ahogó una carcajada y bebió un sorbito de jerez.

—Son muy caras esas televisiones, ¿verdad que sí? —preguntó su madre mientras se limpiaba la boca con una servilleta.

Vestía, como de costumbre, un traje chaqueta a cuadros que le daba un aire de institutriz severa a la que nadie hacía caso. No sé por qué había servido la comida con guantes de goma y tenía las palmas de las manos muy blancas, como si se las hubiera restregado con un estropajo de aluminio

—Bueno, va a pagarla a plazos —dije—. La ha comprado en una de esas ofertas de Navidad, sin intereses.

Silencio. Nos quedamos escuchando el tictac del reloj, el viento y la lluvia que aporreaba los cristales de las ventanas.

—Nosotros nunca hemos tenido deudas, ¿verdad, Janet? No hemos tenido hipoteca, ni hemos comprado nada a crédito. En ese aspecto, los africanos tienen mucho que enseñarnos.

Sonreí educadamente. «Bueno —me dieron ganas de responder—,

a lo mejor es porque la iglesia os daba la casa y porque no os habéis comprado ni una mala camisa en treinta años».

Anna aseguraba que su padre había sido en tiempos un hombre brillante. Un hombre elocuente. *Daktari*, le llamaban en suajili: «el doctor». En la aldea era ante todo sacerdote y luego médico, pero también ingeniero, juez y mediador en disputas. En todos los poblados en los que habían vivido en Kenia, le trataban como si perteneciera a la nobleza.

Pero hubo complicaciones, contaba Anna. Esa era la palabra que empleaba: «complicaciones». Líos amorosos con las lugareñas, con sus feligresas. Al final, la iglesia no pudo seguir haciendo la vista gorda y muy discretamente les invitaron a volver a Inglaterra.

—Está encantado de ver el fútbol y un montón de películas en su tele nueva —añadí, y la madre de Anna farfulló «qué bien» y algo más que no entendí.

Pero yo no dejaba de pensar en lo que estaría haciendo mi padre. La comida con el Pequeño Steve y su mujer. El discurso de la reina y una partida de bingo.

—¿Y tú qué tal, Robert? —preguntó el padre de Anna rompiendo por fin el silencio—. ¿Tienes mucho trabajo?

La verdad era que no, pero no podía decírselo. Simtech ya no tenía oficinas. No hacía falta, decía Scott, el inversor. Podíamos externalizar la mayor parte de los trabajos de programación empleando los servicios de una empresa belga. Conque dos o tres veces por semana hablaba con Marc, de Bruselas, por videoconferencia. Para todo lo demás, usábamos el correo electrónico y el chat de Google. En realidad, nunca tenía gran cosa que hacer. Me pasaba la mayor parte del tiempo escribiendo comentarios en foros de programadores y jugando al *fantasy* fútbol.

—Bueno, ya sabes, en una empresa siempre hay cosas que hacer.

Esperé a que dijera algo, pero se limitó a asentir con la cabeza, los ojos fijos en un punto indeterminado de la pared. No le gustaba mi trabajo. Pensaba que simplemente había tenido suerte, como si ganar dinero fuera un truco de magia.

Me irritaba que pensara que éramos unos derrochadores. Habíamos invertido gran parte del dinero en comprar la casa, una casa georgiana adosada, alta y un poco destartalada, justo en la cima de Parliament Hill. Teníamos ropa nueva y un coche, pero no podía decirse que voláramos a las Bahamas todas las semanas.

—Bueno, en estos tiempos no es fácil encontrar trabajo, eso está claro —comentó como si yo estuviera en el paro, como si fuera incapaz de traer dinero a casa—. ¿Y tú qué tal, Anna? El trabajo, me refiero —dijo rígidamente, y de pronto me pareció inconcebible que fueran padre e hija.

—Bien, sí —contestó ella, y esperé a que continuara, a que añadiera algo más, pero no lo hizo.

Se quedó callada mirando fijamente una talla africana de madera que había sobre el aparador.

Anna me había advertido acerca de sus padres antes de presentármelos. Me dijo que eran fríos, raros, y que nunca habían estado muy unidos. El problema era —decía— que amaban África y su trabajo como misioneros más de lo que la amaban a ella. En los buenos tiempos, se comportaban como una pareja de recién casados en su luna de miel, y ella se sentía como un estorbo. Y cuando las cosas se torcían, cuando su padre se iba a uno de sus «viajes», su madre la pagaba con ella, como si la lujuria insaciable que sentía su marido por las muchachas de la aldea fuera en cierto modo culpa suya.

Contaba una historia sobre Nairobi que nunca conseguí entender del todo, daba igual cómo la contara. Sus padres acogían a veces a niñas de la parroquia, de familias muy pobres o conflictivas. Esperaban de Anna no solo que les diera la bienvenida (cosa que hacía de mil amores), sino que las atendiera como una sirvienta: que les preparara la merienda, que les abriera la cama, que les llevara la toalla cuando se bañaban. Ella entendía —aseguraba— la necesidad de ayudar a los desfavorecidos: era una noción que le habían inculcado a machamartillo desde muy pequeña. Pero a veces se sentía como si las hijas de sus padres fueran aquellas niñas y no ella.

Aquella noche en casa de sus padres, me arropé con una manta en mi cuarto y me puse a leer una vieja novela de James Herriot. Aunque ya estábamos casados (nos habíamos casado en Bali, en una ceremonia improvisada en la playa), mis suegros seguían asignándonos habitaciones separadas. La habitación era austera: una cama, una mesita de noche y una Biblia. No había ni wifi ni cobertura móvil, solo un estante lleno de libros viejos de tapa dura, en color beis, con los títulos casi borrados. Que nos dieran habitaciones separadas era un castigo —decía Anna— por habernos casado así, sin previo aviso, espontáneamente, en una ceremonia no bendecida por la Iglesia. Esa era la diferencia entre ellos: mi padre se puso contentísimo al enterarse; le encantó aquella sorpresa y nos dijo que era nuestra boda, que podíamos hacer lo que nos apeteciera. Sus padres, en cambio, se lo tomaron a mal.

Oí que tocaban suavemente a la puerta y entró Anna con el abrigo puesto.

—No lo soporto más —dijo—. Vamos a buscar un bar.

Les dijimos que íbamos a dar un paseo rápido, pero acabamos recorriendo los tres kilómetros y pico que había hasta el pueblo más cercano. El viento que nos daba en la cara nunca nos supo tan dulce. Estábamos tan absortos intentando encontrar algún indicio de vida que apenas hablamos mientras caminábamos a buen paso por la oscura carretera comarcal.

El pueblecito costero de Southwold estaba muerto. Solo el faro parecía vivo: se erguía incongruente sobre la población, batiéndose en duelo con la luna con su rayo de luz. Lo único que se oía eran nuestros pasos y el rumor suave del mar.

—Va a estar todo cerrado, ¿verdad? —dije.

—Hay que seguir buscando —contestó Anna cuando entramos en otra calle lóbrega y empedrada.

Justo cuando estábamos a punto darnos por vencido o de intentar coger un taxi para ir al pueblo siguiente, doblamos una esquina y vimos una calle bañada de luz. Era un hotel, pero, para el caso, servía igual que un *pub*.

Cuando abrimos la puerta, fue como meterse en un baño vaporoso y caliente. Nos quedamos en la puerta, empapándonos de todo aquello: de la luz cálida y de las conversaciones de la barra, y del parpadeo y la cantinela de las máquinas tragaperras. En un rincón había un ruidoso grupo de vecinos del pueblo vestidos con jerséis navideños y gorros de Papá Noel.

—¿Qué quieres tomar? —le pregunté a Anna en la barra, gritando para hacerme oír.

—Una pinta de cerveza y un doble de algo, creo.

—¿Un qué?

—Un doble. Me apetece un doble de algo. Un licor doble.

Me eché a reír. Anna bebía poco, y yo nunca la había visto beber licores fuertes.

—Bueno, vale. Yo voy a pedir una cerveza.

—Muy bien —contestó en un tono que me recordó al de su padre mientras observaba las botellas que había por encima de la barra—. Ginebra. Creo que quiero ginebra.

—Vale —dije tratando de llamar la atención del camarero—. Una cerveza y una ginebra.

Me dio un codazo.

—Rob, tiene que ser doble. Dos en un solo vaso.

—Sí, ya lo he entendido, cariño —repuse con una sonrisa.

Nos sentamos a la barra, en dos taburetes. Anna se bebió su ginebra de un solo trago; hizo una mueca y se le encendieron las mejillas. Luego soltó un suspiro de satisfacción.

—Lo siento —dijo antes de beber un trago de cerveza—. Lo de mis padres, quiero decir. Ya sé que no es fácil.

—No pasa nada —contesté.

Meneó la cabeza.

—Claro que pasa. Son cada vez más raros a medida que envejecen. Y lo peor es que se están esforzando por ser amables.

—¿En serio? —pregunté casi escupiendo mi cerveza por la sorpresa.

—En serio. Es que esto no les gusta. Vivir en Inglaterra, digo.

Son infelices y se les nota. —Bebió un largo trago—. Me gusta mucho más estar con tu padre. Es horrible decirlo, pero ojalá pudiéramos pasar todas las Navidades con él.

Yo sabía por qué le gustaba tanto pasar las Navidades en Romford, en nuestra casita adosada del barrio, que mi padre decoraba con renos de lucecitas y un gigantesco Papá Noel hinchable en el jardincito de entrada.

Me puse nervioso la primera vez que la llevé a casa por Navidad. Desde la muerte de mi madre, a mi padre no le gustaba celebrar las fiestas. Un año pedíamos comida china y otro cenábamos en el *pub*.

Pero, como venía Anna, mi padre dijo que prepararía una auténtica comida navideña, como solía hacer mi madre. Le pidió a la mujer del Pequeño Steve que le enseñara a preparar el pavo y las patatas asadas. Bajó del altillo el árbol artificial y compró galletitas saladas y —por primera vez en su vida— compró pan integral en rebanadas, en vez del pan blanco que solía comprar.

Desde el momento en que se conocieron, dijo que Anna era de la familia. Yo creía que iba a tomarme un poco el pelo («Vaya pijita que te has buscado, hijo»), pero no, nunca lo hacía. Aquella primera Navidad se pasaron casi todo el tiempo charlando en el cuarto de estar. A él le encantaba oírle hablar de sus años en África y en el internado. Y a ella le entusiasmaban sus anécdotas sobre el taxi y sus peripecias de seguidor del West Ham.

Por la tarde, cuando pasamos a las bebidas, mi padre sacó los álbumes de fotos y nos apretujamos los tres en su sofá raído y desvencijado.

—¿Esta es tu madre, Rob? —preguntó Anna señalando una foto en la que aparecía mi madre tocada con una pamela en la playa de Brighton.

—Sí. ¿Cuándo fue eso, papá?

—Pues no sé, hijo. Tú debías de tener siete u ocho años, calculo yo —contestó, y se le quebró un poco la voz.

—Es guapísima —dijo Anna de repente, y todos nos quedamos mirando la fotografía.

—Sí que lo es —contestó mi padre así, en presente, porque nunca había asimilado del todo su muerte—. Aquí hay una muy bonita. Era Navidad. Tu madre acababa de ir a la peluquería.

—Está absolutamente preciosa —dijo Anna—. Dios mío, y fíjate, este eres tú —añadió señalándome a mí, un adolescente torpón—. Qué flaco estabas.

—Siempre ha sido muy flaco. No sé a quién habrá salido. A mí no, desde luego —repuso mi padre riendo con ganas.

Esa tarde pensé que nunca había visto a Anna tan relajada, tan a gusto, con los pies apoyados sobre la mesa baja y una lata de Carlsberg en la mano. A partir de entonces íbamos siempre a Romford por Navidad. Anna consiguió reflotar nuestras tradiciones familiares. Le encantaban esas tradiciones; cosas que, según decía, nunca había tenido. El vino chispeante a media mañana y la apertura ceremonial de la gigantesca lata de bombones. Ir al *pub* a tomar una pinta mientras el pavo se asaba en el horno. El bingo. Y los gorros de fiesta que mi padre nos hacía llevar de la mañana a la noche.

Por la tarde, cuando el champán se le subía a la cabeza, mi padre se ponía sentimental y nos decía cuánto nos quería y que Anna era para él como una hija. Luego, casi a la misma hora todos los años, se quedaba dormido en el sofá, justo después de cantar el tradicional *Hey Jude* de los Beatles en el karaoke de la PlayStation.

—Podríamos pasar la Navidad todos juntos, mi padre y los tuyos —le dije a Anna poniéndole la mano en el brazo—. Aunque no me imagino a tu madre cantando en el karaoke.

—¡Ja! —contestó, y de pronto se inclinó y me dio un beso en la boca, y yo sentí una oleada de deseo, una pasión reprimida, como cuando a uno le entran unas ganas terribles de follar después de un entierro.

—Uf. Ten cuidado, Anna. Acabas de hacer una demostración de afecto en público, no hay duda.

Ella volvió a acomodarse en su taburete.

—Es por la ginebra, creo. Pero lo digo en serio. No quiero volver a pasar la Navidad aquí. Ya sé que son mis padres, pero no quiero. —Bajó la cabeza casi como si le avergonzara lo que acababa de decir—. Anoche te eché de menos —añadió.

—¿En tu habitación de adolescente?

—Sí. La verdad es que me puse bastante cachonda.

—¿En serio? Bueno, siempre puedo ir a hacerte una visita.

—No —se apresuró a contestar, y miró a su alrededor con aire de conspiradora—. Pero yo sí que puedo ir a tu cuarto.

Me eché a reír.

—¿Estás borracha?

Soltó una risita.

—Un poco sí. Es el espíritu navideño. Pero, en serio, Rob, te prohíbo que salgas de tu habitación. Para mí es mucho más sencillo. Sé a qué hora se quedan dormidos. Y qué partes de la tarima del descansillo chirrían. Y sé cerrar la puerta sin hacer ruido.

—Estoy impresionado.

—No soy tan modosita como crees, cariño.

—Pero ¿y si hacemos ruido? —pregunté medio en broma, achispado por la cerveza.

—No vamos a hacer ruido. O yo, por lo menos, no voy a hacerlo.

La miré intrigado.

—Fui a un internado, Rob. Aprendí a no hacer ruido. —Me sonrió malévolamente y por fin consiguió que el camarero le hiciera caso—. ¿Me pone otra ginebra?

El camarero asintió.

—Que sea doble, por favor.

Estábamos un poco borrachos cuando volvimos a casa. Anna se empeñó en que camináramos en fila india y de cara al tráfico, por seguridad. Cuando se acercaba algún coche, tiraba de mí hacia la cuneta. Pero en el último tramo del camino había acera y pudimos ir cogidos del brazo.

—¿De verdad vas a venir a mi cuarto? —pregunté.

—Sí, claro. Hemos hecho un trato —contestó casi con solemnidad. Luego se detuvo y pensé que venía otro coche, pero la carretera estaba desierta—. Quizá deberíamos probar a... —dijo.

—¿A qué?

—A tener un hijo.

—¿Estás borracha?

—Achispada solamente —contestó.

—¿Lo dices en serio?

Nunca habíamos hablado muy en serio de tener hijos. Éramos felices tal y como estábamos, viviendo en Londres, sin niños. Anna tenía su trabajo, y los fines de semana veíamos maratones de Star Wars y comprábamos comida para llevar. Íbamos al parque a montar en barca, a visitar algún museo los días de lluvia, o pasábamos la tarde tranquilamente en un *pub*. Era la vida londinense con la que siempre habíamos soñado. Los hijos nos parecían todavía algo muy lejano: pertenecían a un futuro tan distante e irreal como si nos planteáramos irnos a vivir algún día a Perú.

Yo observaba cómo se comportaba Anna cuando tenía algún niño cerca. No les hacía carantoñas ni se ponía mimosa como hacían otras mujeres. Una vez la vi coger en brazos al bebé de una amiga y lo hizo con tanta torpeza como una Virgen María novata en una función navideña. Cuando le devolvió el niño a la madre, vi que se limpiaba discretamente la baba del bebé en la pernera de los pantalones.

—Sí, lo digo en serio —contestó mordisqueándose el labio con nerviosismo—. Hoy, cuando estábamos comiendo, me he puesto a pensar en tu padre y en cuánto me gusta ir a su casa en Navidad. Ese calorcillo de estar en familia... Yo también quiero tener eso, quiero que forme parte de mi vida.

La atraje hacia mí y la besé en la coronilla. Querer a Anna era como tener un secreto que nadie conocía. Un secreto guardado celosamente, imposible de revelar. Porque yo era el único (el único) a quien dejaba acercársele. Estuvimos así un rato, meciéndonos suavemente a la luz de la luna, en el arcén de la carretera.

Creo que concebimos esa misma noche, o puede que a la mañana siguiente, mientras sus padres estaban en la iglesia. Un par de semanas después, Anna me pidió que fuera al baño. Estaba sentada en el borde de la bañera, examinando de cerca, desde distintos ángulos, la línea azul clara de una prueba de embarazo. Leí las instrucciones para asegurarme de que la estábamos interpretando correctamente. Y sí, estaba allí de verdad: una gruesa raya azul, incontestable.

—No me lo puedo creer —dije.

—Sí, ya —dijo Anna—. Pero es mejor que no echemos las campanas al vuelo todavía. Aún no estamos seguros. —Notó que yo me desinflaba y me puso la mano en el brazo—. Esta marca, por cierto —explicó—, tiene la tasa de error más baja del mercado. Por eso la compré.

Yo no dije nada y ella me rodeó con los brazos y apoyó la cara en mi cuello.

—Es que no quiero hacerme muchas ilusiones, ¿vale?

—Vale —dije, y nos quedamos allí, mirando aquella franja, aquella raya azul, más clara y nítida que nunca.

Durdle Door

no era el agua, decías, la que había hecho aquel agujero tan grande en la roca. había sido batman con sus *batarangs* y su pistola lanzagarfios. miramos desde arriba el acantilado que se proyectaba hacia el mar, una barca hinchable llena de niños iba pasando por debajo del arco y tú te pusiste a correr y a saltar por la hierba esquivando los agujeros de las conejeras y gritando a pleno pulmón, y yo empecé a perseguirte intentando cogerte, y nos partíamos de risa mientras corríamos y corríamos, levantando a puntapiés arcoíris de rocío entre las hojas.

3

Una raya azul. Al final se quedó en eso. Recuerdo el silencio de la doctora. Pensé que el monitor de la ecografía mostraba una imagen congelada porque aquel grumo entre gris y blanco no se movía. Noté que Anna contenía la respiración a mi lado mientras trataba de descifrar las sombras de la pantalla.

—Umm, lo siento, pero ahora mismo no veo latido cardíaco —dijo la ginecóloga moviendo la sonda por la tripa de Anna.

Donde otros días habíamos visto un latido, una oscilación electrónica, un temblor blanquecino, ahora no se veía nada.

La doctora se puso a medir el tamaño del feto.

—¿Ha crecido? —pregunté.

—Es pequeño, ocho semanas —contestó, pero Anna estaba de diez.

—Entonces es que es pequeño —dije, porque no entendía de esas cosas. ¿Tenía poco peso?

Anna tampoco entendía de esas cosas. Pero, sin que nadie le dijera nada, se limpió la tripa con una toallita de papel y se sentó al borde de la camilla, los ojos fijos en el monitor de la pared.

La segunda vez que abortó, estaba de trece semanas.

—Lo siento —dijo la doctora—. No ha crecido lo que cabría esperar a estas alturas.

Esa vez no era solo un pequeño cúmulo de células amnióticas, sino una silueta humana con extremidades, corazón y boca. Tenía párpados. Aquel bebé, que hubo que extraer del cuerpo de Anna, nos habría cabido en la palma de la mano. Aunque no sabíamos si era niño o niña, Anna me confesó después que le había puesto Lucy.

Ella pasó su duelo en silencio. No se lo dijo a su madre ni a Lola, que también había tenido un aborto. Porque así era ella; era lo que le habían enseñado. Estoicismo por encima de todo.

De pequeña, cuando vivía en Kenia, en una parroquia pobre y polvorienta, los lugareños la saludaban cada mañana cuando iba sola al colegio lanzándole piedras e insultos; la llamaban «diablo blanco» y «chocho de búfalo apestoso». Cuando se lo contaba a sus padres, le decían que era una quejica, una niña mimada que no estaba preparada para sufrir por el Señor.

Así que nos lo callábamos. Los bebés que perdíamos eran cosa nuestra y solo nuestra. Un lazo que nos unía. Eran secretos devastadores, sí, pero eran nuestros y de nadie más.

Anna me lo contaba todo, hasta los sentimientos que, según decía, la abochornaban. Creía que estaba siendo castigada, pero no sabía por qué. Decía que no podía soportar ir al supermercado y ver a las mamás jóvenes porque pensaba que le habían robado a su bebé. Que no creía que les pasara nada a sus óvulos ni a los fetos que habíamos concebido, sino que la culpa la tenía ella porque era incapaz de *llevar* al bebé en su vientre. Que tenía algún defecto, que su cuerpo sufría una especie de avería mecánica. Yo nunca había pensado en el aborto de ese modo: como un fallo de tracción.

Pero aun así Anna no se desanimó. Se aplicó a tener un bebé con el mismo ahínco con que estudiaba en la universidad. Fue a ver a varios especialistas de Harley Street que le hicieron montones de pruebas, sin encontrar nada. Era una de esas cosas que pasaban. La próxima vez quizá tuviera más suerte.

Así que seguimos intentándolo. Nos negábamos a darnos por vencidos, porque así era como Anna veía el mundo: como un combate, siempre con la guardia en alto y la espalda pegada a la pared. Allí era donde convergíamos, el chaval de un barrio obrero de Essex y la becaria, los dos con algo que demostrar siempre.

Por sugerencia de Anna fui a una clínica y, en un aseo provisto de una barandilla y un timbre para emergencias, me hice una sórdida paja mirando una revista porno del año de la pera. Pero a mi esperma no le pasaba nada. Era de primera, dijo el doctor. Inmejorable.

No nos sorprendimos cuando Anna se quedó embarazada por tercera vez, porque concebir nunca había sido el problema. Nos enfrentamos a aquel embarazo con cierto fatalismo. Esperábamos que, en torno a la octava semana, ocurriera más o menos lo que las otras veces: los extraños dolores abdominales de Anna y esa sensación de vacío que describía, a pesar de que en ambas ocasiones el feto estaba allí, primero vivo y luego muerto, dentro de ella. Pero no: allí estaba, en el monitor, un latido cardíaco. Y no un latido cualquiera, sino un latido alto y claro. Había manos y pies, y el delicado contorno de las costillas. Había ojos, un páncreas todavía a medio formar. Había párpados.

En el segundo trimestre nos dijeron que las probabilidades de perder el bebé, incluso teniendo en cuenta que se trataba de un embarazo de alto riesgo, eran muy escasas. No les creímos. No era una comparación muy adecuada, le dije a Anna, pero tenía la sensación de que estábamos en *¿Quiere ser millonario?*, ese concurso de la tele en el que te hacen preguntas cada vez más difíciles y tú te arriesgas y sigues adelante hasta el final.

—Esa comparación no nos sirve —dijo—, porque nosotros no podemos plantarnos y cobrar lo que llevamos acumulado. Si pudiéramos hacerlo con el bebé, serviría.

Fue al comenzar el tercer trimestre cuando me fijé en ellos. Estaba un día en el jardín de atrás cuando vi dos girasoles que antes no estaban allí. Anna odiaba ocuparse del jardín. Decía que era una faena doméstica más y nunca en su vida había plantado nada.

Cuando entré en la cocina, estaba de pie junto a la pila, con su delantal puesto, fregando unas tazas de café.

—Me gustan tus girasoles —dije—. ¿Los has plantado tú?

—Sí —contestó, visiblemente satisfecha de sí misma—. ¿Verdad que son bonitos?

—Sí. Es que me ha sorprendido. Creía que no te gustaba ocuparte del jardín.

—Y no me gusta, descuida. Pero es que... —Tragó saliva y dejó una de las tazas en la encimera—. Vas a pensar que soy tonta, pero me apetecía hacer algo, ya sabes, por los pequeñines. Ya sé que no suelo hacer cosas así, pero me ha parecido bonito.

Luego se dio la vuelta porque no quería que la viera llorar. La rodeé con los brazos y apoyó la cara contra mi cuello.

—La señora del vivero me dijo que son muy fuertes. Que prosperan haga el tiempo que haga.

Estaba sentado en el suelo del cuarto de baño, viendo a Anna en la bañera. Ella leía un libro que tenía apoyado sobre un soporte metálico para el jabón, muy parecido a uno que yo recordaba de casa de mi abuela. Se ensortijaba el pelo distraídamente entre los dedos y yo veía como las burbujas se deslizaban por su barriga hinchada.

Me asombraba hasta qué punto podía estirarse la piel: tenía la tripa tensa como un tambor; sus capas externas eran casi traslúcidas. Me ponía nervioso tocarla. Quería hacerlo, pero me preocupaba apretar donde no debía, que mis manos torpes dañaran lo que había allí dentro.

La miraba mientras leía. Su cuchilla de afeitar de color rosa estaba colocada a un lado de la bañera, lo que para mí, incluso después de tantos años, tenía algo de reconfortante. Recordaba haber tenido esa misma sensación muy al principio, cuando empezamos a vivir juntos en mi cuarto de Cambridge. Me encantaba ver en la ducha su surtido de geles y champús; su libro en la mesilla de noche; sus pendientes colocados cuidadosamente en un platillo sobre la cómoda. Sí, eran indicios de un avance territorial, pero yo lo sentía como una liberación.

—Ah, por cierto, iba a decírtelo —dijo de pronto bajando el libro y pasando las manos por el agua—. Me he unido a un grupo de Facebook: Bebés y Pequeñines.

—¿Y eso qué es?

—La clave está en el nombre, Rob. Bebés y pequeñines. Es un grupo para madres.

—¿Y sirve para algo?

—Bueno, acabo de unirme, pero en resumidas cuentas no; es un horror. Me he unido porque Lola se empeñó.

—¿Sigue alimentándose de comida cruda?

—¿Alimentándose? Es una activista, Rob. Tiene su propio blog, La Mamá Crudívora, y está escribiendo su primer libro de cocina.

—Dios mío, pobre India.

—Sí, ya. Pero ella asegura que a la niña le gusta. Dice que no ha vuelto a dolerle la garganta desde que solo come cosas crudas.

—Lola está en Twitter, por cierto —dije—. ¿Y sabes lo que pone en su perfil?

—Mmm, a ver si lo adivino...

—Espera. —Saqué mi móvil—. *Lola Bree-Hastings. Madre, hija, hermana, amiga, bailarina del fuego, yogui, impulsora del cru-di-vorismo.*

—Madre mía. Típico de Lola —comentó Anna apartándose un mechón de pelo de la cara—. ¿Y por qué ha puesto un guion en «crudivorismo»? Por cierto, ¿sabes cuál ha puesto que es su trabajo en su página de Facebook?

—No, ¿cuál?

—*Consejera delegada de carantoñas y subdirectora de nutrición.*

—¡Por Dios! —dije echándome a reír—. ¿Y por qué dices que es un horror eso de Bebés y Pequeñines?

Me serví otra copa y le ofrecí a Anna un poco más del «champín» que estaba bebiendo. Dijo que no con la cabeza.

—Estoy harta de beber esa guarrería, no puedo más. El caso es que pensaba que en la página habría gente como yo, madres primerizas que hacían preguntas sobre la lactancia o sobre el sueño del bebé. Pero no. Santo cielo, esa gente está como una cabra.

—¿Por qué?

—Una tal Miranda, una de las administradoras, me ha mandado un listado de siglas que usan en el grupo y, la verdad, no me sonaba ninguna.

—¿Cómo ALVAT, por ejemplo?

—¿Qué significa eso?

—«Aprovecha la vida a tope».

—Ah. ¿Y en qué contexto se utiliza?

—No sé, si vas a hacer *puenting* o algo así. Gritas: «¡ALVAT!».

Anna meneó la cabeza y entornó los ojos.

—En fin, el caso es que algunas de esas siglas me han parecido
de lo más extrañas.

—¿Por ejemplo «QHO», «QHA» y «QM»?

—¿Qué? —Se volvió hacia mí fingiéndose sorprendida—. ¿Las
conocías?

—Todo el mundo las conoce. «Querido hijo», «querida hija»,
«querido marido».

—Bueno, todo el mundo no —repuso Anna—. Vale, listillo.
EDT. ¿Qué significa «EDT»?

Me quedé pensando un momento.

—¿«Estoy dando teta»?

—Casi, casi. Por lo menos has acertado en lo de la teta.

—En eso siempre acierto.

Anna levantó las cejas.

—No tiene gracia, ¿sabes?

—Ni un poquito —contesté tocándole la espalda, y le hice cosquillas en el brazo.

Empezó a reírse.

—No, por favor —dijo—. Me pesa tanto la barriga que me
duele cuando me río.

—Bueno, entonces ¿qué significa «EDT»?

—«Exprésate dando teta».

—Ah, ya —dije, y me volví y eché un vistazo a hurtadillas a mi
teléfono móvil para ver cómo iba el West Ham.

—Hay una mujer —continuó Anna—, creo que es una de las

administradoras, que cuelga todo el rato sus ideas para hacer manualidades y las cosas alucinaaaantes que hace con sus hijos. Hoy ha preguntado dónde podía encontrar perlas de poliestireno porque las necesita para rellenar un cojín de lactancia que ha confeccionado ella misma, lo que ha dado pie a un debate acerca de si los componentes químicos del poliestireno podían contaminar su leche materna.

—¿Y cuál ha sido la conclusión?

—Que use lentejas y alubias secas para rellenar el cojín. Mucho más barato y seguro.

—Naturalmente.

Anna bajó la mirada, quejosa, y se acarició la barriga con la yema de los dedos. El vapor se le había condensando, formando una línea, sobre el labio superior y las cejas.

Dejé mi copa y me arrimé un poco más a la bañera.

—¿Quieres que te enjabone la espalda?

—Puede que sí.

Se inclinó hacia delante y vi las gotitas de agua que resbalaban por su espalda. Tenía la piel lisa y caliente como un tobogán de agua al sol.

Salió de la bañera y entró en el dormitorio. Anadeaba un poco, dando lentos pasitos de pingüino, como si caminara sobre guijarros. No tenía esa seguridad en sí misma, ese desparpajo de otras embarazadas. Para dormir, solo podía ponerse de lado. Y si por casualidad se daba un golpe en la tripa, se pasaba días angustiada.

Yo lo entendía. Porque incluso en esos momentos, cuando faltaban solo un par de semanas para que saliera de cuentas, tenía la sensación de que estábamos viviendo de prestado. Esperaba que el corazón del bebé dejara de latir en cualquier momento. Que apareciera un agujero negro en la ecografía. Que tuvieran que hacerle otro legrado.

De nombres, preferíamos no hablar.

Me senté a su lado en la cama. De pronto se echó a llorar y apoyó la cabeza en mi pecho.

—¿Estás bien, cariño? —pregunté acariciándole el pelo.

—Sí. —Se enjugó los ojos y sorbió un poco por la nariz—. Creo que tengo las hormonas un poco revueltas, nada más. Ese absurdo grupo de Facebook me ha puesto nerviosa.

—¿Por qué?

—Porque me preocupa no dar la talla. No ser una buena madre, quiero decir. Porque yo no soy como esas mujeres, ni quiero serlo.

Le acaricié el brazo y se volvió hacia mí.

—Claro que imagino que es preferible preocuparse por eso que por lo que solemos preocuparnos —añadió.

Nos tumbados en la cama, uno al lado del otro, sus labios a unos centímetros de los míos, y nos miramos a los ojos. Eso era siempre lo que me atraía de ella: sus ojos. La suave curvatura de sus pupilas; sus párpados finos como papel cebolla, estremeciéndose con cada latido de su corazón.

—Estoy deseando que llegue el día —dije, y se me quebró la voz—. Ojalá mi padre estuviera aquí para verlo.

Anna me atrajo hacia sí y me acarició la nuca.

—Sí, lo sé. Es tan injusto... Habría estado muy orgulloso.

Mi padre había muerto de un ataque al corazón dos días después de que le diéramos la noticia. El Pequeño Steve, que tenía llave de su casa, le encontró en la cama, tumbado, como siempre, en el lado de mamá. Tenía sobre la mesilla de noche la foto de la ecografía que le habíamos regalado.

Anna me miró, los ojos todavía un poco llorosos.

—Estoy deseando ver su carita —dijo.

—Yo también.

—Todavía no me creo que vaya a pasar de verdad —dijo—. Cuando deseas algo tanto, cuando has esperado tanto y luego por fin, por fin va a pasar, es...

No pudo continuar. Su voz se apagó, disolviéndose en llanto.

* * *

Yo estaba fuera, en el jardín, practicando con mis helicópteros teledirigidos. Mis juguetes, los llamaba Anna, aunque no eran eso, ni mucho menos. Tenía uno nuevo, un birrotor con palas coaxiales al que le había puesto una pequeña cámara digital en la panza. Conseguí que se elevara, pero la cámara pesaba demasiado y acabó estrellándose contra la espaldera de los rosales.

Me pareció oír un grito y presté atención. El gran día estaba al caer: podía ser en cualquier momento. Anna estaba arriba, echada en la cama. Hacía una semana que había salido de cuentas. Nos habían dicho que lo peor era la espera, y era cierto.

Recogí el helicóptero y traté de volarlo otra vez cuando dejó de soplar el viento. Despegó y conseguí mantenerlo en el aire, a la altura de la puerta de la terraza, pero una racha de viento lo estrelló contra el cristal y una de las aspas se desprendió.

—¡Rob! —Oí que gritaba Anna cuando entré en el cuarto de estar.

—¿Qué?

—¿Puedes subir?

Subí corriendo y la encontré sentada al borde de la cama, con las piernas separadas.

—Joder, ¿estás bien?

—Creo que tengo contracciones.

—¿En serio? ¿Estás segura?

—Sí —contestó, y apoyó las manos en las rodillas para afianzarse—. Las he cronometrado. Y desde luego no se parece a nada que haya sentido hasta ahora.

Miró su reloj, un Casio grandote que le gustaba porque era muy preciso y se le iluminaba la pantallita.

—¿Cuánto tiempo hace que las tienes? —pregunté.

—No lo sé. Tres cuartos de hora, quizá.

—Por Dios, Anna, deberías haberme avisado...

—Quería estar segura. —Parecía aterrorizada; tenía la cara gris y cenicienta—. Creo que deberíamos irnos al hospital.

—Voy a coger la bolsa.

—La de día.

Había hecho dos maletas distintas y las dos estaban en la entrada, con sus respectivas etiquetas colgadas del asa. En una decía *Día* y en otra *Noche*.

—Vale —dije cuando estuvimos en la puerta, yo con las dos maletas en la mano y Anna repasando una lista de memoria.

Justo antes de salir, cogí la bolsa de mi cámara de fotos, que estaba en el aparador.

—Ni se te ocurra llevar eso, Rob.

La miré. Evidentemente, aquel no era momento de ponerse a discutir.

El médico acababa de irse cuando Anna dio un grito y lo primero que pensé fue que había perdido al bebé. Pulsé el timbre de emergencia, pero ya empezaba a asomar un mechoncillo de pelo, el comienzo de la coronilla de Jack. El médico volvió corriendo y llamó a la matrona, pero había salido: era su hora de descanso.

Como Anna seguía gritando, el doctor le colocó las piernas en los estribos del potro y a mí me puso en las manos una bandeja llena de instrumental. Anna me gritó algo que no entendí, y me quedé allí parado, al pie de la camilla, sosteniendo la bandeja mientras ella chillaba de dolor y llamaba a Jack a gritos.

Al principio bromeábamos con que no era humano: nuestro pequeño alienígena, le llamábamos. Porque hasta cuando vi aparecer su pelo oscuro y resbaladizo y su cuerpecillo pringoso; hasta cuando oí cómo sus chillidos rasgaban la fría atmósfera del paritorio mientras yacía sobre la anticuada balanza mecánica, me costó creer que fuera real.

Nunca olvidaré cómo sonrió Anna cuando cogió en brazos su cuerpecillo sollozante y se lo acercó al pecho, con tanta naturalidad como si la hubiera enseñado a hacerlo una comadrona celestial. Su sonrisa era tan espontánea, tan relajada, que pensé que nunca la había visto sonreírle así a nadie.

—¿No quiere usted cogerle mientras yo coso a la mamá? —preguntó el médico.

Le tomé en brazos suavemente, temeroso de aplastarle. Estaba tan arropado como en el vientre materno, ceñido como por una camisa de fuerza. Sus ojos eran dos ranuras tumefactas. Me alegré de que se hubiera librado del frío de la balanza, de las manos ásperas del médico y hubiera encontrado refugio en las mías.

Los libros sobre bebés que había leído decían que se necesitaba tiempo para establecer un vínculo con el recién nacido; que, mientras que en el caso de Anna ese vínculo se daría al instante, en el mío tardaría algún tiempo. No era cierto. Lo sentí de inmediato; fue como si un rayo me recorriera la columna vertebral empezando por el cuello: la sensación de que todo, absolutamente todo, desembocaba en aquel momento.

Que nosotros hubiéramos podido crear aquello, aquel hatillo que chillaba y ronroneaba... No, no podía ser cierto. Que hubiéramos dado vida a otra persona con sus dedos de las manos y los pies, con su cerebro y su alma... Que fuéramos capaces de engendrar una vida. Que hubiéramos creado a Jack.

4

Hacía calor para ser primavera y Hampstead Heath estaba lleno de excursionistas, corredores y parejas paseando con carritos de bebé. La hierba era un *collage* de mantas y cestas de pícnic. Los visitantes habituales, los jubilados que subían al parque a diario, se sentaban en sus bancos de siempre, con pequeñas radios pegadas al oído. Un niño y una niña jugaban al fútbol con su madre: largas carreras, patadas sin fuerza, la pelota saltando al aire.

Jack tenía una nueva bici de Spiderman con parabrisas y cañones a los lados y quería probarla. Costaba encontrar un sitio llano y sin coches en los alrededores de Parliament Hill, así que habíamos ido a Hampstead Heath, como solíamos hacer.

Yo veía a Jack remontar la cuesta empujando aquella bici que todavía le venía grande. ¡Qué deprisa cambian los confines de nuestro mundo! Jack tenía ya cinco años, era todo un hombrecito, como habría dicho mi padre. Sus piernas ya no se combaban como las de un bebé, y había perdido su lengua de trapo. Ahora nuestro mundo lo formaban los libros de la biblioteca, las reuniones de padres en el colegio y nuestros intentos de persuadir a Jack de que era fantástico ir a clase de teatro después del cole.

—¿Qué tal aquí? —pregunté cuando llegamos a una zona de terreno llano.

—Vale —contestó Jack, y pasó la pierna por encima de la barra de la bici.

—No, chicos —dijo Anna—. Esto está muy empinado. Creía que íbamos a ir una zona llana.

—Esto es llano —contesté.

—Aquí está bien, mamá —dijo Jack.

Anna se lo pensó, mirando a un lado y otro del camino.

—No, a mí no me lo parece. Hay demasiada pendiente.

Jack suspiró y levantó los ojos al cielo con aire de fastidio: un gesto que había aprendido en el colegio.

—Venga, Jack —dije yo—, vamos allí.

—Vale. —Comenzó a empujar la bici cuesta arriba.

Cuando llegamos a la llanura de arriba del todo, vimos a un niño montado en un triciclo cuyo padre corría tras él acongojado.

—Aquí está bien —dije.

Anna parecía nerviosa y un poco sofocada.

—Bueno —dijo tras examinar el terreno—. Pero ve con cuidado, Jack.

Él se ajustó la correa del casco como si fuera un piloto de combate y se impulsó sendero abajo, sorteando a los paseantes. Yo corría a su lado, sonriente y rebosante de orgullo. Fue como uno de esos momentos cinematográficos que se viven a veces: los árboles deslizándose velozmente a nuestro lado y el reverbero de la lente a la luz cegadora del sol.

Sentí que me tocaban el brazo y vi que Anna iba a mi lado. Pensé al principio que nos había seguido porque estaba nerviosa, que en cualquier momento se abalanzaría sobre Jack para salvarle, y entonces me di cuenta de que ella también sonreía mientras nuestro hijo bajaba libremente por la cuesta.

Jack aflojó un poco la marcha al llegar a un suave repecho y yo me acerqué corriendo y le di un empujón apoyando las manos en la parte de atrás del sillín, igual que hizo mi padre, lanzando vítores de orgullo, cuando monté por primera vez en bici en nuestro barrio.

* * *

—Lo has hecho de maravilla, Jack, ha sido genial —dije cuando frenó suavemente y se detuvo.

Se bajó de la bici y se aseguró de que los cañones seguían en su sitio.

—Ya le ha cogido el tranquillo —le dije a Anna.

—Sí, ¿verdad?

—¿Puedo dar otra vuelta? —preguntó Jack ajustándose el casco.

—Claro que sí.

Volvió a montar en la bici y se puso a practicar describiendo círculos y esquivando los tocones que asomaban entre la hierba. Anna y yo estábamos distraídos hablando cuando, en vez de torcer, se fue derecho contra un árbol. Anna soltó un grito y echamos los dos a correr. Jack estaba tendido en el suelo, con la mirada aturdida.

—¿Estás bien? —pregunté al arrodillarme a su lado.

Asintió vagamente, como si no supiera qué había pasado.

—¿Te duele algo? —insistí—. ¿Cuántos dedos hay aquí?

Jack me sonrió.

—Un millón.

—¿Te acuerdas de tu nombre?

—Jack.

—¿Y del mío?

—Señor Cara de Cerdito —contestó, y empezó a reírse.

—Muy bien. Creo que estás perfectamente.

Le ayudé a ponerse en pie y enderecé la bici, que estaba tirada en el suelo.

—¿Qué ha pasado, cielo? ¿Estás bien? —le preguntó Anna mientras le sacudía el polvo de la chaqueta y los pantalones.

—Sí, estoy bien —contestó, todavía un poco desconcertado.

—¿Qué ha pasado, campeón?

—No sé. Estaba en la bici de Spiderman y entonces... No sé... Me he sentido raro y me he estrellado contra el árbol...

* * *

Cuando volvimos a casa, me senté con él en el cuarto de estar a tomar un chocolate caliente mientras veíamos un programa de fútbol de la BBC. Jack escuchaba con atención y repetía calladamente, moviendo los labios, los nombres de algunos equipos. Accrington, Chesterfield, Blackburn. Los más difíciles probaba a decirlos en voz alta: Gillingham, Scunthorpe, Shrewsbury.

Mientras escuchaba, se puso a mirar las fotos que había hecho con su cámara, una pequeña cámara digital que le habían regalado por su quinto cumpleaños y que siempre llevaba consigo. La agarraba con fuerza, con las dos manos, como le habíamos enseñado, porque no es un juguete, Jack, no es un juguete. Y cuando acababa de hacer fotos, limpiaba la pantalla con un pañuelo de papel y guardaba la cámara en su funda.

—Papi —dijo mientras dejaba con todo cuidado la cámara sobre la mesa baja—, ¿puedo tomar tostadas especiales con queso?

Las tostadas especiales con queso llevaban mantequilla, Marmite y un par de lonchas de queso fundido en el microondas.

—Claro que puedes. Me parece que mamá ya las está preparando.

—¿Tú también quieres una?

—No —contesté—. Voy a comerme las tuyas.

—Nooooooo. —Me miró y trabó los ojos—. Si te las comes, te castigo.

—¿Con qué?

—Ummm. —Se llevó un dedo a los labios—. Tendrás que irte a la cama y... y... —Se quedó pensando y yo levanté las cejas—. Y... ¡y no podrás ver el fútbol! —dijo triunfalmente.

—Ah, vale. —Me rasqué la barbilla—. Entonces, tú ganas. No me comeré tus tostadas.

Sonrió de oreja a oreja y fui a la cocina a ver si las tostadas estaban listas. Anna estaba cortando el pan en cuadraditos.

—¿Está bien? —preguntó.

—Sí, perfectamente.

—Todavía no me explico qué ha pasado.

—Anna, solo se ha caído de la bici. Es completamente normal.

—Pero fue como si se mareara. Y ha dicho que se sintió raro.

—Se despistó, eso es todo. Todavía está aprendiendo a montar y son demasiadas cosas en las que fijarse.

No pareció muy convencida. Me dio el plato y se lo llevé a Jack.

Las tostadas especiales con queso eran el único plato que sabía preparar mi padre. Hacía todas las tareas de la casa, pero nunca aprendió a cocinar. Los días que mi madre estaba trabajando, limpiando oficinas en la City, era lo que me preparaba para cenar. Sabía hacerlas en su punto: doraba el pan levemente y untaba la mantequilla en cuanto las rebanadas salían del tostador. Una capa de Marmite y, a continuación, finas lonchas de queso. Ponía siempre treinta segundos el microondas, pero aun así se quedaba vigilando, inclinado sobre la encimera de la cocina, esperando a que alcanzaran ese punto ideal, justo antes de que el queso empezara a burbujear.

Después de que muriera mi madre, era yo quien le hacía a él tostadas especiales con queso. Se sentaba en silencio a la mesa de la cocina, con el salvamanteles, el cuchillo y el tenedor de mamá desplegados frente a él. Se sentaba allí cada noche y lloraba, y lo único que podía hacer yo era prepararle la cena, como siempre había hecho mi madre.

—Gracias, tesoro —decía cuando le ponía el plato delante, porque era lo que siempre me decía. Delante de mis amigos o en el campo del West Ham me llamaba «guapo» o «hijo». Pero cuando estábamos solos siempre me decía «tesoro».

Conque eso hacía yo: lo único que podía hacer. Durante un año, le preparé a mi padre sus *pizzas* precocinadas favoritas, sus tortitas y sus empanadas congeladas. Los viernes, cuando volvía a casa después del turno de tarde, le tenía siempre preparado su plato preferido: dos tostadas con queso fundido acompañadas con kétchup.

Estuve viendo cómo comía Jack, con la boca manchada de tomate frito. Seguía mirando los resultados de la liga de fútbol y repitiendo en voz baja los nombres de los equipos. A veces me parecía la viva imagen de mi padre. Su manera cuidadosa y esmerada de comer. Su forma de ladear la cabeza cuando escuchaba, como si fuera duro de oído.

En ocasiones fantaseaba, imaginándomelos juntos: mi padre dejándole sentarse sobre su barriga como cuando yo era pequeño, o permitiendo que se sentara delante en el taxi y hablara por radio con las operadoras de la central; o los tres yendo a ver al West Ham cuando Jack tuviera edad suficiente. Se le habría caído la baba con Jack.

—En serio, tío, los drones otra vez no. Por favor, Dios mío, los putos drones no.

Estaba sentado con Scott en The Ship, nuestra oficina improvisada. Las tardes solían ser muy tranquilas en el *pub*, y las grandes mesas estaban tan vacías que podíamos desplegar sobre ellas nuestros portátiles. Las paredes recubiertas con paneles de madera hacían que te sintieras como en un barco, y los cristales emplomados de las ventanas como si estuvieras en una iglesia.

—El caso es... —empecé a decir.

—No.

—Pero he hecho progresos, Scott.

—Por Dios, Rob, otra vez no, por favor.

—Te invito a todas las copas que quieras si me dejas hablar de drones cinco minutos.

Se echó a reír y dio una palmada en la mesa.

—No hay literalmente nada a lo que puedas invitarme que me compense por oírte hablar de drones.

—Vete a la mierda.

Aunque Scott se había criado a unas pocas calles de mi casa y había estudiado en Cambridge, no nos conocimos hasta que entré en la sala de reuniones de Simtech. Vidas paralelas, decíamos siempre en broma. Scott era el único licenciado en Cambridge que yo conocía que se compraba los calzoncillos en el mercadillo de

Romford y que todos los años, hasta que cumplió los dieciocho, soplaba las velas en una tarta decorada con el escudo del West Ham.

—Pero, hablando de otro tema, me hace muchísima falta ese *script* —dijo.

Eché un vistazo a mi móvil como si acabara de recibir un correo importantísimo. Se suponía que tenía que escribir un *script* para una empresa china de cartografía, pero estaba posponiéndolo y Scott lo sabía.

—Estoy en ello, Scott, estoy en ello. Es que es más complicado de lo que pensaba.

—Pues dáselo a Marc.

—Para él también sería complicado.

Scott quería que encargáramos el trabajo a nuestro equipo de programadores belgas, pero yo había insistido en encargarme del asunto personalmente.

—Ya, pero es que ellos son seis —señaló Scott.

—Sí, pero en programación eso a veces no sirve de nada.

Mi as en la manga: deslumbrar a Scott recurriendo a la ciencia. Scott era rico, un empresario de éxito, pero no sabía programar.

Suspiró y se giró un poco en la silla. En su cara habían aparecido arrugas de preocupación. Yo sabía que estaba pensando en vender la empresa. La crisis económica le había sacudido fuerte y estaba «moviendo algunos temas». Por eso quería que escribiera aquel *script*: para impresionar a un posible comprador chino.

—Mira, Rob, somos colegas y llevamos mucho tiempo trabajando juntos. Siempre he procurado que fueras a tu aire, pero en este caso tengo que ponerme firme. Necesito ese código para finales de esta semana, ¿vale?

Miró por la ventana y noté que estaba dando golpecitos con el pie en la base de la silla. Yo no quería que vendiera la empresa. Perdería mi sueldo, lo que horrorizaba a Anna. Pero, sobre todo, para sacar adelante mi idea de los drones, necesitaba a Simtech. Necesitaba su nombre, su prestigio y los contactos de Scott en el mundillo financiero. Sin ellos, me encontraría otra vez como al principio: vestido con un traje pagado por Anna, presentando chapuceramente un plan de negocio hecho de cualquier manera.

—Si tengo listo el *script* para el viernes, ¿podemos hablar de drones?

—Joder, Rob —dijo, riendo, con un acento denso, como si estuviera otra vez en el canódromo de Romford—. ¡Juan! —llamó al barman, pronunciando su nombre impecablemente—. ¿Puedes traernos un par de cervezas cuando tengas un minuto?

Juan hizo un gesto afirmativo, sirvió un par de pintas y nos las trajo a la mesa.

—Vale, adelante. Soy todo oídos —dijo Scott tras beber un largo trago—. Pero prométeme que tendrás ese *script* listo para el viernes.

—Te lo prometo.

Sonrió y meneó la cabeza.

—Muy bien. Drones. Mi tema predilecto.

—Bueno —empecé—, hemos hablado otras veces, así que ya sabes lo que pienso. Son el futuro. El *hardware* es barato y se van a utilizar para todo, en todas partes. Para entregar *pizzas* a domicilio, para los pedidos de Amazon... Los albañiles los usarán para que les lleven el bocadillo y...

—Ahórrate los preámbulos, Rob —dijo Scott—. Los he oído un millón de veces. Seguro que ahora vas a hablarme de los equipos de búsqueda y rescate y...

—Justamente, pero también hay una cosa nueva, y de eso precisamente quería hablarte.

—Muy bien, adelante.

—Drones personales.

—¿Drones personales?

—Sí. Baratísimo, ultraligeros y superduraderos.

—Vale —dijo—. ¿Y qué hacen exactamente esos drones personales?

—Fotos, principalmente.

—¿Fotos?

—Sí. Habrás visto esos palos para hacerse *selfies*.

—Por desgracia, sí.

—Pues eso es justamente lo que harían los drones, unos drones pequeñitos que se controlarían con el teléfono. Imagínate que estás en una boda y necesitas hacer una foto de un grupo grande. O que estás de excursión por la montaña y quieres enseñarle a la gente lo alto que estás y lo fantástico que es el paisaje. O que estás viendo un partido en un estadio de fútbol, en medio de una multitud. Hasta hace un par de años, eran cosas que solo podían hacer los fotógrafos profesionales. Ahora cualquiera puede hacerlas con un trozo de plástico de cinco dólares.

Se quedó pensando un momento mientras se acariciaba la barba corta.

—Mira, entiendo lo que dices, Rob. Ahí hay algo y puede que estés en lo cierto, pero es que es demasiado...

—¿Demasiado qué?

—Demasiado específico, Rob.

—Eso decían de los palos para hacer *selfies*.

Su móvil emitió unos pitidos y Scott echó un vistazo al reloj.

—Joder, tengo que irme.

—¿Una reunión?

—No, novia nueva.

—Ah.

—Es rusa. Preciosa, pero un poco exigente.

—Dentro de seis meses te habrás aburrido de ella.

Miró su portátil.

—No seas borde, tío —dijo al recoger las llaves del coche de la mesa.

—Perdona, solo era una broma.

—Aunque seguramente tienes razón —añadió mientras se despedía de Juan con un gesto—. Y de todos modos yo podría decirte a ti lo mismo, capullo. Te encanta andar a la caza, crear un nuevo proyecto, pero luego te aburres.

—*Touché*.

—Bueno —dijo después de apurar su cerveza—. No te preocupes por la cuenta. Pago yo. Y, por favor, corazón mío, por favor, prepárame ese *script* de los cojones, ¿vale?

Hampstead Heath

era la primera vez que veías la nieve, así que fuimos a montar en trineo, subimos hasta arriba, hasta lo alto de la colina donde subían los niños grandes, y me acuerdo solamente de que nos lanzamos por la pendiente a toda pastilla, tú sentado entre mis piernas, y de que la nieve nos daba en la cara a velocidad de vértigo, como si fuéramos montados en el halcón milenario. solo cambiaría una cosa de aquel día, jack: poder verte la cara, haber visto tu cara mientras nos deslizábamos por la ladera.

5

Estaba chispeando cuando nos detuvimos al pie del Monumento. Miramos columna arriba. La piedra, de un beis grisáceo, se confundía con la lluvia. La única nota de color era el penacho dorado de la cúspide.

Empezamos a subir por la escalera de caracol, Jack delante, todo lo rápido que podía, con su cámara colgada a la espalda. Cuando habíamos recorrido la mitad del camino, advertí el aire helado que soplaba escalera abajo, la luz pálida y anaranjada que parecía llamarnos desde arriba.

Desde que nosotros recordábamos, quizá desde que había aprendido a hablar, a Jack le encantaban las alturas. Al principio fueron las escaleras de casa o la buhardilla; luego, edificios altos, cerros, acantilados: cualquier sitio desde donde pudiera contemplar el panorama a vista de pájaro.

Subíamos a Parliament Hill a observar todo Londres desde lo alto. Jack se sentaba sobre mis hombros dándome golpecitos con los talones en el pecho y yo le iba señalando los edificios que se recortaban en el horizonte de la ciudad: la Telecom Tower, el Gherkin, la pirámide de Canary Wharf.

Cuando fue un poco mayor, yo imprimía fotografías de grandes rascacielos (el Burj Khalifa, el Taipei 101, la torre de Shanghái y las Petronas) y las pegaba en la pared alrededor de su cama. Jack decía que iba a subir a todos.

Cuando llegamos a lo alto del monumento no había nadie en el mirador y me sorprendió lo estrecho que era, un pasadizo circular cercado con malla de alambre, con las paredes encaladas llenas de desconchones.

—Bueno, ¿qué tal hoy en el cole? ¿Has aprendido algo?

Jack llevaba todavía sus pantalones grises y su polo verde del colegio Amberly.

No respondió; estaba distraído intentando asomarse por encima de la barrera.

—¿Jack?

Suspiró como un adolescente.

—Mates, lectura, escritura y educación física —dijo de carrerilla, y luego me miró—. Papi, ¿por qué se llama «el Monumento»?

—¿Te acuerdas de que te hablé de un incendio muy grande que hubo en Londres?

—¿Antiguamente?

—Sí, antiguamente. Pues construyeron esto para recordar a esas personas.

—¿Por qué?

—Es algo que se hace a veces. Se construyen monumentos para recordar a gente.

—¿Y por qué hubo un incendio?

—Bueno, empezó cerca de aquí, justo al otro lado de la esquina, y antiguamente la mayoría de las casas eran de madera.

—¿Y tuvieron que volver a construirlas?

—Sí.

—Qué guay.

Intentó de nuevo mirar por encima de la barrera. «Guay». Desde que había empezado el colegio, todo era «guay».

—¿Quieres que te suba a hombros? —pregunté—. Así podrás ver mejor.

—¿No soy ya demasiado grande?

—Eres grande, pero no tanto —contesté, y le subí sobre mis hombros.

Noté que giraba la cabeza, que movía un poco las caderas y me clavaba los talones en el pecho.

Nos acercamos un poco más al borde y miramos hacia el este siguiendo el curso del río. Entre el gris destacaban algunas pinceladas de color: una franja de árboles verdes a lo largo de la ribera norte; un parque infantil de suelo rojo encajado entre dos edificios.

—Mira, papi, se ve Tower Bridge.

—¡Hala! Sí, sí que se ve. ¿Quieres hacer fotos?

Asintió, muy serio, y sentí que tiraba de su bolsa y que sacaba la cámara con mucho cuidado.

Se puso a hacer fotos y noté que se giraba buscando el mejor encuadre. Le gustaba hacer fotos desde muy arriba, y las mejores las imprimíamos para añadirlas a la colección que rodeaba su cama. El sol de la mañana visto desde la ventana de su cuarto. Un fin de semana en Dorset, con un faro blanco recortándose contra el cielo morado. Gotas de lluvia en el cristal de la ventana, en lo alto de Canary Wharf.

Había dejado de moverse y estaba muy quieto sobre mis hombros. Pensé que a lo mejor le pasaba algo, así que levanté la mirada hacia él, pero estaba simplemente quieto, contemplando la ciudad ensimismado como un viejo caballero rural inspeccionando sus dominios.

Londres era lo único que conocía Jack. Para él, los trenes del metro eran dragones, y sabía que si metía el pie en el hueco del andén vendrían los osos a comérselo. A los dos años comía *dim sum* en el barrio chino y era capaz de nombrar todos los puentes del Támesis. Le encantaba la ciudad. Ver atardecer desde la South Bank en verano. Saltar los charcos con olor a pescado del mercado de Billingsgate con sus botas de agua puestas. El golpe de aire caliente y áspero a la entrada del metro. Esa carbonilla que acababa formando parte de uno.

Nos quedamos así un rato, como un gigante de cuatro brazos, escuchando las sirenas de la policía a lo lejos, el zumbido gris del tráfico, el chisporroteo eléctrico de la ciudad, ese sonido que solo se percibe cuando cesa.

De vuelta a casa, en el metro, Jack fue muy callado. Yo sabía que iba contando las paradas, un rasgo que había heredado de Anna. Su madre seguía contándolas cada vez que montaba en metro: una rápida ojeada al plano y luego un ligerísimo temblor en los labios cuando empezaba a enumerar las estaciones de memoria.

Cuando llegó a Londres, se aprendió de memoria todas las líneas. Yo solía ponerla a prueba, le hacía pequeños exámenes. Podía decirme de carrerilla cómo llegar de Piccadilly Circus a Camden Town, o la ruta más rápida desde Lancaster Gate a Regent's Park. A veces era más fácil preguntarle a ella que consultar un plano.

Seguía lloviendo cuando salimos del metro. Pensábamos ir al parque de bolas de Hampstead, donde daban clases de yoga para mamás y bebés y solo servían *bhajis* y café torrefacto de Sumatra, todo ecológico. Mientras Jack iba a la piscina de bolas, yo busqué una mesa y pedí un café americano. Me puse a escuchar a las dos mujeres sentadas en la mesa de al lado. Estaban hablando de otra madre cuya hija se negaba a comer y hacía lo que le daba la gana con ella. Era lo que pasaba —decían— si les dabas biberón y toda esa basura de comida procesada.

Me tomé el café mientras miraba mi correo en el teléfono. Publicidad sobre inversiones en *start-ups* y algo de papeleo de nuestro contable. Me habían pedido que hablara en un evento de una incubadora de empresas, algo relacionado con el fomento de una nueva forma de pensar la realidad virtual.

Jack acababa de salir de la piscina de bolas y estaba pasando por un tubo de plástico con otro niño al que conocía del colegio. Las dos mujeres de la mesa de al lado seguían hablando sobre sus niñeras, que por lo visto estaban deprimidas. Debía de ser cosa de las eslavas, decían. Comprendí entonces por qué Anna no soportaba ir allí. Si eras hombre, era más fácil. Te dejaban en paz.

Mi teléfono emitió un gorjeo. Era Scott.

Creía que ibas a mandarme ese código

Estoy en el parque de bolas ¿podemos hablar luego?

Una pausa, un paréntesis de reflexión. Entonces vi que volvía a escribir.

Rob, por favor llámame estoy empezando a cabrearme

Vale luego te llamo

No pensaba escribir aquel *script*. La empresa china era enorme y estaba forrada. Nos engulliría de un solo bocado. Tenía su propia gente, su propia infraestructura. Simtech, tal y como la conocíamos, dejaría de existir y, con ella, mi oportunidad de lanzar los drones.

Busqué a Jack con la mirada. Estaba con otro niño, intentando meterse en un coche de plástico por las ventanillas en plan *Dukes de Hazzard*. Dejé el teléfono y me puse a observarle. Desde que era muy pequeño, me encantaba verle jugar con otros niños, observar sus primeros, desmañados intentos de hacer amigos: esa sonrisa precavida, esa forma de levantar las cejas al intentar acercarse; ese afán suyo por atraer a otros niños enseñándoles todo lo que tenía: sus pinturas de colores, sus juguetes, el estampado de su camiseta.

Busqué en el bolsillo la lista de la compra que me había dado Anna. Sus listas siempre me hacían sonreír. Su pulcritud, su detalle, su forma de especificar la marca concreta de tomates cherry que quería, sus subrayados, sus instrucciones sobre qué puntas de espárrago elegir... Yo solía guardar listas de la compra antiguas en la cartera para leerlas en el metro, en el autobús o cada vez que me sentaba en alguna parte a esperar a Anna.

Ver al dorso, escribió una vez, *quesos que se pueden comprar en caso de que no haya gruyer.* Y en el dorso de la hoja había, en efecto, una lista numerada de siete quesos, con una nota entre paréntesis en la que se advertía de que estaban escritos por orden de predilección, de mayor a menor.

Levanté los ojos de la lista de la compra y no vi a Jack. Me levanté tan bruscamente que vertí el café en la mesa, pero no estaba en la piscina de bolas ni dentro del coche de juguete. Entonces le vi en un rincón al borde de las colchonetas, tumbado en el suelo, inmóvil.

Corrí hacia él y cuando llegué a su lado seguía en la misma postura, los ojos fijos en el techo.

—¡Jack! ¡Jack! ¿Estás bien?

Me miró con los ojos empañados, como si acabara de despertarse y no supiera dónde estaba.

—¿Te has hecho daño?

—No —contestó—. Solo me he caído.

—¿Te has hecho alguna herida?

Entornó los párpados.

—Me siento... me siento raro...

—¿Raro cómo, tesoro? ¿Como mareado?

—¿Qué es eso? —preguntó.

—Como cuando te montas en ese columpio del parque que da vueltas, ¿sabes cuál?

—¿El del parque grande o el del pequeño?

—El del parque grande.

Asintió con la cabeza.

—Cuando le das muy fuerte al columpio y luego te bajas de un salto y te sientes raro, ¿entiendes? Eso es estar mareado. ¿Es eso lo que notas?

—Sí, creo que sí.

—¿Y te ha pasado otras veces, cuando estás en el colegio?

Se quedó pensando.

—Una vez estaba en la cama elástica con Nathan y noté como si me pasaran naves espaciales por la cabeza.

—¿Y ahora también notas esas naves espaciales?

—No, papi, no seas tonto —dijo al incorporarse.

El color le había vuelto a las mejillas.

Desde que se había caído de la bici en el parque, Anna estaba convencida de que tenía problemas de equilibrio. Yo no estaba tan seguro. Le decía que era simple torpeza, o un exceso de energía. Era normal que los niños se chocaran con las cosas. Pero ella insistía en que no. Decía que no le pasaba solo cuando corría. Lo había notado también cuando iba al baño antes de acostarse.

—¿Puedo irme a jugar con mi amigo?

—¿Ya te encuentras mejor?

Se tocó la cabeza, la tripa y las piernas.

—Sí, estoy bien.

—Entonces vete, pero ten cuidado —contesté mirándole de arriba abajo.

Se fue corriendo en busca de su amigo. Le observé mientras recorría los túneles y se subía a un coche de policía y cuando, acompañado por su nuevo compinche, empezó a apedrear la casa de Wendy con pelotas de goma.

—¿Qué tal el día? —preguntó Anna cuando volvió del trabajo.

Había tenido una reunión con un cliente, de ahí que hubiera cambiado su bolsa del portátil y sus cómodos zapatos por otros de tacón y maquillaje.

—Bien. Bastante tranquilo —contesté mientras removía el *risotto*.

—¿Estás bien?

—Sí, solo un poco cansado.

—¿Dónde está Jack?

—Arriba, en su cuarto.

—Ah, vale. Voy a verle.

Llenó un vaso con agua del grifo, se apoyó en la encimera y se quitó los zapatos. Yo sabía que se le hacía muy cuesta arriba trabajar en el banco mientras yo llevaba y traía a Jack del colegio y me ocupaba de él. Aunque había ido a un colegio progresista en el que se enseñaba a las niñas a ser independientes y autónomas, seguía sin gustarle volver a casa y encontrarme haciéndole la cena a Jack o bromeando con él sobre lo que habíamos hecho ese día, cosas que, en el fondo, sentía que tendría que haber hecho ella.

Pero Anna jamás permitía que una emoción la paralizara y había encontrado una solución a aquel problema. Cuando volvía a casa, en vez de sentarse con los pies en alto, no se despegaba de Jack: le bañaba, le leía cuentos y le ayudaba a hacer los pocos deberes que le mandaban en el colegio. Después de pasarse todo el día trabajando, era ella quien se aseguraba de que tuviera un vaso lleno de agua en la mesilla, de que la puerta de su habitación estuviera entornada y de que Oso Pequeño y Oso Grande montaran guardia a su lado.

Me abrazó por la cintura y frotó la cara contra mi cuello.

—¿Esta noche tenemos comida de niños o comida de adultos?

—Comida de adultos.

—¿En serio?

—Otra vez quieres palitos de merluza y alubias con tomate, ¿verdad? Pues no, he hecho un *risotto*.

—Oooooh, vaya.

—¿Te has llevado una desilusión?

—No, el *risotto* me parece fantástico —dijo—. ¿Qué tal en el parque de bolas, por cierto?

—Bien. A Jack le ha encantado, se ha encontrado allí con un amigo. Ah, y creo que yo he visto a una amiga de Lola.

—¿A cuál?

—A la pija.

—Menuda ayuda.

—No sé. A una que lleva un fular. Y vaqueros de cintura alta.

Anna meneó la cabeza.

—Esa descripción sirve para todas las amigas de Lola.

Me puse a trocear unas cebolletas sin saber muy bien cómo sacar el tema.

—No hay por qué preocuparse, pero ha vuelto a caerse.

—No me digas. —Anna se dio la vuelta para mirarme—. ¿Le ha pasado algo?

—No, nada, absolutamente nada. Se cayó y luego me dijo que estaba un poco mareado.

Se puso pálida y empezó a retorcerse las manos.

—Lo sabía, sabía que le pasaba algo.

—No empieces a angustiarte, cariño. —La rodeé con los brazos, pero se apartó de mí.

—¿Puedes llevarle mañana al médico? —preguntó.

—Claro que sí, pero ¿de verdad crees que es ne...?

—Sí, es necesario, Rob. Ya lleva bastante tiempo así.

—Vale, le llevaré. Podemos ir después del colegio, sin cita previa. Seguramente no será más que una pequeña infección de oído o algo así. ¿Te acuerdas de que solía tener infección de oído cuando era pequeño?

—Entonces, ¿crees que le pasa algo de verdad? —preguntó.

—Por Dios, Anna, no, para nada. Lo que digo es que no creo que haya que preocuparse...

Mientras hablábamos, vimos que Jack se subía al respaldo del sofá y caminaba en equilibrio por uno de sus brazos.

—Mírale —dije—. No le pasa nada.

—Eso espero —contestó—. Últimamente se cansa mucho en el colegio, ¿no?

Jack se había bajado del sofá y estaba intentando hacer el pino en el suelo.

—De verdad, cariño. Está perfectamente.

6

—Bien, no quiero que se preocupen, pero aquí hay algo a lo que creo que debemos echarle un vistazo —dijo el médico sin apartar la vista del informe.

Sentí que Anna daba un respingo a mi lado y se echaba hacia delante en su silla.

Dos semanas antes, yo había estado en aquella misma consulta con Jack. El médico le había observado caminar en línea recta, le había examinado los ojos con una linterna y había puesto a prueba sus reflejos con un martillo de plástico. Estaba bien, dijo, perfectamente. Pero sus síntomas se parecían un poco a los de la epilepsia, de modo que, como medida de precaución, le harían unos análisis de sangre y un TAC cerebral.

Fuimos los tres cuando le hicieron el TAC. Le dijimos que no iba a dolerle; que solo iban a hacerle una foto de la cabeza. Y le prometimos que si se estaba muy quieto («Quieto como una estatua, Jack»), iríamos al McDonald's y le compraríamos un Happy Meal y un helado.

—Verán —continuó el médico—, en el escáner se ve una cosita en el cerebro de Jack. Todavía no sabemos qué es exactamente, pero para quedarnos tranquilos vamos a pedirles cita con un especialista.

—¿Una cosita? ¿Qué quiere decir con eso? —pregunté.

—Bueno, en primer lugar, no se alarmen. Por lo general, estas cosas no son nada grave. Podría ser una neoplasia, un quiste. Y, en un número muy reducido de casos, un tumor. Pero, aunque lo fuera, casi siempre son benignos.

Un tumor. Pensé en Jack afuera, en la sala de juego.

—¿Y no puede decirnos nada más? —preguntó Anna.

El médico miró su monitor moviendo los labios mientras leía.

—No, nada, lo siento. Solo que hay una lesión y que conviene hacer nuevas pruebas.

Anna respiró hondo y vi que se pellizcaba la piel de la mano.

—Bueno, ¿y ahora qué va a pasar? —pregunté—. ¿Habrá que operarle?

El médico juntó las manos.

—Todavía no es momento de hablar de eso, señor Coates. Ni siquiera sabemos de qué se trata. Seguramente no será nada. Pero, para asegurarnos, quiero mandar a Jack al especialista. Así no perderemos tiempo.

—¿Podríamos ver al especialista esta misma semana? —preguntó Anna.

El médico respiró hondo y miró su agenda.

—Puedo darles cita para el miércoles, si les viene bien.

—Gracias —contestó ella.

¿Un especialista? ¿Para qué tenía que verle un especialista si seguramente no era nada?

—¿Y de verdad no puede decirnos nada más? —le pregunté al médico.

—Lo lamento, pero de verdad que no puedo. El doctor Kennety está infinitamente más cualificado que yo para valorar el escáner.

—Ya —dije—, eso lo entiendo, pero seguramente podrá decirnos algo basándose en su experiencia...

Había una foto sobre su mesa, de cara a nosotros, y me pregunté si aquellos niños serían sus hijos.

—Si es un tumor —dijo—, teniendo en cuenta la edad de Jack no hay duda de que habrá que operar. Pero aún no lo sabemos y sería muy poco ético y desacertado por mi parte hacer especulaciones. Como les decía, si es un tumor, y eso es mucho suponer, la mayoría son benignos. Así que, aunque sé que es difícil, intenten no angustiarse.

Benignos. Benignos en su mayoría. Me temblaban las piernas cuando salimos de la consulta. Estaba a punto de decirle algo a Anna cuando Jack se nos acercó corriendo, cubierto con una especie de capa.

—¿Podemos ir al McDonald's?

—Claro que sí —dije revolviéndole el pelo, y le alisé la capa.

En el McDonald's, mientras yo buscaba una mesa, Jack y Anna se acercaron al mostrador. Jack llevaba su sudadera de Angry Birds y unos vaqueros azules. Tenía el pelo un poco largo y los rizos rubios se le ensortijaban por detrás de las orejas. Regresó del mostrador sosteniendo triunfalmente una caja de Happy Meal.

Se sentó a la mesa y desmontó con todo cuidado su hamburguesa. Estuvimos observándole mientras retiraba metódicamente el pepinillo, raspaba la salsa y se ponía a comer sumido en un silencio solemne. Al acabar, sonrió con la boca manchada de salsa y preguntó si podía comerse otra hamburguesa. No le pasaba nada. No podía pasarle nada. ¡A la vista estaba!

—No quiero ir, Rob.

—Lo sé, pero así te distraerás un poco.

—Ya. —Anna desvió la mirada—. ¿Y tú por qué tienes tantas ganas de ir? Normalmente odias estas cosas.

Era la fiesta de presentación del libro de recetas de Lola, *La Mamá Crudívora*.

—Reconozco que no es lo que más me atrae del mundo —dije—, pero, si no vamos, la alternativa es quedarnos aquí, comiéndonos la cabeza.

Me miró desde el otro lado de la mesa de la cocina.

—Es que... Dios mío, no puedo, ni siquiera puedo pensarlo...

—Cariño. —Me incliné sobre la mesa y puse la mano sobre su brazo—. Sé cómo te sientes, pero no puedes pensar así. Recuerda lo que dijo el médico. Solo en un porcentaje muy pequeño de los casos se trata de un tumor. E incluso en ese caso, lo más probable es que sea benigno. Es una medida de precaución, nada más.

Anna no respondió y me di cuenta de que estaba rechinando los dientes.

—Venga, deberíamos ir. A Jack le apetece mucho ver a India.

—Tienes razón —dijo después de un silencio—. Así me distraeré.

—Hola, guapos —dijo Lola cuando entramos en el almacén reconvertido en galería de arte de Hackney Wick.

Por encima de nosotros se alzaba una escalera de forja que no llevaba a ningún sitio. A nuestro lado, sentados en un sofá que parecía rescatado de la basura, había dos hombres con gafas hechas con limpiapipas de colores.

Lola vestía un mono enterizo con estampado selvático.

—Ah, qué bien, habéis traído a Jack. India se va a poner contentísima.

—Hola, tía Lola —dijo Jack.

—¡Vaya, pero si es mi chico favorito! —Se agachó para besar a Jack en la coronilla y yo sentí que Anna daba un respingo—. Estáis los tres guapísimos. Bueno, voy a enseñaros esto. Imagino que no os sorprenderá saber que todo lo que va a servirse esta noche es creación mía. Todo crudo, todo orgánico, por supuesto, y sin nada de química.

Sonreí, dudando de si debía dar mi repuesta estándar en esos casos: que todo era química, nuestros cuerpos, Lola, tu mono, tu collar de ámbar, tus manzanas ecológicas, tus canapés de naranja con estragón... Todo era química.

—Gracias por venir, Rob —dijo apretándome el brazo—. Sé que estas cosas no son precisamente lo tuyo.

—No sé, Lola. A lo mejor sí. Ya sabes: no descartes nada hasta que lo hayas probado y todo ese rollo. —Pareció complacida, agarrándome todavía del brazo—. Y además —añadí, y cogí una copa de champán antigua y desportillada de una mesa de caballete—, siempre podemos pasarnos por un McDonald's al volver a casa.

—Ni se te ocurra —contestó, pero ya estaba mirando por encima de mi hombro, lista para dar la bienvenida al siguiente invitado.

Jack se fue a jugar con India, y Anna y yo nos quedamos de pie junto a una mesa cargada de comida y bebida.

—¿Estás bien? —pregunté.

—Sí, estoy bien.

—¿Seguro?

—¿Puedes dejar de preguntarme si estoy bien? —me espetó.

—Perdona, solo...

Se dio la vuelta y cogió de la mesa algo que parecía una hamburguesa hecha de avena prensada.

—¿Quieres una copa? —pregunté.

—Tengo que conducir, Rob.

—No hace falta que conduzcas. Podemos coger un taxi y dejar aquí el coche.

—No me apetece tanto tomar una copa como para dejar el coche en Hackney.

—Vale.

Me acerqué a mirar un cuadro colgado de la pared. Cuando volví, Anna seguía comiendo. La hamburguesa se había deshecho, desmigajándose sobre su mano.

—¿Está buena?

—No —contestó en voz baja, y se acercó a mí—. Es horrible, como comer serrín.

Me reí por lo bajo, vertiendo un poco de champán.

—Quiero tirarla, pero no sé dónde —dijo.

—¿No hay...?

—No, ya he mirado. No hay nada: ni papeleras, ni platos sucios, ni nada. ¿Por qué no hay platos?

Seguía buscando algún sitio donde dejar la hamburguesa y estaba tan tensa y lívida que me recordó a los días posteriores a los abortos: la tirantez de la frente, el leve movimiento de sus mejillas cuando apretaba los dientes.

—Voy a ver si Jack está bien —dijo.

Yo me quedé un rato junto a la mesa. No conocía a nadie ni sabía qué hacer.

—Vaya, y yo que pensaba que intentabas evitarme. —Oí decir cuando estaba cogiendo otra copa de champán. Al volverme, vi a Scott acompañado por una mujer alta con el cabello castaño.

—Hola, colega. No sabía que ibas a venir —dije con una sonrisa—. Iba a llamarte esta noche.

—Ya —dijo.

—No sabía que te gustaban estas cosas —añadí jovialmente—. La comida cruda...

—Bueno, me gusta salir por ahí, Rob.

Era la primera vez que le veía con aquella actitud, abiertamente hostil. Me había llamado y escrito varias veces por lo del código que tenía que escribir, aquel *script* con el que esperaba cerrar el trato con la empresa china y solucionar sus problemas económicos. Pero yo le había ignorado, le había dado largas para ganar tiempo y después, con lo de Jack, no había vuelto a pensar en el asunto.

—Bueno, esta fiesta no está mal del todo —comenté tratando de romper el silencio.

—Esta es Karolina, por cierto. —Señaló con la cabeza a su acompañante.

—Hola —dijo ella en tono gélido, con fuerte acento eslavo, y miró melancólicamente a un grupo de gente joven que había al otro lado del local.

—Este es Rob —dijo Scott.

—Ajá —contestó Karolina.

Yo esperaba que dijera algo más, pero se limitó a asentir distraídamente.

—Mira, Scott, lo siento —dije—. Tengo muchas cosas en la cabeza, problemas familiares, pero esperaba que pudiéramos reunirnos para hablar...

—Voy a vender, Rob. Ya he tomado una decisión. Solo te pedí una cosa...

—Lo sé y lo siento. Pero no es tan sencillo...

Respiró hondo y miró al gentío de invitados.

—Ya hablaremos mañana, Rob. No voy a pedirte otra vez que me mandes el código porque sé que no vas a hacerlo. Como te decía, ya he tomado una decisión.

Nos quedamos en silencio un momento picoteando de nuestros platos.

—¿Has probado la comida, Karolina? —pregunté pasado un momento.

—Está bien —respondió ella sin mirarme—. Nada especial.

Asentí en silencio, tragué mientras intentaba pensar en algo que decir y en ese momento llegaron corriendo India y Jack.

India era dieciocho meses mayor que Jack. De pequeña, decía que Jack era su muñeca. Jugaba con su pelo y le recogía los rizos intentado hacerle una coleta. Jack estaba loco por ella: era la hermana mayor que no tenía.

—Hola, tío Rob. ¿Qué tal estás? —India tenía seis años, pero hablaba como si tuviera doce.

—Bien, India. ¿Y tú? ¿Cómo estás?

—Muy bien, gracias.

—¿Os lo estáis pasando bien?

Jack dijo que sí con la cabeza.

—Había una araña en el suelo, por eso hemos venido.

—Ah. ¿Creéis que sigue allí? —pregunté.

—Yo creo que ya se ha ido, Jack —dijo India, y Jack se sonrojó un poco, igual que su madre—. ¿Vamos a ver si mi mamá necesita ayuda? —preguntó ella.

Jack asintió con tanto ímpetu que le temblaron las orejas.

—¿Has visto a mamá, Jack? —pregunté—. Ha dicho que iba a ir a buscarte.

—No. —Meneó la cabeza—. A lo mejor se ha ido a casa.

—No, está por aquí, en alguna parte. —Volví a mirar alrededor.

—Vamos, Jack. —India le cogió de la mano y se le llevó al rincón de los niños. Oí que le hablaba de los nutrientes y de lo sana que era la comida cruda.

—¿Son tus hijos? —preguntó Karolina cuando me volví hacia ella y Scott.

—Solo el niño. La niña es hija de Lola.

—¿Quién es Lola?

—La anfitriona, nena —repuso Scott mirando a su alrededor por si alguien le oía—. La crudívora.

—Ah, esa. —Karolina me miró con una intensidad que de pronto me pareció turbadora—. Tu hijo parece cansado.

Fue un comentario chocante y no supe qué responder.

—Seguramente lo está, un poco —dije algo azorado—. Ha tenido un día muy largo.

—Tiene esos... ¿Cómo se dice, Scottie? —Miró a Scott y dibujó con los dedos una media luna bajo sus ojos—. *Krug* negros, círculos, aquí.

—Sí, bueno, es que ahora mismo está un poco cansado —repliqué, tratando de dominar mi irritación.

—A veces son un problema de hígado o de riñón. Está relacionado —añadió Karolina.

—Disculpadme un momento —dije y, al alejarme, oí que Scott levantaba la voz.

Fui al baño, me senté en la taza del váter de uno de los retretes y busqué en el teléfono «*tumor cerebral ojeras*». Aparecieron 1.250.000 resultados en 0,59 segundos. Temblando, abrí un enlace: *Las cinco señales de alarma del cáncer pediátrico*. Y allí estaban los síntomas indicadores del neuroblastoma: ojos hinchados, ojeras, párpados caídos.

Me quedé allí sentado, oyendo el goteo de una cañería. Fuera, en la galería, se oía un discurso; Lola estaba hablando por el micro. Seguí buscando, abriendo un enlace tras otro. Había también otros síntomas: ojos vidriosos, tartamudeo que no mejoraba, sensibilidad a la luz. Jack no presentaba ninguno de ellos. Estaba empezando a angustiarme, así que respiré hondo y volví a la fiesta.

Lola seguía hablando por el micrófono al otro lado de la galería, pero no vi a Anna por ninguna parte. Miré a mi alrededor y vi que estaba fuera, sentada en el coche con la luz apagada.

—Lo siento, ya sé que me estoy portando como una maleducada, pero es que no soporto estar ahí dentro —dijo—. No paro de pensar en ello y no puedo sonreír y hacer como si no pasara nada.

—Ya lo sé. —Le puse la mano en el hombro—. ¿Quieres que nos vayamos? Puedo inventarme alguna excusa.

—¿Te importa? Es que no puedo volver ahí dentro.

—No te preocupes, me invento cualquier cosa.

—Lo siento, no debería haber venido, ha sido un error.

—No pasa nada, cariño. Voy a buscar a Jack, ¿vale?

—Gracias.

Parecía derrotada, como si se estuviera hundiendo en el asiento. Volví a la galería y le dije a Lola que Anna no se encontraba bien y que iba a buscar a Jack. Estaba sentado con India debajo de la mesa del champán. Se habían quitado los zapatos y los calcetines y habían desplegado unos platos de papel por el suelo.

—Estamos haciendo un pícnic —dijo Jack haciendo como que bebía de su zapato.

—Ya lo veo. Tiene una pinta estupenda.

—¿Podemos jugar un rato más, papi?

—Lo siento, pero tenemos que irnos. Mamá no se encuentra bien.

—Jo, papiii…

—Pero volverás a ver a India muy pronto.

Se calzó de mala gana y le dio a India un beso de despedida.

—Adiós, Jack —dijo ella muy seria—. Me ha gustado jugar contigo.

Cuando nos fuimos, Jack no paraba de mirar hacia atrás para ver si India seguía diciéndole adiós con la mano. Se quedó dormido en cuanto montó en el coche. Volvimos a casa en silencio, escuchando el zumbido de las ruedas sobre el asfalto.

—¿Estás bien? —le pregunté a Anna cuando paramos enfrente de casa.

—Sí, perdona. Sé que me estoy poniendo desagradable, pero es que no puedo quitármelo de la cabeza. —Se aseguró de que Jack seguía dormido y añadió en voz baja—: No paro de pensar «y si... y si...». Sé que es una estupidez, pero no puedo...

—Lo sé —dije. Quería contarle lo que había dicho Karolina, pero sabía que solo conseguiría que se angustiara—. Pero no puedes pensar así, no puedes —añadí, y le puse la mano en la pierna.

Llevamos a Jack a la cama en cuanto entramos en casa. Estaba medio dormido, pero conseguimos que se sostuviera de pie para ponerle el pijama y lavarle los dientes. Mientras Anna iba a buscar una crema para una pequeña erupción que le había salido, le examiné los ojos para ver si tenía los párpados hinchados o caídos, los síntomas que había leído en Internet. Le miré volviéndole la cara hacia la luz, a uno y otro lado, pero no vi nada fuera de lo normal.

Le arropamos, pusimos sus cosas a los pies de la cama (la tapa de la caja de galletas y la capa rota de Darth Vader) y colocamos sus objetos preferidos (su peluche pequeño y su linterna) sobre la almohada para que los encontrara allí si se despertaba de madrugada.

Me senté en el borde de la cama y estuve mirando sus fotos y las imágenes de rascacielos pegadas a la pared. A veces, después de darle un beso de buenas noches, le espiaba por la rendija de la puerta. Tumbado boca arriba, encendía su linterna, alumbraba las fotografías y pronunciaba en voz baja los nombres de los edificios, de los lugares que había visitado y de los rascacielos a los que pensaba subir. Esa noche, en cambio, permaneció inmóvil. Esa noche se limitó a dormir.

7

No hablamos durante el trayecto en taxi hasta Harley Street, ni en la sala de espera de la consulta. Anna permanecía muy erguida en su silla. No se movía, ni leía, ni miraba su teléfono. Sentada frente a nosotros había una mujer cubierta con un burka. La enferma era ella. Lo noté por cómo frotaba entre sí el índice y el pulgar, suavemente, mientras su marido se paseaba por la sala con el rosario enrollado en los nudillos.

La secretaria nos llamó y nos condujo ante el doctor Kennety, un hombrecillo sentado detrás de un gran escritorio, como un niño que se hubiera puesto la ropa de su padre y estuviera jugando a ser él.

—Hola, señor y señora Coates —dijo, y carraspeó mientras tomábamos asiento—. Gracias por venir —añadió—. ¿Vienen de lejos?

—No, de Hampstead —contestó Anna con voz queda.

—Ah, estupendo, yo vivo muy cerca. —Nos miró y luego consultó sus papeles—. Bueno, hablemos de las pruebas de Jack. Antes de empezar, por favor, tengan en cuenta que yo soy solo un médico, no todos. Otro médico podría ver la situación de manera distinta y yo siempre aconsejo a mis pacientes, y a los padres de mis pacientes, que busquen una segunda opinión. —Nos miró levantando las cejas y no supe si esperaba una respuesta—. Bien, así es como suelo empezar, a modo de preámbulo. Basándonos en los resultados del escáner, parece claro que Jack tiene lo que llamamos un glioma, es decir, un tipo de tumor cerebral.

Oí la alarma de un coche, voces apagadas en la sala de espera. Al otro lado de la ventana, una paloma caminaba por el alféizar salpicado de excrementos. El médico hizo una pausa y aguardó nuestra reacción, pero nos quedamos mudos, inmóviles. Era como si estuviera dirigiéndose a otras personas, como si estuviéramos viendo un drama que se desarrollaba ante nosotros, en un escenario. Fijé la mirada en el pisapapeles de Disney World de su mesa; contenía una foto de un niño con una camiseta de *Buscando a Nemo*.

El doctor Kennety levantó la mirada de sus papeles. Un pelo sobresalía de uno de sus orificios nasales.

—¿Quieren que hagamos una pausa? —preguntó.

Intenté hablar, pero tenía la garganta cerrada, como taponada con hollín. No sabía qué estaba haciendo Anna. Solo sentía su inmovilidad, el sonido de su respiración a mi lado.

—Lo siento —dijo el doctor—. No me cabe duda de que es un duro golpe para ustedes. El caso es que parece, y eso es una buena noticia, que el tumor está creciendo despacio.

Conseguí enderezarme en el asiento, volver a respirar.

—Verán, algunos de estos tumores no crecen. Son básicamente benignos y pueden estar ahí años y años sin que nos demos cuenta. Otros, en cambio, empiezan siendo benignos y pueden volverse malignos. El de Jack parece encontrarse en fase temprana, pero conviene extirparlo para impedir que siga creciendo y dé problemas más adelante. Tengan, miren esto —añadió sacando de su carpetilla una radiografía de la cabeza de Jack. Anna y yo nos inclinamos hacia él—. ¿Ven esta parte más clara de aquí?

Nos inclinamos un poco más y asentimos en silencio. Yo esperaba que el tumor fuera más esférico, más definido, pero era solo una mancha amorfa, como una fotografía sobreexpuesta.

—El tumor que tiene Jack parece ser del tipo que llamamos astrocitoma. Más concretamente, un xantoastrocitoma pleomórfico. Sé que un palabro impronunciable, por eso los llamamos PXA.

Me sentí aturdido y quise dar marcha atrás, rebobinar las palabras del doctor porque nada de lo que decía tenía sentido para mí.

—Hablemos, si les parece, de los próximos pasos a dar —dijo mientras anotaba algo en su cuaderno—. Quiero que se centren en las cosas positivas. Y son muchas, se lo aseguro.

Sacó de su mesa un modelo anatómico de un cerebro humano.

—Bien —dijo poniéndonoslo delante—, aquí, a los lados, están los dos lóbulos temporales. Y aquí, en el lado izquierdo, es donde está el tumor de Jack. Los tumores más inaccesibles suelen estar enclavados en partes mucho más profundas del cerebro, pero ese no parece ser nuestro caso. Lo que significa que el neurocirujano lo tendrá mucho más fácil.

—Entonces, ¿hay que operarle? —preguntó Anna hablando por primera vez.

—Sí, lo siento. Creo que me estoy adelantando. Sí, habrá que operar para extirpar el tumor.

—¿Y ya está? —pregunté—. ¿No necesitará más tratamientos?

—Con un poco de suerte sí, eso será todo —contestó—. Cuando la resección es completa, es decir, cuando el cirujano consigue extirpar el tumor en su totalidad, la tasa de curación es de entre el ochenta y el noventa por ciento de los casos.

Ochenta o noventa por ciento. Uno de cinco, uno de diez.

—¿Y si no es así? —preguntó Anna con voz nítida y clara.

—Bueno, entonces la cosa se pone un poco más complicada, pero no pensemos en eso de momento —repuso el médico juntando las manos—. A juzgar por lo que muestra el escáner, parece que no habrá problema en extirparlo por completo.

—Eso es bueno —dije, pero las palabras me rasparon la garganta como cuchillas de afeitar.

—Sé que la espera es horrible —continuó el doctor Kennety—, pero después de la operación sabremos mucho más.

Asentimos ambos en silencio, porque ¿qué otra cosa podíamos hacer?

—Voy a pedirles cita con una neurocirujana, la doctora Flanagan. Es la mejor en este campo. Naturalmente, pueden ustedes informarse y buscar a otra persona, pero yo les recomiendo a la doctora Flanagan. Y naturalmente tendré que ver a Jack para hacerle un examen neurológico completo.

Miró a un lado y a otro, buscando nuestras miradas.

—Muy bien, entonces —dijo en voz baja, y vi que sus manos, pequeñas e infantiles, picoteaban el teclado como una gallina.

Avanzamos deprisa por Harley Street, camino de Oxford Street. Crucé la calle sin mirar, adelantándome a Anna con paso enérgico. Normalmente uno no repara en el discurrir de la vida a su alrededor: no es más que un zumbido, un runrún de fondo. Puedes volverte ciego a él, apartarlo de tu mente. De pronto, sin embargo, se había convertido en un chillido agudo, como el ruido de un silbato para perros en mi oído. Colegialas con faldas plisadas comiendo patatas fritas y bebiendo latas de Coca Cola; repartidores gritando instrucciones, furiosos porque llegaban tarde o porque alguien les cortaba el paso; un grupito de publicistas del Soho riéndose a carcajadas a la puerta de un bar de vinos.

Seguimos caminando a paso rápido, como si estuviéramos echando una carrera cuya meta desconocíamos. Yo tenía la cabeza llena de números, porcentajes, ochenta, noventa: las probabilidades de que mi hijo sobreviviera.

—¿Puedes esperar? ¿Puedes esperar, por favor? —me dijo Anna.

Me detuve. Estábamos en Cavendish Square, en los jardines que hay bajo la estatua de bronce, y había empezado a llover.

—Es que no puedo creerlo —dije—. No lo entiendo. ¿A ti te parece que tiene pinta de estar...?

—No —contestó—. No, no la tiene.

Meneó la cabeza. Empezó a temblarle la barbilla y un instante después se echó a llorar en medio de la llovizna de la tarde.

—Ojalá fuera yo, ojalá fuera yo —dijo.

La rodeé con el brazo y la apreté contra mí. Apoyó la cabeza sobre mi hombro y nos quedamos así, escuchando los ruidos de la ciudad, la sintonía de otras vidas, mientras sus lágrimas me mojaban la camisa.

—Deberíamos volver —dijo de repente, blanca como un fantasma.

Arreciaba la lluvia, aparecían arcoíris de gasolina en los desaguaderos de la calle, un oscuro manto de nubes asfixiaba la ciudad.

Yo necesitaba ver a Jack. Tomarle en mis brazos y sentir su piel cálida pegada a la mía. No quería que estuviera solo. Una vez, cuando tenía tres o cuatro años, dijo que estaba triste porque Peppa Pig no quería ser su amiga. Aquello me partió el corazón. No soportaba imaginarme su soledad. Era como la sensación de mojar la cama en una casa ajena, siendo un niño.

Jack vino corriendo a recibirnos cuando llegamos a casa. Le cogí en brazos y le di vueltas. Parecía tan lleno de vida esa noche, tan inquieto, atiborrado de azúcar por su abuela.

La madre de Anna nos lo notó en la cara.

—Bueno, ¿qué tal ha ido? ¿Alguna noticia? —preguntó.

—Ya hablaremos luego —contestó Anna atropelladamente.

Janet entornó los ojos y luego los agrandó como un cachorro esperando una golosina, y a mí me dieron ganas de gritarle: «¿Es que no puedes esperar? ¿No puedes esperar, joder?».

—Jack se ha portado muy bien —dijo revolviéndole el pelo—. Hemos estado leyendo historias.

Me molestaba que estuviera allí, en nuestra casa, en Londres, una mujer que se había pasado la vida entre la campiña de Suffolk y Kenia, que siempre decía que no estaba hecha para vivir en una gran urbe. Su marido había dado el campanazo de repente y se había marchado solo a su amada África, y ella decía que ya no tenía nada que hacer en Suffolk. De la brusca marcha de su marido un mes antes de que naciera Jack rara vez se hablaba. Había tenido una revelación, decía Janet, un intenso deseo de soledad, de estar más cerca de Dios. Más cerca de Dios y de las chicas de la aldea, apostillaba Anna, aunque nunca delante de su madre.

La iglesia le había cedido un piso, un apartamentito encima de una barbería libanesa en Praed Street, unas puertas más allá del comedor social donde servía *goulash* a los indigentes que se presentaban con su libro de oraciones en la mano. Lo intentaba, pero no podía ocultar su pena, su vergüenza por saberse abandonada. Se le notaba en el ligero encorvamiento de los hombros, en aquella flacidez del rostro que nada tenía que ver con la edad.

—Hemos leído la historia de Daniel —dijo Jack—. Le arrojan a los leones, pero no se lo comen porque, si no, se meten en un lío.

A mí me desagradaba que Janet le enseñara historias de la Biblia, pero aquel no era momento de ponerse a discutirlo.

—Aaaah, esa de los leones me la sé —dije—. Esa es buena.

Janet me sonrió complacida.

—Sí, es preciosa —dije—. Bueno, vamos a la cama.

Esa noche tardé más que de costumbre en acostarle. Leímos juntos *Un tiburón en el parque* y luego, al arroparle, dije hasta tres veces: «Bien arropadito como un bichito en su capullito». ¿Cómo podía conciliar aquello (el hecho de que mi hijo estuviera tranquilamente acostado, abrazado a su osito y su linterna, con las rodillas pegadas al pecho) y la noticia que acababan de darnos?

Cuando bajé, Anna y su madre estaban sentadas en silencio, rígidas y envaradas, como siempre que surgía una crisis familiar.

—Lo siento muchísimo —dijo Janet mirándome.

—Gracias, Janet.

Meneó la cabeza.

—Pobre criaturita —dijo.

«Pobre criaturita», como si fuese un golfillo victoriano indefenso, un Pequeño Tim, solo que peor.

—Rezaré por él. Por todos vosotros, todos los días —afirmó con los ojos fijos en el regazo.

Anna guardaba silencio. No había movido ni un músculo desde que yo había entrado en la habitación.

—No creo que Jack necesite que recen por él en estos momentos —repliqué. Janet se comportaba como si mi hijo estuviera agonizando—. Lo que tiene puede curarse. Es lo que nos han dicho.

Asintió comprensiva, pero su reacción tenía algo de automático: una respuesta aprendida de memoria, como si estuviera aconsejando a un borrachín de los que frecuentaban el comedor social. Siguió moviendo la cabeza.

—Claro, claro, pero qué cosa más horrible. Y tan pequeño. Solo un niño.

No pude seguir escuchándola. Salí de la habitación y busqué refugio en el despacho de arriba. Me parecía advertir en su reacción una especie de engreimiento, como si supiera desde el principio que aquello iba a pasar. «Pobre criaturita». Como si Jack ya estuviera desahuciado. Como si no pudiera hacerse nada por él.

Cuando se marchó Janet, nos sentamos en el cuarto de estar. Anna, todavía pálida, veía en silencio el canal financiero. Después estuvimos mirando la lista de neurocirujanos pediátricos que el doctor Kennety nos había enviado por correo electrónico. Cuando Anna se fue a la cama, yo me quedé abajo y la oí detenerse un momento junto a la puerta de Jack y entrar en su cuarto. Salió al cabo de un rato y oí que se echaba a llorar.

Fui a ver cómo estaba Jack. Vi la luz de su linterna por el resquicio de la puerta. Le gustaba dormir con su linterna, por si tenía que levantarse para ir al baño. Decía que así todas las noches era como tener una aventura.

Le observé por la abertura entre el quicio y la puerta. Estaba tumbado de lado, mirando sus cartas de Pokémon, que había desplegado y ordenado en filas y columnas como si estuviera haciendo un solitario. Eso lo había sacado de Anna. La manía de clasificarlo todo. La necesidad de orden. Sus recipientes clasificados por colores. Sus hojas de cálculo y sus listados.

Jack examinaba cada carta con su linterna, le daba la vuelta para estudiar cada detalle y luego volvía a dejarla sobre la cama. Yo le oía hablar en voz baja con las cartas: «Tú allí. Ah, estás aquí. Tú siéntate aquí, con este». Le gustaba organizar a sus Pokémon por equipos, separarlos por colores, por tipos, si eran de mar o de tierra.

—Hola, tesoro —dije al entrar en su cuarto.

—Hola, papi. —Señaló sus cartas—. Estoy haciendo equipos.

—Cómo mola —dije sentándome en la cama.

—Este es el equipo de los malos. —Señaló un montón de cartas—. Y este es el de los buenos. Y mañana por la mañana van a tener una pelea que no veas.

—Jopé —dije—. ¿Y quién va a ganar?

Se quedó pensando.

—Los malos —dijo, y se echó a reír.

—Bueno, deberías dormirte ya.

—Vale. —Recogió las cartas y las dejó sobre la mesilla de noche.

Se recostó en las almohadas y volví a arroparle.

—¿Cómo te encuentras, Jack? No estás mareado ni nada, ¿verdad? —Miré el lado izquierdo de su cabeza. El lóbulo temporal.

—No, papi —contestó.

Empezaron a cerrársele los ojos y enseguida se quedó dormido. Estuve mirándolo mientras su respiración se hacía más profunda: los pequeños signos de interrogación que formaba su pelo al enroscársele alrededor de las orejas, los lunares de color marrón claro de su nuca. Un yo en pequeñito, decía siempre Anna. Un yo en pequeñito.

Besé su frente y me senté un rato en el sofá de su cuarto, salpicado de estrellas y cometas danzarines. Me quedé muy quieto, tratando de respirar sin hacer ruido para poder escucharle. Pero no sirvió de nada: seguía oyendo mi respiración, mi latido cardiaco. Contuve la respiración todo lo que pude: diez segundos, veinte, treinta, hasta que por fin solo oía a Jack, el sonido de su respiración, de vez en cuando un rebullir y un murmullo, el único sonido del mundo que quería escuchar.

El Gherkin

subimos a toda velocidad en el ascensor, como un cohete, y cuando se abrieron las puertas y viste la enorme sala acristalada dijiste que era como entrar en el cielo. y era verdad, jack, era verdad, porque desde allí se veía todo londres, hasta los south downs, casi hasta el mar. dimos una vuelta mirando arriba y abajo, a izquierda y derecha, como timothy pope con su telescopio y yo nunca olvidaré aquel día, jack, no lo olvidaré mientras viva. tu risa como chocolate cuando bailabas con las sombras y el tintineo de la lluvia en los cristales.

8

Me desperté temprano, antes de que amaneciera. Anna estaba tumbada de espaldas a mí con las piernas pegadas al pecho, en la misma postura que adoptaba Jack, arropada hasta el cuello. Busqué a Jack con la mirada, pero no estaba. Solía levantarse temprano y entrar de puntillas en nuestra habitación antes de que nos despertáramos. Se sentaba en el suelo a los pies de la cama y se quedaba allí, bisbiseando, mientras ordenaba y volvía a ordenar sus cartas de Pokémon.

Bajé, me senté a la mesa de la cocina con el portátil y me puse a buscar en Internet. *Xantoastrocitoma pleomórfico; tratamientos para tumores cerebrales en niños; pronóstico del cáncer cerebral en niños.* Leí informes y estadísticas del Servicio Nacional de Salud, páginas de Wikipedia, una larga entrevista con un médico de la American Brain Tumour Association.

Cambié los parámetros de búsqueda, consulté tres, cuatro, cinco páginas de resultados. Todo lo que encontraba venía a confirmar lo que nos había dicho el doctor Kennety. Que eran tumores de grado dos, raros, sobre todo en niños. Y que, tal y como había dicho el médico, la tasa de supervivencia era elevada, hasta de un noventa por ciento.

Oí ruido de pasos y vi a Jack parado al pie de la escalera. Parecía tan pequeño, tan ligero con su pijama de Spiderman... Todavía medio dormido, se subió a mis rodillas y me rodeó con los brazos y las piernas. Sentí su aliento en el cuello.

—Papi, ¿puedo tomar tostadas con queso?

—Claro que puedes.

—Tostadas *especiales* con queso.

—¿Especiales? —pregunté fingiéndome sorprendido—. ¿En serio? ¿Por la mañana? Pues no sé, no sé. ¿Qué me das a cambio?

Se quedó pensando.

—Te doy un beso —contestó con una sonrisa.

—¿Solo un beso? Ummm, ¿algo más?

Miró a su alrededor y luego se acercó corriendo a una caja de mimbre llena de juguetes. Hurgó dentro y volvió con algo escondido en el puño.

—También te regalo esto. —Abrió la mano, enseñándome el brazo roto de un Transformer.

—¿El brazo de Abejorro?

—Sí. —Asintió con la cabeza y empezó a reírse.

—Trato hecho. ¿Puedes darme ya ese beso?

Dijo que sí y, mientras me daba cuidadosamente un beso en la mejilla, oí un suave sollozo, una brusca aspiración y vi a Anna al pie de la escalera, con el pelo todavía húmedo de la ducha. Se volvió rápidamente y volvió a subir.

—¿Adónde va mamá?

—Al cuarto de baño.

—¿Por qué?

—A hacer pipí, seguramente. Entonces, ¿quieres que hagamos tostadas especiales con queso? Pero primero voy a ir a ver si mamá está bien.

—¿Puedo ver algo en el iPad?

—Claro que sí.

Sonrió, sacó el iPad de la estantería y se sentó en el sofá con las piernas cruzadas.

—Pero no veas esos vídeos de juguetes, ¿vale? Son una tontería.

—Sí, sí, señor Cerdito.

—Jack, lo digo serio.

Anna estaba arriba, en el cuarto de baño de nuestro dormitorio, y oí correr el agua.

—¿Anna? —la llamé en voz baja a través de la puerta.

—Sí. —Su voz sonó ronca, distante—. Enseguida salgo.

Me senté en la cama a esperarla.

—¿Estás bien? —pregunté cuando salió y se sentó a mi lado.

Se encogió de hombros, la cara llorosa, los ojos enrojecidos.

—Vamos a superar esto —afirmé abrazándola.

Asintió con un gesto y se apartó de mí. No quería que la viera llorar.

—En serio, vamos a superarlo. Recuerda: una tasa de curación del noventa por ciento —insistí mientras le acariciaba la espalda.

—Todavía no puedo creerlo —dijo—. Si le pasara algo no podría soportarlo, no podría. Solo quiero... —Se interrumpió y se enjugó los ojos.

—Vamos a enfrentarnos a esto y vamos a superarlo, ¿de acuerdo? —dije—. Cuando Jack esté en el parque de bolas, podemos seguir informándonos sobre neurocirujanos.

Se mordisqueó el labio y meneó la cabeza.

—No quiero que vaya hoy al parque de bolas —dijo.

—¿Por qué?

Me miró con los ojos entornados.

—No podemos... No quiero que corra ningún riesgo.

—Anna, ¿tú le has visto esta mañana? Está abajo, retozando. Tenemos que seguir con nuestra vida de siempre.

Oí abajo la voz de Ryan, el niño de Ryan's Toy Videos, en el iPad de Jack.

—Le he dicho a Emma que no va a ir.

—¿Has hablado con ella?

—Le he mandado un mensaje.

—No se lo habrás dicho, ¿no?

—No, claro que no.

—Pero, Anna, tenemos que seguir como si no pasara nada. Por el bien de Jack. No quiero que sepa que está enfermo.

—Estoy de acuerdo, pero ya no es un bebé —dijo—. En algún momento tendremos que decírselo. Va a extrañarle tener que ir tanto al médico y querrá saber por qué se encuentra mal.

Fui al cuarto de baño a buscar un pañuelo de papel para que se secara los ojos.

—Por ahora se encuentra bien —contesté cuando volví a sentarme a su lado y le puse la mano en la pierna—. Quiere tostadas con queso. Tostadas especiales con queso.

Se rio tristemente, sorbió por la nariz y se limpió la cara.

—Es que no quiero que se dé golpes en la cabeza —dijo. Empezó a llorar de nuevo, y esta vez no hubo forma de contener sus lágrimas, ni con pañuelos, ni con abrazos, ni con palabras.

La apreté contra mí, sintiendo el temblor de su cuerpo, su respiración entrecortada y frenética.

—¿Por qué llora mamá?

Nos dimos la vuelta y allí estaba Jack, de pie en la puerta de la habitación.

Anna se secó los ojos con la manga y sorbió un poco por la nariz.

—Bueno, de vez en cuando la gente se pone triste, como te pasa a ti a veces —contesté.

—¿Te has portado mal con ella? —me preguntó acercándose a Anna.

—No, nada de eso —respondí.

—¿Estás enfadado, papi?

—No.

—¿Mamá está roja de furia, como el señor del libro del bombero?

Anna se rio un poco. Sus sollozos remitieron.

—Papi, ¿puedo enseñarte una cosa?

—Claro, vamos. Mamá baja enseguida.

Bajamos y vi sobre la mesa varios trozos de pan arrancados de la hogaza, coronados por pegotes de mantequilla dura y un gran pedazo de queso *cheddar*.

—He hecho tostadas especiales con queso.

—Sí —dije revolviéndole el pelo—. Es impresionante, Jack.

—¿Estás contento, papi?

—Mucho, Jack —contesté.

Estuve mirándole comer su pan con queso mientras la luz de la mañana formaba columnas de polvo reluciente y aureolas alrededor de su pelo.

Por la tarde sonó el timbre. Jack estaba durmiendo la siesta y Anna y yo nos habíamos sentado en el cuarto de estar. Miré por la ventana y vi el pequeño Fiat de Lola aparcado enfrente.

—¿Se lo has dicho? —le pregunté a Anna.

—No, qué va.

—Entonces, ¿qué...?

Anna se levantó.

—No sé. Ya sabes que a veces se pasa por aquí sin avisar.

—¿Puedes decirle que...?

Pero ya estaba abriendo la puerta.

—Hola, guapa —dijo Lola. Oí sus besos dados al aire y luego un silencio—. Por Dios, ¿a qué viene esa cara tan larga, cielo?

Anna no dijo nada y yo me imaginé a Lola tratando de escudriñarla, de adivinar qué le ocurría a aquella chica a la que conocía tan bien: camas contiguas en el internado, compañeras de habitación en la universidad.

—Hola, Rob —dijo cuando entraron en el cuarto de estar.

Me miró inquisitivamente, las cejas levantadas casi como un reproche.

—¿Dónde está Jack?

—Arriba, durmiendo —dije.

Miró a Anna, que estaba paralizada, con el semblante petrificado.

—Anna, cielo —dijo, y luego me miró y me pareció detectar una ligera contrariedad en su rostro, como si se sintiera excluida. Lola siempre quería saberlo todo.

Tragué saliva y respiré hondo.

—Ayer nos dieron una mala noticia sobre Jack —dije, y empezó a temblarme la voz—. Llevaba una temporada teniendo problemas de equilibrio y le llevamos al médico para que le hicieran un chequeo. Le han hecho un escáner y resulta que tiene algo que creen que es un... un... —Tumor, un tumor. No podía decirlo en voz alta—. Una lesión, sí. Tiene una lesión...

Lola pareció desconcertada.

—¿Una lesión? ¿Qué quieres decir? ¿Como un tumor?

Naturalmente, aquella palabra no significaba nada para ella: eran solo vocales y consonantes, no algo que iba creciendo en el cerebro de su hijo.

—Sí, eso creen.

—¡Ay, Dios mío, pobre Jack! ¿Va a necesitar tratamiento? —Lola se sentó junto a Anna en el sofá y la rodeó con el brazo.

—Sí —contesté intentando no perder la compostura—. Tendrán que operarle para extirpar el... Bueno, ya sabes, para extirparlo. Luego podrán decirnos algo más, pero el médico opina que eso será todo, que no necesitará más tratamiento.

—Y se pondrá bien, ¿verdad? —preguntó Lola mirando a Anna y luego a mí.

—Sí, eso esperamos —contesté.

—¡Dios mío, qué horror! No quiero ni imaginarme por lo que estáis pasando. —Respiró hondo y empezó a hablar de nuevo para romper el silencio—. En la guardería de India había un niño que tenía algo parecido. Le extirparon el tumor y ahora está perfectamente. Se ha recuperado por completo. —Atrajo a Anna hacia sí—. ¡Ay, cielo, no quiero verte así! Todo va a salir bien, seguro.

Anna asintió con un gesto, rígida entre sus brazos, y Lola no supo qué decir. Recorrió la habitación con la mirada como si por un instante creyera que podía haber alguien más allí.

—¿Sabéis?, hay una mujer a la que sigo en Twitter a la que le diagnosticaron un tumor cerebral y luego creo que otro cáncer. Recurrió a terapias alternativas, no me acuerdo de a cuáles exactamente, y ahora mismo está completamente curada. Puedo mandaros el enlace de su blog si queréis.

Sus palabras flotaban, suspendidas en el aire como vilanos.

—Gracias, Lola. En este momento todo nos interesa.

Anna se levantó de repente y salió de la habitación. Oí sus pasos rápidos subiendo la escalera.

—¿Quieres que vaya a ver si está bien? —preguntó Lola abatida.

—No, no pasa nada. Es mejor dejarla.

—Scott.

—Hola.

Su tono era frío, implacable.

—¿Tienes hoy un rato para que nos veamos? —pregunté.

—Creía que teníamos que vernos hace una semana. Ya sabes, para hablar de la venta.

—Perdona —le dije—, ha pasado algo.

—Sí, ya, siempre pasa algo, ¿no? Tío, eres mi mejor amigo, pero ahora mismo no estoy para aguantar estos rollos.

Me quedé callado, sin saber qué decir, y noté que se me saltaban las lágrimas.

—¿Rob? ¿Sigues ahí?

—¿Podemos vernos ahora mismo? —pregunté con voz quebrada—. ¿En el *pub*?

—Sí, claro. —Su tono se había suavizado—. ¿Va todo bien?

No dije nada. No podía.

—Puedo estar allí dentro de un cuarto de hora.

Scott ya estaba allí cuando llegué, sentado a la barra, mirando algo en su teléfono.

—Te he pedido una pinta y una copa —dijo señalando un vaso de *whisky*—. Tienes aspecto de necesitarla.

—Gracias.

Bebió un largo trago de su cerveza.

—Bueno, ¿qué pasa, tío? ¿Problemas con tu mujer?

Me bebí el *whisky* de un trago y el hielo tintineó en el vaso.

—Es Jack. —Respiré hondo y me pellizqué la parte de atrás de los muslos—. Han encontrado algo, una lesión en su cerebro.

—¿Una lesión? ¿Cómo que una lesión? ¿Te refieres a un tumor?

—Sí.

—Joder, cuánto lo siento. Es horrible. —Indicó a la camarera con una seña que nos sirviera más *whisky*—. ¿Y qué os han dicho los médicos?

—Pues que primero tendrán que operarle y luego sabrán algo más —dije levantando mi pinta—. Y que con un poco de suerte eso será todo.

Antes de que pudiera contestar sonó su móvil y echó un vistazo a la pantalla. Sacudió la cabeza como si no quisiera cogerlo.

—Perdona, solo será un momento. Es Karolina, que me tiene a pan y agua...

Se bajó del taburete y me fijé en que llevaba unos zapatos nuevos de cordones y unos vaqueros muy ajustados.

—Hola, preciosa —dijo mientras se alejaba.

Se detuvo en el rincón del fondo, riendo y hablando en voz baja. Yo miré distraídamente un barómetro, un reloj, un barco metido en una botella.

—Perdona, tío —dijo Scott al volver a la barra y sentarse en su taburete—. Se está poniendo pesadísima. Bueno, me estabas contando lo del tratamiento... Porque se lo han descubierto a tiempo, ¿verdad?

—Sí —contesté, pero de pronto dudé; no me acordaba de qué había dicho exactamente el médico—. Tienen que operarle y creen que podrán extirpárselo por completo.

—Bueno, eso es una buena noticia. Me alegro un montón, de verdad.

—Gracias. —Volví a pellizcarme los muslos, tan fuerte que me estremecí—. Es solo que no lo entiendo, porque... porque está tan bien, tan activo y... y..., bueno, tan normal, que no sé...

—Dios, Rob, perdona, lo siento —dijo, y no entendí por qué se disculpaba hasta que me di cuenta de que otra vez estaba sonando su móvil: vibraba en silencio sobre la barra.

—Perdón, perdón —dijo, y rechazó la llamada, pero el teléfono volvió a iluminarse y ambos miramos la pantalla.

—Bueno, ¿y cuál es el próximo paso? ¿Qué va a pasar ahora? —preguntó cuando Karolina colgó por fin.

—Bueno —dije—, dentro de un par de semanas le operarán para extraer el..., ya sabes, para extirparlo todo. Y, con un poco de suerte, eso será todo.

—Seguro que sí, tío —dijo, y entrechocó su vaso de *whisky* con el mío—. Y, por favor, mantenme informado, avísame si puedo hacer algo. Por cierto, conozco a algunos médicos de Harley Street, del club de golf. Puedo preguntarles, a ver quién es el mejor en ese campo. —Empezó a buscar en su teléfono—. Sí, aquí está. Este tío, el doctor Khan, un indio... Muy listo. Puedo darle un toque luego, si quieres.

Yo había empezado a sudar. Notaba cómo el sudor frío me corría por la espalda.

—Tengo que irme —dije sintiéndome de pronto al borde del pánico.

—Vale, tío —contestó antes de dar un largo trago a su cerveza.

Cuando ya me marchaba, me rodeó con el brazo. Supongo que intentaba abrazarme, pero yo no reaccioné. Me quedé rígido.

—En serio, avísame si puedo hacer algo. Tu Jack es un luchador. Sobre todo si se parece a su viejo.

«Si puedo hacer algo», pensé mientras subía por Parliament Hill. «¿Si puedes hacer algo? No hablar por teléfono con tu novia, quizá. O dejar de mirarle las tetas a la camarera cuando te estoy contando que mi hijo tiene un tumor cerebral».

Cuando llegué a casa, Anna estaba en el cuarto de estar, sentada en el sofá con el portátil sobre la mesa baja.

—¿Sigue durmiendo? —pregunté.

—Sí, acabo de subir y está dormido como un tronco. Perdona lo de antes. Ya sé que Lola no tiene mala intención, pero es que no podía...

Me senté a su lado. Se había maquillado y recogido el pelo en una coleta.

—He repasado la lista de neurocirujanos y he puesto toda la información de contacto en una hoja de cálculo. Te he imprimido una. Podemos dividirnos la lista para ir informándonos.

Miré la hoja de cálculo: el nombre del médico, la dirección y el número de teléfono de su consulta, y una nota acerca de la especialidad de cada uno.

—Voy a ponerme con ello.

—He estado pensando otra vez en nuestra conversación con el doctor Kennety —dijo Anna— y lo tengo todo muy borroso. Me daría de bofetadas por no haber tomado notas. Hay un montón de preguntas que me gustaría haberle hecho, pero fue como si de pronto me cayera encima una niebla...

—Sí, lo sé. Yo estaba pensando lo mismo hace un rato.

Suspiró y le puse la mano en la rodilla.

—En la próxima cita estaremos preparados —dije—. Tendremos que hacerle montones de preguntas. Vamos a plantarle cara a esto, ¿vale?

Mis palabras sonaron huecas, sin fuerza, pero Anna me apretó la mano.

—Sí, claro. No nos queda otro remedio —dijo—. Lola me ha mandado un mensaje muy tierno, por cierto. Le preocupaba que me hubiera disgustado por su culpa. ¿Qué tal con Scott? ¿Se lo has dicho?

—Sí.

—¿Y cómo ha reaccionado?

—Bueno, ya sabes cómo es.

Estuvo a punto de decir algo, de formular otra pregunta, pero se detuvo y se mordió el labio.

—Vale —dijo poniéndose en pie—. Creo que me he saltado una página.

La miré desconcertado.

—De la hoja de cálculo.

Mientras se acercaba a la impresora, abrí el portátil y me puse a buscar información sobre el médico del que me había hablado Scott. En una pestaña abierta del navegador había una página de resultados de una búsqueda. Anna había estado buscando «abortos y tumores cerebrales en niños». En otra pestaña había un artículo del *Huffington Post*: «Por qué mi aborto espontáneo causó el cáncer de mi hijo».

No lo leí. Me limité a mirar la foto: aparecía una mujer con la cabeza agachada agarrándose la tripa.

Anna siempre mandaba cartas por Navidad, una costumbre que había heredado de su madre. Yo solía tomarle el pelo por ello. Eran espantosas —decía—, rancias, de otra época. Fanfarronadas de clase media mal disimuladas. (*Jonathan ha pasado otro año estupendo en Oxford, aunque a veces desearía dedicar tanto tiempo a sus estudios como dedica a remar o a confraternizar con miembros del sexo opuesto*).

Anna decía que no tenían por qué ser así. Que las suyas no lo eran. Y, además, era una buena forma de no perder el contacto con la gente. Así que todos los años, a pesar de mis burlas, metía folios doblados con esmero en sus tarjetas navideñas.

Yo no estaba muy convencido de que fuera buena idea mandar un *e-mail*. Me preocupaba que tuviéramos que dedicar tiempo a contestar mensajes de apoyo y a atender a los amigos que se presentaran en casa armados con cestas llenas de comida. Pero Anna me convenció. Decía que era mejor así: informar a todos al mismo tiempo. Así sería más fácil gestionarlo. Aquella palabra me molestó un poco: «gestionarlo», como si fuera un problema que atañera a uno de sus clientes, una crisis de la que todos sus compañeros de trabajo debían estar informados.

Asunto: Jack
Enviado: Lunes 12 de mayo, 2014 14:00
De: Anna Coates
Para: (Destinatarios ocultos)
CC: Rob

Queridos amigos:

Esperamos que estéis todos bien y os pedimos disculpas por escribiros en bloque. Queríamos contaros que a Jack le han diagnosticado recientemente un astrocitoma, un tipo de tumor cerebral.

Le operarán dentro de poco para extirpar el tumor y los médicos confían en que se recupere por completo.

Como podéis imaginar, ha sido para nosotros un golpe tremendo, pero tenemos esperanza y confiamos en que todo salga bien. Os damos a todos las gracias por vuestro apoyo.

Con cariño,
Anna y Rob

Lo de que confiábamos en que todo saliera bien lo añadí yo. Era verdad, le dije a Anna, y además no queríamos que se preocuparan innecesariamente, que pensaran que Jack estaba desahuciado.

A veces no la entendía. Ese impulso genético suyo de ver siempre el lado negativo de las cosas... Lo había heredado de sus padres; se lo habían transmitido como un legado maldito. La familia del vaso medio vacío, decía ella a veces, en broma.

Las repuestas no se hicieron esperar. Nos escribían para decirnos que lo sentían, que se habían quedado de piedra, que estaban hechos polvo. Nos contaban historias esperanzadoras: madres, padres, amigos de amigos que se habían enfrentado al cáncer y lo habían vencido. Nos hablaban de niños pequeños que conocían que tenían la misma enfermedad (u otra parecida) y que habían salido adelante. Nos decían que no perdiéramos el ánimo porque eso —afirmaban— era lo más importante. Y nos aseguraban que rezaban por nosotros, que llevaban a Jack en el corazón y que le tendrían en sus pensamientos de la mañana a la noche.

Yo volví a leer varias veces el mensaje de Anna. Hablaba de una recuperación completa. Eso decía. Así que ¿por qué se comportaba todo el mundo como si Jack se estuviera muriendo? ¿Sabían acaso algo que nosotros ignorábamos?

9

Me senté delante de mi mesa tan atiborrado de cafeína que me temblaban las manos cuando me puse a mirar mi correo. Prefería trabajar en el sofá o en la cama, en cualquier sitio donde pudiera colocarme el portátil sobre las rodillas, pero Anna me había obligado a montar un despacho en casa. Fuimos a elegir una mesa y una silla de oficina, y me compró archivadores y artículos de papelería. Decía que era importante para mi ánimo, y así yo me hacía la ilusión de que seguía trabajando.

Eché una ojeada a mi bandeja de entrada. Los gerentes de la incubadora de empresas seguían persiguiéndome. Ahora se ofrecían a pagarme los gastos, además de una tarifa por la conferencia. Marc quería que le diera mi opinión sobre un programador. Había también un mensaje del colegio de Jack que no me atreví a abrir y, escondido entre un anuncio de un vivero y un recibo de PayPal, un correo de Scott.

Asunto:
Enviado: Miércoles 21 de mayo, 2014 01:05
De: Scott Wayland
Para: Rob Coates

hola colega solo quería decirte que siento lo del otro día en el pub. sé que ahora mismo tienes que estar pasándolo fatal y seguramente no estuve todo lo atento que debería.

por cierto, hablé con ese médico amigo mío, toqué algunas teclas y me dijo que el mejor en ese campo es el doctor kennety de harley street. por lo visto el tío es un hacha. avísame si quieres tirar por ahí, a ver si puedo echarte un cable.

cambiando de tema, tenemos pendiente una conversación sobre el tema de China, sobre lo de vender la empresa, digo. me están dando la brasa y no quiero perder esta oportunidad. ¿tienes un rato para que hablemos? si no quieres pasarte por la oficina podemos vernos en el pub o puedo pasarme por tu casa.

hablando de otra cosa, karolina me ha dejado y me ha sentado como un tiro, así que ya ves que yo tampoco estoy pasando por mi mejor momento.

en fin, anímate, tío. espero que nos veamos pronto.

Enviado desde mi iPhone

«Anímate, tío», como si el West Ham hubiera descendido a segunda. ¿No se daba cuenta de cómo sonaban sus palabras? Con todo lo que estaba pasando, ¿de verdad creía que iba a preocuparme porque la última eslava con la que había ligado le hubiera plantado por otro tío con más pasta?

Cuando conseguí tranquilizarme (y después de hacer más café), me puse otra vez a investigar. Buscando «opciones de tratamiento en casos de PXA», abrí un enlace que me llevó a un foro llamado Hope's Place. La página de inicio estaba decorada con mariposas de alas amarillas revoloteando sobre un fondo rosa y azul pastel. En una esquina, debajo de un arcoíris gigante, había una foto de Hope, una niña de siete años con una camiseta de *Glee*.

Pulsé en la foto y se abrió un foro de debate para padres de niños con tumores cerebrales. Indagué un poco más y encontré un hilo acerca del tipo de tumor de Jack, el PXA.

Leí a toda prisa, pasando de un *post* a otro. Saqué en claro que la extirpación quirúrgica era el tratamiento de rigor, pero que a algunos niños se les trataba también con radioterapia y no entendí por qué. ¿Eran niños con tumores más graves? ¿Debíamos considerar esa opción en el caso de Jack?

Oí llegar a Anna: el suave chasquido de la puerta al cerrarse, el tintineo de sus llaves en la mesa de la entrada, pero no oí el saludo de Jack cuando llegaba a casa («¡Hola a todos!»). Corrí a la puerta y vi a Anna de pie en la entrada, con Jack cargado sobre el hombro.

—Se ha dormido en el coche —dijo mientras acababa de quitarse los zapatos.

Últimamente dormía mucho: daba cabezadas cuando veía los dibujos animados, o se dormía en el coche hasta en los trayectos más cortos.

Le cogí en brazos y le llevé arriba. El sol de media tarde brillaba aún con fuerza. Corrí las cortinas y le tumbé en la cama. Se removió, se puso de lado y pegó las rodillas al pecho.

Cuando bajé, encontré a Anna con la mirada perdida y una copa de vino delante de ella, sobre la mesa baja.

—¿Estás bien? —pregunté.

—Pues no, la verdad —contestó.

Tenía la piel del cuello y del pecho muy colorada: una especie de sarpullido que le salía cuando estaba enfadada o nerviosa.

—¿Qué ha pasado?

—Dios mío, estoy que echo chispas. Qué idiotas y qué ca... —Se interrumpió. Nunca, desde que estábamos juntos, la había oído decir palabrotas, ni una sola vez—. El mundo está lleno de idiotas.

Bebió un largo trago de vino y volvió a dejar la copa sobre la mesa.

—Estaba en el Costa Coffee, el que hay al pie de la colina, y estaba todo muy tranquilo. Jack estaba dibujando en el rincón de juegos. Estábamos muy a gusto, porque hacía tiempo que no pasábamos un rato solos, y él había pedido un batido de chocolate y estaba contentísimo. Y entonces veo a esa tal Joanna, ¿te acuerdas de ella? ¿La del gimnasio infantil al que iba Jack?

—Joanna, sí, me suena. Ah, sí, ¿esa que siempre estaba hablando de su divorcio?

—Sí, esa. Pues va y se me acerca con mucho misterio y me dice hola, y enseguida me he dado cuenta de que lo sabía porque tenía una sonrisita nerviosa. Y me dice: «Lo siento muchísimo», y mira a Jack y dice «pobrecito», y Jack estaba allí mismo, justo a su lado. Y luego me suelta que imaginaba que estábamos acumulando recuerdos. ¡Acumulando recuerdos! Eso ha dicho. Y como no he sabido qué responder, le he dicho que Jack iba a recuperarse por completo, como si me estuviera justificando. ¡Con ella! ¡Como si fuera asunto suyo! ¿Y sabes qué ha hecho?

—¿Qué?

—¡Me ha abrazado! Me ha abrazado allí, en medio de la cafetería.

—Ay, Dios mío.

—Pues sí. Y ya sabes lo nerviosa que me ponen esas cosas, hasta cuando tú me abrazas en público. Ha sido horroroso. Creía que no iba a soltarme nunca.

Me dieron ganas de reírme al imaginármela en el Costa Coffee, tiesa como un palo, dejándose estrujar por aquella mujer.

—Me habría dado de cabezazos contra la pared. ¡Ojalá le hubiera dicho que era una maleducada y una insensible! Pero no podía porque Jack estaba allí y de todos modos ¿de qué habría servido...?

—Qué horror —dije—. Hay gente que es gilipollas.

Fui a la cocina, me serví una copa de vino y me senté con ella en el sofá.

—Es una tontería enfadarse por estas cosas —dije—, sobre todo teniendo en cuenta lo que está pasando, pero yo me puse furioso el otro día por un puto comentario de Facebook.

—¿Un comentario de quién?

—De una mamá del colegio. Era un comentario larguísimo sobre un quiste que había tenido en el cuello. Decía que le preocupaba que fuera cáncer y que pensaba que iba a morirse. Total, que se lo extirparon y, por supuesto, resultó que no era cáncer. Y luego seguía contando un rollo sobre no sé qué médico que la miró a los ojos y le dijo que dejara de preocuparse y saliera a vivir el resto de su vida. Y luego todos esos *hashtags... Hashtag* «positivo». *Hashtag* «cáncer». *Hashtag* «iros todos a tomar por culo».

Anna se echó a reír, y entonces me di cuenta de que hacía mucho tiempo que no la veía sonreír. Aquello era lo que solíamos hacer antes: despotricar sobre amigos y colegas mientras bebíamos una copa de vino, como conspiradores felices, charlando hasta las tantas de la noche.

—Mañana voy a hablar con Personal —dijo—. Quiero pedir una excedencia para cuando llegue el momento de la operación.

—Muy bien —dije.

—Es que creo que tengo que estar con Jack mientras se recupera.

—¿Crees que te la darán?

—No lo sé. Dan permisos prolongados en algunas situaciones, pero suele ser en casos de... ya sabes. Y sé de gente que ha pedido años sabáticos sin sueldo, así que estaba pensando en solicitar algo así.

—Ya. Sí, bueno, supongo que podría funcionar.

Anna entornó los ojos.

—¿Es que no te parece bien?

—No, no, sí que me parece bien. La verdad es que no he pensado mucho en ello. Pero ¿estás segura de que es necesario? Porque yo voy a estar aquí todos los días cuando Jack salga del cole, después de la operación. Y además está el asunto del dinero. ¿Crees que nos las apañaremos sin tu sueldo?

Me miró con enfado, las mejillas sonrojadas por el vino.

—No sé, Rob, espero que sí. Y si tanto te preocupa el dinero, a lo mejor deberías hablar con Scott. Porque, si vende la empresa, ya podemos despedirnos de la mitad de nuestros ingresos.

No dije nada. Era consciente de que tenía que escoger mis palabras con sumo cuidado. Sabía lo que pensaba Anna: que me estaba comportando como un vago y un irresponsable, y que no me esforzaba lo suficiente por convencer a Scott de que no vendiera la empresa. A ella siempre le preocupaba el dinero, incluso cuando los dos teníamos ingresos. Decía que Londres era prohibitivo y que vivíamos por encima de nuestras posibilidades. Que no ahorrábamos y que el colegio de Jack era cada vez más caro.

—¿Has hablado con él? —preguntó.

—Sí, claro que he hablado con él, pero no sé si puedo hacer gran cosa. Ahora mismo no tengo energías para ponerme a discutir con él.

—Estupendo —dijo desviando la mirada—. No tienes energías. —Meneó la cabeza—. A veces me asombras, Rob. Tú no trabajas y yo sí. Lo único que quiero es tener un poco de tiempo libre para estar con Jack, y no se te ocurre otra cosa que hacer que me sienta culpable por querer pedir una excedencia.

—Perdona —dije—. No era esa mi intención, de verdad.

Se levantó y quitó unos pantalones de Jack del radiador.

—En fin, a lo mejor tienes razón y no podemos permitírnoslo.

—Pero no voy a darme por vencido con Scott todavía —alegué.

—¿Qué quieres decir?

—Pues que, aunque no es el mejor momento para hablar con él de ese tema, tengo casi a punto lo de los drones. De hecho, creo que esa empresa china podría sernos útil.

Anna suspiró y recogió el montón de ropa limpia.

—¿Qué pasa?

Se frotó la frente como cuando empezaba a dolerle la cabeza.

—Por favor, no empieces otra vez con lo de los drones. Ya sabes que te apoyo, pero han pasado más de cinco años y sigues sin tener nada que enseñar a pesar de todo el trabajo que has invertido en ese asunto...

—Sí, ya —contesté, algo ofendido por sus palabras. Con los mapas había reaccionado igual: con desconfianza, como si estuviera convencida de que era todo una quimera—. Pero estas cosas llevan su tiempo. ¿Y te acuerdas de lo que pasó con los mapas? Estuve siglos a dos velas y luego, de pronto, gané un montón de dinero. Así que no pienso rendirme todavía con lo de los drones.

Sacudió la cabeza y se sentó a mi lado en el sofá.

—Tú siempre crees que todo va a salir bien —dijo con una media sonrisa, arrimándose a mí.

—Claro —contesté—. ¿Qué voy a hacer si no? ¿Pensar que todo va a ser una mierda?

—Tienes razón. —Puso los pies en el sofá y apoyó la cabeza sobre mi regazo.

Se había quedado dormida así una vez, de espaldas al paseo

marítimo de Brighton. Un fin de semana de amor en una pensión de la playa. Era todo todavía tan nuevo que nos pasamos la mayor parte del tiempo en la cama. Ya había empezado a oscurecer cuando salimos a la calle de mala gana, a comer *fish and chips* y algodón de azúcar en el Palace Pier. Luego fuimos a no sé qué discoteca *indie* muy hortera, a bailar al son de The La's y los Happy Mondays.

Esa noche, en la pista de baile, parecíamos no tener miedo ni vergüenza: nos tocábamos por todas partes como si estuviéramos otra vez en la pensión, con el cuerpo húmedo y hormigueante de puro deseo. Cuando salimos del local, a las cuatro de la mañana, el aire nos heló el sudor en la espalda. Bajamos dando traspiés al paseo marítimo, hacia el mar.

Como Anna quería ver amanecer, nos sentamos en la playa y estuvimos hablando un rato sobre Londres, donde tal vez fuéramos a vivir, y bromeando, como hacen todas las parejas, sobre los niños que tendríamos algún día.

Justo cuando salía el sol, Anna empezó a adormilarse y apoyó la cabeza en mi regazo. Me acuerdo muy bien. Las olas que rompían suavemente en los guijarros de la orilla, los pájaros a los que un rojo amanecer había despertado de su letargo, la brisa cálida y salobre... Anna permanecía felizmente ajena a todo aquello. La observé mientras dormía, arropada por nuestra dicha, en aquel verano interminable, su pecho subiendo y bajando con la cadencia del mar.

Esa noche volví a entrar en Hope's Place. Había ya quince respuestas a mi *post*.

RE: ¿Alguien puede ayudarnos?
De dxd576. Miércoles 21 de mayo, 2014 10:34

No puedo ayudarte sobre vuestro problema concreto ni recomendarte ninguna operación ni nada por el estilo pero a nuestra hija hace un año y medio que le diagnosticaron el tumor. Desde entonces tomamos muchos zumos y batidos naturales y nuestra niña (y toda la familia) lleva una dieta completamente vegana y crudívora. Y aunque no sabemos qué pasará en el futuro, de momento nuestra pequeña Jade se encuentra bien y estamos convencidos de que se debe mucho más a los cambios que hemos introducido en nuestra dieta que a los tratamientos que le han dado los médicos.

RE: ¿Alguien puede ayudarnos?
De Chemoforlifer. Miércoles 21 de mayo, 2014 10:58

Rob:

Lamento mucho que tengáis que estar pasando por todo esto. Habrá sido un palo tremendo. Pero aunque sea un tumor cerebral (y a nadie le gusta oír esas dos palabras), piensa que el PXA es un cáncer muy tratable y con una tasa de recuperación muy alta.

(Solo para tu información, dado que eres nuevo en el foro, yo perdí a mi única hija, Hope, hace cinco años, cuando tenía ocho, por culpa de un glioblastoma. Creé este foro en recuerdo suyo, para intentar ayudar a otras personas. Me dedico profesionalmente a la investigación científica).

En cuanto a consejos concretos, te recomiendo encarecidamente que, si no lo habéis hecho ya, le hagáis un examen genético a vuestro hijo. Aunque estéis pensando en recurrir a la cirugía, siempre está bien tener algún as en la manga por si acaso el tumor vuelve a aparecer, aunque haya pocas probabilidades de que eso ocurra.

No dudes en preguntarme lo que quieras. Siempre estoy aquí para echar una mano.

Saludos,
Chemoforlifer
Admin

RE: ¿Alguien puede ayudarnos?
De Trustingod. Miércoles 21 de mayo, 2014 11:44

Lamento lo que os está ocurriendo, Rob, aunque, como tú dices, tenéis razones de sobra para mantener la esperanza. Nosotros estamos en una situación parecida, aunque a nuestro bebé le diagnosticaron la enfermedad hace ya unos meses. Hemos descubierto que nuestra fe es un enorme consuelo para nosotros en estos momentos tan duros. Ojalá la mano curativa de Dios se pose sobre tu niño. Rezo por ti y tu familia.

Dejé de leer. Aquellas personas no eran como nosotros. Eran padres desesperados como esos sobre los que uno leía en las revistas, que veían cómo la vida de sus hijos se les escapaba entre los dedos. No teníamos nada en común con ellos, porque Jack estaba lleno de vida y el médico había dicho que iba a curarse. De pronto sentí una necesidad imperiosa de verle, de tocarle. Últimamente, esos arrebatos se habían vuelto cada vez más frecuentes y dolorosos, como ataques fulminantes de gota.

Estaba a punto de cerrar el portátil cuando sonó un leve pitido y el icono del correo me avisó de que había recibido un mensaje privado a través del foro. Era de un tal Nev.

Asunto: Hola
Enviado: Miércoles 21 de mayo, 2014 22:16
De: Nev
Para: Rob

Hola, Rob. Siento mucho que tu hijo Jack esté enfermo, aunque da la impresión de que tenéis muchos motivos para el optimismo.

Quería contarte mi historia, por si acaso las cosas no salen como estaba previsto. A mi hijo Josh le diagnosticaron un glioblastoma hace tres años, cuando tenía seis. Dicho en pocas palabras, los médicos le desahuciaron. Después de extirpar el tumor, dijeron que no podían hacer nada más, que volvería a reproducirse y que lo único que podían ofrecernos eran cuidados paliativos mediante quimio y radioterapia.

Fue entonces cuando me enteré de la existencia del doctor Sladkovsky. Antes de que dejes de leer, escúchame, por favor. Se trata de una clínica completamente legal con sede en Praga. No es una de esas clínicas especializadas en cáncer que te clavan mil dólares por consulta y te exprimen hasta dejarte seco. Es una clínica de vanguardia que utiliza los tratamientos más punteros, especialmente lo que se conoce como inmunoingeniería.

Ir a Praga era un riesgo, claro. Pero asumimos ese riesgo y nuestro Josh pasó por varios tratamientos. Resumiendo, seis meses después el tumor había desaparecido y no ha vuelto a aparecer desde entonces. Ahora Josh es un chaval de nueve años feliz que lleva una vida normal, y el cáncer empieza a convertirse en un recuerdo lejano.

En Hope's Place me han prohibido colgar enlaces sobre el doctor Sladkovsky (el programa ni siquiera me permite enviarlos por mensaje privado), así que lo único que puedo decirte es que, si buscas en Internet al doctor Sladkovsky de Praga, encontrarás toda la información que necesites.

Si quieres saber algo más sobre los tratamientos que siguió Josh, te invito a echar un vistazo a mi blog, nevbarnes.wordpress.com, o a escribirme por privado.

Os deseo mucha suerte. Cruzo los dedos de las manos, los de los pies, las piernas y todo lo que haga falta. Escríbeme si necesitas más datos.

Nev

Aquello me sonó a estafa. Escribí *Sladkovsky* en el motor de búsqueda de Hope's Place y aparecieron cientos de resultados.

POR FAVOR LEED re «Ensayo clínico Sladkovsky»
De Chemoforlifer. Lunes 26 de mayo, 2012 6:03

Queridos amigos:

Los usuarios habituales del foro habréis visto varios mensajes de Nev sobre una propuesta de ensayo clínico dirigida por el doctor Sladkovsky. Esos mensajes ya no existen: han sido eliminados por los moderadores. Los hemos eliminado porque infringían claramente la regla que prohíbe la publicidad expresa o encubierta.

Se ha hablado por extenso de la clínica del doctor Sladkovsky en este foro. Os dejo a continuación un enlace a uno de esos hilos, para los usuarios nuevos que quizá no estén familiarizados con el «trabajo» de la clínica.

forum.hopesplace.topic/article/1265%444

La clínica del doctor Sladkovsky no es de fiar. Nunca ha permitido que sus tratamientos de inmunoingeniería fueran evaluados mediante un ensayo clínico acreditado e independiente, ni ha informado de los resultados de su trabajo a otros investigadores. Todas las personas cualificadas que han valorado sus métodos han concluido que su terapia de «inmunoingeniería» es una estafa.

Saludos,
Chemoforlifer
Admin

Me enfadé y pensé en escribir al tal Nev para decirle lo que pensaba sobre la gente que se aprovechaba de los padres de niños enfermos ofreciéndoles curas milagrosas en Internet. Volví a leer su mensaje. Era convincente y parecía sincero. Supuse que era así como atraía a la gente. Salí de Hope's Place, cerré el portátil y me fui a buscar a Anna y a Jack.

10

Se había hecho de noche y Jack no podía dormir. Era un efecto secundario de los esteroides que reducían la inflamación del edema que envolvía el tumor. Solo faltaba una semana para la operación y Jack estaba más activo que nunca. Intentábamos cansarle leyéndole cuentos y dejándole ver los dibujos, pero a veces lo único que funcionaba era salir a dar un paseo.

—¿Qué tal te encuentras hoy, tesoro? —le pregunté mientras recorríamos uno de los sinuosos senderos que suben hasta el Heath—. ¿Qué tal tu herida?

Le habíamos dicho que tenía una herida dentro de la cabeza y que tendríamos que ir al hospital para que se la curaran. No estaba preocupado en absoluto. Parecía creer que aquello revestía la misma gravedad que un arañazo en un codo o un dolor de barriga. El año anterior se había caído de la tapia del jardín y habíamos ido al hospital a que le dieran puntos. ¿Sería igual?, preguntaba. Mejor, contestábamos. Le dormirían y no se enteraría de nada.

Se tocó la cabeza como hacía desde que sabía que le pasaba algo malo.

—Creo que está bien, pero...

Dudó y arrastró un pie por el camino.

—¿Pero qué, Jack?

—Que a veces, en el cole, me cuesta pensar.

—¿Sí?

—Hoy la señorita Jackson nos ha puesto unas sumas y yo...
—Se interrumpió.

—¿Y te ha costado hacerlas?

—Sí. Sumas y cuentas y... y... Se me olvidaban los números.

—Bueno —dije rodeándole con el brazo—, sumar es difícil. Y hace poco tiempo que has aprendido.

Asintió con un gesto y me miró con sus ojos azul claro.

—También hemos estado practicando las letras y me han dado una pegatina.

—¿En serio?

—Sí, mira. —Llevaba en la solapa de la chaqueta una estrellita que decía *¡Buen trabajo!*—. Me la he puesto aquí para que no se rompa.

—Estupendo. Lo estás haciendo muy bien, Jack. Y no te preocupes por el cole, porque te van a quitar todas las heridas, ¿vale?

—¿En el hospital?

—Sí, en el hospital.

—¿Y estaré dormido? ¿Me van a quitar las heridas cuando esté dormido?

—Exacto, tesoro.

Sonrió encantado.

—Papi, ¿voy a estar en el hospital hace mucho, mucho tiempo?

Yo también sonreí, apartándole el pelo de la cara.

—No, solo unos días, ha dicho el médico. Puede que una semana. Pero, Jack, no tienes que decir «hace mucho, mucho tiempo».

—¿Por qué?

—Porque no hace falta. Puedes decir solamente «mucho tiempo». Lo otro sobra.

No pareció muy convencido.

—Pero en los cuentos siempre dicen «hace mucho, mucho tiempo».

—Sí, ya, pero...

Me miró pestañeando.

—Es igual, hijo —dije atrayéndole hacia mí.

Cuando volvimos a cruzar el Heath de vuelta a casa parecía contento, pero daba la impresión de que algo le rondaba por la cabeza. Entornaba los ojos como cuando intentaba resolver un rompecabezas o montar uno de sus juegos de piezas.

—Papi, después de ir al hospital ¿estaré mejor? —preguntó de repente.

—Claro que sí —contesté sonriéndole alegremente—. Para eso vas a ir al hospital, para ponerte mejor.

Volvió a mirarme, pero enseguida bajó la cabeza.

—Papi —dijo con la vista fija en sus zapatos—, ¿tú conoces a Jamie Redmond?

—Creo que no.

—Va a mi cole. Está en segundo, pero a veces viene a clase con nosotros.

—¿Es amigo tuyo?

—Nooooo —respondió parándose en la acera como si acabara de decirle una cosa absurda—. ¡Jamie Redmond no es amigo de nadie!

—Ah. Pues tienes que ser amable con él si no tiene amigos.

Seguimos caminando en silencio y noté que estaba dándole vueltas a algo.

—¿Y por qué te has acordado de ese Jamie Redmond? —pregunté pasado un rato.

Se quedó pensando un momento, compungido, como si estuviera en un aprieto.

—Porque Jamie Redmond me ha dicho que me voy a morir. Ha dicho que tengo una herida en la cabeza y que la gente que tiene heridas en la cabeza se muere.

Parecía tan tranquilo como si morirse fuera algo sin importancia, como quedarse dormido o salir del colegio antes de tiempo.

—Pues ese Jamie Redmond no sabe lo que dice. No vas a morirte, Jack, vas a ponerte mejor. ¿De acuerdo? Jamie Redmond no debería decir esas cosas.

—No pasa nada, papi, yo le dije que era tonto —repuso Jack—.
Le dije que todo el mundo se muere algún día y que todo el mundo lo sabe.

—Muy bien.

—La verdad es que Jamie Redmond no sabe un montón de cosas, papi. A lo mejor por eso viene a clase con nosotros aunque está en segundo.

Me reí un poco por lo bajo.

—No le habrás dicho eso, ¿verdad?

—Noooo —contestó.

—Mejor, porque aunque él se porte mal contigo tú no tienes que portarte mal con él.

Asintió con la cabeza.

—No se lo dije porque es muy grandote y muy pegón. Es todavía más grande que tú, papi.

—Vaya —dije apretándole el hombro—. ¿Y es más grande que el Increíble Hulk?

—No seas tonto. Nadie es más grande que el Increíble Hulk.

La consulta de la doctora Flanagan no podía ser más distinta que la del doctor Kennety, con sus altos techos georgianos y sus enormes muebles de anticuario. Su clínica parecía el ala pediátrica de un hospital, con murales pintados, muebles minúsculos y una zona de juegos con una piscina de bolas instalada en un amplio rincón de la sala.

—Hola —dijo la doctora Flanagan al entrar en la sala de espera.

Con su bata amarilla y sus Crocs de color naranja, parecía una auxiliar de guardería. «No se dejen engañar por las apariencias», nos había dicho el doctor Kennety. Julia Flanagan era la mejor en su campo. Habíamos leído acerca de ella en Internet. Los padres contaban que aquella neurocirujana que había dedicado su carrera a salvar la vida de niños enfermos era capaz de obrar milagros.

—Y este debe de ser Jack —dijo mientras nos conducía a su despacho—. Me gusta tu camiseta —añadió señalando los murciélagos que revoloteaban alrededor de la cabeza del dinosaurio.

Jack se puso colorado y sonrió.

La doctora Flanagan se volvió hacia nosotros cuando nos sentamos.

—Antes de que empecemos, quería decirles una cosa a papá y mamá. —De pronto parecía muy seria, muy profesional—. Aunque seguramente ya lo habrán visto en mi página web, tengo una norma. No permito que mis consultas duren más de veinte minutos y controlo el tiempo rigurosamente. Para mí es muy importante respetar esa norma. De ese modo puedo ver a tantos pacientes como me es posible.

—Sí, claro —dije.

Habíamos leído acerca de lo estricta que era controlando el tiempo. La gente de Hope's Place decía que era capaz de cortarte en medio de una frase indicando el reloj.

—Bien —dijo y miró a Jack—. Bueno, tengo aquí unas piruletas. ¿Te apetece una?

Jack asintió nervioso.

—Ya me parecía. Pero para que te la dé tienes que ayudarme, ¿vale?

—Vale.

—Muy bien, Jack. ¿Puedes cerrar los ojos y contar desde uno hasta todo lo que puedas?

Jack cerró los ojos y empezó a contar.

—Uno, dos, tres, cuatro... —Sabía contar hasta veinte desde que tenía tres años, pero se paró al llegar a once—. Un uno y un dos, un uno y un cuatro —dijo y se detuvo, avergonzado, como si hubiera hecho algo mal.

—Muy bien, Jack, estupendo —dijo la doctora—. Ahora ¿puedes venir aquí, a ver si encuentras las piruletas? Están en mi mesa, en alguna parte.

Jack se acercó a ella y empezó a buscar por la mesa, tocando el pisapapeles y el calendario de la doctora Flanagan. Ella le observaba atentamente: su forma de andar, lo que hacía con las manos.

—Ya estás muy cerca. A lo mejor están por aquí —dijo abriendo un cajón.

A Jack se le iluminó la cara al mirar dentro del cajón.

—¡Hala, cuántas hay!

La doctora metió la mano en el cajón y sacó una piruleta roja.

—Aquí tienes. Ahora ¿puedes decirme de qué color es?

—Roja —contestó él enseguida.

—Estupendo. Y otra cosa más, ¿te acuerdas de cómo se llama esto? ¿Qué es esto, Jack? —preguntó sosteniendo la piruleta debajo de su nariz.

Jack miró la piruleta pensando que la pregunta debía de tener truco.

—Es una piruleta.

—Muy bien.

La doctora Flanagan le dio la piruleta y él sonrió de oreja a oreja y se la guardó con todo cuidado en el bolsillo.

—Dime una cosa, Jack, ¿ves esta línea? —La doctora señaló una raya de cinta adhesiva que había en el suelo, cubierta con etiquetas de pececitos. Jack dijo que sí con la cabeza—. Quiero que camines por ella, ¿vale?

Jack no se movió. Nos miró a Anna y a mí buscando apoyo y le sonreímos, animándole a hacerlo. Dudó y empezó a morderse las uñas como si le hubiéramos pedido que caminara por el borde de un precipicio. Por fin empezó a andar muy despacio, pero no pudo avanzar en línea recta: hacía eses siguiendo la raya, como un borracho.

—Muy bien —repitió la doctora—. Ahora, lo último. ¿Puedes quedarte aquí quieto un momento, Jack?

Le tocó ambas mejillas con delicadeza y luego le examinó el cráneo, los bultitos que habían aparecido bajo su cuero cabelludo.

—Caray, eres un niño increíble. ¿Te apetece ir a jugar con Suzie a recepción?

Jack no se movió y nos miró a Anna y a mí con nerviosismo.

—Tenemos una PlayStation —añadió la doctora— y ahora mismo no la está usando nadie.

—¿De verdad? —Le brillaron los ojos.

—De verdad —dijo la doctora Flanagan y, tendiéndole la mano, le condujo fuera—. Lo de la PlayStation no falla —comentó al volver a la consulta—. Mi sobrino tiene una y la mitad del tiempo es como si no existiéramos. —Miró su reloj—. Bueno, nos quedan once minutos. He visto todos los escáneres y los informes y estoy de acuerdo con la valoración del doctor Kennety y el radiólogo. Es casi seguro que se trata de un astrocitoma. Sin embargo, basándome en las radiografías, creo que es posible que el tumor esté un poco más avanzado.

Sentí que me faltaba el aire, como en aquella primera consulta con el doctor Kennety. La angustia se me agolpaba en la boca del estómago como cuando me mareaba de pequeño.

—Entonces ¿podría ser un tumor más grave? ¿Un glioblastoma? —pregunté con un hilo de voz.

Había leído sobre el glioblastoma en Hope's Place. Era el primo feo del astrocitoma: un tumor tan complejo y agresivo que podía matarte en cuestión de semanas.

—No, no creo —contestó ella sacando una radiografía de la historia de Jack. Tecleó algo en su ordenador y giró la pantalla hacia nosotros—. Este es el aspecto que tiene un glioblastoma. Fíjense en todos estos flecos blancos alrededor del borde. Ahora compárenlo con el de Jack.

Miramos la imagen. No había flecos blancos, solo un cúmulo amorfo y oscuro.

—No, estoy casi segura de que se trata de un astrocitoma. Pero puede que esté más avanzado de lo que creíamos.

—¿Y eso podría afectar al pronóstico de Jack? —preguntó Anna.

La doctora se quedó callada un momento.

—Podría ser, pero no quiero adelantarme ni hablar de cifras hasta después de la operación. Entiendo perfectamente su necesidad de saber más, créanme, pero la verdad es que no sirve de nada.

Quise decir algo, pero tenía paralizadas las cuerdas vocales. El doctor Kennety nos había hablado de unos porcentajes de recuperación de entre el ochenta y el noventa por ciento. Había dicho que Jack iba a curarse.

La doctora Flanagan consultó su reloj.

—Bueno, tenemos poco tiempo, de modo que ¿qué les dijo exactamente el doctor Kennety acerca de la operación?

—Poca cosa —contestó Anna—. Pero hemos estado informándonos desde entonces. El doctor Kennety nos dio unos folletos.

—Bien. El objetivo de la intervención es extirpar el tumor en su totalidad. Es la mejor posibilidad que tenemos de que Jack se recupere. Y a juzgar por las radiografías, la ubicación del tumor no es demasiaaaado mala, aunque me preocupa un poco esta zona. —Señaló una de las sombras que se veían en la radiografía.

Sentí que aquella niebla se abatía de nuevo sobre mí, esa sensación de que estaba allí y al mismo tiempo no estaba, de que levitaba y me veía a mí mismo desde muy arriba. En mi fuero interno, confiaba en que la doctora Flanagan nos diera buenas noticias; en que nos dijera que el tumor era benigno, o que no era ningún tumor. No esperaba oír que el pronóstico de Jack podía ser aún peor.

Dentro del escritorio de la doctora comenzó a sonar un pitido suave.

—Sé que para mí es fácil decirlo —añadió mientras nos acompañaba fuera del despacho—, pero, por favor, intenten mantener una actitud positiva. Estamos hablando de tumores a los que se puede sobrevivir y hay probabilidades razonables de que podamos extirparlo por completo y la cosa no pase de ahí. Intenten recordarlo, se lo ruego.

—Gracias —dijimos los dos, pero las palabras de la doctora me sonaron a hueco, como si no fueran más que una fórmula de cortesía.

—Bien. Entonces, los veo el miércoles para la operación. Tienen que firmar unos formularios relativos al ingreso de Jack. Suzie se los dará en recepción.

Le estrechamos la mano y volvimos a recepción. Jack estaba en el rincón de los niños jugando a SuperMario Kart. Se inclinaba de un lado a otro mientras jugaba como si estuviera a punto de caerse del puf en el que estaba sentado.

—¿Estás bien, campeón? —pregunté cuando acabó la partida.

—Sí, mola mucho este juego.

—Tiene buena pinta —dije.

No podía dejar de pensar en lo que había dicho la doctora, en su preocupación por aquellas sombras de la radiografía.

Jack levantó la mirada, sentado todavía en el puf.

—¿Por qué estás tan triste, papi?

Sonreí y me sequé automáticamente los ojos.

—No estoy triste, estoy muy contento.

Me miró con escepticismo y luego me pasó el mando de la videoconsola.

—¿Quieres jugar? A lo mejor así te animas un poco.

—Vale —contesté, y me senté en el puf, a su lado—. Pueden jugar dos personas, así que si quieres podemos echar una carrera.

—¡Qué guay! —dijo.

Jugamos un par de partidas y me olvidé por un momento de que estábamos en la sala de espera de la consulta. Al girarme buscando a Anna, la vi sentada en una silla. Nos miraba con una sonrisa, esperando pacientemente a que acabáramos de jugar.

¿te acuerdas de aquel día, jack? mamá estaba en el trabajo y, aunque había mucho atasco, nos montamos en el coche y nos fuimos a epsom downs y tú hiciste tus fotos y practicaste con el zoom y luego comimos en el coche la merienda que habíamos llevado mientras contemplábamos la ciudad. seguramente habrás olvidado lo que pasó en el camino de vuelta a casa, pero te entraron ganas de hacer pis y no querías hacerlo en la cuneta porque decías que podías meterte en líos con la poli y que me mandaran a la cárcel, así que te aguantaste hasta que llegamos a casa. estabas tan gracioso, jack, haciendo muecas con las piernas cruzadas y quejándote cada vez que pasábamos por encima de un bache...

11

Fuimos a comprar varias cosas: el zumo de naranja favorito de Jack, sus galletas Jaffa, sus revistas de superhéroes. Le habíamos dejado con Janet, la madre de Anna, y cuando volvimos la encontramos sentada en la cama del hospital, recostada en las almohadas, con Jack acurrucado a su lado.

—¿Me cuentas otra vez la de la ballena? —preguntó Jack.

—Esa te gusta, ¿eh?

Él asintió en silencio y la madre de Anna empezó a contarle de nuevo la historia de cómo Jonás encolerizó a Dios y provocó con ello la tormenta antes de que los marineros le arrojaran al mar. Y de cómo Dios, movido por su implacable sentido de la justicia, mandó a la ballena a rescatarle.

Desde nuestra llegada al hospital, Jack había recibido un flujo constante de visitas: cirujanos, residentes, estudiantes de medicina en prácticas... Examinaron a Jack y volvieron a examinarle, le pincharon y sondaron; le sacaron sangre, le tomaron muestras de saliva de debajo de la lengua, le conectaron a un electrocardiograma. Esa mañana se le habían llevado para cartografiar su cerebro mediante una resonancia magnética y regresó con la cabeza afeitada y varias pegatinas en forma de dónut pegadas al cuero cabelludo que servirían de guía a los cirujanos.

—Dios fue muy bueno por salvarle después de lo mal que se había portado —dijo Jack.

—Bueno, así es Dios —repuso Janet lanzándome una mirada de reojo—. Siempre te echa una mano. Ayuda a todo el mundo. Y en el cielo también.

Miré a Anna con incredulidad, esperando que interviniera, que le dijera a su madre que se callara, pero guardó silencio, distraída.

—Janet —dije en voz baja mientras la enfermera estaba atareada atendiendo a Jack—, por favor, no le hables de esas cosas. Esas historias bíblicas sobre la muerte y el cielo.

—¿Y por qué no? —preguntó—. A él le encantan.

—Puede que le encanten. —Bajé la voz—. Pero nosotros no le hablamos del cielo ni de ninguna de esas cosas.

—Bueno, Anna nunca me ha dicho nada —replicó rehuyendo mi mirada.

Miré a Anna, que estaba limpiando la mesita de noche de Jack, recogiendo unas gotas que se habían vertido de la jarra de agua.

Desde hacía unas semanas, Janet estaba empeñada en que bautizáramos a Jack. Era el momento, decía, con cautela al principio, tanteando el terreno. Luego, sin embargo, al ver que Anna vacilaba, había vuelto a la carga con más insistencia. Yo creía que Anna, siendo hija de misioneros y habiendo pasado tantos años asistiendo a clases de catequesis y a escuelas dominicales, acabaría por ceder, pero no lo hizo. Rotundamente no, dije yo, esperando que se desencadenara una discusión, pero para mi sorpresa Anna no opuso resistencia, aunque yo sabía que el asunto seguía reconcomiéndola.

Estaba pensado en cómo responder a Janet cuando entraron Lola e India con un montón de globos. A Jack se le iluminó la cara porque no eran globos corrientes: eran grandes y tan hinchados que parecían a punto de estallar, y formaban un arcoíris de colores cuidadosamente escogidos, con hilos de lana trenzados a mano. Estampado a un lado de cada globo se leía *#FuerzaJack*.

—Hola, guapos —dijo Lola, y besó a Anna en las mejillas—. Hola, precioso —añadió dando un beso a Jack en la cabeza.

—Hola, tía Lola.

Anna sonrió. Siempre parecía relajarse cuando Lola estaba cerca.

—Bueno, todos estos globos son para ti, Jack, pero ¿te apetece escoger alguno para tenerlo en la mano?

Se puso colorado de emoción. Siempre le habían encantado los globos. Los buscaba por la calle, los que daban gratis las compañías telefónicas y los políticos en campaña electoral. Y en las fiestas infantiles siempre preguntaba si podía coger uno más para llevárselo a casa.

—Bueno, pues el caso es —dijo Lola cuando Jack hubo elegido un globo rojo— que he mandado imprimir en los globos el *hashtag #FuerzaJack* y he iniciado una pequeña campaña en Twitter, solo para gente que quiera desearos todo lo mejor, y ya hemos tenido varios retuiteos interesantes: no sé quién de ese programa de Essex y esa niña tan mona, Scarlett, la de Googlebox.

—¿Qué es Googlebox? —preguntó Anna.

—Uy, tienes que verlo. Es superdivertido. En fin, he pensado que estaría bien concienciar a la sociedad sobre la enfermedad de Jack, y a veces el hecho de que gente famosa se implique en una campaña de Twitter marca un punto de inflexión. Viajes a Disneylandia, paseos en globo, etcétera, etcétera.

Hablaba de Jack como si se estuviera muriendo. Todo el mundo hablaba de él como si se estuviera muriendo.

—India —dijo Lola poniendo todos los cordeles de lana en las manitas de su hija—, ¿quieres darle a Jack el resto de los globos?

La niña dudó, paralizada momentáneamente por una timidez extraña en ella, pero Lola la empujó suavemente hacia delante y la niña se paró junto a la cama de Jack, con su vestidito rosa y su pañuelo en el pelo. Le fue dando los globos uno a uno y Jack procuró que no se le escapara ninguno.

Mientras los observábamos alguien llamó a la puerta. Entró una enfermera y le entregó un paquete a Jack.

—¿Es para mí? —preguntó él.

—¿Te llamas Jack Coates?

Asintió emocionado y se quedó mirando la caja, la palpó y la sacudió suavemente como hacía con los regalos navideños cuando los sacaba de debajo del árbol.

Abrió el paquete con ayuda de Anna: rasgaron limpiamente el papel, lo doblaron y lo pusieron sobre la cama. Dentro había un álbum en cuya portada decía: *Querido Jack, de parte de todos tus amigos de 1.º A.*

Jack echó un vistazo al álbum como si cada hoja estuviera hecha de los pétalos más hermosos y delicados. En la primera página había un texto escrito en una mezcolanza de letras grandes y pequeñas, dibujadas por varios niños:

Jack, sabemos cuánto te gusta subir a sitios muy altos y queríamos hacerte algo especial. Esperamos que te pongas bien muy pronto. Estamos deseando volver a verte.

Comenzó a pasar las páginas parsimoniosamente. Pegadas al papel multicolor había fotos de sus compañeros de clase en lo alto de rascacielos y acantilados, mirando al mar. La Telecom Tower, Canary Wharf, el faro de Beachy Head. Los niños sostenían pancartas que decían: *Ponte bueno pronto, Jack*; *Eres el mejor, Jack*; *¡Te queremos, Jack!*

Yo nunca había visto así a mi hijo. Era como si estuviera desenvolviendo el mundo. Paladeó cada fotografía, cada mensaje de cada página. Luego se detuvo un momento, absorto en una imagen. Eran sus mejores amigos del colegio: Martin, Tony y Emil, en lo alto de un rascacielos de la City. Sonreían y sostenían un cartel que decía *Jack Coates, coleccionista de Pokémon y superestrella*. Le tembló la barbilla y luego, por primera vez desde que había comenzado todo aquello, empezó a llorar.

El día de la operación se sentó muy contento en la camilla con su bata de quirófano, que le hacía parecer un duendecillo. Mientras descendíamos hacia las entrañas del hospital y nos internábamos en el laberinto de vestíbulos y antesalas en el que finalmente tendríamos que separarnos de Jack, los tonos apagados de marrón y verde fueron sustituyendo al amarillo brillante y el rojo de la planta de pediatría.

Le dimos un beso y le dijimos que nos veríamos dentro de un rato. No queríamos que pensara que íbamos a pasar mucho tiempo separados.

—Adiós —dijo tranquilamente—. Dale un besito a Oso Pequeño —añadió acercándome su peluche, al que una enfermera le había vendado un brazo.

Ese día pasamos horas sentados en un banco del parque, esperando a que nos llamara la asistente de la doctora Flanagan. Nos asombraba pensar que alguna vez nos hubiera angustiado un lunar de aspecto raro o un bultito que le había salido a un lado del cuello. Que nos hubiera quitado el sueño el paso de sus distintas etapas: que aún no hubiera empezado a andar o que no tuviera interés en apilar más de tres bloques, uno encima de otro. Nos asombraba que nos hubiéramos preocupado por todo eso cuando la doctora Flanagan estaba en esos momentos seccionándole el cráneo con una sierra circular. Un corte limpio, como esos agujeros practicados en el hielo que se veían en los dibujos animados. Las manos de otra persona manipulando el cerebro de mi hijo.

Esa tarde, sentados aún en el parque, tratamos de ignorar el lento paso del tiempo. Cuando vives en paz, cuando tus preocupaciones son prosaicas e insignificantes, el tiempo es invisible: fluye y refluye como una aplicación que funcionara de fondo, calladamente. En esos momentos, en cambio, era imposible ignorarlo: era una amenaza, una cuenta atrás, el segundero de un gigantesco reloj orwelliano.

Yo no sabía qué hacer y, por puro hábito, abrí la página de Hope's Place en mi móvil y vi que tenía varios mensajes privados.

—Mira —dije pasándole el teléfono a Anna—. Es de alguien de Hope's Place.

Anna, que no llevaba sus gafas, entornó los ojos para leer.

—Qué bonito —dijo—. ¿Conoces a esa persona?

—No, qué va. Pregunté algo en el foro sobre el tiempo de recuperación y dije que operaban a Jack esta semana. Mira, hay más.

Abrí otro mensaje.

—Dios mío, qué amable es la gente —dijo Anna mientras releía el mensaje.

—¿Estás bien? —Le apreté el hombro, atrayéndola hacia mí en el banco.

—No, qué va. Estoy tan, tan... —Se le apagó la voz y siguió con la mirada a una pareja de ancianos que paseaba por el parque con una bolsa de migas de pan para los pájaros.

—Sí, yo también —dije, y respiré hondo para que me entrara un poco de aire en los pulmones.

Volví a mirar el móvil y me puse a leer el resto de los mensajes, historias esperanzadoras de desconocidos usuarios de Internet.

Cuando Jack se despertó, fuimos a verle a cuidados intensivos. Tenía la mitad de la cabeza cubierta con un vendaje y una redecilla. De vez en cuando abría los ojos un momento y volvía a cerrarlos. Nos sentamos cada uno a un lado de la cama y le cogimos de las manos.

—Lo siento —dijo la enfermera cuando le preguntamos si la operación había ido bien—, no puedo decirles nada, pero la doctora les informará enseguida. Está en la sala de espera, la del fondo.

Comprendí que algo iba mal en cuanto entré en la sala. La doctora Flanagan estaba sentada, vestida aún con su traje verde, mirando su móvil frenéticamente. De pronto lo entendí todo: la mirada esquiva de la enfermera y aquella sala reservada al fondo del pasillo.

—Bien —dijo la doctora dejando su teléfono sobre la mesa—. Tengo buenas noticias.

Esperé, tan acongojado que no podía respirar.

—La operación ha ido muy bien. Lo hemos extraído todo, no ha habido complicaciones y Jack ha respondido maravillosamente.

—¿Han podido extirpar todo el tumor? —pregunté,

sintiendo cómo me bombeaba el corazón, cómo se me aceleraba la respiración.

—Sí, todo —contestó al tiempo que se quitaba el gorro de quirófano—. Ha sido más fácil de lo que esperábamos. Algunos tumores son complicados porque están entreverados de vasos sanguíneos, pero no ha sido el caso. Habrá que confirmarlo con otro escáner, pero confío en que la resección haya sido completa.

Resección completa. Conocíamos ese término. Lo habíamos leído en Hope's Place y en diversas publicaciones médicas. Era la panacea de los niños que sobrevivían al cáncer: la extirpación de todo rastro visible del tumor.

—Entonces, eso... eso —balbució Anna casi sin aliento—. ¿Eso puede significar que está curado?

—Sí, puede —contestó rápidamente la doctora Flanagan—. Oficialmente, no se me permite afirmarlo. A los médicos nos pone muy nerviosos hablar de curación, pero en el caso de Jack la operación ha ido estupendamente y confío de verdad en que se recupere por completo. Sin embargo, para ser del todo sincera con ustedes, siempre cabe la posibilidad de que el tumor vuelva a aparecer. En el caso de Jack ese riesgo es muy pequeño, pero aun así existe.

Un riesgo muy pequeño. Pero riesgos había siempre: al cruzar la calle, al jugar al *rugby* en el colegio...

—¿Y va a necesitar algún otro tratamiento? —pregunté.

—Bueno —respondió la doctora echando una ojeada a su reloj—, dentro de unos días haremos otro escáner para asegurarnos de que la resección ha sido completa, de que no hay rastros de cáncer. Y si los resultados confirman lo que creemos, no, Jack no necesitará ningún otro tratamiento.

—Gracias —dije—, muchísimas gracias.

—Bueno, es agradable ser portadora de buenas noticias —comentó al levantarse y dirigirse hacia la puerta—. Ahora, si me disculpan, tengo que prepararme para otra operación.

De pronto, Anna se puso en pie y la abrazó. Fue un abrazo

torpe, el abrazo de dos personas que no sabían con cuánta fuerza ni cuánto tiempo debían estrecharse. Pero Anna no soltaba a la doctora; seguía apretándola con fuerza, como si estuviera aferrándose al cuerpo de Jack. Se quedaron así, oscilando suavemente junto al extintor de incendios, mientras Anna murmuraba una y otra vez «gracias, gracias».

12

Oía el chapaleo de las olas en la orilla, de vez en cuando un estruendo momentáneo, la estela de un barco a lo lejos. Anna estaba echada en la tumbona, leyendo un libro. Sentado en su esterilla de playa, Jack ojeaba sus cartas de Pokémon. El pelo empezaba a apelmazársele, saturado de arena y sal, y el sol había teñido de rubio su nuca.

Nos encantaba ver crecer su pelo después de la operación, como cuando era más pequeño y la visitas a la peluquería eran todavía un tormento. Anna quería que se lo dejara largo para que se le rizara y le cayera sobre los ojos. No quería que volviera a cortárselo.

La doctora Flanagan tenía razón. La resonancia magnética demostró que habían extirpado por completo el tumor. Jack se recuperó enseguida. Volvió al colegio. Fue a visitar el London Eye con su clase. Incluso empezó a ir a fútbol con los Hampstead Colts.

¿Había sido todo un sueño? «Mírale, mírale», me decía yo mientras le veía jugar al fútbol o tirarse a la piscina. «¿Parece un niño que ha tenido un tumor cerebral?».

Fue idea de Anna ir de vacaciones a Creta, a unos apartamentos que le recomendó una compañera de trabajo. El nuestro era un ático con terraza y vistas al mar. Los apartamentos estaban en un rincón tranquilo de la playa, lejos de los cruceros, las motos acuáticas y los vendedores ambulantes que ofrecían vestidos, collares de coral y mazorcas de maíz saladas.

De repente, Jack pegó un grito, se levantó de un salto y corrió hacia la orilla haciendo eses, dejando huellas húmedas en la arena. Nos levantamos bruscamente, creyendo que pasaba algo, y entonces vimos que una mariposa le revoloteaba alrededor de la cabeza.

—¡Me está persiguiendo! ¡Es una avispa! —gritaba agitando los brazos mientras sus piececitos brincaban sobre la arena.

—Es una mariposa, Jack. No va a hacerte nada —dije.

—¿Cómo lo sabes? A veces las mariposas se comen a la gente. —Se acercó a mí encogiendo los bracitos como un tiranosaurio—. En serio, papi. ¿Cómo sabes que no va a hacerme nada?

—Porque soy muy listo.

—¡Ja! —dijo, y me pellizcó el dedo gordo del pie—. Tú no eres tan listo como Philip Cleaver.

—¿Es que es muy listo?

—Sabe leer y escribir y sumar desde que era un bebé.

—¡Hala! ¿Y no le llamáis Clever Cleaver?

—¿Qué? —preguntó poniendo los brazos en jarras con aire mandón—. Se llama Philip, no Clever.

Anna se rio.

—No pasa nada, Jack —dijo—. Nadie pilla las bromas de papá. Por cierto, ¿es muy pronto para una cerveza?

—Son las once y cinco —contesté echando un vistazo a mi reloj.

—Pero en vacaciones está permitido, ¿no?

—Creía que habíamos acordado que la hora de inicio eran las diez y media.

—Ah, entonces una cerveza, por favor, y unos cuantos de esos *pretzels* con chocolate. —Anna se estiró en la tumbona. Sus piernas empezaban a adquirir un delicado tono marrón.

—¿Algo más? —pregunté.

—No, no —contestó—. Eso es todo, aunque antes de irte podrías darme crema en la espalda.

Se echó hacia delante y me pasó el bote de crema. Fue agradable tocarla otra vez, sentir de nuevo la tersa firmeza de su piel.

—Qué bien —dijo suspirando con impúdica delectación, como si Jack se hubiera ido a la cama y estuviéramos solos.

—Sí, ¿verdad?

—Pero tendrías que parar, o te arriesgas a que haga alguna locura.

—Vale. —Me reí y acabé de extenderle la crema—. Bueno, campeón —le dije a Jack—. ¿Quieres que vayamos a por un helado?

—¿Otro? —preguntó Jack—. ¿Es que es fin de semana?

—Estamos de vacaciones, Jack. Podemos comer helados todos los días.

Caminamos por la playa, hasta el bar, Jack corriendo delante de mí con un palo que había encontrado. Llevaba la cámara colgada al hombro y me acordé de Anna, de que cuando estaba en Cambridge iba a todas partes cargada con su viola.

Nos detuvimos en un pequeño saliente rocoso, justo donde la playa se curvaba formando otra bahía, y contemplamos el mar.

—Esto es precioso, papi.

—¿Verdad que sí? Mira, ¿ves los pececitos saltar en el agua?

Señalé las ondulaciones y burbujas de la superficie.

—Pececitos, pececitos. —Jack se puso a dar saltos—. ¿Por qué saltan, papi? ¿Están jugando?

Intenté darle una respuesta, pero la verdad era que no sabía por qué saltaban los peces.

—Creo que sí, que están jugando. O puede que estén buscando comida.

Empezó a desenfundar su cámara.

—¿Vas a hacer fotos?

Asintió, sujetando la cámara con las dos manos, cuidadosamente. Enfocó a los peces y empezó a disparar.

Le observé mientras se agachaba y se acercaba al agua todo lo posible. Hacía un tiempo perfecto: el sol brillaba con fuerza y no había ni una sola nube en el cielo. A lo lejos, en mar abierto, se veían varios yates con los mástiles centelleando al sol.

—¡Papi, papi, mira! —gritó Jack.

Me enseñó su cámara. Miré la pantallita y vi un primer plano de un pez en el momento de saltar fuera del agua. Tenía la boca abierta y sus escamas plateadas refulgían.

—¡Ostras, Jack! Es impresionante. Con esa foto podrías ganar un concurso. Tienes que enseñársela a mamá.

Sonrió radiante.

—Voy a enseñársela a mi *seño* cuando volvamos a Inglaterra.

El bar era una cabaña redonda de estilo hawaiano, con hojas de palmera y mimbre. Un pequeño altavoz vertía música *reggae* a todo volumen. Subí a Jack a un taburete y me senté a su lado.

—Hola —dijo el camarero con un acento que parecía jamaicano—. A ver si lo adivino. Dos cervezas y una naranjada, y ya está. —Me guiñó un ojo y se inclinó para sacar algo de la nevera—. Y desde luego ni un helado ni nada para este chavalín.

Jack se rio por lo bajo, como hacía todos los días cuando íbamos al bar. El camarero sacó un cono de helado, cogió fideos de vainilla y chocolate con una paleta y ocultó las manos detrás de la espalda.

—No, nada de helados para este jovencito —dijo meneando la cabeza, y de pronto sacó el helado cubierto con fideos de chocolate y vainilla.

Jack lanzó un chillido de alegría. Seguíamos sin saber cómo se las arreglaba el camarero para hacer aquel truco.

Estuvimos un rato sentados en el bar, con el sol dándonos en la espalda desnuda. Vi como Jack se comía su helado metódicamente, como haría Anna, calculando qué partes podían deshacerse primero.

—¿Podemos ir a ver los pececitos, papá? —preguntó cuando emprendimos el camino de regreso.

—Claro. Le llevamos la cerveza a mamá y luego volvemos, ¿vale?

Vi que Anna nos miraba desde detrás de sus gafas de sol, esperando a que llegáramos a la pradera de césped que desembocaba en la playa.

—Creía que os habíais perdido —dijo.

—Ha surgido una emergencia, algo relacionado con un helado —contesté.

—Y papá se ha bebido una cerveza. Esta es la segunda.

—Gracias, Jack.

—De nada, papi —dijo con voz cantarina y le clavé suavemente un dedo en las costillas.

—Perdona que hayamos tardado tanto —dije al alcanzarle su cerveza a Anna.

—No pasa nada. La verdad es que estaba muy a gusto aquí solita, con mi libro.

Dejó el libro sobre la toalla. A Anna siempre le había gustado leer. En aquellos largos días africanos, sin nada que hacer, cuando sus padres estaban ocupados en la iglesia y sus amigos del colegio vivían en otras aldeas, se sentaba en el porche a leer. Devoraba los libros de Gerald Durrell y Willard Price, y leyó tantas veces las novelas de James Herriot que se sabía pasajes enteros de memoria. Cuando agotó la colección de libros de sus padres, encontró una biblioteca en una población cercana y empezó a leer por riguroso orden cronológico: Jane Austen, Daphne du Maurier, Virginia Woolf...

Nos acabamos nuestras cervezas y dimos un paseo por la orilla del mar pasando por delante de grandes hoteles y discotecas, hasta que llegamos a la playa pública, una ancha franja de arena impoluta. Solo había un par de familias de lugareños sentadas cerca de la carretera, asando cordero en una pequeña barbacoa.

Jack y yo nos metimos en las charcas que se habían formado entre las rocas.

—No hagas ruido, papi —dijo Jack quedándose muy quieto—. Mira, hay pececitos.

Había llevado su cubo y estaba intentando atrapar algún pez, pero eran demasiado veloces, cambiaban de dirección incluso antes de que tocáramos la superficie del agua con la punta de un dedo.

—¡Ahí están! —gritaba Jack señalando y levantando nubes de arena con los pies en el agua.

Lo intentamos una y otra vez. Primero tratamos de pescar a los que se habían separado del pelotón y nadaban en solitario. Luego lo intentamos con los grupos, deslizando el cubo como una red de arrastre, pero siempre se nos escapaban y volvimos a la playa con las manos vacías.

—Nadan muy deprisa —dijo Jack sacudiendo la cabeza—. Son peces turbo.

—Esperad, voy a enseñaros cómo se hace —dijo Anna de repente, y se ajustó el bikini y se quitó las gafas de sol.

—¡Mami! ¿Te vas a meter en el agua?

A Anna no le gustaba bañarse. Decía que prefería la tierra firme.

—Sí, voy a pescar a todos los peces.

—Noooo, seguro que no —dijo Jack.

—Tú, atento —contestó ella, y cogió el cubo.

Se metió lentamente en el agua, muy concentrada. Dio un salto hacia delante y Jack pegó un grito, pero los peces eran demasiado rápidos y solo consiguió sacar el cubo lleno de arena.

No se desanimó, sin embargo. Volvió a adoptar la misma postura, con la vista fija en la charca, aguardando el momento oportuno. Justo cuando estaba a punto de atacar otra vez, resbaló en una roca y cayó al agua, levantando con los pies nubes de arena en forma de hongos.

Nos dio un ataque de risa.

—¿Qué estás haciendo, mami? —chilló Jack mientras ella intentaba salir del agua sin conseguirlo.

Por fin logró levantarse y volvió chapoteando a nuestro lado, empapada y con la cara cubierta de arena mojada.

—No, no es tan fácil —dijo mientras se limpiaba la cara y recobraba el aliento—. Creo que con eso basta por hoy.

Nos sentamos a tomar el sol al borde de la charca, entre las rocas. Encajada entre Jack y yo, Anna nos acariciaba suavemente las piernas con las yemas de los dedos.

—Mirad qué guapos estáis, mis chicos, tan morenos...

Le sonreí mientras veíamos a Jack trazar espirales con los pies en la arena.

—Aunque pienso poneros protector solar a los dos en cuanto volvamos a las toallas —añadió.

No sé cuánto tiempo estuvimos allí sentados, contemplando el mar azul turquesa y las montañas que se recortaban entre la bruma del mar. Solo se oían los gritos y las voces de los niños que jugaban en la playa y el zumbido lejano de las motos acuáticas. De pronto se apoderó de mí la conciencia de lo que teníamos y de lo que habíamos estado a punto de perder y sentí una especie de congoja, una opresión, como si tuviera a alguien subido en el pecho. Respiré hondo y miré a mi mujer y mi hijo. Jack tenía la palma llena de conchas que Anna iba contando. La vida, aquella vida que teníamos, era sagrada.

Anna estaba leyendo y Jack durmiendo la siesta en el sofá, así que me senté en la terraza a echar un vistazo a mi correo en el móvil.

Asunto: Hola otra vez
Enviado: Miércoles 13 de agosto, 2014 12:16
De: Nev
Destinatario: Rob

Hola, Rob. Soy Nev, de Hope's Place. Te mandé un correo hace unas semanas. Descuida, no es mi intención darte la tabarra con la clínica del doctor Sladkovsky. Solo quería preguntarte qué tal fue la operación de Jack. Sé lo duros que pueden ser esos momentos y sé que a veces ni la familia ni los amigos lo comprenden, así que si alguna vez quieres hablar... Espero que haya ido todo bien.

Cuídate,

Nev

Nev, el caradura de Hope's Place que hacía publicidad de aquella clínica sospechosa. Estuve a punto de borrar su mensaje, pero no sé por qué acabé dándole a «responder». Quizá le estuviera juzgando mal. Por lo menos se había molestado en preguntar por Jack.

Asunto: Re: Hola otra vez
Enviado: Miércoles 13 de agosto, 2014 14:26
De: Rob
Destinatario: Nev

Hola, Nev, gracias por tu mensaje y por seguir en contacto. Eres muy amable. La verdad es que tengo muy buenas noticias. A Jack le operaron hace ahora un mes y pudieron extirparle por completo el tumor. La neurocirujana consiguió sacarlo todo y no va a ser necesario ningún otro tratamiento. Tendrán que hacerle revisiones periódicas, claro, pero de momento todo va bien. La verdad es que ahora mismo estamos de vacaciones en Grecia. Gracias otra vez por escribirme y mucha suerte para ti y para tu hijo.

Enviado desde mi iPhone.

Su respuesta fue casi instantánea.

Asunto: Re: Hola otra vez
Enviado: Miércoles 13 de agosto, 2014 14:27
De: Nev
Destinatario: Rob

Hola, Rob:

Me alegro muchísimo. Enhorabuena, no me cabe duda de que es un alivio enorme. Que disfrutéis mucho de las vacaciones.

Saludos,

Nev

Jack se había quedado dormido con la cámara en la mano y parecía que se le iba a caer, así que entré en su cuarto sin hacer ruido, le quité la cámara de las manos y me la llevé. Me senté y me puse a mirar sus fotos. Sus primeras instantáneas de aquellas vacaciones mostraban las baldosas del suelo decoradas con caballitos de mar, su pequeño sofá cama y su maleta de Spiderman. Luego aparecía el mar revuelto, la playa de noche y un helado tirado en el suelo y cubierto de arena.

Era fascinante ver cómo veía el mundo Jack. Una foto de una planta, pero no de las flores o del tallo, sino de la tierra, de las grietas de la maceta. Una papelera de Hampstead Heath que a él le recordaba a R2–D2. Una foto de una revista en la que se veía una vaca sentada.

Seguí pasando fotos y vi algunas que había hecho desde nuestra terraza allí, en Grecia. Al principio pensé que eran simples repeticiones de la misma imagen, como si la cámara hubiera disparado una ráfaga. Pero al mirar con más detenimiento vi que cada instantánea estaba tomada desde un ángulo ligeramente distinto.

Las revisé todas y entonces comprendí lo que había intentado hacer Jack. De pie sobre una silla, había ido rotando como un trípode, girando metódicamente hasta completar los 360 grados, mientras fotografiaba el mar, el cielo y las montañas festoneadas por jirones de nubes. Había innumerables fotografías del cielo, plano tras plano. Sonreí, un poco asombrado. Mi hijo estaba componiendo una imagen panorámica.

Jack se había despertado y Anna estaba sentada a su lado, acariciándole el pelo.

—Hola, dormilón —dije.

—Hola —contestó medio dormido—. ¿Se han acabado ya las vacaciones?

—No, qué va. Todavía nos quedan cinco días.

Se espabiló, restregándose los ojos todavía soñolientos.

—Lunes, martes, miércoles, jueves, viernes. Cinco días —dijo mientras iba contando con los dedos.

—Exacto. —Me senté a su lado en el sofá—. Por cierto, he visto tus fotos en la cámara. Las que has hecho del cielo. Son buenísimas. ¿Quieres que hagamos más juntos? Puedo enseñarte a usar mi cámara, la grande.

Asintió, muy serio.

—Intentaba hacer un círculo, como un redondel de fotos. —De pronto pareció muy tímido—. Y perdona, papi.

—¿Perdón por qué, Jack?

Se mordió el labio.

—Porque me puse de pie en la silla para hacer las fotos y mamá y tú me dijisteis que no podía ponerme de pie en la silla.

Le revolví el pelo.

—No pasa nada, no hace falta que me pidas perdón. Pero la próxima vez hazlo cuando estemos nosotros contigo. Entonces, ¿quieres que probemos a hacer una panorámica con la cámara grande?

—¿Qué es una panorámica?

—Lo que tú has hecho: hacer un montón de fotos en círculo.

Se incorporó y sonrió.

—¿Podemos hacerla ahora mismo?

Fui a buscar mi cámara y el trípode y subimos los tres por la escalera de caracol hasta la azotea. Era la hora de la siesta y el sol caía de plano, mitigado únicamente por algún que otro soplo de brisa. Jack me observó mientras colocaba el trípode, fijándose en cada paso con esa minuciosidad con la que trabajaba su cerebro.

—Este es el trípode, Jack. Ahora tenemos que colocar la cámara. ¿Me ayudas?

Asintió emocionado y yo acerqué una silla blanca de plástico. La silla se tambaleó un poco cuando se subió a ella y alcancé a ver un destello de temor en el rostro de Anna. Me coloqué detrás de él para que no se cayera y le enseñé a montar la cámara sobre el trípode.

Contemplé a través del visor la bahía, que se perdía entre la bruma describiendo una curva suave. Sentía los ojos de Jack fijos en mí, observando intensamente cada uno de mis movimientos.

—La verdad es que solo he probado a hacerlo una vez, pero vamos a intentarlo —dije—. Mira por aquí.

Se inclinó y miró por el visor.

—¡Hala! ¡Es genial, papi!

—Ahora pulsa este botón de aquí. Pero con cuidado, apriétalo solo un poquito.

—¿Así? —dijo, y sentí el olor a salitre y crema solar de su piel.

—Exacto, muy bien. Ahora, escucha la cámara.

Se inclinó para poder oír el leve chirrido de la cámara.

—Suena como una avioneta.

—Sí, porque está haciendo lo que llamamos una ráfaga. O sea, sacando montones y montones de fotos.

—¿Como un millón?

—Bueno, no tantas, pero sí cientos, seguramente.

—¡Hala, eso es mucho!

El chirrido había cesado. Moví la rueda del trípode y volví a marcar el número de fotografías por segundo.

—Bueno, ahora vamos a girarlo un poco. ¿Me ayudas?

Con mucho cuidado, Jack me ayudó a mover el trípode.

—Ahora va a hacer más fotos y luego volveremos a moverlo, hasta que lo hayamos fotografiado todo.

—¿El mundo entero? —preguntó.

—El mundo entero.

Anna me rodeó la cintura con el brazo.

—Está de maravilla, ¿verdad? —dijo.

Estuvimos observándole mientras giraba metódicamente la cámara y luego miraba por el visor para asegurarse de que no se olvidaba de nada, de que lo fotografiaba todo, absolutamente todo.

13

—¿Dónde está Jack? —preguntó Anna.

Era noche de fuegos artificiales en el colegio Amberly y daba la impresión de que el colegio en pleno estaba atravesando aquel pasillo.

—Ha ido al baño —dije.

—Sí, ya, pero de eso hace cinco minutos.

—¿Quieres que vaya a ver?

—Si no te importa.

Se me hizo raro volver a entrar en el aseo de chicos de un colegio. Era todo tan pequeño... Urinarios bajitos, retretes minúsculos.

Eché un vistazo a la fila de lavabos y doblé la esquina hacia la zona de los retretes, pero allí no había nadie, ni niños ni ruidos.

—¡Jack! —llamé. No hubo respuesta—. ¡Jack! —repetí un poco asustado, como cuando le perdía de vista en el parque.

Volví al pasillo, pero no le vi entre el torrente de padres y niños que pasaban. Regresé al aseo y di una vuelta por allí, convencido de que no le había visto salir. Entonces oí una risita procedente de uno de los cubículos. Abrí la puerta y allí estaba Jack con un niño al que yo no conocía, los dos con un abanico de cartas de Pokémon en la mano.

—¡Por Dios, Jack, no hagas eso! Me has dado un buen susto, no sabía dónde estabas.

—Perdona, papi, estábamos jugando a Pokémon, pero Sasha no tiene cartas de energía así que le he dado una.

Sasha parecía nervioso, como si se hubiera metido en un lío.

—¿Quieres que vayamos a ver los fuegos artificiales? Van a empezar dentro de poco.

—Vale. —Jack barajó rápidamente su mazo de cartas y eligió una con todo cuidado—. Este es para ti —le dijo a Sasha—. Porygon es muy fuerte y te protegerá, pero tienes que dormir con él por la noche en la cama.

Llevé fuera a los niños. Anna nos estaba esperando frente a los aseos.

—¿Está bien? —preguntó visiblemente aliviada.

—Sí, está bien. Estaba jugando a Pokémon con otro niño.

—Ya. Venga, tenemos que irnos. Los fuegos artificiales empiezan dentro de cinco minutos.

El patio olía a finales de otoño –a hojas mojadas y castañas asadas– y se oía el chisporroteo de la hoguera. La Asociación de Amigos del Colegio Amberly había montado un puesto de hamburguesas y el olor a cebolla frita me recordó a los tiempos en que iba con mi padre a ver al West Ham.

A mi padre le encantaba aquel aroma. «El mejor olor del mundo, hijo», decía. Me acordé de la última vez que fui al fútbol con él. Fuimos andando por la ruta que seguía siempre, bajando por Green Street y luego por Barking Road. Mi padre, que conocía a todo el mundo, saludaba a los vendedores bangladeshíes, que siempre le regalaban algún mango, la única fruta que comía. En aquella parte del este de Londres todo el mundo le apreciaba porque era el único taxista que iba a recogerte a cualquier hora, de día o de noche. «La Ambulancia», le llamaban, porque cuando llevaba a alguien al hospital nunca le cobraba la carrera.

—Hola, Jack —dijeron varios niños mientras cruzábamos el patio hacia la zona de los fuegos artificiales, niños mayores que él, de tercero o cuarto.

—¿Son amigos tuyos? —preguntó Anna.

Jack se encogió de hombros tranquilamente.

—A veces jugamos a Pokémon.

Nos alegraba que hubieran dejado de conocerle como «el niño del tumor cerebral». El niño enfermo por el que rezaban en las asambleas. Ese al que habían mandado una gigantesca tarjeta deseándole que se recuperara pronto, firmada por todo el colegio. Ahora le conocían por sus cartas de Pokémon, cuidadosamente ordenadas en una carpeta según la fuerza del personaje, y por sus cromos repetidos, que guardaba en una vieja lata de galletas.

Encontramos un buen sitio para ver los fuegos y buscamos a nuestro alrededor alguna cara conocida, pero solo veíamos sombras, rostros fantasmales iluminados de tanto en tanto por el resplandor de la hoguera.

—¿Puedes subirme a hombros? —preguntó Jack.

—¿No eres ya demasiado mayor?

—Noooooo —contestó con toda la indignación de que fue capaz.

Le aupé sobre mis hombros y, aunque antes le alzaba con la facilidad de un levantador de pesas, esa vez me costó trabajo y hasta me tambaleé un poco.

—¿Estás bien? —preguntó Anna.

—Sí, es que me he desequilibrado un poco. Ya no soy el forzudo que era antes.

—Sí, ya, cariño —dijo ella sonriéndose, y se volvió para mirar los fuegos artificiales.

Empezaron a sonar los primeros compases de la música de *Star Wars* y noté que Jack me daba golpecitos con los talones en el pecho y se agarraba emocionado a mis orejas. Le encantaban los fuegos artificiales. Gritaba «¡Hala!» después de cada silbido y daba un respingo con cada estruendo. Cuando acabaron y el aire se llenó de olor a pólvora, se puso a dar palmas y a gritar de alegría, mirando el cielo a la espera de que hubiera más.

Después de los fuegos hubo una pequeña función otoñal y a la clase de Jack le tocó cantar el himno final. Era *Jerusalem,* uno de los preferidos de Anna, y a mí me sorprendió que hubieran elegido aquel himno. Me parecía demasiado patriótico, o demasiado cristiano, o quizá demasiado socialista para el colegio Amberly.

Miré a Jack, con su pequeña aureola de cabello rubio iluminada por las luces del escenario, y se me derritió el corazón al ver cómo se esforzaba por recordar la letra. Noté que parpadeaba deslumbrado por el resplandor de los focos y que nos buscaba con la mirada entre el público. Y entonces, de repente, dejé de verle. Pensé que quizás había sido un efecto óptico, pero no, de pronto había un hueco en el lugar que antes ocupaba mi hijo, como si hubieran recortado su figura de una fotografía escolar. Justo cuando los niños empezaban a cantar ese verso que dice «y el divino rostro», oí un grito y un chirrido del piano. Echamos a correr entre la gente y subimos de un salto al escenario. Jack se había desplomado y yacía en el suelo, inconsciente, con su libro de himnos aún en las manos.

Seguramente solo se había desmayado, nos dijeron los hombres de la ambulancia, a pesar de que les contamos que había tenido un tumor cerebral. «Nooo, no se preocupen», nos dijeron como si acabáramos de contarles que tenía alergia a los frutos secos. Hacía calor allí dentro y los niños se desmayaban cada dos por tres.

Fuimos los tres en la ambulancia, con la sirena puesta para alborozo de Jack. Yo miraba a Anna. Sabía lo que estaba pensando. La doctora Flanagan había dicho que había un catorce por ciento de posibilidades de que el tumor volviera a reproducirse. Yo sabía cómo funcionaba su cerebro. Un catorce por ciento. Con un margen de error razonable y un poco de mala suerte, eso equivalía a dos de cada diez, o a uno de cada cinco.

Al verla allí sentada, con el brazo apoyado sobre las piernas arropadas de Jack, comprendí que estaba segura. Lo vi en su mirada apagada, en cómo inclinaba la cabeza.

* * *

Estaba en el hospital, viendo con Jack unos dibujos de Pokémon en su iPad, cuando entró la doctora Flanagan.

—Hola —dijo Jack con una sonrisa dulce.

No esperábamos verla allí, ni siquiera sabíamos que pasaba consulta en aquel hospital, en otra zona de Londres.

—Hola, Jack —dijo sonriendo—. ¿Cómo estás? Me han dicho que te has tirado en plancha en un escenario.

Él sonrió y miró tímidamente su iPad.

—¿Qué tal te encuentras ahora? —preguntó la doctora.

Se tocó la cabeza y luego el pecho y las piernas.

—Muy bien, no me he hecho ninguna herida. Pero he perdido algunas cartas de Pokémon. Se me cayeron al suelo.

—Bueno, eso está muy bien —dijo la doctora Flanagan—. Ahora quiero que intentes dormir un poco, Jack. Vas a quedarte aquí esta noche y por la mañana podrás irte a casa.

Sentí una oleada de alivio pensando que quizá no fuera nada grave, solo una pequeña complicación, una secuela de la operación. La doctora Flanagan echó un vistazo a la historia de Jack y luego nos hizo una seña con la cabeza, indicándonos que quería hablar con nosotros fuera.

Nos condujo a una sala de espera vacía. Nos sentamos en torno a la mesa, en unas sillas de plástico, y aquella luz áspera y desabrida me recordó a la sala de interrogatorios de una comisaría. La doctora bebió un sorbo de café. Parecía nerviosa. Era la primera vez que la veíamos en ese estado.

—Bien —comenzó a decir, intentando mirarnos a ambos desde el otro lado de la mesa—. Parece que Jack ha sufrido otro ataque epiléptico. —Hizo una pausa, tragó saliva y noté que tenía los labios resecos—. Lo lamento mucho, pero por el escáner que acabamos de hacerle da la impresión de que el tumor se ha reproducido.

Al principio no entendí lo que decía. Habían extirpado el tumor. Ella misma nos lo había dicho una y otra vez. Había un ochenta y seis por ciento de probabilidades de que se recuperara por completo.

—¿El... el tumor de Jack? —balbucí—. Pero yo pensaba que se lo habían quitado del todo. Que había desaparecido, usted dijo que había desaparecido.

Tragó saliva de nuevo, inquieta. Anna permanecía rígida en su silla, con las manos unidas, como si estuviera rezando.

—Extrajimos todo lo que vimos —dijo la doctora—, todo lo que se veía en el escáner, pero me temo que estas cosas pasan en un número reducido de casos de astrocitoma. Hay tentáculos microscópicos que se extienden por el tejido cerebral de alrededor y...

—¿Y eso es lo que le pasa a Jack? —pregunté.

Ella respiró hondo.

—Por lo que muestra la resonancia magnética, parece que el tumor es ahora un glioblastoma.

Anna y yo sabíamos lo que era un glioblastoma. Veíamos lo que pasaba con los padres de Hope's Place. Publicaban comentarios durante unas semanas, frenéticamente, y luego no volvían a aparecer.

—Pero... pero... se podrá extirpar igual que antes, ¿no? —dije—. Hay tratamientos...

La doctora negó con la cabeza.

—Lo siento muchísimo. No hay forma fácil de decirles esto. La resonancia magnética muestra numerosas lesiones microscópicas dispersas por todo el cerebro de Jack.

Yo no entendía nada. Aquello era absurdo. Jack había estado nadando, jugaba al fútbol todos los días... Miré a Anna, expectante. Quería que dijera algo, pero se quedó callada, inmóvil, con las manos unidas.

—¿Y no es posible extirpar las lesiones?

La doctora negó de nuevo con la cabeza.

—Me temo que no. Son demasiadas. Aunque pudiéramos extirparlas, teniendo en cuenta lo agresivo que es el tumor, volverían a aparecer. —Exhaló un suspiro y se frotó las manos como si se estuviera extendiendo crema—. Lo siento muchísimo, de verdad.

Miré a Anna, sentada a mi lado. Tenía la cabeza agachada, el pelo le caía sobre la cara.

—¿Y hay algún tratamiento para... para...?

—Tenemos que hablarlo, por supuesto. Pero primero hay que hacerle algunas pruebas más.

Anna levantó lentamente la cabeza, los ojos vidriosos, la cara pálida y cenicienta. Su voz, aunque débil, disipó el silencio de la habitación. Yo balbucía y tartamudeaba; ella, en cambio, pronunció con claridad, minuciosamente.

—¿Significa eso que Jack no tiene cura?

La doctora Flanagan le sostuvo la mirada un instante mientras calibraba su respuesta.

—Lo siento, pero en estos momentos no puedo contestar a esa pregunta. Les aseguro que mañana sabremos más.

Al despertar, escuchamos los ruidos del hospital que empezaba a desperezarse. La cháchara de las enfermeras en su puesto, los celadores hablando del partido de fútbol de la noche anterior. La tiranía de las vidas ajenas.

Estábamos sentados junto a la cama de Jack, sin hablar. Solo interactuábamos con nuestro hijo. El mundo seguía existiendo, pero en otra parte. Yo tenía la sensación de estar nadando bajo el agua, de percibir solo vagamente lo que sucedía por encima de la superficie.

Sabiendo lo que sabíamos ahora, ¿cómo podía mirar a Jack a los ojos? ¿Guardarle ese secreto mientras estaba sentado en la cama comiendo una tostada, creyendo que al día siguiente volvería al colegio? ¿Cómo podíamos traicionarle así?

—En primer lugar —dijo la doctora Flanagan cuando entramos en su consulta esa mañana—, hoy no hay tope de veinte minutos. Vamos a tomarnos todo el tiempo que necesiten, ¿de acuerdo?

Asentimos mientras tomábamos asiento, tan angustiados que no podíamos hablar.

—Esta mañana he hablado con el equipo multidisciplinar. Es decir, con el radiólogo, con el doctor Kennety y con otro neurocirujano, y todos hemos convenido en que sería absurdo volver a operar a Jack.

Esperó a que dijéramos algo, pero seguimos callados, sin movernos.

—Hemos acordado empezar con la quimioterapia para ver si se pueden reducir los tumores.

—¿Y eso podría...? —dije tratando de dominar mi voz—. ¿Podría acabar con los tumores? He leído que a veces...

La doctora Flanagan esperó a que continuara, pero no pude acabar la frase. Se inclinó hacia delante y nos miró a ambos.

—Lo siento mucho, de verdad que me resulta muy difícil decirles esto, pero cualquier tratamiento que le apliquemos a Jack solo puede ser paliativo. Será solo cuestión de intentar prolongar su vida todo lo posible.

«Paliativo», el horror de aquella palabra agazapado tras la suavidad de sus vocales. Residencias para desahuciados y rosaledas. Metomentodos que llevaban a sus perros para que los moribundos los acariciasen. Un lugar en el que los ancianos pasaban sus últimos días escuchando música ambiental y consejos de predicadores laicos. Paliativo: una palabra aberrante para un niño.

Fue Anna quien lo preguntó. Me alegré de que fuera ella, porque yo no podía.

—Entonces, ¿cuánto? —dijo—. ¿Cuánto tiempo le queda a Jack?

La doctora Flanagan respiró hondo.

—Es imposible decirlo con exactitud —contestó—. El plazo normal puede ser de un año, con tratamiento. Menos, quizá. Solo para su información, por si les interesa, disponemos de un servicio de psicólogos. Pero, de momento, por doloroso que sea decirlo, quizá lo mejor sea centrarse en disfrutar del tiempo que puedan pasar juntos.

Disfrutar del tiempo que pudiéramos pasar juntos. Lo que

significaba que ese tiempo era ahora finito. Un año. ¿Cómo podía decirnos eso? ¿Acaso le había visto apenas tres días antes, jugando al fútbol en el jardín de casa? Tenía que haber un error. Su juicio solo se basaba en imágenes, en las radiografías de un escáner.

—Lo siento muchísimo, créanme —dijo—. Sé que los padres detestan oír esto porque piensan que nos hemos dado por vencidos, pero en estos momentos lo único que podemos hacer es intentar que Jack esté lo más cómodo posible.

«Cómodo», como si fuera una anciana achacosa que solo quería un buen par de calcetines de estar en casa y una radio en la que escuchar música de cámara.

—¿Y no hay ningún tratamiento experimental? —pregunté—. ¿Ensayos clínicos, algún fármaco nuevo que podamos probar? —Noté que me temblaba la voz.

La doctora Flanagan hizo una anotación en su cuaderno.

—He mirado y seguiré mirando —dijo—. Pero en este momento no parece haber ningún tratamiento apropiado para Jack. En el Marsden están haciendo un estudio. En realidad es para casos de leucemia y melanoma, un ensayo clínico en fase uno, pero creo que Jack podría encajar en el perfil genético. Hablaré hoy con ellos y les informaré, aunque creo que hay muy pocas posibilidades de que le acepten.

—Gracias —dije. Había algo más que quería preguntarle, pero me costaba encontrar las palabras, dar con la manera adecuada de expresarlo—. Es solo que no entiendo por qué... Pensaba que estaba curado... Usted dijo que... que había un noventa por ciento de posibilidades de que se recuperara.

Volvió a inclinarse hacia delante y pensé por un momento que iba a agarrarme la mano.

—Me temo que Jack ha tenido mala suerte —dijo—. Lo que ha pasado, que el tumor mute así, es muy muy raro.

«Raro». Habíamos oído antes esa palabra. Su tumor era «raro». Era raro que se le hubiera declarado a una edad tan temprana. Y también que hubiera mutado de repente. ¿Nos decían todo aquello para suavizar el golpe, como si fuera un accidente inexplicable, algo que escapaba a nuestro control?

Cogimos un taxi para volver de Harley Street al hospital. El taxista, al ver nuestras caras compungidas, la forma en que nos manteníamos apartados el uno del otro, con el cuerpo girado, prefirió guardar silencio. Oíamos el tictac del taxímetro, el golpeteo de la lluvia en el techo del taxi. Saqué mi móvil y empecé a buscar el ensayo clínico del que nos había hablado la doctora, esforzándome por mantener derecha la pantalla cuando pasábamos por algún bache.

Me volví hacia Anna cuando nos detuvimos en medio de un atasco.

—He buscado ese ensayo clínico del Marsden —dije—. El que nos ha recomendado la doctora Flanagan.

Me miró, pero no dijo nada. Su cara mostraba una palidez fantasmal.

—Por lo que he leído, parece que vale la pena intentarlo.

—La doctora ha dicho que era para niños con leucemia y melanoma. —Su voz sonó como la de un autómata, desprovista de emoción.

—Ya, pero Jack encaja en el perfil genético.

Ella volvió de nuevo la cara hacia la ventanilla. Vi que el conductor nos miraba por el retrovisor y que desviaba rápidamente la mirada.

—Es como si hubiéramos escuchado versiones distintas —dijo Anna con los ojos todavía fijos en la ventanilla.

—¿Qué quieres decir? Nos lo ha recomendado la doctora. Es lo que ha dicho.

—No nos lo ha recomendado —puntualizó—. Ha dicho que iba a consultarlo. Que es muy improbable que le acepten.

Vi que los ojos del conductor volvían a observarnos por el retrovisor. Me recordó a mi padre: el asiento reclinado al máximo, sus botellas puestas en fila, el pequeño televisor encajado en el salpicadero.

Intenté recordar lo que había dicho la doctora Flanagan sobre el ensayo clínico, pero todo me parecía borroso.

—Entonces, ¿no crees que debamos intentarlo?

—No es eso lo que digo, Rob. —Hizo una pausa y se miró el regazo—. Vamos a esperar a ver qué dice la doctora.

Asentí con la cabeza y no volvimos a hablar durante el trayecto. Éramos como imanes del mismo polo: nos repelíamos, nos empujábamos el uno al otro.

El taxista estaba muy serio cuando nos dejó frente al hospital. Le tendí un billete de veinte para pagar la carrera, pero meneó la cabeza.

—Esta corre de mi cuenta, compañero —dijo, y vi que tenía lágrimas en los ojos.

A veces el cariño asoma en los sitios más inesperados. La gente no se da cuenta de hasta qué punto puede partirte el corazón.

Esa tarde llevamos a Jack a casa. Intentamos que no nos viera muy serios, pusimos buena cara, hicimos todo el teatro que pudimos y paramos a comprar un helado por el camino.

Nos quedamos levantados hasta muy tarde viendo la tele. Como regalo especial, le dijimos que podía ver lo que le apeteciera y todo el tiempo que quisiera. Le hicimos tostadas especiales con queso y le dimos chocolate y helado otra vez. ¿Qué más podíamos hacer?

Cuando por fin se quedó dormido y le llevamos a la cama, abrí una botella de vino y me puse a buscar en Internet. Tenía que haber algo en algún sitio: una excepción a los porcentajes de supervivencia, un tratamiento experimental, una explicación que tal vez no habíamos entendido. Encontré estudios, comentarios en foros, discusiones en Yahoo Answers y Quora, pero nada de utilidad.

¿Qué buscaba, de todos modos? ¿Un indulto? ¿Otro diagnóstico? ¿Un artículo científico extraído de los guetos de Internet que me dijera que la doctora Flanagan se equivocaba, que Jack podía sobrevivir, que mi precioso hijo no iba a morirse?

Eché un vistazo a mi mesa, encontré el informe radiológico de Jack y me puse a buscar en el foro los términos médicos que aparecían en él. Encontré un hilo antiguo, de 2012, sobre un ensayo clínico y al leerlo sentí una descarga de emoción, una oleada de júbilo se apoderó de mí. Trataba sobre un fármaco milagroso, muy publicitado por la prensa, para niños que habían agotado otras opciones de tratamiento.

Abrí el perfil de usuario de alguien cuyo hijo había participado en el ensayo clínico. Su última aparición en el foro databa de 2012. Al final de cada comentario suyo, a modo de firma, se leía: *Ensayo clínico Oct/12, Damon se reunió con los ángeles el 23/12/2012.*

Abrí varios perfiles más. Ninguna de las personas que habían publicado comentarios en el hilo había vuelto a visitar el foro desde finales de 2012. Sus hijos habían fallecido.

14

Hubo un instante al despertar, un segundo, una milésima de segundo o quizá menos, en ese confuso duermevela entre dos mundos, en el que me pareció estar viviendo otra mañana, una mañana de sol y colegio, de desayunos tardíos y alegres rifirrafes. Luego me acordé y deseé con todas mis fuerzas poder volver atrás, despertarme de nuevo, porque incluso esa brevísima fracción de segundo, ese suspiro fugaz, ese pestañeo, era para mí como el paraíso.

Anna dormía aún, con una respiración profunda y acompasada, y yo cogí mi móvil y abrí Hope's Place.

Re: ¿Alguien puede ayudarnos?
De SRCcaregiver. Viernes 7 de noviembre, 2014 01:20

Hola Rob, siento mucho la situación en la que te encuentras. El diagnóstico de mi hija fue muy parecido y fue un golpe tremendo para nosotros. Su tumor se extendió tan rápidamente que al final solo pudimos ingresarla en una residencia de cuidados paliativos. El cáncer es una enfermedad terrible. Rezaré por vosotros.

Re: ¿Alguien puede ayudarnos?
De Camilla. Viernes 7 de noviembre, 2014 01:58

Lamento muchísimo el diagnóstico de Jack. Eres muy bienvenido en este foro y aquí encontrarás un gran apoyo. Nunca sabemos cuándo ni dónde llegaremos a la línea de meta, así que, por favor, intenta disfrutar del trayecto.

Le pido a Dios por vosotros, Rob. Puede que ahora mismo no te agrade oír esto, pero tienes que centrarte en el tiempo que os queda. El cáncer puede ser un auténtico regalo. A mí me ha permitido valorar lo que de verdad importa, y a mi familia y a mí nos enseñó a vivir. Mi hija aguantó mucho más de lo que cualquiera creía posible y aprovechó cada segundo de vida. Os acompaño con mis oraciones en este viaje. Con mucho cariño.

¿Eso era todo? ¿Ese consenso? ¿Aconsejarnos que disfrutáramos del tiempo que nos quedaba con Jack, que festejáramos cada amanecer, cada nueva mañana empapada de rocío? Jack se había convertido de pronto en un «superviviente», se hallaba embarcado en un «viaje». ¡Qué detestables me parecían ya entonces aquellas palabras!

Era de noche, Jack se había ido a la cama y Anna estaba leyendo en el cuarto de estar, con las piernas apoyadas en el brazo del sillón y una copa de vino en la mano. Yo la observaba mientras leía. Tenía desde niña una verruguita en la mejilla. Ahora le crecía un pelo justo en el centro. Al principio pensé que estaba tan preocupada que no había reparado en él, pero el pelo había empezado a rizarse y tenía ya el largo de la yema de un dedo.

Si antes alguien me hubiera dicho: «Imagínate en esta situación, ¿cómo reaccionarías? ¿Cómo pasarías cada día sabiendo que tu hijo va a morir?», no sé qué habría contestado. Habría imaginado quizá largas tardes de llanto, de darse puñetazos en el pecho, de suplicar, de maldecir a Dios de rodillas, de rezar y rezar y rezar pidiendo un milagro.

Pero no era así. Lo que me hacía polvo era lo prosaico que era todo. Que las cosas que antes brillaban ahora parecieran podridas y embadurnadas por el alquitrán de la pena.

Eran las pequeñas cosas, siempre las pequeñas cosas. Ver en el congelador comida que había preparado cuando Jack estaba sano. Mi programa antivirus preguntándome si quería que hiciera una revisión completa del sistema (¿a quién le importaba tener un virus informático hallándose en mi situación?). Las personas mayores, hoscas y taciturnas, que subían la calle con el ceño fruncido, tirando de su carrito de la compra de cuadros escoceses. ¿Acaso no se daban cuenta de lo que tenían?

Anna pidió una excedencia y Jack dejó de ir al colegio. Le atendíamos, jugábamos a juegos de mesa, hacíamos montones de tostadas con queso. Pero tenía que haber algo más, tenía que haberlo. Palitos de pescado y *Peppa Pig*. *Un tiburón en el parque*. Sesiones maratonianas de *¿Quién es quién?* y *Tragabolas*. ¿No deberíamos hacer algo, lo que fuese, en vez de aquello?

Cuando encendí el portátil, había varias pestañas abiertas en el buscador, una de ellas con resultados de una búsqueda en Google. El asunto estaba aún en la barra de búsqueda: *Cómo decirle a un niño de cinco años que se está muriendo*.

Lo leí en voz alta casi sin darme cuenta y Anna levantó la vista de su libro, extrañada.

—Lo has buscado tú.

—Sí —contestó.

—Entonces, ¿crees que es lo que deberíamos hacer? ¿Decirle que se está muriendo?

—No lo sé, Rob, por eso lo he buscado.

Tamborileé con los dedos en el brazo del sofá. ¿Es que ni siquiera podía consultármelo? A veces era tan expeditiva que me sacaba de quicio.

—Yo no creo que debamos decirle nada —dije—, y menos teniendo en cuenta que no sabemos nada con seguridad. Todavía hay alternativas. No podemos darlo por perdido.

—No lo estamos dando por perdido, Rob —respondió Anna de espaldas a mí—. Pero tenemos que afrontar la realidad. Y tú sigues hablando de alternativas, pero ¿qué alternativas hay?

—Bueno, hay clínicas especializadas en cáncer en todo el mundo, sitios sobre los que he estado leyendo. Y está ese ensayo clínico del que nos habló la doctora Flanagan...

—Por favor, por favor, no empieces otra vez con lo del ensayo clínico del Marsden. Ya lo hemos hablado y no sé qué más decirte.

—No iba a empezar con eso, Anna —dije, y noté un cosquilleo sofocante en la cara y en el cuello—. Lo que digo, si es que quieres escucharme, es que sigo creyendo que hay opciones. Creo que todavía no hemos indagado lo suficiente, que no hemos visto a suficientes médicos. Hay otros niños con la enfermedad de Jack que se han curado...

—No digas esa palabra —me cortó Anna, mirándome con rabia. Sus ojos eran oscuros, opacos—. No hay cura, Rob, no hay ninguna posibilidad de curación en casos como este. ¿Es que crees que no me he estado informando? Yo también he leído sobre fármacos nuevos y ensayos clínicos, y de momento no hay nada, nada, Rob, que sugiera que Jack pueda salvarse.

Un intenso rubor carmesí se extendió por sus mejillas. Se volvió tan bruscamente hacia mí que estuvo a punto de derramar el vino.

—Y antes de que vuelvas a interrumpirme y me digas que no sé de lo que estoy hablando, no es que lo diga yo, es que lo dicen los médicos, Rob. Y por si vas a acusarme de que no me importa o de que estoy dándome por vencida, por mí podemos pedir una tercera, una cuarta y hasta una quinta opinión si eso es lo que quieres, pero todos van a decirnos exactamente lo mismo.

—Eso no lo sabemos.

—¿Que no lo sabemos? Bueno, no podemos saberlo todo, claro. Pero el doctor Kennety y la doctora Flanagan son dos de los mejores especialistas del mundo en tumores cerebrales en niños y los dos nos han dicho lo mismo. Por Dios, Rob, a Jack no puedes programarlo. No es una máquina que puedas resetear. Y en este caso no puedes simplemente salirte por la tangente como haces con todo.

—¿A qué viene eso? No se trata de...

—No, claro que no, se trata de Jack. De la calidad de vida de Jack en estos momentos. De que no le hagamos sufrir sometiéndole a un ensayo clínico cuyas probabilidades de funcionar son casi nulas solo para sentirnos mejor, para tranquilizarnos pensando que hemos hecho algo.

Se detuvo al ver mi cara de rabia y respiró hondo.

—Perdona, estoy siendo injusta. No quería decir que seas capaz de hacer sufrir a Jack. Pero es que no veo otro camino. No podemos hacer nada, Rob. A mí me rompe el corazón tanto como a ti, pero tenemos que hacer caso a los médicos.

Hacer caso a los médicos. Anna siempre había sentido un respeto reverencial por los profesionales, por los médicos, los abogados, los maestros del mundo: esa gente que te pide fotografías de carné compulsadas. Porque en esas personas se veía a sí misma. Esfuerzo, prudencia, moderación. Eran —en su opinión— profesiones nobles y cuestionarlas le parecía impensable. En cambio en Romford, el barrio donde me crie, esa gente era a menudo el enemigo. No tenían cancha libre.

—Lo siento —dijo tocándome el brazo—. No quiero que discutamos. Es que creo que lo único que podemos hacer de verdad es disfrutar de estar juntos, el tiempo que nos quede.

—Disfrutar —dije cortándola—. ¿Cómo vamos a disfrutar de esto? Nos quedamos aquí sentados, de brazos cruzados, sin hacer nada de nada, joder.

Se le tensaron los tendones del cuello y dejó el vino sobre la mesa. La copa se tambaleó ligeramente sobre el salvamanteles. Cogió su libro y se fue sin decir palabra.

* * *

Fui a ver cómo estaba Jack. Seguía profundamente dormido. Le remetí las mantas arropándolo bien y le puse a Oso Pequeño en el hueco del brazo.

Al entrar en nuestro dormitorio oí el leve rumor de un grifo abierto: Anna se estaba duchando. Volví a bajar, me serví un *whisky* y se senté a mi mesa, alterado todavía.

Entré en Hope's Place (lo hacía cada hora, como un ritual) y vi que había un nuevo hilo con varias páginas de comentarios. Había muerto el hijo de uno de los miembros del foro y le estaban rindiendo homenaje. Cambiaban sus fotos de perfil por la del pequeño, un niño con la cara torcida como si hubiera sufrido un ictus. Era un valiente —decían—, un luchador. El cielo había ganado un ángel.

No pude seguir leyendo. Se limitaban a perder el tiempo con sus fotos de atardeceres, sus Jueves de Gracias y sus Miércoles de Bienvenida, sus reflexiones acerca de la «gratitud» y la «concienciación». Porque toda esa cháchara sobre ser «valiente» y «dichoso» era un espejismo, un subterfugio para edulcorar la intragable verdad de que sus hijos se estaba muriendo y ellos no hacían nada para salvarles la vida.

Entonces me acordé de Nev. ¿Cómo se llamaba su hijo? Abrí mi correo y encontré su mensaje de unos meses atrás. Josh, eso era. Su hijo había tenido un glioblastoma y le habían tratado en aquella clínica de Praga.

Volví a leer su mensaje y empecé a buscar información sobre la clínica y el médico que me recomendaba. La página del doctor Sladkovsky era elegante y clara, fácil de recorrer. Empecé a leer sobre el tratamiento de inmunoingeniería patentado por la clínica. A los pacientes se les extraía sangre y sus linfocitos T eran sometidos a un proceso de reestructuración mediante una vacuna. A continuación volvía a inyectárseles la sangre. Era, según el doctor Sladkovsky, un procedimiento de una sencillez prodigiosa: reforzar el sistema inmune del cuerpo en lugar de destruirlo mediante la quimioterapia.

Me puse a ver los vídeos de testimonios de pacientes que se habían sometido a tratamiento en la clínica. Kirsty, de veintitrés años, había tenido cáncer de páncreas. La habían grabado poco después de llegar a la clínica. Estaba esquelética, con la cabeza envuelta en un pañuelo y la cara y el cuello cubiertos por un eccema rojo y escamoso. La voz solemne del narrador afirmaba que, conforme a la evolución típica del cáncer pancreático en fase cuatro, tenía una esperanza de vida de seis meses.

Después volvía a verse a Kirsty con el cabello corto y rubio, sentada en la cama, hablando con su padre por Skype. Tenía buenas noticias, decía con voz quebradiza y los ojos llenos de lágrimas. «Está funcionando», afirmaba entre sollozos, «funciona, papá». Luego se la veía unos años después montada en un tiovivo con un niño pequeño y su marido al fondo, sosteniendo en brazos a un recién nacido.

Vi otro vídeo, el de la madre de un chaval, Ash, que sufría un tumor cerebral avanzado. Era estadounidense y aparecía en su cuarto de estar. La iluminación era tenue y la estancia parecía un salón de los años cincuenta, limpísimo pero impersonal. Deduje de ello que el chico había muerto. Pero luego cambiaban los filtros y era como si la madre de Ash se transformara de repente, como los planos del antes y el después de un programa de telebasura. Y allí estaba Ash, el pequeño y precioso Ash, correteando de acá para allá. Parecía mayor y más sano, y daba la impresión de que no sabía por qué le estaban grabando ni le importaba, porque había árboles a los que trepar y riachuelos en los que bañarse.

Era demasiado bonito para ser verdad. Tenía que haber una trampa, un truco, algo que no se advertía a simple vista.

Asunto: Re: Jack
Enviado: Martes 22 de noviembre, 2014 08:33
De: Rob
Para: Nev

Querido Nev:

No sé si te acordarás de mí, pero estuvimos brevemente en contacto hace unos meses. Me temo que tengo malas noticias. La última vez que te escribí habían operado a Jack y se encontraba bien. Por desgracia, su tumor se ha reproducido y ha adquirido una forma más agresiva. Ahora tiene un glioblastoma con ramificaciones por todo el cerebro. Los médicos nos han dicho que no pueden hacer nada más por él.

He estado leyendo sobre la clínica del doctor Sladkovsky en Praga y quería saber si puedes darme más información.

Además (espero que no te importe) quería preguntarte qué tratamiento siguió Josh, no solo en la clínica del doctor Sladkovsky sino en general. Y para que yo me aclare, Josh tenía un glioblastoma multiforme en grado III, ¿verdad?

Espero que no lo consideres una intromisión. Como te decía, he leído la parte de tu blog en la que detallas los tratamientos que siguió Josh, pero quiero estar seguro al cien por cien de que lo estoy entendiendo correctamente.

Perdona que te escriba así, tan de repente. Espero que lo entiendas.

Saludos cordiales,

Rob

Box Hill

mamá estaba pasando el fin de semana fuera por trabajo y tú y yo nos fuimos de excursión fuera de londres, al campo. hacía un día estupendo, jack, soleado y cálido, y subimos en el coche por la carretera serpenteante que lleva a lo alto del monte y nos sentamos en el mirador a comer nuestros bocadillos y nuestras galletas jaffa. recuerdo cómo te gustaba comerte el chocolate a mordisquitos, jack, y luego raspar la mermelada con los dientes como te enseñó papá. primero el choco, después la mermelada. primero el choco, después la mermelada.

15

No podíamos ignorar eternamente las llamadas telefónicas, los correos electrónicos, los mensajes de Facebook. La gente que quería saber qué tal iba todo porque habían oído que Jack estaba otra vez enfermo. Los amigos que se ofrecían a pasarse por casa aunque fuera solo cinco minutos para que les diéramos noticias.

Anna propuso que mandáramos otro correo colectivo. Así nos dejarían en paz, dijo. Me encogí de hombros, dije que me daba lo mismo.

Las respuestas no se hicieron esperar, saturaron nuestras bandejas de entrada. No se lo podían creer, decían. Estaban llorando, temblando, no podían quitárselo de la cabeza. ¿Por qué nos pasaba esto, decían, por qué, oh, por qué? ¿Podían hacer algo? Traernos comida, ayudarnos a limpiar la casa, lo que fuese, cualquier cosa, solo querían no sentirse tan impotentes.

¿Y cómo estaba Jack? ¿Cómo lo estaba llevando? ¡Qué cosa tan espantosa para que le sucediera a un niño, sabiendo, además, cuánto le queríamos! Y lo sabían porque eran conscientes de lo importantes que eran sus hijos para ellos. Dios mío, ni siquiera podían imaginarse por lo que estábamos pasando...

Entonces vi las actualizaciones de Facebook. Amigos, amigos de amigos, gente a la que apenas conocíamos.

Acaban de darme una noticia espantosa...

Estoy hecho polvo, horrorizado...

A veces hay cosas que te recuerdan lo terriblemente corta que es la vida. No os olvidéis de disfrutar de lo que tenéis...

Hice la cuenta: Jack había recibido, indirectamente, 126 *likes*. Y justo cuando estaba pensando qué debía responder, los comentarios dejaron de mencionar a Jack.

RIP David Frost.

Qué pena: descanse en paz sir David.

**Estoy llorando* ese hombre era un genio. Descanse en paz.*

En cuestión de minutos, Jack había quedado olvidado. Desolados, decían, absolutamente hechos polvo. Porque *El desafío: Frost contra Nixon* había sido siempre su película favorita. Porque ya no quedaban periodistas como los de antes, un señor de los pies a la cabeza, íntegro hasta la médula, mucho mejor que Murdoch y su hatajo de piratas, que solo sabían pinchar teléfonos.

Se ha ido demasiado pronto, escribían. «Demasiado pronto». Aquellas dos palabritas rebotaban como un eco dentro de mi cabeza. Demasiado pronto. David Frost tenía setenta y cuatro años. Había vivido más de siete décadas. Seguramente había pasado más tiempo en el cuarto de baño del que viviría mi hijo. ¿Demasiado pronto, joder?

Asunto: Tratamiento
Enviado: Martes 11 de noviembre, 2014 22:59
De: Nev
Para: Rob

Hola, Rob, lamento muchísimo lo que me cuentas en tu mensaje. Sé lo terribles que son esos momentos y sé que nadie puede hacer nada para que te sientas mejor.

Así que vayamos al grano. En cuanto a los tratamientos que siguió Josh, sí, hace más de tres años que le diagnosticaron un glioblastoma multiforme en grado III. Le extirparon el tumor en el Royal Preston Hospital en 2009 y después le dieron radioterapia Gamma Knife para tratar los nódulos microscópicos.

Al poco tiempo nos dijeron que no podían hacer nada más y que solo quedaba aplicarle cuidados paliativos. Fue entonces cuando empecé a informarme sobre la clínica del doctor Sladkovsky. Es cara, pero a mi hijo le salvó la vida. Por favor, si necesitas más información no dudes en preguntarme. Estaré encantado de hablar contigo por *e-mail* o por teléfono (01772532676) a la hora que quieras.

Cuídate.

Nev

Sonó mi teléfono. Era Scott.

—Hola, Rob —dijo en tono rígido y formal, la voz que ponía para hablar por teléfono.

—Hola —contesté, y se quedó callado un instante. Oí de fondo el ruido de una cafetería o un bar.

—Siento muchísimo lo de Jack, es horrible.

—Gracias.

Otro silencio, el leve ruido de su mandíbula al masticar un chicle.

—Por favor, avísame si puedo hacer algo —añadió.

No contesté. «Hacer algo». Había oído muchas veces esa frase en la última hora.

—Deberías habérmelo dicho, tío —dijo en tono menos ceremonioso, como si estuviéramos hablando de fútbol—. Podrías haberme avisado, a lo mejor habría podido... ya sabes. Es que lo del correo en grupo me ha dejado helado. Creía que iba todo...

—¿Te molesta que te lo hayamos contado así, Scott? ¿Con un *e-mail* colectivo?

—No, no —contestó trastabillándose—. No me refería a eso...

—¿Crees que debería habértelo dicho en persona? ¿Te habría parecido mejor?

—No, tío, perdona, no es eso lo que quería decir. Por favor, no te lo tomes así. Solo quería decirte que puedes llamarme cuando quieras o que podemos tomarnos una cerveza o lo que sea, hablar del tema.

«Hablar del tema». Como si estuviéramos charlando sobre su última relación fallida o sobre los apuros del West Ham en el medio campo. Empezó a decir algo sobre un médico al que conocía y que le debía un favor, y colgué.

Asunto: Re: Jack
Enviado: Jueves 13 de noviembre, 2014 08:33
De: Rob
Para: Nev

Querido Nev:

Muchísimas gracias por la información sobre Josh. Si te soy sincero, al principio tenía mis dudas sobre la clínica del doctor Sladkovsky. He leído muchas críticas en Hope's Place y conocer vuestra historia ha sido muy interesante y alentador.

Se nos están agotando rápidamente las opciones. Ayer, la doctora nos dijo que a Jack no le han aceptado en el ensayo clínico del Marsden. Dicen que lo único que pueden hacer es darle quimio para ralentizar un poco las cosas.

Si pudiera, ocuparía su lugar sin dudarlo. Le daría mi cerebro, cualquier cosa, si pudiera. No entiendo qué ha hecho para merecer esto.

Siento mucho contarte todo esto, Nev. Sé que no nos conocemos, pero, como tú ya has pasado por esto, creo que lo entenderás.

Cuídate.

Rob

Asunto: Re: Jack
Enviado: Viernes 14 de noviembre, 2014 10:42
De: Nev
Para: Rob

Querido Rob:

Tu niño no ha hecho nada para merecerse esto, eso no debes olvidarlo nunca. A mí me pasó lo mismo cuando le diagnosticaron el cáncer a mi Josh: me preguntaba constantemente por qué. ¿Por qué Josh? ¿Qué ha hecho? ¿Qué he hecho yo? ¿Podría haberlo impedido de alguna manera? ¿Era por que vivíamos cerca de una antena de telefonía? ¿Por los aditivos químicos que ponen en la comida para bebés?

Entiendo por lo que estás pasando porque yo pasé por lo mismo. Pensaba constantemente en cómo sería la vida sin Josh y eso me destrozaba. Supongo que fue eso lo que me impulsó a ir a la clínica de Praga. Aquí nada de lo que me decían los médicos tenía ya sentido. Me parecía todo una pérdida de tiempo.

Siento mucho todo esto. Por favor, recuerda que puedes hablar conmigo a cualquier hora. Solo tienes que mandarme un correo o llamarme por teléfono.

Cuídate mucho, amigo mío.

Nev

P. D. Te adjunto unas fotos de Josh para que te hagas una idea de lo que supone el tratamiento. Son de cuando le diagnosticaron el tumor y llegan hasta ahora. (Hay más en mi blog: nevbarnes.wordpress.com)

Me puse a mirar las fotografías. La primera quimioterapia de Josh. Josh completamente calvo saliendo de una resonancia magnética. Josh sentado en su cama con una vía en el brazo y el doctor Sladkovsky de pie a su lado.

Había una foto en particular que no podía dejar de mirar. Era de Josh sentado en una roca, en la playa. Tenía la cara más rellenita y el pelo largo, rizado y rubio. Deslumbrado por el sol, miraba con los ojos entornados sus chanclas y su máscara de buceo. Parecía tan distinto al niño enfermo y demacrado de antes... Había crecido. Había madurado. Estaba vivo.

Llegó una nueva remesa de pastillas, envasadas al vacío en cajas cubiertas con material aislante. Una empresa suiza que encontré en Internet las importaba de China y las entregaba a domicilio en un plazo de veinticuatro horas. Sulfato de hidracina, incienso indio, resveratrol, cinc, un medicamento contra el acné llamado Accutane que fortalecía el sistema inmune.

Todos los días me ponía a investigar. Me quedaba despierto hasta las tantas a base de café y *whisky,* y leía todo lo que caía en mis manos. La información estaba ahí, solo que escondida detrás del ruido, de la verborrea de los foros de enfermos, de los consejos dietéticos, de todas aquellas sandeces acerca de los garrofones y las chirimoyas. Estaba ahí si sabías dónde buscarla, en las *newsletters* del mercado de valores, en los foros de oncología, en las bases de datos de ensayos clínicos que podían hackearse fácilmente.

Aprendí deprisa. Era como cogerle el tranquillo a un nuevo lenguaje de programación. Aprendí a leer entre líneas en los dosieres de prensa de las compañías farmacéuticas. Aprendí que lo que funcionaba en ratones no siempre funcionaba en humanos. Y que, aunque Jack no pudiera participar en un ensayo clínico, había otras alternativas: conseguir medicación alegando motivos humanitarios, o recurrir a clínicas chinas que clonaban los fármacos experimentales más punteros y ofrecían sus servicios a clientes que pudieran pagarlos.

Porque había niños que habían sobrevivido a la enfermedad de Jack. Había que indagar, seguir las pistas, los enlaces, los blogs menos visibles. Pero estaba todo allí: cámaras de oxigenación hiperbárica, terapia de protones, una operación llamada desvascularización que solo se realizaba en Barbados...

A esos pacientes, a los que mejoraban, a los que desafiaban las estadísticas, los llamaban «anomalías». Los médicos hablaban de ellos como si fueran un fenómeno perteneciente al ámbito de lo paranormal, una aberración que escapaba a la comprensión de la ciencia médica.

Pero lo cierto era que no sabían por qué algunos pacientes se recuperaban. Algún día, cuando hubieran descifrado y devanado la madeja del genoma, todo tendría sentido. Sería tan evidente como la fuerza de la gravedad o las leyes del movimiento.

Había cosas que se podían hackear. En informática, cuando surge un problema, intentas sortearlo y seguir adelante. Lo descifras, programas una forma de esquivarlo. Pero para eso tienes que arriesgarte. Me acordé de aquel día, en el colegio, cuando me expulsaron de la sala de informática. Decían que no invertía adecuadamente las horas de la comida, que no daba un uso apropiado a los ordenadores. Así que hackeé el sistema desde casa, me nombré administrador y empecé a moverme como un fantasma por la red del colegio.

Anna nunca había entendido esa parte de mi carácter. Pensaba que era un temerario, un imprudente, hasta en las cosas más nimias. Porque me negaba a pagar el seguro de viaje cuando compraba un billete de avión. Porque me empeñaba en llevar encima dinero en metálico. Porque para ella siempre había un protocolo para todo, una forma adecuada de hacer las cosas. Las normas de Anna. Llegar siempre temprano. Cenar frugalmente. Doblar la ropa antes de acostarse.

Ahora me consideraba un temerario porque quería salvar a mi hijo. «Escucha a los médicos. Sigue el protocolo». Pero a Jack nada de eso le haría ningún bien. Si hacíamos caso de lo que nos decían los médicos, Jack no tenía ninguna oportunidad de sobrevivir.

****

Al cruzar las puertas del colegio Amberly, esta vez para el mercadillo de Navidad, me parecía estar volviendo a la escena el crimen. ¡Cómo habían cambiado las cosas desde la noche de los fuegos artificiales! Entonces Jack había entrado brincando y saludando a sus amigos y nos había enseñado sus dibujos colgados en las paredes.

Ese día, en cambio, parecía frágil y retraído. No se despegaba de nosotros y yo no podía fingir ya que no estaba enfermo. Se movía despacio, con paso cuidadoso y vacilante. Tenía los labios azulados y la cara pálida como un niño enfermo del corazón al que conocí de pequeño, en el colegio. La gente le miraba y apartaba rápidamente los ojos.

Mientras esperábamos a que Anna comprara las entradas, me puse a toquetear la chaqueta de Jack para no cruzarme con la mirada de los que pasaban por nuestro lado. Hacía un mes que Jack se había desplomado en el escenario y desde entonces vivíamos casi apartados del mundo. Declinábamos educadamente los ofrecimientos amables y considerados que recibíamos de nuestros amigos. Anna solo trabajaba por las mañanas, y por las tardes, si Jack se encontraba con fuerzas, salíamos a dar una vuelta: íbamos al cine, al parque de dinosaurios, a un espectáculo ambulante sobre piratas. Nuestra vida parecía hallarse monstruosamente en suspenso.

La quimioterapia vino a imprimirle un nuevo ritmo. Jack iba al hospital una vez por semana como paciente externo y pasaba los días siguientes recuperándose en casa. Hallamos cierto consuelo en esa rutina. Teníamos algo para lo que prepararnos, algo que hacer. Podíamos comprar los zumos de naranja que le gustaban a Jack, o gominolas, que a veces era lo único que toleraba. Podíamos lavar y planchar su bata de Spiderman y cerciorarnos de que las zapatillas de estar en casa que se ponía en el hospital estaban bien limpias.

Anna y yo convinimos en que no estaba en condiciones de volver al colegio. Él decía que no le importaba (podía leer y escribir en casa), pero echaba de menos a sus amigos. A veces venían a jugar a casa, pero eran visitas supervisadas y controladas al milímetro, como si Jack fuera un joven príncipe rodeado de cortesanos y servidores que montaban guardia calladamente para que nada se torciera. Yo odiaba aquellas visitas, a pesar de que me encantaba ver lo contento que se ponía cuando jugaba con sus amigos. Las torpes conversaciones que manteníamos con los padres, salpicadas de elipsis y omisiones, procurando siempre hablar de ellos y de sus vidas y no de la nuestra. La insoportable solemnidad de aquellos largos adioses.

Miré con Jack un dibujo que había en la pared, un proyecto de 1.º C hecho con letras de brillantina y arcoíris entrelazados. Jack trazó la palabra con el dedo, articulándola en voz baja, poco a poco. C O M P A R T I R. Compartir.

Fuera el aire estaba impregnado del olor terroso y dulzón de las castañas asadas y el vino especiado. En la franja de césped desde la que habíamos visto los fuegos artificiales había ahora tenderetes que vendían figurillas y artesanía, un malabarista y un puesto de tiro al blanco. Los niños correteaban de puesto en puesto, alterados por el azúcar y entusiasmados por la inminencia de las vacaciones.

Jack pareció de pronto muy asustado y se agarró con fuerza a la mano de Anna. Cruzamos el patio y pasamos junto a varios padres de compañeros de clase de Jack, pero no nos saludamos: bajaron la cabeza y fingieron que estaban distraídos con sus teléfonos. Me dio igual. No me interesaban sus muestras de piedad, sus miradas de reojo, sus esfuerzos por fingir que no sucedía nada malo.

Nos encaminamos a la tómbola y al puesto donde vendían chocolate caliente. Jack avanzaba con paso de anciano, precavidamente, como si caminara sobre hielo y temiera caerse.

—Mira, Jack —dijo Anna señalando a dos niños—. ¿Ese de ahí no es Martin?

Se encogió de hombros y le apretó de nuevo la mano.

—¿Quieres ir a decirle hola? —preguntó ella cuando pasamos

por delante de un tenderete que vendía adornos navideños hechos a mano.

Jack dijo que no con la cabeza y desvió la mirada. Martin Catalan era el primer amigo del colegio por el que había sentido verdadera pasión. Nos hacía gracia cómo decía su nombre. No decía simplemente «Martin», decía «Martin Catalan».

Según Jack, Martin Catalan era capaz de todo. Podía correr más deprisa, lanzar más lejos y saltar más alto que cualquier otro ser humano. Con apenas tres años ya sabía leer, escribir y sumar números de seis cifras. Había leído muchos libros (los más gordos del mundo) y se le daba tan bien el fútbol que ya jugaba con España.

Yo había visto una vez a Martin Catalan en una función escolar y era cierto que aquel niño destacaba. Los demás llevaban la camisa por fuera y tenían mocos; Martin Catalan, en cambio, iba impoluto: camisa blanca bien planchada y pantalones de pana, y el pelo bien repeinado hacia atrás, realzando su ancha mandíbula de mosquetero.

—¿Por qué no vas a saludarle, Jack? —pregunté—. Seguro que le apetece verte.

Normalmente siempre me corregía cuando decía «Martin»; se empeñaba en que le llamara por su nombre completo, Martin Catalan, pero esa vez no contestó. Se limitó a esconder la cara en el abrigo de Anna.

Un rato después, mientras Anna hacía cola delante del puesto de chocolate, perdí de vista a Jack. Me volví un momento para darle a Anna dinero suelto y de pronto ya no estaba. Me entró el pánico, me puse a buscarle a mi alrededor frenéticamente y por fin le vi: una figurilla solitaria de pie bajo la luz de los focos, viendo a los otros niños retozar en el castillo hinchable.

Estaba quieto como una estatua, fijándose en todo: en los gritos de alegría, en los zapatos desperdigados sobre la lona, en las cabezas que aparecían y desaparecían por encima del parapeto de color amarillo brillante, detrás del cual se agolpaban los niños mayores tratando de derrumbar los lados del castillo.

—¿Estás bien, tesoro? —pregunté rodeándole con el brazo cuando Anna llegó con el chocolate—. ¿Quieres que vayamos a sentarnos a algún sitio?

Se apartó de mí y, a pesar de que estaba oscuro, distinguí el brillo de las lágrimas en sus ojos.

—Quiero irme a casa —dijo sin dejar de mirar el castillo hinchable.

—Pero si acabamos de llegar, Jack. Creía que querías ver a tus amigos.

—No tengo amigos. Quiero irme a casa.

—No, cariño, no digas eso —repuso Anna—. Tienes muchos amigos.

Jack negó con la cabeza, desafiante.

—No, no tengo ningún amigo. Estás mintiendo.

Justo en ese momento apareció Martin Catalan a nuestro lado.

—Hola, Jack —dijo con una sonrisa. Llevaba el pelo y la ropa impecables.

Jack se volvió y al ver a Martin le cambió la cara.

—¿Quieres venir con nosotros al castillo hinchable? —preguntó Martin.

Jack sonrió encantado y se secó rápidamente las lágrimas sin que Martin lo viera.

—¿Puedo, mami? —preguntó mirando a Anna.

—No sé, Jack —contestó ella mientras miraba cómo los mayores se lanzaban en plancha en el castillo—. Hay mucho jaleo, con tantos niños mayores.

—No pasa nada —dijo Martin Catalan—. Ese es mi hermano. Voy a decirle que se quite.

Regresó corriendo al castillo hinchable y les gritó algo a los niños mayores. Uno de ellos, muy parecido a él, se volvió hacia nosotros, asintió con la cabeza y bajó a la lona. Los demás, uno por uno, siguieron su ejemplo y se colocaron en fila, bloqueando la entrada.

—¿Así vale, señora Coates? —preguntó Martin cuando regresó

corriendo—. Ahora podemos subir solo nosotros y mi hermano montará guardia y no dejará que suba nadie más.

Jack miró a Anna y luego a mí.

—De acuerdo —dijo su madre.

Yo sabía que estaba angustiada, pero teníamos que dejarle ir.

—¿Y Tony y Emil también pueden venir? —preguntó Martin. No nos habíamos dado cuenta de que los otros amigos de Jack estaban detrás de nosotros—. Les prometo que no vamos a saltar muy alto.

—Claro —respondí—, pero, Jack, tú ten cuidado, ¿vale?

Asintió y se dirigieron al castillo hinchable, Martin con la mano apoyada en el hombro de Jack con gesto protector.

—Ya no se me da tan bien saltar —oímos que le decía Jack mientras les seguíamos a distancia prudencial.

—No pasa nada —dijo Martin—. Podemos dar saltos pequeños. Mira, fíjate en esto. —Exhaló un soplo de aliento, formando una nubecilla de vaho que quedó suspendida en el aire.

—Cómo mola —dijo Jack, y también lo hizo. A la luz de los focos, su aliento titiló suavemente—. Somos dragones.

Se reunieron con Tony y Emil en la lona y dejé de oír lo que decían, pero supuse que Jack les estaba contando lo de su tumor porque se tocaba la cabeza y les enseñaba las cicatrices.

No era la primera vez que le veíamos con sus amigos en un castillo hinchable. Se abalanzaban sobre el inflable, se tiraban de cabeza, intentaban dar volteretas y patadas de tijera en el aire. Esa vez, sin embargo, estuvieron muy comedidos. Martin Catalan cogió pudorosamente de las manos a Jack como si estuvieran en un baile y se pusieron a saltar juntos con precaución. Tony y Emil hicieron lo mismo, resistiéndose al impulso de lanzarse contra las paredes o pasar de un brinco por encima de los laterales del castillo.

Pasado un rato empezaron a cansarse y el hermano de Martin Catalan no pudo seguir conteniendo a los que hacían cola. Martin, Tony y Emil ayudaron a Jack a bajar del castillo y, muy atentos, le ayudaron a ponerse los zapatos.

Antes de despedirse, se abrazaron solemnemente, como si se consolaran unos a otros. Con la dignidad de hombres mayores que están de vuelta de todo. Martin Catalan fue el último en abrazar a Jack. Estuvieron abrazados un rato, Jack apoyado en su hombro, Martin con la mano posada sobre la cabeza de Jack, del lado en el que tenía el tumor.

Imprimí unos cuantos artículos más sobre el doctor Sladkovsky y los guardé en una carpeta que estaba preparando para Anna. Así, recopilados metódicamente y reunidos con esmero en un dosier, le parecerían más atractivos.

Leí otra entrevista con el doctor sobre los motivos que habían impulsado su investigación cuando era un joven oncólogo en Checoslovaquia. Lo que más le atraía eran los casos aparte, los pacientes cuya evolución escapaba a cualquier explicación científica. Los milagros. ¿Por qué se recuperaban ellos y otros no? Si se estudiaban las excepciones —razonaba—, los escasísimos casos de remisión, tal vez se encontrase una cura.

Seguí leyendo debates en Hope's Place en torno al doctor Sladkovsky y la inmunoingeniería. Tenía más detractores que seguidores. No estaba demostrado que sus tratamientos dieran resultado —decían—, y tampoco ofrecían más garantías que la quimioterapia convencional. Era un embaucador —afirmaban—, un sacacuartos.

«Pero ¿y Josh?», me decía yo constantemente. Si en su caso había funcionado, tal vez funcionase también con Jack. Me acordé de un comentario que nos hizo una vez la doctora Flanagan. Dijo que lo que los médicos entendían sobre el cáncer era solamente la punta del iceberg. Que había mucho más que desconocían.

Creo que lo dijo en serio, como una especie de bálsamo; fue su forma de explicarnos que la enfermedad de Jack era tan endiabladamente compleja que no podíamos hacer nada al respecto. Yo, en cambio, me agarré a aquella idea como a un clavo ardiendo.

¿Y si Jack tenía una mutación genética desconocida, no identificada aún por la ciencia médica? ¿Y si esa mutación hacía posible que respondiera a ciertos tratamientos, como le había ocurrido a Josh?

Normalmente, yo era el primero en desdeñar la homeopatía, la iridología y todas esas pamplinas. Era programador informático: vivía de los datos, soñaba en código. Siempre estaba dándole la tabarra a Anna sobre los peligros de las pseudociencias. Pero cada vez que me decía que debía olvidarme de aquello, que seguramente los detractores del doctor Sladkovsky estaban en lo cierto y Nev era un chalado, volvía a acordarme de aquellos testimonios. Me acordaba de Kirsty y de la madre de Ash, de James y Robson, y de una niña llamada Marie que había tenido un tumor cerebral a los once años y que ahora iba al baile de fin de curso de su instituto cogida del brazo de su padre. Aquellos niños no eran una estadística en un ensayo clínico: eran de carne y hueso.

Busqué vuelos a Praga en Internet. Había más de diez al día. Podíamos estar en la clínica en unas cinco horas. Estaba buscando hoteles en los alrededores cuando oí el tintineo que anunciaba la llegada de un correo.

Asunto: Re: Jack
Enviado: Martes 2 de diciembre, 2014 12:05
De: Nev
Para: Rob

Hola, Rob:

Hoy he recibido una noticia estupenda del hospital. Las pruebas que le han hecho a Josh han vuelto a dar negativo.

No hay indicios de cáncer y los marcadores tumorales están en el nivel más bajo desde que le diagnosticaron la enfermedad. Tendrá que seguir haciéndose revisiones durante los próximos meses y años, claro, pero cada nuevo escáner que da negativo es un gran paso en la dirección correcta.

Después de las pruebas, como regalo, fuimos al cine a ver *Star Wars*. (Ponían todas las pelis antiguas en el cine de nuestro pueblo). Le encantaron y fue estupendo verle disfrutar de las películas como disfruté yo cuando las vi de pequeño, hace un montón de años.

He dudado si contártelo porque sé que estás pasando por un momento muy duro y no quería mostrarme insensible ni nada por el estilo. En fin, tío, ya me despido.

Hay esperanza, Rob. No te des por vencido, amigo mío.

Nev

P. D. Seguramente Jack es todavía muy pequeño para jugar a Minecraft, pero a Josh le encanta. Acaba de construir un castillo y me ha dicho que quería mandárselo a Jack para darle ánimos. (Le he contado que no se encuentra bien). Te mando una captura de pantalla. Espero que se vea bien y que a Jack le guste.

Abrí la captura de pantalla; era un bloque de ocho bits con torreones, una asta de bandera y un letrero en el que ponía *Castillo de Jack*. Al verlo me dieron ganas de llorar, no porque estuviera pensando en Jack sino porque me acordé de los tiempos en que empecé a programar, cuando escribía pequeños *scripts* en un portátil viejo que mi padre me compró en un rastrillo.

Volví a mirarlo. Me imaginaba a Jack jugando a Minecraft cuando fuera algo mayor: construyendo casas, plantando árboles, subiendo montañas que llevaban a nuevos mundos. A veces me permitía esas fantasías. Las cosas que haríamos cuando Jack creciera y estuviera mejor. Las tardes de sábado en el cine, Jack con vaqueros y zapatillas con ruedas llevando un recipiente de palomitas más grande que su cabeza...

¡Ah, las cosas que haríamos juntos! Abonos de temporada para ir a ver al West Ham. *Dim sum* los sábados por la mañana en Gerrard Street. Y todas esas vacaciones de verano sentados juntos en la barra mientras yo bromeaba con él sobre lo guapas que eran las chicas.

No eran solo fantasías. Eran cosas que había hecho con mi padre. Las veces que venía a verme jugar al fútbol y después del partido, daba igual el resultado, íbamos a The Crown a tomar una Coca Cola con patatas fritas. Las series que veíamos juntos en la tele por las noches mientras cenábamos *fish and chips*: *Dallas* los miércoles, *Minder* los jueves. Recuerdos que eran como cartílago: tenaces, difíciles de romper.

Unos meses después de que muriera mamá, estaba buscando un libro en nuestra casa de Romford. Creía haberlo visto abajo, guardado en el aparador del salón. Dentro del aparador había polvo, lo que habría horrorizado a mi madre. No di con lo que andaba buscando, pero debajo de las figurillas viejas y las latas de galletas llenas de botones encontré unos cuadernillos metidos en una bolsa de plástico.

Saqué el primero y vi páginas y páginas escritas con la letra pequeña y pulcra de mi padre. Dudé, no quería leer algo privado, pero entonces me fijé en una frase: *Cottee, en vena. Goddard, fatal*. Me puse a hojear los cuadernos, sonriendo al darme cuenta de lo que eran: los comentarios de mi padre sobre todos los partidos del West Ham a los que había asistido.

Las anotaciones estaban impolutas, como si las hubiera escrito primero en sucio, en un trozo de papel. Eran breves, pero muy elocuentes.

Jennings ha estado magistral esta noche. Paddon, en cambio, daba vueltas sin ton ni son como una avispa atrapada, casi sin tocar la pelota.

Tommy Taylor, campo arriba como un salmón; al contraataque, en cambio, baja como una campana de plomo. De todos modos ha estado magnífico. Hasta la grada oeste se ha puesto en pie.

Seguí leyendo, adentrándome en los años finales de la década de los ochenta. Nuestra remontada ante el Chelsea en casa, 5 a 3, cuando íbamos perdiendo 3 a 2. Nuestro glorioso ascenso en 1993. Mientras leía, me fijé en que algunas entradas estaban marcadas con estrellas amarillas. Estrellas doradas, como las que te ponían en el colegio. Al principio pensé que eran los partidos que habíamos ganado, pero sabía que el Villa nos derrotó en 1995 porque yo estaba en el campo. Y entonces me di cuenta de lo que había hecho mi padre. Había marcado con una estrella dorada los partidos a los que habíamos ido juntos.

¿De veras era tanto pedir que Jack tuviera lo mismo? Tenía que haber una manera, tenía que haberla. Porque si lo soñabas, es que era verdad, eso decía siempre mi padre.

Si lo sueñas, es que es verdad.

Estaba tumbado arriba, en nuestra cama, cuando oí subir por las escaleras la voz de Lola. Bajé a la cocina y la encontré sentada con Anna en los taburetes, tomando café.

—Hola, Rob —dijo—. ¿Cómo estás?

—Bien, gracias —contesté, y me lanzó una mirada de preocupación: la ceja levantada, el labio ligeramente fruncido como diciendo «Ya sé, ya sé».

—Lola me estaba enseñando esto, la fundación Pide Un Deseo —me explicó Anna señalando unos folletos que había sobre la mesa—. Organizan sorpresas y excursiones para niños enfermos.

—Ya —dije mientras llenaba la tetera—. He oído hablar de ellos.

Aunque estaba de espaldas, me di cuenta de que se miraban la una a la otra sopesando mi humor.

—Les he escrito —me informó Lola— y me han mandado esto. —Me mostró otro folleto—. Mira esto —añadió hojeándolo—. Un día con Spiderman —dijo como si hablara con un niño—. Jack podría ponerse un disfraz y conocer al verdadero Spiderman, y luego van todos a una especie de sala de juegos especial y aparecen todos los personajes: Duende Verde, Flash, Aquaman...

—Ya.

—Yo creo que a Jack le gustaría, ¿no, Rob? —preguntó Anna.

—Son muy amables. Han aceptado enseguida mi solicitud

y podemos elegir lo que queramos —agregó Lola—. ¿Quieres echarle un vistazo?

Me puso el folleto en las manos. En la portada había un niño con un casco de bombero. Debajo tenía la cabeza pelada y blanca, como una cría de pájaro. Hojeé el folleto mientras esperaba que hirviera el agua.

—Mira, también está este. —Anna me enseñó otro folleto y señaló a un niño sentado en la cabina de un avión—. Esto le gustaría.

—Sí, puede —contesté.

Ella suspiró suavemente y volvió a dejar el folleto en la encimera.

—Bueno, hay muchas cosas distintas. No tenemos que decidirlo ahora. Lola ha pensado que podía estar bien.

—Luego le echaré un vistazo —dije, dejando el folleto sobre la mesa de la cocina.

—Le estaba hablando a Anna —repuso Lola— de una amiga de John, del trabajo. Bueno, pues a su hija acaban de diagnosticarle algo muy parecido a lo de Jack y he pensado que a lo mejor os apetecía contactar con ellos. Me acuerdo de cuando mi madre tuvo cáncer de mama y, en fin, uno intenta no meter la pata y echar una mano, pero creo que nadie entiende de verdad esa situación a no ser que esté pasando por lo mismo.

Esperó a que yo dijera algo o asintiera con un gesto, pero me quedé callado.

—Da la impresión de que últimamente está por todas partes, ¿no? —dijo casi para sí misma—. Supongo que es la maldición de la vida moderna, el precio que hay que pagar.

El silbido de la tetera se hizo más agudo y oí el chasquido del botón.

—¿Cómo que el precio que hay que pagar? ¿Qué quieres decir? —pregunté con calma.

—Nada, cielo, solo hablaba por hablar.

—No, me interesa saber qué quieres decir —insistí en tono sereno pero firme, y Anna bajó la cabeza y dejó que el vaho del café se rizara en torno a sus labios—. Entonces, ¿crees que esto es culpa nuestra?

—No, Rob, por Dios, nada de eso. No, no quería decir eso en absoluto. Dios mío, vosotros no habéis hecho nada, ni lo penséis siquiera. No, lo que intentaba decir, y como siempre me he hecho un lío, es que somos nosotros, esta sociedad, el estilo de vida moderno. La comida, el estrés, el wifi, la velocidad a la que va todo... No, por Dios, cielo, no es culpa vuestra, para nada, somos nosotros, el mundo en general, y todo va sumando. A veces pienso que tenemos que aflojar el ritmo, pararnos a reflexionar...

Yo me sabía ya todo aquello. Lo había oído otras veces. Estaba siempre presente, en persona o en los correos que me mandaban, como una resaca traicionera en una playa apacible. «¿Y sabéis a qué se debe?» me preguntaban en tono artero, inadmisible.

«Son cosas que pasan» decíamos nosotros, eso o alguna otra perogrullada, y ellos asentían compasivamente, pero se les notaba en los ojos lo que pensaban.

Porque todos lo sabían. Sí, lo sabían. Sabían que era culpa del wifi, de las bebidas azucaradas, de los champús para niños llenos de aditivos químicos. Preguntaban no porque les preocupara Jack, sino porque querían proteger a sus hijos. Asegurarse de que no les pasara a ellos. Veía cómo tomaban nota mentalmente de que debían reducir el tiempo que Timothy pasaba jugando con el iPad y escribir de una vez al colegio para quejarse de la falta de alternativas saludables.

—Que te den, Lola —dije mirándola fijamente a los ojos.

—¡Rob! —exclamó Anna.

—¿Qué pasa? ¿Es que vas a permitir que nos venga con todas esas mierdas, que nos cuente un montón de chorradas con las que sé perfectamente que no estás de acuerdo? ¿O es que tú también crees que es culpa nuestra?

—No, Rob, claro que no. No es eso lo que está diciendo Lola. Y, por favor, deja de gritar.

—¿Que no grite? Debería gritar mucho más, en vez de estar hablando de toda esta... mierda —repliqué señalando los folletos.

—¿Puedes dejarlo? ¿Puedes dejarlo, por favor? —dijo Anna levantando la voz.

En otra época, en otro mundo, jamás habríamos mantenido aquella discusión delante de un tercero.

—¿Que si puedo dejarlo? ¿Dejar qué, Anna? ¿Dejar de buscar el modo de que mi hijo se recupere en vez de estar aquí sentados eligiendo una puta excursión?

—No es eso, Rob. —Anna empezó a llorar—. Por favor, no sigas. Por favor.

Lola la rodeó con el brazo y Anna escondió la cara en su hombro.

No pude seguir escuchándola. Estábamos perdiendo el tiempo, un tiempo que no teníamos. Volví a mi mesa y escribí un correo a Nev.

Asunto: Re: Jack
Enviado: Miércoles 10 de diciembre, 2014 21:12
De: Rob
Para: Nev

Querido Nev:

Siento molestarte otra vez, pero quería preguntarte por la clínica del doctor Sladkovsky.

Ya les he escrito, pero ¿sabes si Jack podría empezar enseguida el tratamiento? ¿Hay mucha lista de espera? Quiero reservar ya los billetes de avión y salir cuanto antes para Praga porque aquí solo estamos perdiendo el tiempo.

Me alegro mucho de que el escáner de Josh haya ido bien y me encantaron las fotos que me mandaste, no solo porque me alegre por vosotros, sino porque deseo con todo mi corazón que algún día Jack esté así. Ojalá Jack sea así dentro de cuatro años, feliz y lleno de vida.

Así que, por favor, sigue mandándome fotos. Ahora mismo son lo que más esperanza me da.

Cuídate, Nev.

Rob

P. D. Por favor, dale las gracias a Josh por el castillo de Minecraft. Se lo enseñé a Jack y le gustó muchísimo.

16

—¿Sigue durmiendo? —preguntó Anna cuando salí al patio con mi portátil bajo el brazo.

—Como un bebé.

Eso decíamos siempre en broma cuando Jack era pequeño. ¿Qué tal dormía? Como un bebé. Porque eso era: un bebé.

Dormía mucho ahora que había empezado la quimioterapia, y cuando estaba despierto pasaba la mayor parte del tiempo en el sofá viendo dibujos animados, rodeado por sus juguetes y sus libros favoritos. Cuando estaba dormido, Anna y yo veíamos *Poirot y Homes Under the Hammer*, siempre con el oído atento, esperando a que Jack se despertara.

Anna estaba limpiando por fuera los ventanales del patio. Desde que Jack estaba enfermo, la casa estaba impecable. Venía una limpiadora una vez por semana, pero eso no era suficiente, decía Anna. De modo que todos los días fregaba a fondo el cuarto de baño y los aseos. Limpiaba debajo del fregadero. Quitaba la grasa al horno y le sacaba brillo por dentro.

Guardaba las cosas de limpieza en un armario del cuarto de la lavadora. Había una caja llena de esponjas, estropajos y bayetas de microfibra y, en el estante de arriba, varios botes de detergente, amoníaco y vinagre blanco puestos en fila como trofeos.

Hacía frío fuera hasta para estar en diciembre, y yo, que solo llevaba una camiseta, estaba helado. Respiré hondo y bebí un gran trago de café.

—He estado buscando información sobre esa clínica —le dije a Anna.

Esperaba que dijera algo, que se volviera hacia mí, pero siguió restregando las ventanas con un trapo.

—Está en la República Checa y la dirige un tal doctor Sladkovsky.

Anna crispó ligeramente el gesto: un movimiento casi imperceptible de la nariz. Tuve la sensación de que iba a interrumpirme y añadí atropelladamente:

—Mira, ya sé lo que opinas, pero, por favor, escúchame.

—¿Que te escuche?

—Pues sí. Ya sé que tenemos opiniones distintas sobre las opciones de tratamiento...

Siguió restregando las ventanas, concentrando sus esfuerzos en una mancha que había cerca del suelo.

—No sé si yo lo describiría así, pero te escucho encantada. Las decisiones las tomamos juntos, ¿no?

—Claro. Bueno, pues esta clínica está en Praga. Te he imprimido varias cosas. Hacen un tratamiento de inmunoingeniería. He estado informándome y parece que es un método muy científico. El caso es que hay un montón de niños que han mejorado en la clínica, incluso niños con tumores cerebrales. He estado en contacto por *e-mail* con un tal Nev, del foro. Su hijo Josh también tuvo glioblastoma y le trataron en la clínica. Lleva tres años en remisión.

—Nev. Sí, he visto sus mensajes en el foro.

—¿Sí?

—Sí, en Hope's Place. He leído sus mensajes sobre el doctor Sladkovsky.

—Ah. No sabía que...

Ella suspiró.

—Yo también leo el foro, ¿sabes?

—¿Y qué opinas, entonces?

—¿Sobre la clínica?

—Sí.

—Poca cosa, la verdad. Estuve buscando en Internet hace un tiempo. Me pareció impresionante, con todos esos testimonios. Pero luego leí varias opiniones en el foro y un artículo en la página web de Quackwatch. Decía que hay muy pocas pruebas científicas que respalden las aseveraciones del doctor Sladkovsky y ninguna de que la inmunoingeniería funcione.

Yo también había leído aquel artículo de Quackwatch, una pieza larga y mordaz que ponía el énfasis en las opiniones de la comunidad científica y en el desprecio del doctor Sladkovsky por el método científico convencional. Recuerdo que me irritó la pedantería y la jactancia del periodista: parecía uno de esos fans adolescentes que escudriñan el argumento de las películas comerciales en busca de errores de guion.

—Sí, ya sé, ya sé, yo también lo leí. Pero puede que funcione. Puede que sea cierto. Hay gente, otros niños, que se recuperan. Y no creo que las personas de esos testimonios estén mintiendo.

Anna se encogió de hombros y aquel gesto me enfureció. Era como una niña tozuda negándose a pedir perdón.

—Mira, yo solo digo que merece la pena intentarlo —dije, y se me quebró la voz—. ¿Qué vamos a hacer, si no?

Me miró con reproche, altaneramente, como Jackie Onassis con sus grandes gafas de sol.

—¿Crees que, si pensara que puede ser cierto, no lo intentaría por Jack?

—Sí, ya lo sé, no es eso lo que digo, de verdad que no...

—Y de todos modos —añadió—, ¿qué pasa con el dinero? Me parece ofensivo hablar de estas cosas, pero ¿has visto lo que cuesta el tratamiento? Aunque quisiéramos, ¿cómo narices íbamos a pagarlo?

—Encontraríamos la manera —contesté—. Buscaríamos por ahí. Siempre hay dinero.

Anna suspiró.

—¿Dónde, Rob? ¿Dónde? Lo miré en la página web y el tratamiento puede costar cientos de miles de libras. No entiendo cómo crees que podemos pagar ese dinero. Scott va a vender la empresa, Rob, va a venderla y yo no estoy trabajando. Así que... ¿qué? No vamos a tener ingresos.

—Ya lo encontraremos. Puedo pedirle un préstamo a Scott.

—Dios mío, Rob. —Recogió bruscamente su trapo y su cubo—. Scott no tiene dinero. Está prácticamente arruinado.

Entró en casa y la seguí al cuarto de estar.

—Perdona, pero no quiero hablar de este asunto —dijo al sentarse en el sofá—. Hablar de dinero me pone absolutamente enferma, me dan ganas de morirme. Y si pensara que el tratamiento puede funcionar, lo vendería todo, la casa, el coche. Todo. Pediría limosna, pediría prestado, robaría para conseguir el dinero.

Empezó a sollozar y la rodeé con el brazo. La noté fría y esquelética bajo el jersey de lana.

—Ya lo sé —dije—. Es horrible, horrible, tener que hablar de esto. Pero estoy seguro de que podemos encontrar una solución, aunque haya solo una mínima posibilidad de que funcione...

—¿Puedes callarte de una vez? —gritó—. ¿De verdad te has informado sobre los tratamientos de esa clínica de Praga? —preguntó entre dientes, tratando de bajar la voz para no despertar a Jack—. ¿Eso también te lo ha contado tu amigo Nev? Porque ¿sabes qué, Rob? Yo sí me he leído todo el puñetero foro y sé que hay muchos padres que han ido a la clínica Sladkovsky y han tenido una experiencia muy distinta. ¿También has leído sus opiniones? Deberías hacerlo. Así quizá veas con otra luz los cuentos que cuenta Nev.

—¿Los cuentos que cuenta Nev? Entonces ¿crees que es mentira que su hijo se recuperó? —dije poniéndole delante de la cara el portátil—. Esto es un correo de Nev. Léelo. Tres años en remisión. ¡Tres años! Acaban de hacerle otro escáner y está limpio.

—¿Puedes no ponerte tan agresivo, por favor?

Respiré hondo e intenté dominarme.

—Perdona, no pretendía... Solo quiero demostrarte que el tratamiento puede funcionar.

—No sabemos si ha funcionado alguna vez.

—¿Cómo que no? Josh tenía el mismo tumor que Jack, un glioblastoma multiforme, y ha desaparecido. Ha desaparecido, Anna.

—Ya. Pero ¿cómo sabemos que ha sido por la clínica? —preguntó—. No hay pruebas científicas, Rob. No publican los resultados de sus ensayos clínicos. Solo testimonios de particulares.

—Así que ahora también eres científica, ¿eh? Una experta en medicina. Los médicos no siempre lo saben todo, ¿entiendes?

—Dios mío, hasta estás empezando a hablar como Nev. Si es que ese Nev existe de verdad...

—¿Que si existe de verdad? ¿Qué cojones quieres decir con eso?

—No sé, es lo que dicen algunos en Hope's Place. Que puede que le pague la clínica o algo así para atraer pacientes. ¿Cómo puedes estar tan seguro de que es quien dice ser? No es más que un nombre de usuario, Rob.

—Ah, ya veo. Qué complicado parece todo. Menuda estratagema.

Anna se encogió de hombros.

—Cosas más raras han pasado, supongo. Aprovecharse de padres desesperados. A mí me parece muy posible.

—Mira, mira esto —dije pasando los correos de Nev hasta que encontré las fotos de Josh.

—¿Qué es lo que quieres que mire? —preguntó Anna cuando volví a ponerle el portátil delante de la cara.

—Es Josh, el hijo de Nev.

—Sí, ya lo sé, Rob, ya me lo has dicho. Siempre está colgando fotos suyas en el foro.

Busqué un asomo de emoción en su rostro, pero no vi ninguno. La gente —la gente que no la conocía— decía que era fría. Me acordé de su habitación en la universidad, de lo espartana que era.

No había cojines mullidos, ni tablones de corcho con fotos de sus amigas en fiestas adolescentes. Solo una mesa y una silla, y unos pocos libros de tapa dura en la estantería. Su colcha era lisa, de un verde apagado.

¿Era todo culpa de su padre? Anna nunca hablaba de ello, pero yo sabía que se sentía abandonada. Se negaba a hablar de su repentina marcha a África sin conocer a su nieto. «Él es así», decía, y no daba más explicaciones.

—Mira —dije abriendo el último correo de Nev. Abrí el archivo adjunto, el castillo de Josh—. Es de Minecraft, el videojuego. Josh lo hizo para Jack.

Me miró con incredulidad.

—Hablas como si se conocieran, Rob. Como si fueran amigos. Y ni siquiera le conoces.

—Que no nos hayamos visto nunca en persona no significa que no le conozca.

Ella meneó la cabeza.

—Puedo llamarle ahora mismo si quieres —dije levantando la voz.

—Haz lo que quieras —contestó.

Estábamos sentados en el sofá, sin tocarnos, apartados el uno del otro, y la casa nunca me había parecido tan silenciosa, tan fría.

—¿Qué nos está pasando? —dije—. Ya ni siquiera podemos tener una conversación normal.

—Que nuestro hijo se está muriendo, eso es lo que nos pasa —replicó.

Su vocabulario ya difería del mío. Mientras que a mí me costaba pronunciar la expresión «cuidados paliativos», con su leve y subyugante siseo, Anna empleaba tranquilamente palabras como «terminal» o «moribundo».

—Ya —dije intentando no enfadarme—. Sé que es horrible, es la cosa más horrible que se pueda imaginar, pero en esto estamos los dos en el mismo bando.

—¿En el mismo bando? —preguntó—. Hace días que apenas me diriges la palabra. Es como si ya ni siquiera pudieras mirarme. Estás obsesionado, Rob, estás obsesionado con ese tal Nev, con esa... con esa falsa esperanza a la que te agarras.

Se puso a limpiar otra vez las ventanas del patio, tratando de quitar las manchas. En ese momento, lo único que se me ocurrió fue llamar a Nev. No solo por Anna; también por mí. Sí, Nev no me había pedido dinero (*líbrese del cáncer por solo 25 dólares*); ni siquiera me había pedido que me suscribiera a sus *newsletters* sobre curación holística, pero aun así tenía mis dudas. Pequeñas cosas que no encajaban. Una vez le había preguntado por su mujer o su pareja y no había contestado. En otro correo le pregunté dónde vivía. Y nada.

Había otra cosa que me hacía desconfiar. Nev le hacía mucha publicidad al doctor Sladkovsky. Era muy activo en los foros, pero en cambio no había ningún testimonio suyo en la página de la clínica. Un niño curado de glioblastoma, uno de los cánceres infantiles más agresivos y devastadores. ¿Por qué Josh no era el buque insignia de la clínica Sladkovsky?

Una noche, para quedarme tranquilo, me puse a investigar un poco. No pensaba dejarme engatusar como un adolescente solitario. Hice una búsqueda inversa de imágenes en Google, pero todas las fotos de Josh llevaban a la galería de fotos de Nev. Pasé las fotos por un *script* que había hecho, para buscar y analizar los metadatos de las imágenes y averiguar dónde y cuándo habían sido tomadas, pero no encontré nada. Ningún dato. Nada en absoluto.

—Hola. —Oí una voz, una voz con acento del norte—. Soy Nev.

Me quedé sin habla un momento, sorprendido de que hubiera contestado alguien. Seguía teniendo la sospecha de que Anna tenía razón.

—¿Hola? —repitió aquella voz—. ¿Me oye?

—Sí, hola, Nev. Soy Rob.

Un silencio.

—Hola, Rob, cuánto me alegro de hablar contigo.

Yo sabía que era del norte porque a Josh le habían tratado en el Royal Preston Hospital, pero me sorprendió que tuviera tanto acento. Oía de fondo un ruido de niños jugando.

—Espera un segundo —dijo—. ¿Puedes quitarte los zapatos? —Se oyó un ruido sordo a lo lejos, una especie de portazo—. Perdona. Acabamos de llegar del parque. Bueno, ¿qué tal estás, Rob? ¿Cómo va eso?

—Bastante bien —contesté, y me extrañó decir aquello, usar aquel absurdo tópico—. Bueno, la verdad es que Jack no está muy bien, me temo.

Otro silencio. La conexión parecía inestable, como si fuera una llamada a larga distancia.

—Bueno, lo único que puedo decirte es que os tengo en el pensamiento. Me acuerdo muy bien de lo horribles que son esos momentos.

—Gracias. —Me costó seguir hablando—. Mira, te llamo porque... Estaba hablando con mi mujer del tratamiento en la clínica de Praga...

Anna me miró enfadada y sacudió la cabeza. Se levantó bruscamente y salió del salón.

—Está muy reacia, ¿sabes?, ha leído cosas malas sobre la clínica.

Nev se quedó callado.

—¿Sigues ahí?

—Sí, sigo aquí —contestó, pero su voz había perdido calidez.

—No pretendía... ya sabes... —balbucí.

—No, no, no pasa nada —dijo—. Sé que hay mucha gente que opina lo mismo. Lo entiendo. Mira, Rob, yo no soy médico. Soy ingeniero. No puedo convencerte de que la clínica es lo que necesita Jack. Eso depende de vosotros. Yo jamás intentaría convencerte ni decirte lo que tienes que hacer; ni a ti, ni a nadie. Solo puedo contarte lo que pasó con mi hijo. Es lo único que puedo hacer.

Se hizo un silencio momentáneo en la línea y oí de fondo lo que parecían unos dibujos animados.

—Gracias, te lo agradezco. Como comprenderás, es un momento muy difícil.

Levanté la vista y vi que Jack bajaba lentamente por la escalera, cogido de la mano de Anna. Se tambaleaba un poco y llevaba a Oso Pequeño bajo el brazo.

No sabía qué más decirle a Nev. Me parecía todo tan ridículo... ¿Debía preguntarle si mentía sobre la salud de su hijo mientras Josh estaba a pocos pasos de él, viendo los dibujos?

—Lo siento muchísimo, Nev, pero tengo que colgar. Jack acaba de despertarse.

—Claro, Rob, no pasa nada —dijo, de nuevo cálidamente—. Me alegro de haber hablado contigo, Rob. Y, por favor, si alguna vez quieres hablar... de lo que sea... solo tienes que darme un toque.

—Gracias, Nev, te lo agradezco de veras.

Esperé a que colgara, a que sonara el *clic*, pero no lo oí y durante unos segundos le escuché respirar al otro lado de la línea. Justo cuando iba a colgar, oí una voz de niño a lo lejos: «Paaapi, paaapi», y luego el grito de Nev: «Ya voy, cariño». Seguí escuchando sus voces amortiguadas, un ruido de cosas que se movían, hasta que por fin colgué.

Había un silencio corrosivo cuando entré en el dormitorio. Anna estaba leyendo y no me miró cuando me metí en la cama. No habíamos vuelto a hablar después de mi conversación con Nev; de hecho, habíamos procurado evitarnos.

—Lo siento —dije—. He sido injusto contigo y he perdido los nervios. Lo siento, ¿vale?

Anna bajó su libro y alisó la sábana con la mano.

—Yo también lo siento. No he sabido manejar la situación. Sé que intentas ayudar a Jack, lo entiendo, pero creo...

Se interrumpió. No quería volver sobre sus pasos. Me miró con cautela, casi como una niña angustiada.

—Me da vergüenza decirlo porque parece muy egoísta, pero tengo la sensación de que te estoy perdiendo —dijo.

Yo entendía su vergüenza. Pensar en nosotros, en nuestra relación de pareja, parecía grotesco en aquella situación.

—No, qué va —dije volviéndome hacia ella y acariciándole la pierna—. ¿Por qué dices eso?

Se encogió de hombros.

—Estamos tan distanciados... No es que te culpe. Yo estoy igual. Supongo que es inevitable.

—Sí. —Miré el estampado del edredón, tiré de un hilito.

—Antes hablábamos de todo, ¿verdad? —dijo ella—. Después de perder a los bebés, ¿te acuerdas?, nos quedábamos levantados hasta muy tarde, hablando de ello. Hasta la una o las dos de la madrugada. Era triste y horrible, pero hablar nos sentaba bien porque sufríamos juntos y nos entendíamos mutuamente. Yo sentía que tenía muchas cosas que decir. Ahora, en cambio, con esto, con lo de Jack, no puedo, no encuentro palabras.

La habitación estaba en penumbra, iluminada únicamente por el resplandor suave de la lámpara de Anna. Parecía una habitación de hotel, una habitación que no era la nuestra.

—Sí, lo sé —dije—. A mí me pasa lo mismo.

—No quiero perderte —añadió Anna—. Porque es lo que pasa cuando... —Se detuvo, volvió a hablar—. Y no quiero que eso nos pase a nosotros.

Yo sabía a qué se refería, lo que no había querido decir. Porque eso es lo que les pasa a las parejas que pierden un hijo. Lo habíamos visto en las películas. Anna leía sobre ello en sus novelas. Sabíamos lo que les ocurría a aquellas parejas desdichadas. Cada vez que se miraban, cada vez que oían sus voces, se acordaban de lo que habían perdido. Del hijo que les había unido antaño y que ahora los desgarraba.

Anna empezó a llorar y, aunque éramos ambos expertos en las penas del otro, aquellas lágrimas me parecieron nuevas, ignotas, distintas a todo cuanto había oído, como si procedieran de otro lugar, de otra era.

La atraje hacia mí. Tenía la cara empapada de lágrimas y mocos.

—Es culpa mía, sé que es culpa mía —repetía una y otra vez.

La abracé con fuerza, preocupado porque sintiera el impulso de hacerse daño, de darse puñetazos en la cara.

—No es culpa tuya. No digas eso, por favor. ¿Cómo va a ser culpa tuya?

Y entonces, con la misma brusquedad con que había empezado a llorar, se detuvo. Su voz sonó insistente, extrañamente serena.

—Lo es, sé que lo es.

—¿Cómo va a serlo, cariño? ¿Qué dices?

Tragó saliva.

—Los abortos.

—No, Anna, no pienses...

—No pude sacarlos adelante y tampoco puedo sacar adelante a Jack —dijo—. Es mi organismo. Rechazó a los bebés y ahora está rechazando a Jack.

—No, Anna, no —dije, y empecé a llorar—. Eso no es cierto y tú lo sabes. No tiene nada que ver, tú lo sabes. Por favor, no te hagas esto.

No había nada que pudiera hacer o decir. El espectáculo pavoroso de ver a alguien diseccionarse sin anestesia. Podía abrazar su cuerpo frágil y dejar que sus lágrimas y sus mocos se mezclasen con los míos. Podía estrecharla, acariciar su cuello y su espalda, pero no bastaría con eso.

—Te quiero —dije, y de pronto aquellas palabras me supieron amargas, cargadas de mala conciencia.

—Yo también te quiero —contestó ella, y nos quedamos tumbados en silencio un rato.

Yo quería decir algo, extraer la cuña que se había instalado entre nosotros, pero me había quedado mudo, como anonadado ante una muchedumbre.

Me resultó extraño tenerla de nuevo en mis brazos. Hacía mucho tiempo que no nos tocábamos. Antes, era lo único que ansiábamos.

Con qué rapidez, allá en Cambridge, llegué a conocerla: cada pulgada de su cuerpo, cada recoveco y cada pliegue; cada olor, cada hoyuelo y cada lunar de su cara y su espalda.

No tuvimos que aprender a compenetrarnos; se dio de manera natural, desde el principio. Sin curvas de aprendizaje ni pruebas de aptitud. Era nuestra lengua materna, nuestro idioma común.

Habíamos logrado preservar la emoción del contacto con el paso de los años. Luego, sin embargo, desapareció tan repentinamente como había surgido. Volvíamos a ser extraños. Nuestros cuerpos, convertidos en habitáculos funcionales, desangelados, dejaron de ser territorios que explorar.

Por eso empecé a acariciar las piernas de Anna bajo el edredón, deslizando las manos con cautela alrededor de su pubis. Intentaba recuperar algo que habíamos perdido. Pensé que ella iba a resistirse porque aquel no era, desde luego, el momento más propicio, pero no lo hizo; por el contrario, se volvió hacia mí, levantó ligeramente una pierna y sentí su humedad en los dedos.

La besé y me metí bajo las mantas, tapándome la cabeza como un niño. Le subí el camisón y, al hundir la cabeza entre sus piernas, la sentí dar un respingo y arquearse. Tensó las piernas y ciñó con ellas mi cabeza.

Asunto: Re: Jack
Enviado: Viernes 12 de diciembre, 2014 10:42
De: Rob
Para: Nev

Querido Nev:

Gracias por la información que me mandaste sobre la clínica. Les llamé y cuando mencioné tu nombre se mostraron muy amables. Hablamos sobre opciones de pago y creo que podremos arreglárnoslas, por lo menos para los primeros tratamientos.

Me he adelantado y he reservado billetes para que vayamos los tres a Praga. Todavía no se lo he dicho a mi mujer. Hemos hablado de ello muchas veces, pero me ha dejado claro que no va a permitir que Jack reciba tratamiento en Praga. Todavía estoy intentando que cambie de opinión.

El tiempo se nos agota. Lo noto en los ojos de Jack. Es como si estuviéramos manteniéndonos a flote, sabiendo que vamos a ahogarnos. Te mantendré informado.

Rob

Hacían lo que podían para que el ala de quimioterapia fuera un sitio alegre, sobre todo antes de Navidad. Había varios árboles distribuidos por la planta, decorados por profesionales y rodeados por montones de regalos que donaba la gente. Las enfermeras llevaban narices rojas y gorros de Navidad y los empleados de limpieza y cocina vestían como duendecillos de Papá Noel.

Vi como la enfermera insertaba una válvula en la vía de Jack. Él hizo una leve mueca, pero se quedó quieto. Se había vuelto un experto en quedarse quieto.

—¿Está Steven, papi?

—Creo que no. Hoy no, tesoro.

—Ah. Seguramente estará con su papá y su mamá.

—Sí —contesté acariciándole la mano—. Puede que esté la próxima vez.

Steven tenía leucemia y a menudo recibía tratamiento al mismo tiempo que Jack. Se hicieron amigos enseguida. Se pasaban cosas, juguetes y libros de pegatinas, de una cama a otra. Y, cuando no andaban cerca las enfermeras, se hacían muecas y pedorretas.

Una tarde nos pusimos a hablar con los padres de Steven cuando los niños estaban durmiendo la siesta y fuimos a tomar un café a la cafetería del hospital. Sabiendo —imagino— lo enfermo que estaba Jack, el padre de Steven demostró mucho tacto y solo nos habló de pasada del diagnóstico y el tratamiento de su hijo.

Pero yo lo sabía, claro. Lo sabía. Sabía que esperaban que Steven se recuperara por completo. Su tratamiento no tenía como fin prolongar su vida, arañar unos meses más. Su leucemia tenía cura.

Yo ignoraba por qué los tumores de Steven permanecían en estado latente y volvían a disolverse en la sangre y el plasma de los que habían surgido mientras que los de Jack se extendían e iban colonizando poco a poco su cerebro. ¿Se debía a mis genes y a los de Anna? ¿Era un defecto, una falla que pasaba desapercibida en nuestro organismo y que sin embargo en el de Jack constituía un error fatal? La suma de nosotros dos: una mutación surgida de nuestra unión. Un defecto engendrado por nosotros.

Me alegré de que Steven no estuviera allí aquel día, porque cada vez que le veía deseaba que fuera él y no Jack. Deseaba que se intercambiaran: que fuera el cáncer de Jack el que los médicos consideraban un simple bache de salud. Lo habría aceptado de mil amores, en un abrir y cerrar de ojos, sin pensármelo dos veces. Habría aceptado, habría suplicado que fuera Steven (Steven, tan atento, tan considerado) quien tuviera un tumor cerebral.

La bomba de perfusión se puso en marcha otra vez y su ritmo me recordó a Ivor la Locomotora. Jack estaba callado, viendo dibujos en mi portátil y bebiendo zumo. Me recosté en el sillón y leí mi correo en el teléfono. Tenía un mensaje nuevo de Nev.

Asunto: Re: Jack
Enviado: Domingo 14 de diciembre, 2014 08:17
De: Nev
Para: Rob

Querido Rob:

Voy a ser franco contigo porque sé que el tiempo apremia. Si yo hubiera hecho caso a los médicos, mi Josh no estaría aquí. Creo que has tomado la decisión correcta respecto a lo de Praga. Sí, no hay garantías, pero por lo menos tendréis una oportunidad.

No quiero presionar a nadie y respeto las decisiones de cada padre. Pero a veces tengo que decir lo que pienso. ¿Cuántas de estas vidas podrían salvarse? Es como ver estrellarse un avión todos los días. Aviones llenos de niños que no tendrían por qué morir. No quiero formar parte de eso.

¿Estás seguro de que no puedes persuadir a Anna respecto a la clínica? Si quieres puedo hablar con ella. Te pido disculpas si te parece que me estoy entrometiendo. Solo quiero ayudar.

Nev

P. D. Te mando un vídeo que hemos hecho Josh y yo para Jack. Espero que le guste.

Abrí el vídeo y allí estaban, sentados a la mesa de la cocina, Nev y Josh, disfrazados de Batman y Robin.

«Hola, Jack» decían saludando a la cámara. Y luego Nev añadía con su fuerte acento del norte: «Sabemos que estás un poco pachucho y queríamos desearte los dos, Batman y Robin, que te mejores».

«¡Recupérate pronto!» gritaba Josh. El antifaz de Robin se le resbalaba un poco, y entonces pude verle la cara, una cara segura de sí misma, llena de vida, con la corbata del colegio colgando floja alrededor del cuello.

«¡Hasta luego, Jack!», decían al unísono. Josh saludaba con una mano mientras se sujetaba el antifaz de Robin con la otra. Luego Nev estiraba el brazo hacia la cámara y la pantalla quedaba en negro.

—Hala, Jack —dije—, mira esto. —Le acerqué el teléfono y puse de nuevo el vídeo.

—¿Quién es?

—Es Josh, ¿recuerdas que te hablé de él? El que te hizo el castillo.

—¿El niño que tenía las mismas heridas que yo?

—Sí.

—¿Y ahora está mejor?

—Sí. —Le rodeé con el brazo, con cuidado de no rozar la vía.

—¿Podemos verlo otra vez?

Vio el vídeo un par de veces más y luego me tocó el brazo y me miró.

—Papi, ¿esta noche duermo en mi cama?

—Sí.

—¿En mi casa?

—Sí, tesoro, en nuestra casa.

—¿Y estará mami?

—Sí.

—¿Y tú?

—Sí.

—¿Todos?

—Todos, Jack.

Estaba cansado, empezaron a cerrársele los ojos y unos segundos después estaba dormido. Le arropé bien, tapándole el cuello, y estuve observando el vaivén de su respiración. Seguía sin entenderlo. ¿Cómo era posible que se estuviera muriendo? Tenía que ser un error, estaba seguro de ello.

Miré sus manos, posadas en la mesa auxiliar. Parecía tan indeleble... Sus dedos, hechos de piel y hueso, agarrados al borde de plástico blanco de la bandeja. Sus piernas y sus muslos delgados encajados en la tela suave del asiento. Si me inclinaba, sentía su aliento en el cuello. ¿Cómo era posible todo aquello?

Esa noche, cuando volvimos a casa del hospital, Jack vomitó en la cama. Le cogí, inerte en mis brazos, le llevé a una silla y quité las sábanas. Estaba tiritando y empezaron a castañetearle los dientes, así que le envolví en varias toallas.

Le miré, sentado en la silla. El blanco de sus ojos ya no era blanco. Su piel se había vuelto lívida como la piel de un viejo. Tenía el cabello lacio y apelmazado. La quimioterapia estaba consumiéndole, carcomía su organismo como la lejía. Al temblar, su cuerpecillo roto se sacudía, arrojando de sí hasta la última gota de humedad.

Le levanté de la silla, volví a acostarle entre las sábanas limpias y enseguida se quedó dormido. Me acordé de unas vacaciones en Cornualles, en una caravana, con mis padres. Yo tenía catorce años y una noche salí con unos chicos del pueblo y volví borracho. Vomité en el aseo y por todo el suelo de la cocina. Mi madre se enfadó, me echó una buena bronca, dijo que si para eso venía ella de vacaciones.

Por la mañana, abochornada, volvió a regañarme. Mientras fregaba los platos con rabia, me dijo que tendría que estarle agradecido a mi padre. Que se había pasado toda la noche en vela para asegurarse de que yo estaba bien. Que había puesto la alarma del reloj para que sonara cada cuarto de hora, por si se quedaba dormido.

Cuando Anna vino a relevarme, me quedé despierto hasta que tres horas después sonó mi despertador. Jack dormía profundamente y estuve mirándole, contento porque hubiera encontrado un alivio transitorio.

Pero aquella paz no duró mucho. Oí el gorgoteo de su estómago y a continuación una arcada. Le desperté, acerqué el cubo y vomitó otra vez, y otra, la tripa hinchada, el cuerpo débil y quebrantado.

Temblaba, tenía los labios secos y agrietados, los ojos hundidos en las cuencas amoratadas, y seguía teniendo arcadas, pero no echaba nada, solo bilis y saliva espumosa. Le abracé, sostuve en mis brazos a mi hermoso niño, y no pude hacer nada salvo vaciar el cubo de vómito una vez y otra.

Cuando le ayudé a tumbarse de nuevo, se inclinó hacia mí y noté el olor a vómito de su aliento. Me miró a los ojos y sus palabras sonaron tan claras que supe que tenía que cumplir su mandato.

—Papá, por favor, yo no quiero estar enfermo.

Fue el teléfono fijo el que rompió el silencio, cosa que rara vez pasaba últimamente. Oímos resonar su timbre por toda la casa.

Anna se enjugó los ojos y se acercó a la mesa de la entrada.

—Hampstead 279-6296... Sí, soy yo. Sí, Anna Coates.

La miré mientras escuchaba. Se puso pálida, movió ligeramente los labios.

—Dios mío... ¿Está...?

Su cara se había vuelto de un blanco espectral y apoyó la mano en el aparador para sostenerse.

—Sí, claro... Gracias por avisarme.

Colgó, pálida y abatida.

—Es mi madre —dijo sin mirarme, la vista fija en la ventana—. Le ha dado un infarto.

—Santo cielo, ¿está...?

—Sí, está viva —contestó rápidamente, y empezó a temblarle la voz—. Pero está en estado crítico y la cosa no pinta bien. Los médicos creen que debo ir.

—¿En qué hospital está? Puedo llevarte.

—Está en Norwich.

—¿En Norwich?

—Sí, era su amiga Cynthia. Mi madre ha ido a visitarla y se ha desplomado en la estación del tren. —Anna se tambaleó un poco y se sentó bruscamente.

—¿Estás bien?

—Sí, perdona, solo estoy un poco mareada.

Fui a la cocina y le traje un vaso de agua. Su cara había recuperado un poco el color.

—Deberías ir —dije.

Me miró con la frente fruncida y lágrimas en los ojos.

—¿Cómo voy a irme ahora? —dijo.

—Solo serán uno o dos días —respondí—. Ya sé que no es buen momento, pero no podrías perdonártelo si no vas a... bueno, ya sabes.

—A despedirme —susurró, y me acerqué para abrazarla.

Sentí su corazón batiendo contra mi pecho. Yo sabía que debía marcharse o llegaría demasiado tarde. Pero no era en eso en lo que pensaba mientras le acariciaba el pelo. Pensaba en Jack.

estábamos sentados en la terraza de aquel café en lo alto de la séptima colina y a ti te entró frío porque el tiempo se había torcido y mamá empezó a preocuparse, así que entramos huyendo del viento y la lluvia, del relente del mar agitado, y nos pusimos a jugar a piedra, papel o tijera para entrar en calor. tú introdujiste la dinamita, que ganaba a todo lo demás, dijiste, y no parabas de ganar, y te reías tan fuerte que tus mejillas brillaban como las ascuas del fuego. nos quedamos un buen rato allí esa tarde, felices y calentitos, tomándonos nuestro chocolate caliente con nubes de malvavisco.

17

—¿Adónde vamos, papi?

—Vamos de vacaciones, tesoro.

—¿Mami también viene?

—No, no puede.

—¿Por qué?

—Porque está con la abuelita.

Jack estaba sentado en la entrada, con su trenca y su gorro, y su mochila de *Buscando a Nemo* colgada a la espalda. Estaba un poco mejor ahora que había terminado su ronda de quimioterapia semanal, y yo le había dado un analgésico fuerte, pero seguía estando pálido, débil y enflaquecido. Caminaba despacio, agarrado a mi mano, y en la parte de atrás de la cabeza se le veían bultos de líquido acumulado, cada vez más grandes.

—¿No vamos a casa de la abuela?

—No, ahora no. La abuela no se encuentra bien.

Se quedó callado, pensando en lo que le había dicho.

—¿Vamos a ir en coche?

—Bueno, vamos a coger un taxi para ir al aeropuerto y luego vamos a montar en avión.

—¿En serio? ¿Podemos hacer fotos desde las ventanillas?

—Claro que sí.

—Qué guay —dijo sonriendo—. ¿Adónde vamos?

—A Praga.

—¿Praga está en la playa?

—No, es una ciudad, como Londres.

El taxi pitó de nuevo en la calle y yo hice salir a Jack.

Justo antes de cerrar la puerta, dejé un sobre dirigido a Anna en la mesa de la entrada.

A Jack le encantaba montar en avión. No miró ni una sola vez el iPad, ni sus libros. Sentado de espaldas a mí, con la nariz pegada a la ventanilla, miraba las nubes y el cielo inmenso. Cuando aterrizamos todavía era de día y los campos de alrededor estaban cubiertos de nieve.

El aeropuerto era limpio y luminoso. Pasamos sin contratiempos por el control de pasaportes y cuando salimos nuestras maletas ya estaban esperándonos. Al salir me preparé para la ardua tarea de encontrar un taxi, pero descubrí que había una flota de coches amarillos y una operadora que hablaba mi idioma.

—¿Ha llamado mami? —preguntó Jack cuando el taxi se alejó de la terminal.

—No, pero acuérdate de que está con la abuela, y de que la abuela está mala.

—¿Ella también tiene heridas, como yo?

—Sí. Pero tus heridas se van a curar.

Jack no pareció hacerme caso.

—¿Cuándo viene mami?

—Ahora no va a venir, Jack. Tiene que estar con su mamá.

—¿Con su mamá?

—Sí, la abuelita es su mamá.

—Ah —dijo.

El taxi cruzaba velozmente las limpias calles de un barrio residencial de las afueras de Praga. Yo esperaba encontrarme filas y filas de lúgubres bloques de pisos y marquesinas de autobús pintarrajeadas como los que había visto en Katowice unos años antes, en un viaje de trabajo, pero aquella parte de Praga me recordó a Austria con sus grandes villas cubistas, sus amplios jardines y las banderas de las legaciones extranjeras ondeando al viento.

El taxista iba hablando por teléfono y yo le escuchaba hablar en checo. No se parecía a ningún idioma que hubiera oído antes: daba la impresión de no tener vocales y sin embargo sonaba suave y preciso como la voz de un terapeuta. Jack parecía absorto y contento: miraba por la ventanilla y hacía fotos de la nieve.

Pasamos frente a un pequeño palacete y varios puestos de comida cerrados y, después, al abrigo de unos árboles, apareció la clínica del doctor Sladkovsky, un edificio moderno, prefabricado, hecho de grandes losas azules y enormes ventanales cuadrados.

Hacía frío, unos tres grados bajo cero, pero el sol brillaba con fuerza y la clínica relucía como un balneario de lujo. Había varios pacientes sentados fuera, leyendo libros y revistas, bien arropados con abrigos y mantas. Al acercarnos a la entrada pude ver el jardín, en cuyo pequeño estanque centelleaba el hielo, y un sendero sinuoso que según decía en la página web estaba diseñado para caminar por él descalzo.

El interior de la clínica era una cálida fusión de cristal y madera clara. En la sala de espera había sillas verdes en forma de cápsula y grandes y mullidos sofás rectangulares.

—¿Qué es esto sitio, papi? —preguntó Jack.

—Hemos venido a ver a un médico, Jack. A un médico que a lo mejor puede quitarte las heridas.

Tiró de mi mano y vi un destello de miedo en sus ojos.

—Papi, no van a darme otra vez la medicina, ¿verdad? ¿La quimio?

—No, no, Jack. No te preocupes.

Le di mi nombre a la mujer de la recepción y fuimos a sentarnos en las sillas en forma de cápsula. La clínica tenía lista de espera, pero Nev seguía teniendo buena relación con la recepcionista y había conseguido mover algunos hilos para que nos dieran prioridad. Vi a través de una puerta de cristal una cafetería en la que se habían reunido algunos pacientes. Se los veía demacrados, pero con su aspecto atildado y sus chales lujosos echados sobre los hombros, saltaba a la vista que les sobraba el dinero.

—Son como sillas espaciales —dijo Jack con las piernas colgando de la cápsula.

—Pareces una tortuga —contesté.

Él sonrió.

—Tú eres una tortuga.

En la consulta del doctor había sofás de cuero negro y estanterías llenas de volúmenes de medicina e instrumentos quirúrgicos antiguos. En la pared colgaban diplomas y certificados enmarcados junto a fotografías del doctor: Sladkovsky en una cacería; estrechando la mano de diversos mandatarios; de excursión por la montaña, con una veta de nubes flotando a su espalda.

Cuando entró por una puerta lateral, me pareció más joven de lo que esperaba. Su cara tenía un saludable tono encarnado. Ocultaba tras un bigote los vestigios de un labio leporino y vestía una bata blanca hecha a medida con sus iniciales, Z. S., bordadas a la altura del corazón. Su tez tenía un no sé qué de plástico, una coloración desigual y cerosa, como si se hubiera aplicado maquillaje para televisión en algunas zonas.

—Señor Coates, ¿cómo está? —Me estrechó calurosamente la mano y noté el tacto de su piel, extrañamente reseca—. Y tú debes de ser Jack. Hola, Jack.

Jack sonrió con timidez y se arrimó un poco más a mí.

—¿Te gustan las piscinas de bolas, Jack?

Asintió nervioso.

—Estupendo, porque tenemos una fantástica ahí fuera. ¿Quieres ir con Lenka? Puede que hasta te dé caramelos.

Miré a la mujer alta y rubia que había entrado por la puerta lateral. Lenka sonrió y le tendió la mano a Jack, pero él permaneció en su asiento sin saber qué hacer.

—No pasa nada, Jack —le dije—. ¿Por qué no vas a jugar con esta señora tan simpática?

Se bajó del asiento con cautela y dio la mano a Lenka.

—Gracias por venir, señor Coates —dijo el doctor cuando salieron de la habitación.

Advertí entonces su acento eslavo. Tenía algo de paternal, como un anciano relojero polaco.

—Nos alegra mucho tenerle con nosotros. Gracias por enviármelo todo. He mirado la historia y las radiografías de Jack y, aunque su enfermedad está bastante avanzada y parece muy agresiva, creo que merece la pena probar algunos tratamientos.

Sonrió y me fijé en lo fino que era su labio superior cuando no lo ocultaba el bigote.

—Supongo que tiene una idea aproximada de en qué consiste nuestro tratamiento, señor Coates.

—Sí —contesté—. He leído bastante y Nev... A su hijo Josh le trataron aquí de un tumor cerebral... Me ha contado muchas cosas.

—Ah, sí, Josh. Un encanto de niño. Por lo que sé, está estupendamente. Siempre me mandan los resultados de sus escáneres —dijo Sladkovsky.

Advertí que siseaba al decir ciertas palabras: restos de un ceceo corregido metódicamente con el paso de los años. Se rascó la barbilla y miró sus papeles.

—Como creo que ya le comentó uno de nuestros facultativos por teléfono, en el caso de Jack vamos a ofrecerles un tratamiento completo en inmunoingeniería. También queremos hacerle pruebas genéticas más rigurosas, para ver qué terapias adicionales podríamos aplicarle. Hemos obtenido buenos resultados con pacientes como Jack.

—Cuando habla de buenos resultados, ¿a qué se refiere exactamente? ¿Jack podría curarse? —pregunté.

—Sí —contestó de inmediato, sosteniéndome la mirada—. Podría curarse.

—¿Se refiere a niños con glioblastoma?

—Sí.

—Pero ¿con glioblastoma de alto grado como el de Jack?

—Sí, claro. —Me miró con tanta intensidad que pensé que iba estirar el brazo y a cogerme la mano—. Mire, señor Coates, a pesar del tiempo que llevo dedicándome a esto, estas conversaciones nunca me resultan fáciles. Su hijo está muy enfermo, eso es indudable. Le diría que me rompe el corazón, pero no voy a hacerlo, porque no permito que eso suceda. Procuro mantener una distancia profesional, aunque a veces me cuesta porque yo también tengo hijos.

Juntó las manos y me fijé en el gran sello que lucía en la mano derecha.

—De modo que voy a ser sincero con usted —añadió—. He tenido niños que han venido con glioblastoma y han sobrevivido. Y he tenido muchos otros que han fallecido. No le garantizo que Jack vaya a curarse, no sería ético por mi parte. Podríamos decir que otros oncólogos dan por perdidos a sus pacientes. Eso es algo que yo no hago nunca. Así que lo único que puedo decirle, y, por favor, disculpe mi inglés, es que si decide que tratemos aquí a Jack no puedo garantizarle nada, pero al menos puedo brindarle una oportunidad.

—¿Me permite que le pregunte una cosa?

—Desde luego.

—¿Trataría usted a sus hijos con inmunoingeniería? Si tuvieran cáncer, quiero decir.

—Sí —respondió—. Sin pensármelo dos veces. Los pondría los primeros de la cola. Son mis hijos y haría cualquier cosa por ellos. ¿Y quién no? —Tamborileó ligeramente con su bolígrafo sobre la mesa—. ¿Ha venido solo? ¿La madre de Jack está aquí?

—No, todavía no. Pero va a venir. Mi suegra se encuentra muy mal de salud en estos momentos.

Sentí un hormigueo de sudor en la espalda cuando me imaginé a Anna llegando a casa y encontrando la nota en la mesa de la entrada.

—Muy bien. Por favor, piénsenlo detenidamente. Si finalmente deciden que Jack se someta a tratamiento con nosotros, nos gustaría empezar lo antes posible. Para su información, le diré que esta primera consulta es gratuita, por si deciden no seguir en la clínica...

—¿Es doloroso? —pregunté abruptamente.

Sladkovsky arrugó la frente.

—¿La inmunoingeniería, los tratamientos, quiere decir?

—Sí. Jack ya ha sufrido bastante. La quimioterapia, el posoperatorio... No quiero que sufra más.

—Bien —dijo el doctor—. Seré franco con usted. Cada persona reacciona de manera distinta. Algunos pacientes casi no presentan efectos secundarios, lo cual sucede a menudo tratándose de niños. Pero mi ética profesional me obliga a advertirle de que aproximadamente un treinta por ciento de nuestros pacientes sufren efectos secundarios, algunos de ellos severos. Vómitos, fiebre, sudores... Síntomas muy parecidos a los de la quimioterapia. Pero debo añadir que estamos muy acostumbrados a controlar esos síntomas. Disponemos de muchos, de muchísimos fármacos nuevos. ¿Jack tenía que pasar por más sesiones de quimioterapia en el Reino Unido?

—Sí, la semana que viene.

—Le garantizo que no será peor que eso. —Sonó el teléfono de su mesa—. Perdone, solo será un momento. Me temo que tengo que atender esta llamada.

Levantó el teléfono y, tras decir unas palabras en checo, sacó un cuaderno de la mesa. Vi que prestaba atención, asentía y de vez en cuando se tocaba los labios con el extremo del bolígrafo. Me acordé de que alguien en Hope's Place le llamaba Doctor Camelo. Decían que se le veía el plumero con sus trajes elegantes, sus pajaritas y sus intentos de hablar inglés con acento aristocrático. Pero mientras le observaba anotar números en una hoja en blanco con su bata impecable y su aire de erudito, me pareció que irradiaba aplomo, nada más.

—Entonces, ¿lo ha decidido ya?

—¿Cuándo podemos empezar?

Me miró y se rascó la barbilla.

—Me alegra que quiera seguir adelante, pero primero tenemos que hacerle a Jack un chequeo para asegurarnos de que está en condiciones de someterse al tratamiento.

—Naturalmente —dije.

—Se trata de un protocolo estándar —explicó—. Nada preocupante. La legislación sanitaria europea nos obliga a hacer las comprobaciones necesarias para asegurarnos de que no vamos a causarle ningún daño.

—Sí, por supuesto, lo comprendo.

Le seguí fuera de la consulta, por un pasillo, hasta un vestíbulo con el techo de cristal en el que encontramos a Jack jugando con Lenka a la pelota.

—Hola, Jack —dijo Sladkovsky, pero Jack no le devolvió la sonrisa. Se aferró a la pernera de mi pantalón—. Bien, a Jack hay que hacerle la revisión. ¿Hay alguna habitación libre, Lenka? —preguntó a la recepcionista.

—Claro. —Ella sonrió—. Jack —dijo—, ¿vienes conmigo?

—¿Me van a dar la medicina? —preguntó él.

Lenka se quedó callada. No sabía qué decir.

—No, Jack —dije yo y, rodeándole con el brazo, le saqué del vestíbulo—. Solo son un par de pruebas. No va a dolerte nada, te lo prometo.

—Vale —dijo Jack—. ¿Hay tele?

—Sí —contestó Lenka—. Una tele muy grande.

Lenka nos condujo a una habitación privada y Jack se tumbó en la cama. Entró la enfermera. Comprobó la frecuencia cardíaca de Jack y le extrajo una muestra de sangre. Yo le sostuve la mano cuando la enfermera le clavó la aguja, pero ni siquiera se movió. Mientras esperábamos a que llegara el doctor, me acordé de los chequeos por los que habíamos pasado antes de la operación, en Londres. Los cuestionarios, las pruebas inacabables y el preoperatorio. En la clínica del doctor Sladkovsky no hubo nada parecido. Fue todo muy rápido. ¿De veras podían evaluar su estado con un simple análisis de sangre?

Pasado un rato, entró el doctor Sladkovsky, miró los resultados de Jack y me pidió que saliera para hablar conmigo. Experimenté entonces una angustia que conocía muy bien y me acordé con un estremecimiento de la noche de los fuegos artificiales, cuando estuve sentado con Anna en una fría sala de espera, en Londres.

—Está todo bien, podemos seguir adelante —dijo—. Sus constantes vitales son excelentes. Es un chico fuerte y parece un candidato excelente para la inmunoingeniería.

—Gracias —contesté, y casi sentí que me estaba diciendo que el cáncer de Jack había desaparecido.

—Bien. Ya solo queda firmar algunos papeles —añadió Sladkovsky mientras me llevaba por un pasillo hasta una ajetreada oficina—. Nuestra secretaria le traerá los formularios de consentimiento y la información acerca del pago. Yo ahora tengo que hacer mi ronda de visitas, pero si quiere que hablemos de algo, de cualquier cosa que le preocupe, por favor dígaselo a Lenka y buscaré un rato para hablar con usted.

—Gracias —dije, y nos estrechamos la mano.

Leí por encima los papeles, estampados con el logotipo de la clínica. La mayoría de los párrafos trataban de asuntos legales recogidos en la legislación sanitaria europea. Si hubiera estado allí Anna, habría leído la letra pequeña y verificado las cláusulas legales.

Pero ya era demasiado tarde. Aquella era la única oportunidad que tenía Jack. Firmé los papeles y rellené los impresos de pago. Era caro, pero tenía las tarjetas de crédito y pensaba vaciar mi cuenta de ahorros. Ya encontraría la manera de pagar el resto. Podíamos hipotecar la casa o saquear el plan de pensiones de Anna. Encontraríamos la solución. No nos quedaba otro remedio.

—Mira todos esos láseres —le dije a Jack después de que viniera la enfermera a sacarle sangre.

En la habitación privada en la que iban a hacerle la primera infusión intravenosa, había aparatos blancos y máquinas que parecían cañones espaciales, pero Jack no les prestaba atención. Tenía la vista fija en su regazo.

—Papi...

—¿Sí?

—¿Me van a dar la medicina?

—Bueno —dije indeciso—, es otra medicina. Pero va a servir para que te pongas mejor.

Se quedó callado. No parecía convencido.

Le estaba enseñando algo en el iPad cuando entró el doctor Sladkovsky. Se acercó a un carrito, sacudió un frasco hasta sacar una pastilla y la puso en un vasito.

—Bien —dijo—, preferimos darle a Jack un sedante ligero si no tiene usted inconveniente. Pero necesito su autorización. Es simplemente para que esté más relajado durante el procedimiento. ¿Le parece bien? Es de efecto muy rápido.

—Sí, por supuesto —contesté.

—Bien. Jack, ¿puedes tomarte esta pastillita? —preguntó el médico tendiéndole la pastilla y un vaso de agua.

—Vale —contestó. Se puso la pastilla en la lengua con soltura y se la tragó con un sorbo de agua.

—¡Vaya, qué chico tan listo! —exclamó el doctor, y Jack sonrió orgulloso—. Bueno, ahora vamos a empezar. Tú puedes ser mi ayudante si quieres, Jack. O puedes ser el médico y yo puedo ser tu ayudante. ¿Te apetece?

Jack se encogió de hombros y me miró como si yo tuviera la respuesta. Entró una enfermera y le pusieron una vía en el brazo. Jack fijó la mirada en un calendario que había en la pared con fotografías de playas tailandesas. Una mujer ataviada con un vestido largo y blanco contemplando el mar.

Miré mi teléfono para ver si Anna había llamado o mandado algún mensaje, pero no. Tal vez debiera decírselo ya, en vez de dejar que descubriera la nota en la mesa de la entrada.

—Muy bien, Jack, ya ha pasado lo peor. Ahora, ni siquiera vas a notar cómo entra el líquido —dijo el doctor Sladkovsky mientras se quitaba los guantes—. Bueno... —Se volvió hacia mí—. En primer lugar, vamos a inyectarle un poco de sangre.

—¿La sangre reestructurada con la vacuna? —pregunté.

—Sí, eso es.

—¿La que le ha extraído la enfermera?

—Sí, exacto. No queremos tener que pincharle más de lo necesario, así que procuramos utilizar la sangre que extraemos para hacer las pruebas de viabilidad.

—Es... es que... parece todo tan rápido... —dije, y de pronto me acordé de algo que había leído en Hope's Place sobre la rapidez con que aceptaban a los pacientes en la clínica.

El doctor Sladkovsky se encogió de hombros.

—Tratamos a más de cien personas al día. Para nosotros es simple rutina.

Una enfermera trajo un gotero con tres grandes bolsas llenas de un líquido de color parecido al de la orina.

—Y esta es la segunda parte —explicó el doctor Sladkovsky acercándose el gotero—. Estos son los minerales y compuestos que hacen que la sangre se estabilice y se difunda como es debido.

—Es mucho líquido —dije, sin entender cómo iba a caber todo aquello en el cuerpo de Jack.

—Sí, en efecto. Pero no se alarme. Hemos comprobado que los pacientes toleran mejor el tratamiento cuanto más diluido está. Como verá más adelante, Jack tendrá que ir al baño muy a menudo. Jack... —dijo mientras sacaba dos jeringas llenas de sangre de una nevera.

—¿Eso es mío? ¿Es mi sangre?

—Sí, es tu sangre, y es lo que va a ayudar a que te pongas mejor. Puede que notes un poco de frío, pero no va a dolerte, te lo prometo.

—Ayyy, qué frío. La sangre está fría —dijo Jack, emocionado, cuando el doctor Sladkovsky inyectó el contenido de la primera jeringa en la vía.

—¿Te duele?

—No —contestó Jack—. No me duele.

—¿Ves?, ya te lo decía yo —dijo el doctor—. No es tan desagradable como la quimioterapia.

Al poco rato Jack se quedó dormido y, mientras escuchaba el sonido de la bomba, yo me puse a fantasear; me imaginaba sus linfocitos T fortaleciéndose y preparándose para la batalla final.

Eché otra ojeada al teléfono, pero Anna seguía sin dar señales de vida. No sabía qué haría cuando se enterase. Confiaba en que viniera a Praga, en que no llamara a la policía ni implicara a la embajada. De todos modos, no era su estilo armar jaleo, airear sus asuntos privados.

¿Qué alternativa me quedaba? Después de tantas conversaciones interminables, sabía que ella no iba a dar su brazo a torcer. Pero si estaba allí, si la obligaba a venir, conocería en persona al doctor Sladkovsky y vería cómo funcionaba la clínica. En Londres era una idea demasiado vaga para que se la tomara en serio.

No se lo diría aún. Esperaría un poco más. Necesitaba más tiempo, hasta que Jack empezase el tratamiento. Miré otra vez el teléfono. Eran las siete en Praga y en el Reino Unido una hora menos, así que le escribí: *Por aquí, todo bien. Jack está contento, echándose una siesta. ¿Qué tal tu madre? Besos.*

Esperé una respuesta, pero no llegó. Siempre bromeábamos sobre eso, sobre la rapidez con que contestaba Anna a los mensajes de texto. «Para qué esperar?», decía. «Luego se te olvida contestar». Jack seguía durmiendo, así que miré mi correo y vi que tenía un mensaje de Nev.

Asunto: Re: Jack
Enviado: Martes 16 de diciembre, 2014 13:05
De: Nev
Para: Rob

Abrí el archivo adjunto. El dibujo mostraba a un niño pequeño con la cabeza vendada, sentado en una cama de hospital. A su lado, dos dinosaurios vestidos de enfermeras sostenían una bandeja. Todo ello sucedía al aire libre, en la hierba, bajo un sol amarillo resplandeciente.

Jack pasó la noche ingresado, en observación. Por precaución, dijeron: todos los pacientes nuevos se quedaban a dormir. Anna llamó esa noche y al hablar con ella cerré la puerta de la habitación para que no oyera los ruidos del pasillo y se extrañara. Jack estaba en la cama, durmiendo, le dije, lo cual no era mentira.

A la mañana siguiente me desperté en un sillón, junto a la cama, soñoliento y con el cuerpo agarrotado, y vi al doctor Sladkovsky inclinado sobre Jack. Le estaba metiendo una pastilla en la boca.

—Buenos días —dijo—. Le estaba dando a Jack su medicación de la mañana.

Miré a Jack, que sonreía sentado en la cama con el manguito del tensiómetro todavía puesto en el brazo y un plato con una tostada a su lado, en la mesita auxiliar.

—¿Qué tal te encuentras, tesoro? —pregunté.

—Muy bien —dijo—. He comido una tostada con queso, aunque no era de las especiales. Aquí no tienen de esas.

—Estupendo, Jack, eso es fantástico.

En ese momento sonó mi móvil. Era un mensaje de texto de Anna.

Mi madre sigue en cuidados intensivos y apenas reacciona. Echo muchísimo de menos a Jack y quiero irme a casa pero no puedo marcharme ahora. ¿Qué tal está? Os llamo dentro de un rato. Besos.

Miré a Jack. Hacía mucho tiempo que no le veía tan bien. Tenía las mejillas sonrosadas y su pelo había recuperado su lustre. Cuando hablaba, le brillaban los ojos.

El doctor Sladkovsky, que había estado anotando algo en la historia de Jack, se volvió hacia mí y bajó la voz para que Jack no le oyera.

—Tengo muy buenas noticias —dijo—. Aunque todavía es pronto, parece que Jack está respondiendo extraordinariamente bien al tratamiento. Sus marcadores proteínicos son excelentes. Hacía mucho tiempo que no veíamos nada parecido.

Sacó una hoja de papel y trazó una línea con el dedo sobre un gráfico.

—Sí, son muy buenos. El GML y el CB-11.

—Son las proteínas de la sangre, ¿no? —pregunté.

—Sí, proteínas de la sangre, exacto. Actúan como indicadores muy sensibles. Es uno de los métodos por los que comprobamos cómo está funcionando el tratamiento. Dicho en pocas palabras, indican lo bien que su sistema inmune está combatiendo el cáncer.

Me quedé sin respiración. Se me erizó el vello de la nuca. Nunca, en todas las consultas por las que había pasado Jack, nos habían dado una buena noticia, ni por asomo.

—Yo... no... no sabía que pudieran saber tan pronto que el tratamiento está dando resultado.

—Lo cierto es, señor Coates, que de eso precisamente quería hablarle. Verá, la inmunoingeniería es un poco como el surf: todo consiste en sacar el máximo partido a la ola. ¿Entiende lo que quiero decir?

—Lo siento, pero no estoy seguro de entenderlo del todo.

—Le pido perdón. Disculpe, por favor, mi mal inglés. Voy a intentar explicárselo de otro modo. El organismo de Jack está luchando con todas sus fuerzas. Muy duramente. Usted mismo puede ver lo rojas que tiene las mejillas, lo despierto que parece. Bueno, pues eso es el organismo, que está trabajando a marchas forzadas. Lo que denominamos una respuesta inmune. Eso está muy bien, es una señal excelente. Y sabemos por experiencias anteriores con otros pacientes que este es buen momento para hacerle otra transfusión y acelerar las cosas.

Miré a Jack, que estaba jugando en el iPad a un juego por el que había perdido todo interés la semana anterior. El doctor Sladkovsky tenía razón. Algo había cambiado. Estaba más alerta, más despierto. Parecía otro. Me miró y sonrió. Tenía los ojos tan grandes y tiernos como pastillas de caramelo, y las profundas ojeras que los cercaban habían desaparecido casi por completo.

—Entonces, ¿quiere decir que conviene adelantar la siguiente fase del tratamiento?

—Sí, exacto, señor Coates. El siguiente ciclo estaba previsto para dentro de tres días, pero creemos que es recomendable adelantarlo a hoy. Tendría que quedarse ingresado, en observación.

—Entiendo —contesté, y saqué mi teléfono—. Si me da un segundo, necesito comprobar una cosa.

—Claro —dijo, y desvió la mirada mientras yo abría la aplicación de mi banco. Ya me habían transferido los fondos de mi cuenta de ahorro—. Muy bien, adelante —dije, y el doctor Sladkovsky sonrió e hizo una seña afirmativa a la enfermera.

—Excelente —dijo cuando ella le pasó un portafolios—. De todos modos, necesito que firme otro formulario de autorización. Nuestro protocolo farmacológico está sujeto a la normativa europea, y necesitamos su consentimiento para acortar el plazo entre una dosis y otra.

Después de firmar el formulario, salí al pasillo adornado con fotografías de pacientes que habían sobrevivido al cáncer y sentí que un cosquilleo me subía por la columna vertebral. ¿Y si Jack estaba mejorando de verdad? El tratamiento había funcionado con Josh. ¿Por qué no iba a funcionar con Jack?

Sabía que tenía que llamar a Anna. Si venía a Praga y veía a Jack, cambiaría de opinión. Quería que viera el color de sus mejillas, que viera cómo canturreaba en voz baja la canción de Trevor la Locomotora. Quería que viera con qué ganas, con qué naturalidad devoraba una tostada; hacía semanas que no comía con tanto apetito.

—Hola, cariño —dijo al coger el teléfono.

—Hola. ¿Cómo está tu madre?

—Pues mucho mejor, la verdad. Estaba en estado crítico, pero se ha recuperado de pronto, milagrosamente.

—Vaya, qué buena noticia —dije, y comprendí que no me quedaba más remedio que contárselo.

—Sí, ya está sentada en la cama dando órdenes a las enfermeras. Los médicos creen que va a recuperarse por completo.

—Me alegro mucho —dije.

—¿Cómo está Jack? —preguntó, y noté que se me aceleraba el corazón.

—Está muy bien, jugando con su iPad.

—¿En serio? Qué bien. Últimamente no tenía muchas ganas de jugar, ¿verdad?

—No. La verdad es que de eso precisamente quería hablarte...

Me detuve. De pronto tenía la boca reseca.

—Rob, ¿pasa algo? ¿Jack está bien? —Advertí una nota de pánico en su voz—. ¿Rob? ¿Rob? Contesta.

—Anna, tengo que decirte una cosa.

—¡Dios mío! Es Jack, ¿verdad?

—Jack está bien, Anna. Es que... es...

—¿Qué, Rob? ¿Qué ha pasado?

—Estamos en Praga.

—Estáis en Praga —repitió—. Pero ¿qué dices? No te entiendo. ¿Cómo que estáis en Praga?

El crepitar de la línea, una inhalación. Y luego un silencio, un frufrú y el ruido de una silla al ser arrastrada por el suelo.

—Por favor, Rob, dime que no estás en esa clínica.

—Anna, escúchame, por favor. —Me temblaba la voz. Empecé a pasearme por el pasillo—. Sé que no debería haberme llevado así a Jack, sé que he hecho mal, pero, por favor, por favor, escúchame. Está estupendamente, Anna, está respondiendo al tratamiento, está mejor que nunca. Tiene color en la cara, se ríe y bromea como nunca... Es increíble, tienes que verle.

—Espera, ¿qué? No me puedo creer que me estés diciendo esto. ¿Quieres decir que ya ha empezado el tratamiento? Por favor, dime que no es verdad, Rob, dime que no es cierto.

—Perdóname, sé que debería habértelo dicho. Acaba de empezar, pero ya se están viendo los resultados, ¡ya! Las proteínas que utilizan como marcadores han subido un montón. Es alucinante, se le nota en la cara, se ve claramente cómo está luchando su cuerpo. Anna, por favor, tienes que venir a verlo con tus propios ojos. Siento muchísimo habérmelo llevado así, pero no veía otra solución y está funcionando, Anna, de verdad que está funcionando.

—¿Me lo estás diciendo en serio, Rob? —preguntó en un tono cortante como un cuchillo. Pude sentir su desprecio, su ira—. No me puedo creer que me hayas hecho esto, no me lo puedo creer...

—Anna, sé que estás enfadada y tienes todo el derecho a estarlo, pero por favor, por favor, te lo suplico, ven a verlo. Por favor, ven a ver lo bien que está Jack.

No contestó. Oí su respiración rápida y entrecortada.

—No sé qué decir. Has secuestrado a nuestro hijo, a nuestro hijo moribundo, cuando se suponía que tenías que estar cuidando de él.

—Por favor, Anna, ven, tienes que venir.

—No te atrevas a decirme lo que tengo que hacer. Ganas me dan de llamar a la policía, aunque por supuesto tú sabes que no voy a hacerlo. ¿Cuánto tiempo llevabas planeándolo, Rob? ¿Una semana, un mes? Seguro que te pusiste loco de contento cuando a mi madre le dio el infarto. Te prohíbo que sigan dándole tratamiento,

¿me oyes, Rob? ¿Me estás escuchando? Te lo prohíbo. Voy a coger el primer avión y a traer a Jack a casa.

Traté de hablar, pero me interrumpió su voz, temblorosa de rabia.

—Nunca te lo perdonaré, Rob. Nunca —dijo, y colgó.

Noté una opresión en el pecho, respiré hondo y entré en la habitación para ver a Jack. Sonreía mientras veía algo en el iPad. Anna ya habría encendido su portátil y estaría sacando un billete para el primer avión que saliera hacia Praga. Miré a Jack, que estaba metiéndose trozos de plátano en la boca con apetito. Sabía que Anna entraría en razón en cuanto le viera.

Jack estaba esperando junto a la ventana y vio llegar el taxi de Anna. Habíamos pasado la noche en un piso perteneciente a la clínica y nos habían dado un número de emergencias por si Jack sufría algún efecto secundario. El piso era tan limpio y luminoso como un hotel de cinco estrellas. Los muebles eran blancos y modernos, la cocina parecía el interior de una nave espacial y había una televisión de pantalla plana.

—¡Mami! —gritó Jack cuando abrimos la puerta.

—¡Jackie! —Anna abrió los brazos y le estrechó con fuerza—. ¡Ah, cuánto te echaba de menos! Venga, vamos dentro. Hace muchísimo frío.

—¿Qué tal el vuelo? —pregunté mientras subíamos las escaleras, pero no contestó, ni siquiera me miró a los ojos.

Recorrió el piso con la mirada, como si estuviera inspeccionándolo, y luego se sentó con Jack en el sofá y él le enseñó unos cochecitos de juguete que habíamos comprado en el aeropuerto.

Esa tarde, a la hora de la siesta, Anna le leyó un cuento y, cuando se quedó dormido, regresó al cuarto de estar y se sentó en una silla de plástico, en el rincón.

—Estoy muy enfadada ahora mismo —dijo en voz baja, en un tono sibilante que yo oía por primera vez—. Nuestro hijo está en estado terminal y tú le subes a un avión y te lo llevas a Praga sin decírmelo. No puedo creer que me hayas hecho esto.

—Siento muchísimo no habértelo dicho, pero era...

—¿Es que eres idiota, Rob? Podría haber llamado a la policía. Habría tenido todo el derecho a hacerlo. ¿No pensaste en Jack? ¿En cómo podía afectar esto a su salud?

—Ya te he dicho que lo siento mucho. Pero lo he hecho por Jack. He hecho lo que me ha parecido mejor.

—Sí, eso está muy claro.

—¿Tú le has visto, Anna? ¿Has visto lo bien que está?

—Sí, parece estar bien y me alegro. Pero siempre parece estar bien cuando acaba la quimio.

—¡Por Dios, Anna, mírale! Mírale bien, de verdad, cuando esté despierto —respondí levantando un poco la voz, y ella miró la puerta del cuarto de Jack para asegurarse de que estaba bien cerrada—. Parece otro desde que está aquí. Está mejor en todos los sentidos. Come mejor, habla mejor. Y el médico dice que eso puede ser señal de que el tumor está remitiendo. Dice...

—¿Puedes decirme exactamente qué tratamiento ha recibido?

—Bueno, como te dije por teléfono, le han sometido a dos ciclos de inmunoingeniería.

Anna apoyó la cabeza en las manos.

—Todavía no me lo creo, Rob. ¿Cómo has podido hacer algo así?

—Pero si está respondiendo estupendamente —alegué—. Mucho mejor que con la quimio. No tiene efectos secundarios, ninguno en absoluto.

—Conque ahora también eres médico, ¿eh? ¡Cualquiera sabe lo que le han dado!

Respiré hondo.

—Mira, esto no nos lleva a ninguna parte, ¿no crees? Te pido otra vez perdón por habérmele llevado así y por haberte mentido. Pero no veía otra solución y tú te negabas a discutirlo.

—¿Que me negaba a discutirlo? Hemos tenido incontables

conversaciones sobre la clínica, incontables. Hemos hablado de ello sin parar. De hecho, tú no hablas de otra cosa. Estás obsesionado.

—Vale, estoy obsesionado. —Me acerqué al aparador y me serví un poco del *whisky* que había comprado en el aeropuerto.

Anna miró el vaso y enseguida apartó los ojos.

—Como te decía, tenemos visiones distintas de este tema. Estaba desesperado y estoy haciendo lo que me parece mejor para mi hijo.

—¡Venga ya, por favor! ¡No intentes hacerte la víctima después de lo que has hecho! No me vengas con ese rollo del papá desesperado, porque yo estoy pasando exactamente por lo mismo que tú, exactamente por lo mismo, Rob. ¿Crees que me apetecía dejar a Jack para irme a cuidar a mi madre? ¿Te imaginas el mal trago que fue para mí tener que marcharme y dejar así a mi niño?

—Lo único que te pido, Anna, y te lo estoy suplicando, es que por favor vengas a conocer al doctor Sladkovsky. Dice que cabe la posibilidad de que Jack se cure. Han obtenido buenos resultados con otros niños con glioblastoma.

—Sí, no me cabe la menor duda de que sus resultados son estupendos.

—Anna, no es eso, créeme —dije—. De verdad. El doctor también me dijo que muchos niños con glioblastoma a los que ha atendido han muerto.

Se me quebró la voz y dejé escapar un sollozo de frustración, como un niño contra el que se comete la mayor de las injusticias: decir la verdad y que no le crean.

—El doctor Sladkovsky no obra milagros, Anna. Solo dice que tal vez Jack tenga una oportunidad de sobrevivir.

—Sí, claro, es lo que dice siempre.

—¿Cómo que es lo dice siempre? ¿A qué te refieres?

—Rob, está en todas partes, por todo Internet. Hay foros enteros dedicados a la clínica Sladkovsky. ¿Es que no los has leído? ¿Es que solo has leído esos testimonios tan deslumbrantes? —Metió la mano en su maleta y sacó una carpeta—. Por si acaso no me creías, te he traído esto.

Me pasó unas hojas impresas sacadas de una página web titulada Los otros pacientes del doctor Sladkovsky. Los ojeé por encima sin llegar a leerlos.

—¿Y se supone que esto va a convencerme? ¿Unas cuantas hojas de un blog de tres al cuarto?

—¿Ni siquiera vas a leerlas? Has leído todo lo que encontrabas en Internet sobre Sladkovsky. Me has estado bombardeando durante semanas con este tema y ahora te enseño algo que no encaja en la película que te has montado y no quieres escucharme.

Me senté en el sofá y empecé a leer algunos testimonios de pacientes. La página web me resultaba familiar y pensé que seguramente me había topado con ella en algún momento. Natalie P, Peter R, Amy T, niños con nombres vagamente germánicos o austrohúngaros.

Sus historias empezaban siempre del mismo modo. Estaba familiarizado con ellas; había leído aquel relato muchas otras veces: un diagnóstico devastador y todas las opciones de tratamiento agotadas. Pero aquellos niños no mejoraban al ser tratados por el doctor Sladkovsky. Los tumores volvían a crecer, más deprisa, más agresivamente que antes, y los padres regresaban a sus hogares endeudados hasta el cuello tras haber gastado miles de dólares o de libras, para ver morir a sus hijos.

—¿Y qué? —pregunté dejando los papeles en el sofá—. Creo que ya he leído todo esto. No significa nada. Sladkovsky me ha dicho repetidamente que no todo el mundo responde igual a la inmunoingeniería. Algunos mejoran y otros no, y no asegura saber por qué. Ha sido completamente claro desde el principio. Dios mío, si hasta aparece en el impreso de consentimiento que hay que firmar. Con estos niños no funcionó, ya lo sé, y lo lamento por ellos y por sus padres, pero con otros niños sí ha funcionado.

—Ya. Con Josh.

Anna hurgó de nuevo en su bolso, buscando otra cosa.

—¿Qué quieres decir con eso?

—Quiero decir que tengo mis dudas de que funcionara con Josh.

Sacudí la cabeza, incrédulo.

—¿Se puede saber qué...?

—Ten. —Me puso unos papeles en la mano—. Es de Hope's Place. Seguro que esto no lo has leído.

Nev
De Chemoforlifer. Viernes 19 de octubre, 2012 6:03

A todos los miembros del foro:

Muchos de los que participáis en Hope's Place habréis visto que de vez en cuando tengo una disputa con Nev. Debido a ello, quería compartir con todos vosotros una cosa, un correo electrónico que he recibido de un miembro del foro que desea permanecer en el anonimato.

Hola Chemoforlifer, estaba navegando por el foro y he visto una cosa que me ha parecido un poco chocante relativa a uno de los miembros, Nev. Como creo que sabrás, casi al final de la vida de David fuimos a la clínica del doctor Sladkovsky para que le trataran allí. Desde entonces participamos muy activamente en el grupo Los otros pacientes de Sladkovsky.

Me ha sorprendido mucho ver los mensajes de Nev sobre cómo salvó el doctor Sladkovsky la vida de su hijo Josh. Estuvimos en la clínica al mismo tiempo que Nev y me acuerdo perfectamente de Josh. Cuando le vimos, no estaba nada bien; de hecho, parecía hallarse muy al final de su vida.

Lo recuerdo claramente porque hablé con Nev en la clínica sobre qué pasaría si su hijo moría en Praga y sobre cómo repatriarían el cadáver.

Que conste que nosotros nos trajimos a David a casa cuando Nev y Josh todavía estaban allí. Así que, por supuesto, cabe la posibilidad de que Josh se recuperara, pero, por lo que sé sobre esta enfermedad espantosa, me parece muy improbable.

Espero que no te importe que te haya escrito, pero no me lo quitaba de la cabeza...

—Dios mío, esto es ridículo. No demuestra nada. No son más que cotilleos. Siempre hay intrigas, discusiones entre la gente. Y este tío, un anónimo que forma parte de ese otro grupo, también tiene sus intenciones ocultas. De hecho, nada de lo que dice contradice la versión de Nev. Nada. Él mismo me ha dicho que Josh estuvo muy mal en la clínica y que luego mejoró. Pero lo que es más importante, Anna: he visto a Josh. Tengo un vídeo y un montón de fotos suyas en el portátil.

Anna levantó las manos.

—Sí, ya, sabía que esto no tenía sentido. Nadie puede convencerte, ¿verdad, Rob? Y no es que importe gran cosa, pero ¿cómo has pagado los tratamientos?

—Con la tarjeta de crédito.

—Genial. ¿Y el resto? ¿Cómo pensabas pagarlo?

—Tenemos alternativas, Anna. Puedo pedírselo a Scott. Y está el plan de pensiones, y los ahorros, hay muchas...

—¿Así que según tú tenemos que invertir todo nuestro dinero, todo, en financiar un fraude, una estafa? —bufó ella—. Te comportas como si no nos hiciera falta el dinero.

—Bueno, ¿y nos hace falta? —pregunté, y me estremecí y empecé a sollozar, porque de pronto comprendía que la última oportunidad de salvar a Jack se me estaba escapando entre los dedos—. ¿Para qué lo necesitamos?

Ella no respondió. Se acercó al sofá, se agachó a mi lado y dijo en voz baja, casi susurrando para que Jack no pudiera oírla:

—¿Tienes idea de cuánto cuestan estas cosas?

—¿Qué cosas?

—Morirse, Rob —susurró, y percibí en su voz una rabia suave, controlada—. Que Jack esté lo más cómodo posible, dure lo que dure. Pagar la mejor residencia privada, con atención veinticuatro horas al día, para que pueda vivir sus últimos días en paz. Todo eso cuesta dinero, Rob. Y es lo único que me importa ahora. Lo único.

Oímos fuera el lamento de una sirena de policía.

—He venido con un solo propósito —añadió—. Para llevarme a Jack a casa. Cuando se despierte, haré la maleta y le llevaré de vuelta a Londres en el primer vuelo que haya.

En algún punto sobre Alemania

cada vez que montabas en avión, jack, te quedabas absorto, con la cara pegada a la ventanilla; era increíble lo poco que te interesaba el mecanismo por el subíamos y bajábamos. tú solo querías hacer fotos por la ventanilla. me acuerdo de cómo sujetabas la cámara apretándola fuerte con las dos manos y girándola poco a poco, como te había enseñado papá, para captarlo todo, las nubes, el sol poniente, las ondas infinitas del azul profundo.

18

Era la víspera de Nochebuena y estábamos los tres sentados en el sofá viendo *El muñeco de nieve*. El cuarto de estar estaba impecable, nuestro árbol brillaba lleno de luces y las complicadas cadenetas de papel de Anna adornaban la escalera y el descansillo. Habíamos recibido tantas postales navideñas que no teníamos sitio donde ponerlas y Anna las había colgado en el porche y en el salón, de pared a pared.

Ese año, la gente puso especial esmero en sus tarjetas. En lugar de decir simplemente *¡Feliz Navidad de parte de los Benson!*, nos deseaban paz y entereza y añadían que nos llevaban en el corazón. No había notas acerca de recién nacidos, bodas inminentes o galardonados con el premio Duque de Edimburgo.

Era la primera vez que Jack veía *El muñeco de nieve* y yo nunca le había visto tan fascinado. El resplandor de la nieve en la pantalla iluminaba su cara pálida y demacrada. Mientras veíamos la película, sentí una pizca de orgullo porque le gustaran las mismas escenas que me gustaban a mí de pequeño. Al principio, cuando el muñeco de nieve se prueba la ropa, se pone los dientes postizos y se mete dentro del congelador, Jack se removía inquieto, me miraba y se toqueteaba los calcetines. A mí esas escenas siempre me habían dejado indiferente, y era enternecedor ver que a Jack le pasaba lo mismo.

Lo que parecía cautivarle eran los momentos de melancolía: el aburrimiento y la impaciencia por que llegara la Navidad; el anhelo de salir a la nieve; y luego, al final, la intensa sensación de nostalgia, casi pueril, cuando empieza a derretirse la nieve y asoma el primer verdor de la hierba.

Era nuestra séptima y última Navidad. Anna y yo nos habíamos preparado con varias semanas de antelación: la mesa para la cena, los regalos para el calcetín de Jack, los regalos para poner bajo el árbol. Anna hizo varios listados y me mandó a comprar servilletas, galletas saladas y zumo de naranja para el cóctel de champán. Los detalles no eran fruto de la casualidad: el pan moreno en rebanadas comprado en un supermercado, el juego de bingo barato de la tienda de juguetes, la enorme lata de bombones. Anna intentaba recrear por última vez las cenas de Navidad con mi padre, en Romford.

Observé a Jack atentamente cuando acabó la película, cuando la nieve se derrite y lo único que queda es el gorro y la bufanda del muñeco de nieve sobre la tierra. No movió ni un músculo. Miraba fijamente la blanca ventisca mientras la cámara se alejaba del niño agazapado en el suelo.

—¿Adónde va el muñeco de nieve, papi? —preguntó esa noche, en la cama, cuando Anna y yo le estábamos arropando.

No supe qué decirle, no quería meter la pata. Pensé en el montoncito de nieve, en la bufanda y el gorro posados en el suelo.

—Se va al Ártico, Jack —contesté—, a ver a los otros muñecos de nieve.

Pensó en lo que le había dicho y ladeó la cabeza.

—¿Va a hacer una fiesta con los demás muñecos? —preguntó, y me acordé de la escena en la que los muñecos de nieve bailan alrededor del fuego.

—Exacto, Jack. Y se lo pasan en grande —intervino Anna mientras bajaba la luz de la mesita de noche.

Jack pareció contentarse con aquello. Se estiró y empezó a tocar sus fotos una por una: la Torre Eiffel, el Empire State Building, el Taipei 101.

—¿Mami y tú vais a dormir en casa esta noche?

—Claro, tesoro. Dormimos aquí todas las noches —contesté.

Se quedó callado un momento.

—¿Tú por qué duermes abajo, papi? ¿Por qué no duermes en la cama con mamá?

Anna y yo nos miramos con expresión culpable.

—Bueno, es que no duermo muy bien últimamente y no quiero molestar a mamá —respondí, aunque solo era verdad a medias.

Jack se quedó pensativo.

—¿Estáis aquí, en casa, hasta cuando estoy dormido?

—Claro que sí —contestó Anna—. Siempre estamos aquí, así que, si necesitas cualquier cosa, solo tienes que llamar y vendremos, ¿vale?

—Y si salgo de casa, ¿vendréis conmigo?

—Por supuesto —dije yo—. Siempre estaremos contigo.

—¿Hasta si me voy al Polo Norte a ver a Papá Noel?

—Sí —contesté, remetiendo el edredón por debajo de su cuerpo para asegurarme de que no se le destapaban las piernas—. Sería divertido ir al Polo Norte. Aunque tendríamos que abrigarnos mucho.

—Bien arropadito como un bichito en su capullito —dijo Jack casi para sí.

—Bien arropadito como un bichito en su capullito —repetí yo.

Sonrió y se arrebujó en las almohadas. Pensé que se estaba quedando dormido, pero volvió a hablar y su vocecilla sonó clara y nítida.

—Cuando nos morimos, ¿adónde vamos?

Lo dijo con tanta tranquilidad que no supe si estaba hablando en general o si preguntaba por su propia suerte.

Anna y yo nos miramos en aquella media luz. ¿Sabía Jack que iba a morir? Era una pregunta que yo me hacía mil veces al día. ¿Se había dado cuenta cuando vino Spiderman a visitarle, o cuando recibió un montón de postales hechas por sus compañeros de 1.º A?

Habíamos leído los folletos acerca de cómo hablarle a tu hijo en estado terminal. Habíamos hablado con la doctora Flanagan y con un psicólogo vinculado a la clínica de Harley Street. Jack estaba en una edad difícil, afirmaban, en un momento de cambio. Aunque tenía cierta noción de la muerte, su comprensión racional era muy primitiva y elemental. Así que haced lo que os parezca más acertado, decían, como si estuviéramos hablando de optar o no por el colecho.

—Pues —dijo Anna alegremente, y me di cuenta de que se había preparado para la pregunta, de que sabía exactamente lo que tenía que decir—, cuando morimos, vamos al cielo.

—¿Y cómo es el cielo? —preguntó Jack.

—El cielo —explicó Anna— es el lugar más bonito del mundo porque están todos tus amigos y tu familia, y puedes jugar y hacer todo lo que quieras.

Jack sonrió.

—¿Tienen PlayStation?

—Claro que sí —contestó ella jovialmente—. Tienen PlayStation y todos tus juguetes favoritos, y tus comidas preferidas.

—¿Y también hay McDonald's?

Anna se rio.

—Claro que sí, también hay McDonald's.

Jack sonrió, pero luego se puso muy serio.

—¿Y papá y tú también estaréis allí?

—Por supuesto que sí —dije yo tratando de seguirle la corriente a Anna. Estiré el brazo sobre la cama y cogí la mano de Anna, formando con nuestros cuerpos un pequeño capullo—. Nosotros siempre estaremos contigo, así que nunca estarás solo.

Jack asintió solemnemente.

—Pero recuerda que te estaremos vigilando, pillín —añadí, y le tiré suavemente de la oreja y le remetí de nuevo el edredón—. Para asegurarnos de que haces los deberes y no comes demasiadas hamburguesas.

Se rio.

—Voy a comerme un millón de hamburguesas.

—¿Un millón?

—Claro —contestó asintiendo con orgullo. Estaba cansado y empezaban a cerrársele los ojos—. Papi... —dijo, volviendo a incorporarse.

—¿Sí, tesoro?

—¿Te acuerdas de lo que dijimos sobre los regalos?

—Sí.

Le habíamos preguntado si le apetecía hacer algo en especial. Sus respuestas eran siempre modestas. Nada de viajes a Disneyland para ver a Mickey Mouse, ni excursiones a Peppa Pig World o al palacio de Buckingham para conocer a la reina. No, él se mostraba inflexible: solo quería ir a McDonald's a comerse un helado.

—¿Podemos hacer también otra cosa?

—Podemos hacer lo que quieras, Jack, lo que quieras.

—¿Podemos volver a subir al London Eye? Quiero subir hasta arriba del todo.

Asunto: Re: Jack
Enviado: Miércoles 24 de diciembre, 2014 15:33
De: Rob
Para: Nev

Querido Nev:

Te escribí hace poco pero no he recibido respuesta, así que espero que todo vaya bien. Como te decía, dejamos el tratamiento en la clínica del doctor Sladkovsky a pesar de los signos evidentes de mejoría que mostraba Jack. En cuando regresamos a Londres y volvió a la quimioterapia, empeoró otra vez.

Todavía estoy intentando encajar lo sucedido. Ya no queda nada. Ninguna esperanza. Ojalá pudiera decir que no culpo a Anna, pero en parte la culpo. Jack estaba mejorando, lo vi con mis propios ojos. Es horrible pensar eso de la persona a la que quieres, pero es la verdad.

No hablamos de ello, en realidad. De que Jack se va a morir, quiero decir. Ya no hablamos de nada. Solo fingimos que no está pasando.

Todavía no me creo que las cosas hayan salido así. No puedo creer que dentro de poco vaya a perder a mi niño.

Espero que Josh y tú estéis bien.

Rob

Bien abrigados contra el frío, subimos, colocamos la silla de ruedas de Jack al borde de la cabina e iniciamos el lento ascenso hacia el crepúsculo. En cuanto nos elevamos sobre el Támesis, en cuyas aguas se reflejaban las luces de la ciudad, Jack sacó su cámara y se puso a hacer fotos.

Subimos. Yo iba indicándole sitios a Anna, porque Jack ya se los sabía todos: Hungerford Bridge y Southbank Centre alzándose por encima de un cúmulo de chimeneas grises y desangeladas; y, en la otra orilla, las alas del Air Force Memorial destellando al sol, custodiando Whitehall y el Ministerio de Defensa. Al seguir subiendo, vimos los parques que se extendían a lo largo y ancho de la ciudad: St. James's, Green, Hyde Park...

Fue Scott quien lo hizo posible. Cuando Jack formuló aquel deseo, llamé al teléfono de reservas del London Eye. No estaba abierto el día de Navidad, y no quedaban entradas para el día siguiente. Le supliqué a la telefonista, le expliqué que Jack estaba muy enfermo y le pregunté si no podía mover algunos hilos. Lo consultó con su supervisor y me dejó en espera, pero no, me dijo, lo sentía mucho, pero no podía hacer nada.

Entonces recurrí a Scott. Apenas habíamos hablado: solo un par de mensajes de texto y un correo cuando volví de Praga. Pensaba en mí, afirmaba, y me pedía que le avisara si podía hacer algo por nosotros.

Así que eso hice. «Tú conoces a gente, Scott», le dije. «A todos los directores ejecutivos de Londres, solías alardear. Así que, por favor, ayúdanos, porque puede que no nos quede mucho tiempo».

Me llamó al cabo de una hora. Nos había conseguido un pase especial: al atardecer, el día 26, y con la cabina para nosotros solos.

—¿Quieres que te cambiemos de sitio para que veas mejor el otro lado? —le preguntó Anna a Jack mientras seguíamos subiendo.

—Vale —respondió él sin prestarle atención mientras hacía fotos frenéticamente, como un *paparazzi* ansioso por conseguir una exclusiva.

Sabíamos que no le quedaba mucho tiempo. Había empezado a cambiarle el habla. Tenía olvidos, repetía palabras. Se encontraba débil y necesitaba la silla de ruedas si salíamos un rato a la calle. Tal y como nos habían advertido los médicos, se había vuelto más indiferente. Lo hacía todo despacio y con suma cautela: caminar, sujetar la cuchara, comerse un trozo de tostada. Era como ver a alguien cruzar descalzo una poza entre las rocas.

—¡Mira, Jack, el Big Ben! —exclamó Anna mientras seguíamos ascendiendo.

Cambiamos de postura para ver el Parlamento, iluminado desde abajo, y las cuatro caras del Big Ben, suspendidas en el aire como esferas espectrales. Jack se volvió en el asiento de la silla de ruedas y siguió haciendo fotos, usando el *zoom* y girando la cámara para enfocar en horizontal y en vertical.

«Fabricando recuerdos», decían en Hope's Place, una frase hecha que yo nunca había entendido. Serían nuestros recuerdos, míos y de Anna. No de Jack.

—Esto está muy alto.

Habíamos recorrido por completo la cabina viendo Canary Wharf, The Shard y el acogedor amontonamiento de edificios en torno a San Pablo.

—Papi —dijo Jack. Bajó la cámara, la apoyó en la manta que cubría su regazo y habló con voz extrañamente nítida, como el Jack que yo recordaba de unas semanas antes.

—Sí que está muy alto, ¿verdad? ¿Te gusta?

Asintió con una sonrisa.

—Cuando me ponga bien, ¿vamos a subir a más edificios altos?

—Claro que sí.

—¿A la torre de París?

—Sí —contesté rodeándole con el brazo.

—¿Y a la de Umpa-Lumpa?

Anna se rio quedamente y le puso la mano en el hombro.

—Sí, cariño, Kuala Lumpur.

—Eso. —Jack contempló el Támesis—. Kuala Lumpur. ¿Y a la de Dubái? Porque esa es la más grande del mundo, papi.

Me quedé callado un momento mientras intentaba contener las lágrimas porque no quería, no podía permitir que me viera llorar.

—Podemos subir a todos, Jack, a todos y cada uno de ellos —respondí, y casi se me quebró la voz.

—Porque cuando estás así de alto, ¿sabes, papi?, vas más allá de las nubes y es como estar en un avión y entonces se pueden ver las naves espaciales y el sol y todas las estrellas...

Mientras las palabras de Jack iban apagándose, un rayo del sol poniente alumbró la cabina como la luz de una explosión silenciosa y lejana. Nos inclinamos y, rodeando con los brazos los hombros de Jack, escuchamos el traqueteo del mecanismo mientras contemplábamos el ocaso. Y entonces, sin previo aviso, Jack se levantó lentamente de la silla de ruedas. Se tambaleó un poco, se apoyó en la barandilla y empezó a hacer fotos de nuevo. El sordo resplandor de las luces de la ciudad sobre el fondo rojo y aterciopelado del cielo. Picos y depresiones, luminosas montañas de nubes. Se aseguró de que nada se le escapase.

Decidimos que Ashbourne House era un buen lugar para que Jack fuera a morir. Lo elegimos del mismo modo que elegimos su colegio. Miramos los folletos informativos y fuimos a visitar las instalaciones. Hablamos de los méritos del personal, del tamaño de la sala de juegos, de las opciones de comedor.

Pese a ser una institución de época victoriana, no tenía un aspecto tétrico. Los ladrillos de la fachada eran claros, de un suave tinte rojizo; los jardines estaban bien cuidados, llenos de flores y curiosidades, y los pasillos, luminosos y bien ventilados, estaban decorados con dibujos y manualidades hechos por los propios enfermos y tenían anchura suficiente para que pasaran varias sillas de ruedas al mismo tiempo. En nuestra habitación había una cama doble separada discretamente de la de Jack por una puerta corredera. Dormíamos allí, los tres juntos, en familia, como cuando nació Jack.

Él se había replegado sobre mí mismo. A medida que el tumor invadía las zonas vitales de su cerebro, se volvió más insensible, más incapaz de manifestar emociones. Pasada ya la quimioterapia, le había crecido el pelo y volvía a tenerlo un poco rebelde. Sus ojos tenían una expresión distante y atormentada, una mirada que jamás debería verse en los ojos de un niño.

Las clases de pintura, el karaoke, el día de los superhéroes, todo eso le dejaba indiferente. Ya ni siquiera reconocía sus fotografías: los edificios, las panorámicas que habíamos pegado alrededor de su cama. La rapidez de todo aquello me dejó anonadado. La presteza con que su propio organismo le traicionaba.

Luego, algo cambió en su cerebro. El tumor se movió, o creció o colonizó un nuevo lóbulo y de pronto Jack perdió la facultad de hablar, aunque creíamos que aún entendía lo que le decíamos. Ahora solo dormía, custodiado ya por la muerte.

Asistir a una muerte, verla acercarse, notar cómo iba cambiando la palidez de Jack, cómo su pelo se apelmazaba, grasiento y enredado pese a nuestros esfuerzos por mantenerlo limpio con una esponja. Los signos externos del deterioro físico (la acritud de su aliento, la descamación de su piel, las líneas horizontales en las yemas de sus dedos) eran míseros recordatorios de los horrores que estaban teniendo lugar dentro de su cuerpo.

Cuánto tiempo quedaba, cuánto, les preguntábamos a los médicos, a la monja encargada del ala en la que estaba ingresado, a cualquiera que pudiera saberlo y quisiera escucharnos. Y al formular esa pregunta yo tenía la sensación de que estábamos traicionándole.

Ignoro cómo supe que iba a suceder, pero lo supe. Los supimos los dos. Apoyé la cabeza en el pecho de Jack ciñendo su cuerpecillo con mis brazos y sentí que Anna me abrazaba, o puede que fuera yo quien la abracé a ella, y nos quedamos así diez, veinte, treinta minutos, nuestros cuerpos convertidos en alas protegiendo a un pajarillo.

Ojalá pudiera decir que Jack me tendió la mano y trazó con los dedos la silueta de la mía, los nudillos, la curva entre el pulgar y el índice. O que me miró con ojos llenos de cariño. Pero no fue así. Sus manos eran como hielo pegajoso. Sus ojos, vidriosos y opacos, ya no pertenecían a este mundo.

Y entonces oímos un estertor suave, el eco de una respiración, y le estrechamos con fuerza y esperamos, esperamos conteniendo el aliento para oír el suyo, y seguimos aguardando con la esperanza contradictoria de que siguiera respirando y de que no. Agucé el oído, seguí escuchando, y de pronto supe que no volvería a oír su aliento. Comprendí que se había ido.

Me aparté de su cuerpo y recorrí la habitación con la mirada. La gente se aferra a sus leyendas funerarias, al mito consolador de ver cómo el alma abandona la estancia. Pero en Ashbourne House todo seguía igual. No hubo ningún rayo de luz, ningún suave temblor del cristal de la ventana. Fuera, el día seguía gris. La botella de agua de Jack, la de los Minions, seguía intacta sobre la mesa. Oí unos pitidos hospitalarios a lo lejos y por un momento me pareció que su frecuencia y su tono cambiaban. Volví a prestar atención. No, eran los mismos.

En el silencio del cuarto, mi respiración me pareció de pronto estruendosa. Anna seguía tumbada en la cama, rodeando el cuello y la cabeza de Jack con los brazos. Jack había salido de su vientre y se quedaría con él todo el tiempo que pudiera.

Miré a mi hijo. La gente dice a veces que después de la muerte el cuerpo parece vacío, como si la ausencia del espíritu lo dejara hueco y deshabitado, igual que la muda de una serpiente. Pero aquel todavía era él; todavía era Jack. No parecía estar en paz (esa es la ilusión que se hacen los vivos), pero su semblante carecía casi por completo de expresión. Lo único que puedo afirmar con seguridad es que aquella cara todavía era la suya. Era él; seguía siendo él.

Pulsé entonces el timbre de emergencia. Por Anna, no por Jack. Porque, después de que se apartara del cuerpo de Jack y cayera al suelo de rodillas, cuando la abracé para acurrucarla como había hecho con nuestro hijo, se apartó de mí bruscamente y se golpeó la cabeza contra la pared una y otra vez, tan fuerte que la sangre de su nariz manchó de rojos goterones las baldosas amarillas del suelo.

Lo de los globos fue idea de Lola. Después del refrigerio, justo antes de que anocheciera, nos reuniríamos todos en el jardín para soltar globos de helio. Cada uno de los presentes escribiría una dedicatoria para Jack con rotulador y, al contar hasta tres, mandaríamos los globos al cielo.

A mí no me entusiasmaba la idea. Tenía algo de teatral, de empalagoso, incluso. Esa noción de que todo niño que moría debía tener algo que lo definiera; como si su afición por los globos resumiera de una vez por todas su recuerdo; como si esa fuera la suma total de su existencia: un globo.

A Jack, no me cabía duda, aquello no le habría agradado. Le habría parecido engorroso, incluso incorrecto: los globos, a fin de cuentas, no estaban hechos para escribir en ellos.

—Quizá deberíamos hacerlo sin los mensajes, sin escribir nada —le dije a Anna—. O ir a pedir unos cuantos globos a la tienda de telefonía. Esos le encantaban.

—Son solo globos —contestó ella—. Qué más da de dónde sean. Y a mí lo de escribir me parece buena idea.

Yo me sumí en un hosco silencio.

El funeral de Jack. No recuerdo gran cosa de ese día. La banal oleada de gente, su forma de estrecharme la mano. La madre de

Anna, un espectro en silla de ruedas, y mi propio rencor por su presencia, por el hecho de que estuviera viva, de que se le hubiera concedido una segunda oportunidad.

El día transcurrió en medio de una neblina de *whisky* y Trankimazin. Una iglesia en lo alto de una colina («un escenario precioso, y tan propio de Jack»), una ceremonia religiosa a la que todo el mundo, salvo los viejos, debía asistir vestido con colores vivos «porque es lo que habría querido Jack». Risas cuando sonó el tema de Spiderman. Risas en el funeral de un niño. «A él le habría encantado, ay, sí, a Jack le habría encantado». «Le encantaba sonreír a vuestro Jack, ¿verdad que sí?». Se equivocaban. No sabían nada de Jack. Él era parco en sonrisas, como si creyera que había que racionarlas. No las repartía a todo el mundo por igual.

Le enterramos porque no soportábamos la idea de incinerarle. La cremación era un rito adecuado para un viejo, no para un niño. Y a él siempre le había espantado el fuego. De pequeño, le enseñamos a temer la sartén que borboteaba en la cocina, y él, obediente, la temía. Le tranquilizaba la lucecita roja que parpadeaba en la alarma contraincendios de su habitación.

Vi cómo le bajaban al hoyo y cómo le echaban tierra encima. Solo podía pensar en que allí estaba Jack, en aquel cajón de pino, vestido con su pijama de Spiderman y Oso Pequeño, su linterna y todas sus cartas de Pokémon al lado. No deberían fabricarse ataúdes de ese tamaño.

Habíamos recibido postales preciosas, me contó Anna en el coche, de vuelta a casa. Les eché un vistazo: tonos pastel, azul claro, malva, colores de chaquetita de señora mayor. Los mensajes decían que Jack era un valiente, un luchador. Un ángel del cielo. Un santo. Decían que les había llegado al corazón. Pliegos de papel comprados por una libra con veinte en Smith's.

En el fondo, les encantaba todo aquel pasteleo. ¿Creían acaso que no veíamos sus mensajes en Facebook? *Abrazad bien fuerte a vuestros hijos esta noche*, escribían, *pasad unos minutos con ellos antes de dormir*. Y luego colgaban fotos de Jack. De nuestro Jack.

Estas cosas hacen que te des cuenta de lo preciosa que es la vida, decían, *de que hay que valorar lo que tenemos*. ¿Es que no pensaban en las implicaciones de lo que escribían? Sus hijos seguían vivos y ellos iban a abrazarlos esa noche y a aspirar su olor y a escucharles canturrear cuando despertasen. Pobrecito Jack, decían. Ya estaba en un sitio mejor. Pero no era cierto. El mejor sitio era aquí, con nosotros. Jack se había ido y ya está. En el cielo no había quedadas para jugar con los amigos. Y Jack no era un luchador, ni un ángel que velara por todos nosotros. Había hecho lo que había podido sin quejarse nunca, ni una sola vez. Había soportado su enfermedad serenamente, con una entereza que yo jamás habría asociado con un niño.

Cuando volvimos a casa, había veinte o treinta personas entre familiares y amigos; entre ellas varios niños mayores. Anna preparó algunos de los platos preferidos de Jack, y había tarta. Algunos trajeron cosas para picar. La pantalla de televisión emitía continuamente fotos de Jack.

Cuando llegó la hora de soltar los globos, llovía y se había levantado el viento. Los mayores escribieron sus dedicatorias, los niños hicieron sus dibujos y luego contamos hasta tres y soltamos los globos. Yo escribí en rotulador negro: *Jack, nunca te olvidaremos. Con amor, papá.*

La frialdad, la aspereza de mi mensaje, era un acto de desafío. Me enfurecía que me dijeran cómo debía recordar a mi hijo. No sé qué escribió Anna, ni quise saberlo.

Me quedé de pie a su lado, cerca pero sin tocarla. Alguien —yo no— le había echado un abrigo sobre los hombros. Los globos no llegaron muy lejos. Varios ni siquiera se elevaron: se quedaron cabeceando en el jardín de atrás. Algunos se atascaron en los aleros del tejado del garaje. Y uno estalló al rozar las ramas del manzano. Yo no pude evitar sonreír: a Jack le habría hecho gracia aquello.

Prefería pensar en la muerte de Jack de otro modo. En Grecia, solíamos salir a dar un paseo él y yo después de comer. Nos alejábamos del hotel y tomábamos un sendero escondido entre la hierba alta que bajaba serpenteando hacia el mar como un regato, hasta que llegábamos a la otra playa, la playa de las barcas y el pescadero que siempre hacía reír a Jack.

Un día, el paseo estaba desierto y el sol pegaba tan fuerte que nos refugiamos debajo de un árbol solitario y bebimos agua de una botella de plástico. A Jack le entró sueño y apoyó la cabeza en mi hombro.

Estuvimos así sentados un buen rato, escuchando los ruidos que sonaban más allá del viento. Las cigarras, el tintineo y el vaivén del mástil de un yate a lo lejos. Olores nuevos. Jazmín chino. Polvo recalentado. Cordero asado en una parrilla, a fuego vivo. Pasado un rato, Jack empezó a quedarse dormido. Se le cerraron los ojos y su cabeza cayó lentamente hacia un lado. Así era como me gustaba imaginar su muerte. Un sueño suave y sosegado. El beso del viento. El sonido del mar.

19

No era sensato merodear por un parque infantil cuando uno iba solo, sin niños. Por eso escogía con mucho cuidado dónde me colocaba. Un banco situado de lado y casi tapado por los árboles. Una zona de asientos en Camden a la que los oficinistas iban a comerse sus sándwiches, justo enfrente de las camas elásticas y el tobogán.

Aunque mi lugar favorito era el parque infantil de Parliament Hill, no porque soliera ir allí con Jack, sino porque había una cafetería y no parecía raro que me sentara allí, solo, sin ningún niño. Anna había vuelto a trabajar y yo no tenía en qué ocupar mis días. Le ofrecieron una excedencia, pero ella declinó alegando que necesitaba distraerse.

Sentado con mi portátil, observaba a un niño de unos cinco años que jugaba en los columpios. Su padre estaba apoyado en un árbol, mirando alternativamente a su hijo y el teléfono. Había también un niño desgarbado, alto para su edad, de unos diez u once años, cuya expresión de timidez me recordó a Jack. Jugaba con una pelota de fútbol y de vez en cuando la lanzaba contra la pared.

En la cafetería siempre pedía Coca Cola *light*. Compraba una botella en la barra y luego la cambiaba por la que llevaba en la bolsa: la que ya tenía preparada, llena a medias de vodka. Empecé a beber porque no podía dormir. Me quedaba despierto junto a Anna, irritado por la simetría apacible de su respiración, por la facilidad aparente con que dormía. Veía cómo bailaban las ramas de los árboles a la luz de la lámpara; oía los aullidos lastimeros del perro de los vecinos. Por eso empecé a levantarme y a bajar a la planta baja. Caminaba de puntillas con mi batín puesto, pasaba por encima del peldaño que crujía y abría el armario de las bebidas sin hacer ruido. Al principio me bastaba con un par de *whiskies* bien cargados; luego se convirtieron en cuatro o cinco. Pronto empecé a abrir el armario y a beber a morro durante el día como hacía de adolescente, cuando me tomaba un trago del aparador de mis padres antes de salir por ahí.

Había empezado a chispear y la gente se estaba yendo del parque. Necesitaba comprar más vodka, así que bajé la cuesta hasta el Tesco Metro. Me fui derecho al estante de las bebidas, sin dejar vagar mi mirada. Ya no podía recorrer el pasillo de los cereales, donde se apilaban las revistas para niños. Había aprendido a desviar los ojos cuando pasaba junto al Marmite y el queso Babybel. Un día me eché a llorar al ver los Petit Suisse que tomaba Jack.

Cuando llegué a casa, Anna estaba por allí, en algún sitio. Deambulábamos como fantasmas, rara vez nos dirigíamos la palabra, nos cruzábamos por la escalera sin decirnos nada. Cada uno lloraba por su lado, a solas, en la ducha, en el coche, al ver un petirrojo solitario posado en el árbol favorito de Jack.

Intentamos reencontrarnos. Procurábamos comer juntos los fines de semana, como si las vieiras islandesas o un entrecot añejo pudieran ayudarnos a olvidar el sitio vacío que Jack había dejado en la mesa. Una vez, un sábado, fuimos juntos al cine, pero Anna tuvo que marcharse después de ver el tráiler de una película infantil.

Había cajas en el pasillo, cosas sacadas del cuarto de Jack, trastos de los que supuse que Anna quería deshacerse. Pero eso no estaba bien. Porque se supone que cuando tu hijo se muere dejas su habitación intacta. Como un santuario consagrado al ayer. Un refugio para esos momentos de silencio que tanto y tan dolorosamente abundaban ahora. Un lugar al que ir a oler su ropa, a echarse en su cama en forma de cohete, a amontonar sus juguetes una y otra vez.

Se lo dije a Anna, le pregunté por qué estaba vaciando la habitación, pero no hubo forma de razonar con ella. De modo que un día, cuando estaba en el trabajo, cogí el resto de las cosas de Jack (su mochila, su cámara, sus libros de pegatinas) y los guardé en un armario del cuarto de invitados.

Me tumbaba en el sofá del salón, contento de que Anna estuviera arriba para poder beberme mi vodka en paz. Era allí donde pasaba la mayor parte del día, con el portátil o el teléfono, o mirando a la pared. Scott había vendido por fin la empresa y yo no tenía trabajo, aunque poco importaba ya. Me replegué como un insecto herido, retorciéndome hasta hacerme una bola. Una vez me planteé un pequeño reto mental para ver si me acordaba de quién era el primer ministro o dónde se había celebrado el último Mundial. No tenía ni idea. Nada. Ya no vivía en este mundo.

Me desperté en el sofá y vi que Anna me miraba fijamente.

—Rob, tenemos que hablar.

—Vale —dije. La botella de vodka seguía en la mesa baja.

—No podemos seguir así. No puedes seguir así.

—¿Así? ¿Cómo?

—La bebida, lo que te estás haciendo a ti mismo...

No dije nada.

—Lo siento —conseguí responder por fin—. Es mi forma de pasar por esto. Pero me recuperaré.

—Lo sé —dijo ella poniéndome la mano en la pierna—. Es un momento horrible, pero no puedes continuar así. Tienes que empezar a hacer algo. Trabajar otra vez, quizá, o montar un nuevo proyecto...

—Yo no puedo volver a trabajar así como así, Anna —contesté.

Ella se había reincorporado al trabajo poco después del entierro de Jack. Un par de semanas después, yo estaba sentado en la cocina oyendo las noticias en la radio. De pronto, la voz de Anna resonó en la habitación. Estaba hablando por la radio de la probabilidad de una subida de los tipos de interés. Escuché su tono, su timbre de voz. No era la voz de una mujer que acababa de perder a su hijo.

—¿Y crees que a mí no me importa porque he vuelto a trabajar, Rob? ¿Crees que debería hacer lo mismo que tú? ¿Pasarme el día aquí sentada, bebiendo?

—Gracias por volver a mencionarlo —repliqué volviendo la cabeza—. ¿Qué quieres que te diga? Sí, bebo demasiado. Sé que no es lo ideal, pero es mi forma de...

—Mírame, Rob. No es que te tomes un *whisky* por las noches. ¿Crees que no veo las botellas de vodka? A veces, cuando vuelvo del trabajo, casi no te tienes en pie. Y la otra noche te hiciste pis en el sofá.

Yo creía que no se había dado cuenta, me excusé diciendo que se me había vertido un vaso, pero puede que me viera o que se fijara en los calzoncillos mojados en el cesto de la ropa sucia.

—¿De qué estás hablando? Ya te lo dije, se me vertió un vaso.

—Por Dios, Rob, te vi. Bajé esa noche para ver si estabas bien y te habías hecho pis. Lo vi con mis propios ojos.

Una oleada de vergüenza y luego de ira. Hacerse pis. Era lo que se le decía a un niño. Le encantaba aquello, tener la oportunidad de humillarme, de restregármelo por las narices.

Suspiró y se mordió un poco el labio como si dudara.

—Seguro que no te acuerdas de lo que hiciste el otro día, ¿verdad?

—No me cabe duda de que vas a decírmelo.

—Llegaste a casa borracho, dando tumbos. Saliste al jardín de atrás y orinaste encima de mis flores.

Experimenté una extraña sensación de alivio: me esperaba algo peor. Sonreí, más por nerviosismo que por otra cosa.

—¿Te parece gracioso?

Me encogí de hombros y rehuí su mirada.

—Eran mis girasoles, Rob. Mis girasoles.

Empecé a comprender el significado de lo que había hecho, su simbolismo cruel.

—Tú eres tan perfecta, Anna...

Meneó la cabeza y suspiró.

—Claro que no soy perfecta, Dios mío, nada de eso. —Se arrodilló a mi lado y me puso la mano sobre el pecho—. Rob, no te estoy diciendo todo esto para avergonzarte. No me causa ningún placer. Creo que tienes un problema y solo quiero ayudarte.

Me recordó a su madre hablando de los descarriados a los que intentaba salvar.

—Es una lástima que no quisieras ayudar también a Jack.

—¿Qué?

—Ya me has oído.

Oí fuera el graznido y el arañar de una urraca que cruzaba el patio.

Se levantó, cerniéndose sobre mí.

—¿Cómo puedes decir eso? ¿Cómo puedes pensarlo siquiera?

Empezó a llorar y yo eché mano de mi vodka y me serví otro vaso. ¿Podía decírselo? ¿Podía decírselo ya? Que pensaba en ello todos los días. ¿Y si... y si...? ¿Y si Nev y el doctor Sladkovsky tenían razón respecto a Jack? Porque Nev sabía mejor que nadie que había vidas que podían salvarse: su hijo Josh era la prueba viviente. Pero Anna se negaba a escuchar, creía saber más que nadie.

—Lo siento —dije—, pero no puedo fingir que no está ahí. Sé que no quieres oírlo, pero es la verdad, te guste o no. Jack tenía una oportunidad, una oportunidad pequeña, sí. Pero algo es algo. Era lo único que tenía.

Respiró hondo, resignada, y se secó los ojos con un pañuelo.

—Rob, no quiero volver a discutir contigo por eso. Pero ¿me dejas que te pregunte una cosa? ¿Crees que yo no lo pienso? ¿Que no me quedo despierta por las noches, pensando que quizá habrían cambiado las cosas, que tal vez me equivoqué?

Me encogí de hombros, bebí un trago de vodka.

—Pues lo hago, todos los días, para que lo sepas —añadió entrecortadamente.

—No me extraña —masculló yo en voz baja.

—¿Qué has dicho?

Aparté la vista de ella como un niño malhumorado.

—No, adelante, dime lo que has dicho —exigió señalándome con los dedos—. Ya que te crees tan listo.

—He dicho que no me extraña. No me extraña que te sientas culpable.

De repente agarró la botella de vodka y entró rápidamente en la cocina. Me levanté de un salto, golpeándome el dedo gordo con la mesa, y corrí tras ella, pero resbalé en las baldosas de la cocina y choqué contra la nevera. Había abierto la botella y la sostenía encima del fregadero.

Tenía el pecho y la cara colorados y hablaba entre dientes, con un siseo apenas audible.

—Eso que has dicho es repugnante, la cosa más repugnante que me has dicho nunca. ¡Cómo te atreves a juzgarme! ¡Cómo te atreves! Tu padre se avergonzaría de ti. Sentiría vergüenza, Rob, porque no eres ni la mitad de hombre que él.

Le quité la botella, pero se me escurrió y se estrelló contra el suelo. Vimos cómo se derramaba el vodka por las baldosas. Las esquirlas de cristal centellearon al sol de la tarde.

Anna habló con tanta claridad, con tanto aplomo, que comprendí de inmediato que lo que decía era cierto.

—Te odio, Rob —dijo—. Te odio, joder.

Puede que fuera el alcohol el que hablaba, pero lo cierto es que nunca llegas a conocer de verdad a una persona aunque creas conocerla. Sepultas las cosas malas, procuras mantenerlas alejadas de tu vista. Me acordé de la primera vez que advertí la frialdad de Anna. El correo colectivo que mandó cuando murió el perro de sus padres, justo después de que nos instaláramos en Londres. Una elegía tan torpe, tan falta de sentimiento, que parecía haber mandado aquel mensaje por obligación, porque consideraba que, dadas las circunstancias, era lo que había que hacer.

Volví a advertir aquella frialdad un par de veces a lo largo de los años. Su comentario tajante y expeditivo cuando murió su abuela («Nunca estuvimos muy unidas»); su insistencia en no dar nunca dinero a los mendigos porque para eso estaban las organizaciones asistenciales. Pero, aunque su falta de empatía me molestaba a veces, ese sentimiento se veía mitigado por el hecho de que nunca iba dirigido a mí.

La intransigencia de Anna. Las reglas están ahí por algo. Era lo que decía siempre: que si había reglas era por un buen motivo. Porque, a su modo de ver, había siempre una forma correcta de hacer las cosas. Uno no defraudaba a Hacienda, ni trataba de librarse de una multa de aparcamiento, porque ¿qué pasaría si todo el mundo hiciera lo mismo? No te colabas en el cine para ver otra película si solo habías pagado para ver una sesión. Y no ibas a una clínica dudosa de la República Checa ni aunque cupiera la posibilidad de que así se salvara tu hijo moribundo.

Recogí los cristales rotos de la cocina y saqué otra botella de vodka de mi mochila. Veía a Anna en el jardín a través de las puertas de la terraza. Estaba escarbando frenéticamente con una pala en el parterre de flores. Observé cómo se inclinaba, cómo recogía tierra con la pala y la arrojaba por encima de su hombro.

—¿Podemos hablar?

Se había vestido para ir a trabajar, con un traje de raya diplomática y el pelo recogido hacia atrás. Hacía dos o tres días que habíamos discutido y desde entonces apenas nos habíamos dirigido la palabra. Asentí desconcertado, incapaz de recordar qué había pasado la noche anterior. Tenía un moratón de buen tamaño en el antebrazo.

—Te he hecho café —dijo poniendo una taza sobre la mesa.

—Gracias.

—Quería hablar contigo ahora, mientras estás sobrio. —Respiró hondo—. No puedo seguir así. Me marcho.

No sentí ira, sino alivio. Alivio por no tener que seguir escondiendo las botellas, por poder quedarme sentado en el salón bebiendo en paz.

—Vale —dije.

—Habrá que decidir qué vamos a hacer con las cosas —agregó—, pero prefiero que lo hagamos a través de abogados. No puedo enfrentarme a eso ahora mismo.

—Vale —repetí, y Anna se mordió el labio como si quisiera añadir algo más.

Tumbado en el sofá, la oí bajar su maleta por las escaleras y cerrar la puerta de casa sin apenas hacer ruido.

Seis semanas después, tras beberme nuestra reserva de vinos y todo lo que había en el armario de las bebidas, me marché. No podía seguir en aquella casa. Anna se lo había llevado todo. Ya no había zapatitos junto a la puerta, ni dinosaurios, ni piezas de Lego con las que tropezar en el pasillo. No oía ya las canciones que cantaba Jack mientras se bañaba, ni el sonido de sus piececitos subiendo por la escalera.

Los muebles y las cosas que no se había llevado Anna los guardé en un trastero. Una empresa de mudanzas se encargó de trasladar mis cosas a la casa que había alquilado en Cornualles. Elegí aquella casa porque parecía lo bastante remota y porque había estado allí de vacaciones siendo niño.

El día que me marché, después de que se llevaran los muebles, me tomé una última copa sentado en el suelo de la cocina vacía. Apuré mi vaso de vodka y llené mi botella de Coca Cola *light* para el viaje en tren. Justo antes de salir, entré en el salón soleado para comprobar que las puertas de la terraza estuvieran bien cerradas. Me detuve a contemplar el jardín por última vez y entonces lo vi: había un tercer girasol meciéndose al viento.

TERCERA PARTE

1

La lluvia me cala las perneras de los pantalones mientras cruzo por la hierba crecida, camino de la parte trasera del cementerio de Hampstead. Para llegar a la tumba de Jack desde la entrada contigua a la iglesia hay un atajo que atraviesa la parte más vieja del cementerio. Aquí las lápidas están derruidas; descansan torcidas, maltratadas por el viento, y la hierba crece salvaje.

Llevo los zapatos llenos de barro, pero sigo adelante, encorvándome un poco para resguardarme del viento. Hay una tumba en la que siempre me fijo, donde hago un alto y me demoro unos instantes. Una niñita labrada en piedra, angustiosamente delgada. Se cubre la cara con las manos como si quisiera esconderse de la muerte.

Al acercarme a la tumba de Jack, me detengo detrás de un fresno cuyo aspecto aquí, rodeado de otros árboles, siempre me parece incongruente, como si debiera estar aislado sobre una colina de Winnie the Pooh, esperando a que le caiga un rayo. Me asomo desde detrás del árbol para ver si está Anna, pero no hay nadie junto a la tumba. Sé que viene porque a veces hay flores en la tumba.

La de Jack es una lápida pequeña, no puesta en pie, sino horizontal.

La inscripción no me gustó desde un principio. Me parecía trillada, pero Anna dijo que había que poner algo. Me recordaba a las tarjetas de pésame que habíamos recibido, llenas de tópicos y expresiones vacuas. Tampoco quería que hubiera una tumba. Una tumba equivalía a aceptar la muerte de Jack.

Venir aquí se ha convertido en un rito mensual: coger el primer tren, antes de que amanezca, y regresar a Cornualles al anochecer. Me agacho para quitar unas hojas de la lápida y una racha de viento vuelve a echarlas encima. Me siento un rato en el suelo, tiritando bajo la lluvia mientras bebo de mi petaca.

Miro el reloj. Aunque todavía es temprano, no quiero arriesgarme a encontrarme con Anna. Me beso la mano, rozo la losa con los dedos y vuelvo a la entrada siguiendo los senderos de grava, evitando esta vez la hierba alta. Por este camino corro más riesgo de tropezarme con Anna, pero está lloviendo y tengo frío, y quiero buscar una cafetería donde sentarme a desayunar y esperar a que abra el *pub*.

Después de comer un sándwich en una cafetería, voy a The Ship, el *pub* al que solía ir con Scott. Enchufo mi portátil, me conecto al wifi y me pongo a trabajar en un programa que estoy diseñando. Desde hace un tiempo trabajo para Marc, el programador de Bruselas que contrató Scott. El trabajo es aburrido, pero sirve para pagar las facturas. Trabajo un par de horas mientras bebo una pinta tras otra y cuando llega la hora de irme estoy tan borracho que a duras penas me tengo en pie. Como no quiero pasar por nuestra antigua calle, doy un rodeo bordeando con paso fatigado los estanques del otro lado del Heath. Se me viene a la cabeza la frase «el cielo es nuestro», como siempre que estoy solo, y voy murmurando esas palabras en voz baja con cada paso que doy pendiente arriba. «El cielo es nuestro, el cielo es nuestro».

Al llegar a lo alto de Parliament Hill dejo la mochila en el suelo, doy un largo trago a la petaca y contemplo Londres. El cielo amenaza lluvia a lo lejos: un farallón de nubes, cruel, insensible. El Heath está desierto. Solo se escucha el graznido de los cuervos, que trajinan como enterradores, volando de los árboles a las papeleras y de las papeleras a los árboles.

Después de calibrar el trípode y la cámara, hago la primera foto apuntando a los estanques de Highgate. Es un panorama bucólico, una Inglaterra en miniatura: las casas apiñadas en la colina y el campanario de St. Anne descollando entre los árboles. Aunque solía subir aquí con Jack, nunca he hecho una panorámica desde Parliament Hill.

Últimamente he estado muy liado. We Own The Sky ha sido nominada para un premio de fotografía, y ahora hago cada vez más panorámicas y viajo por todo el país, cada vez más lejos. Seven Sisters, Three Cliffs Bay, Cheddar Gorge. A veces voy en coche, pero casi siempre cojo el tren. Viajo en primera, bebiendo Kronenbourg con vodka en el vagón comedor.

Muevo lentamente la cámara en círculo, siguiendo el descenso de las colinas hacia la ciudad, y de pronto aparece Canary Wharf en el visor, como una fortaleza rodeada de fornidos esbirros. Hago rotar la cámara para tomar otra panorámica, abarcando el Gherkin y luego el Shard, que se yergue sobre el perfil de la ciudad como una estalactita.

Estoy de pie bajo el tablero de salidas de la estación de Paddington cuando veo una cara conocida. Tardo un momento en percatarme: un recuerdo fugaz como un destello, la sensación de haber visto aquella cara en alguna parte. Puede que sea una de las mujeres con las que chateo en Internet.

Sigo intentando ubicarla y estoy pensando que tiene un aire bohemio, refinado y extravagante, como la adinerada propietaria de una galería de arte, cuando nuestras miradas se cruzan. Y entonces caigo en la cuenta de que es Lola.

Por un segundo dudamos ambos, preguntándonos si debemos fingir que no nos hemos visto, que nuestras miradas se han cruzado como las de dos extraños, fortuitamente. Pero hay algo que me impulsa a acercarme a ella.

—Hola, Lola —digo, y al hablar me doy cuenta de que se me traba la lengua.

—Ah, hola, Rob. Vaya, qué sorpresa —contesta.

—¿Cómo estás? Cuánto tiempo.

—Pues sí, mucho —dice azorada—. Anoche estuve en una inauguración. Y se alargó un poco.

Está exactamente como la recuerdo: esa impresión de caos creativo que cultiva con esmero, el tono y el timbre de voz que siempre me recordaban a un beso dado al aire.

—¿Y tú cómo estás, Rob? —pregunta recalcando el «tú».

—Bien —contesto.

—¿Qué haces?

—Voy a coger un tren.

—No, bobo. Digo en general.

—Pues... poca cosa. Ahora vivo en Cornualles.

—Sí, Anna me lo dijo.

—Entonces ¿todavía sois amigas?

—Sí, claro. ¿Por qué no íbamos a serlo?

Sé que estoy hablando sin ton ni son y de pronto me noto muy borracho, como un adolescente que llega a casa y tiene que fingir que está sobrio.

—Ahora vivimos muy cerca, en Gerrards Cross —añade Lola.

¿Gerrards Cross? De pronto comprendo que eso solo puede significar una cosa: que Anna ha vuelto a casarse. Me la imagino viviendo con un hombre mayor que ella, divorciado, con hijos adolescentes de un matrimonio anterior.

—Qué bien —digo, y aunque quiero preguntarle por Anna no sé cómo hacerlo.

—¿Estás bien, Rob?

—Sí, estoy bien —respondo lentamente, tratando de articular cada sílaba.

—¿Has vomitado?

—¿Qué?

Me miro la chaqueta y veo que la tengo manchada de salpicaduras que parecen de vómito. Intento hacer memoria y me doy cuenta de que no recuerdo haberme marchado de Parliament Hill ni cómo he llegado a Paddington.

Lola me sonríe como si yo fuera un cachorrito abandonado que no le interesa adoptar.

—Anna me ha contado que te estaba costando un poco superar...

No acaba la frase, pero no hace falta. Sé que Anna se lo habrá contado todo, o al menos su versión de los hechos: que secuestré a Jack y le puse en peligro, y que soy un borracho. Pero seguro que no le ha contado lo que pasó en Praga: que se negó a que nuestro hijo recibiera el tratamiento que podría haberle salvado la vida. Y que en lugar de darle esa oportunidad se dedicó a hacer sopas de letras y a leer novelas policíacas.

Estoy a punto de decir algo, de mandarla a la mierda, cuando se me cae la cartera y unas monedas sueltas se desperdigan por el suelo. Me agacho para intentar recogerlas, pero me tambaleo, me fallan las rodillas y de pronto me encuentro tumbado de espaldas, mirando el techo de la estación.

Noto a Lola a mi lado. Me rodea los hombros con el brazo, intenta ayudarme a levantarme, pero estoy mareado, no consigo coordinar brazos y piernas. Así que me detengo y me quedo sentado un rato con la cabeza agachada, hasta que por fin consigo incorporarme y cruzar a trompicones el andén, camino del tren.

***

Tengo la chaqueta mojada, creo que de cuando intenté limpiarme el vómito en el lavabo, y cargo con una botella de vino y una bolsa llena de cervezas. Busco un asiento, me reclino y, con las piernas estiradas, veo pasar el horizonte borroso de la ciudad.

He buscado a Anna en Internet de vez en cuando, pero nunca he visto nada que indique que ha vuelto a casarse. Se ha aficionado a correr maratones. Al principio no podía creérmelo. Después de aquel fallido partido de *squash*, su desinterés por el deporte se había convertido en una broma recurrente entre nosotros. Pero cuando abrí el enlace vi que era ella, en efecto. Anna con camiseta de correr, en una fotografía publicada en un periódico de Buckinghamshire. Había quedado la tercera en una carrera benéfica. Todavía me acuerdo del titular: *Madre coraje corre por su hijo.*

Una vez, estando borracho, intenté sin éxito hackear su correo electrónico y su cuenta de Facebook utilizando todas las contraseñas que se me ocurrieron. Debería haber sabido que no lo conseguiría. Anna siempre ha sido muy cuidadosa para esas cosas.

Me despierto. Hace un rato que dejamos atrás Exeter, siguiendo la vía verde del estuario. He vertido vino sobre la mesa y la pareja que está sentada cerca de mí se cambia de sitio. Me miran mal y chasquean la lengua al alejarse. El tren sale de un túnel y de pronto perdemos de vista la tierra y nos arrojamos al mar: el tren circula tan pegado a la orilla, que da la sensación de que nos inclinamos y caemos a un gigantesco estanque de mar y cielo.

Saco de mi bolsa la cámara de Jack y echo un vistazo a sus fotos. El faro, de un blanco brillante, en el camino a Durdle Door; un plano borroso de un petirrojo, su pájaro favorito; su panorámica improvisada desde aquella terraza griega. Puede que Anna vaciara su cuarto, puede que tirara sus cosas a la basura, pero la cámara no iba a tirarla, de eso me aseguré yo. La cogí a escondidas de su mesita el día que murió y desde entonces nunca la pierdo de vista.

Me quedo dormido, creo, con la cámara de Jack en la mano. Cuando me despierto, veo que me he pasado de estación y que tengo una mancha húmeda en la bragueta. El alcohol me está poniendo cachondo y de pronto se me ocurre bajarme en la próxima estación y tratar de llegar a Tintagel para buscar a la chica del pub, pero ya es muy tarde, así que busco a Lola en Facebook, entornando los párpados para ver mejor, y encuentro una foto de ella en la playa, con un pareo y corales en el pelo. Intento ver sus fotografías con la esperanza de encontrar una en la que salga en bikini o con un vestidito ajustado, algo con lo que pueda fantasear cuando llegue a casa, pero su muro no es de acceso público.

De vuelta en casa, tras el trayecto en taxi desde Penzance, me dejo caer en el sofá con un vodka y pongo las noticias. Los rusos siguen bombardeando Siria y ha habido un terremoto en Pakistán. Luego cuentan no sé qué sobre desgravaciones fiscales y a mí empiezan a cerrárseme los ojos.

No sé si es el sonido de su nombre o la visión de su cara lo que me despierta, pero de pronto me incorporo y noto que el corazón se me sale del pecho como si acabara de despertarme de una pesadilla.

El doctor Sladkovsky, con la cara más carnosa de lo que recordaba, sale de un chalé custodiado por la policía, entre el brillo de los flashes.

Tardo un rato, porque todavía estoy muy borracho, pero por fin consigo poner la noticia desde el principio, sin saber con certeza lo que acabo de ver.

—Las acusaciones contra el doctor Sladkovsky son impactantes —afirmaba el presentador—. Los investigadores le acusan de inyectar a sus pacientes una sustancia que contenía plasma humano.

A la mañana siguiente echo mano de la botella de vodka que tengo junto a la cama. Plasma humano. ¿Lo he soñado? ¿Ha sido una fantasía retorcida, fruto de mi cerebro anegado en alcohol? Cojo mi portátil de la mesilla de noche y veo que la noticia aparece en los titulares de la BBC.

> *PRAGA — Un polémico oncólogo de la República Checa, acusado de mala praxis profesional.*
>
> *Zdenek Sladkovsky, cuya clínica ubicada en Praga atrae a miles de pacientes cada año, fue detenido el 12 de mayo por la policía checa. La fiscalía del país le acusa de emplear plasma humano en dudosos tratamientos de inmunoingeniería, así como de administrar a sus pacientes, sin su conocimiento, fármacos no autorizados. Se le acusa asimismo de comercializar productos anticáncer que violaban de manera flagrante la normativa farmacéutica europea.*
>
> *Según Jan Dundr, portavoz de la Fiscalía General, las pesquisas contra Sladkovsky se iniciaron hace cinco años, cuando los investigadores de la República Checa y la Unión Europea comenzaron a colaborar con las autoridades estadounidenses tras las numerosas denuncias de la FDA en contra de los tratamientos aplicados por Sladkovsky.*
>
> *A raíz de la investigación, la Agencia Europea de Medicamentos ha prohibido el uso de productos de inmunoingeniería y suspendido la licencia de Sladkovsky para ejercer la medicina.*
>
> *Según ha declarado Dundr, la policía se incautó de más de un millar de viales de sustancias farmacológicas al registrar la clínica de Praga. Al parecer, Sladkovsky, que se ha negado a hacer declaraciones ante la prensa, está cooperando con la investigación.*
>
> *El doctor Sladkovsky ya fue objeto de controversia en el pasado debido a sus costosísimas terapias experimentales. Aunque muchos de sus antiguos pacientes aseguran haberse recuperado gracias al doctor Sladkovsky, otros han criticado públicamente sus prácticas...*

Siento un hormigueo en la espalda, un sudor frío y noto cómo el pánico se va apoderando de mí: las palpitaciones, el entumecimiento del brazo izquierdo, el impulso de liarme a puñetazos o de sacarme los ojos.

Sigo buscando en Internet, pero todas las noticias que encuentro son un refrito del artículo de la BBC, así que me meto en Hope's Place para ver si se está hablando del tema en el foro.

Se me hace raro volver aquí. Durante mucho tiempo tuve la página en mis favoritos: entraba en ella cincuenta o sesenta veces al día. Echo un vistazo al listado de comentarios y no reconozco ningún nombre: motherofanangel, gliblsurvivor, strength, pleasegodhelpus. El foro se ha renovado por completo. Los niños mueren y sus padres ya no regresan.

El doctor Sladkovsky, detenido
De Chemoforlifer. Viernes 12 de mayo, 2017 19:39

Como seguramente muchos de vosotros ya sabréis, el doctor Sladkovsky ha sido detenido. Os adjunto el enlace al artículo de la BBC.

http://www.bbc.com/news/europe-sladkovsky–35349861k

Me indigna que este hombre haya engañado a tanta gente. Me indigna que hayan muerto niños en su clínica, niños que podrían haber vivido más tiempo si hubieran seguido un tratamiento convencional.

Me saca de mis casillas, porque a lo largo de estos años han sido muy numerosos los debates sobre Sladkovsky y sus tratamientos en este foro. Sería de agradecer que las personas que le apoyaban den ahora un paso adelante y reconozcan que se equivocaban: que era un error apoyar una terapia que ha costado a muchas familias no solo enormes cantidades de dinero, sino también un tiempo que habrían invertido mejor en otra parte.

Chemoforlifer

Re: El doctor Sladkovsky, detenido
De TeamAwesome. Viernes 12 de mayo, 2017 21:14

Me asquea la noticia, pero me alegro de que por fin hayan detenido a ese señor. ¿Cómo se atreve siquiera a llamarse «médico»? Es horrible.

Sigo sin entender. ¿Plasma humano? ¿Mala praxis médica? ¿Quiere decirse, entonces, que la inmunoingeniería no funcionaba? ¿Y qué hay de los niños como Josh?

Continúo leyendo el hilo para ver si cuentan algo más sobre los cargos que se le imputan a Sladkovsky, pero no encuentro nada nuevo. Solo indignación, jactancia, un aluvión de mensajes que pueden resumirse en un «ya os lo decía yo», gente que afirma que siempre ha sabido que las terapias de Sladkovsky eran una estafa.

Pero ¿dónde está Nev? Es curioso que no haya publicado ningún mensaje. Porque siempre aparecía en los hilos relativos al doctor Sladkovsky: mandaba enlaces a artículos académicos o a testimonios, o se limitaba a colgar fotos de Josh. Estos últimos meses he vuelto a leer todos sus mensajes. Había cerca de cincuenta y, aunque se me hacía muy penoso leerlos, buscaba pistas continuamente, algo que hubiera pasado por alto y que explicara por qué de pronto dejó de escribirme. Tal vez haya pasado página, harto del mundillo del cáncer, de los ataques y las amenazas, de la gente que le tachaba de mentiroso.

Busco su nombre de usuario en Hope's Place, pero dice «*cuenta inactiva*». Así que recurro a algo que no hago desde hace mucho tiempo: hackeo el foro.

Hay un *exploit* muy sencillo de ejecutar usando Perl que debería funcionar. En Cambridge, cuando nos poníamos hasta las trancas de vodka con Club Mate, lo usábamos para colarnos en los foros de la universidad. No es que hiciéramos gran cosa: solo mandar mensajes ficticios o gastar bromas pueriles.

Actualizo mi distribución Perl e introduzco el *exploit* en el directorio principal. Abro la línea de comandos e intento descifrar la contraseña de Nev. Aunque su cuenta esté inactiva, espero que sus *posts* y mensajes privados sigan archivados.

ipb.pl http://devasc/forum Nev

Van apareciendo letras y números en la pantalla a medida que el *exploit* rastrea el foro revisando líneas y más líneas de código. Tarda más de lo que recordaba y me preocupa que la contraseña esté envuelta en varias capas de código. Luego, sorprendentemente, aparece una contraseña cifrada.

4114d9d3061dd2a41d2c64f4d2bb1a7f

El cifrado es relativamente sencillo y utiliza un algoritmo estándar. Busco en Internet alguna utilidad que me permita descifrar *hashes* y encuentro una que no conocía llamada Slain and Able. En unos diez segundos, consigo la contraseña de Nev en texto sin formato.

Grossetto.

Vuelvo a meterme en el foro, reactivo la cuenta de Nev y restablezco su contraseña. Hay 15.462 mensajes en su bandeja de entrada.

¿Puedes ayudarme?
De Htrfe. Jueves 10 de julio, 2010 15:27

Querido Nev:

Te escribo desde Australia. En 2007, a mi hija le diagnosticaron un meduloblastoma que se ha extendido por su médula espinal.

He estado leyendo sobre tu experiencia en la clínica del doctor Sladkovsky y quería saber si podrías ayudarnos a conseguir cita. Por lo visto la lista de espera es bastante larga y no disponemos de mucho tiempo.

Miro la fecha. 2010. Hace siete años. Abro otro mensaje.

Una ráfaga de aire deja la habitación helada y empiezo a tiritar.
Sigo revisando la bandeja de entrada, leyendo por encima su contenido. Hay mensajes procedentes de todo el mundo: Utah, Madrid, Arbroath, Rapid City, Bratislava.

Me incorporo en la cama y me pongo las gafas de leer. ¿De verdad funcionaba el tratamiento? Es lo que querían saber todos. Habían leído malas críticas sobre la clínica, y luego se habían enterado
de lo de Josh. Porque si con Josh había funcionado, seguro que
también podía funcionar con...

Sigo leyendo, abriendo un mensaje tras otro mientras lleno y
vuelvo a llenar mi vaso de vodka. Nev respondía a todos los mensajes. Escribía una página tras otra hablándoles de su hijo, de la inmunoingeniería, de la clínica de Praga. Les aconsejaba que no se
dieran por vencidos, que no aceptaran un no por respuesta, porque
qué sabían los médicos, a fin de cuentas. Preguntaba por las madres, por los colegios de los niños, por los problemas con los suegros. Sabía cómo se llamaba el perro de la familia y en qué estado
estaba su césped.

Sigo leyendo y al poco rato se hace de noche y la luz de la luna
ilumina la habitación. Mientras voy abriendo carpetas, hay algo que
me llama la atención. En la bandeja de borradores hay almacenados unos veinte mensajes que parecen plantillas. En uno de ellos,
Nev se presenta y cuenta la historia de Josh; en otro, da detalles sobre el doctor Sladkovsky y la clínica. Al leerlos, reparo en ciertos
párrafos y frases. Estoy seguro de haberlos visto antes.

Es como ver estrellarse un avión todos los días, Joan. Aviones llenos de niños que no tendrían por qué morir...

Solo quiero que sepas, Kevin, que pienso en vosotros y que cruzo los dedos de las manos, los de los pies, las piernas y todo lo que haga falta.

Hay esperanza, John, siempre la hay. No te des por vencido, amigo mío.

Siempre supe que no era el único. Sabía que Nev se escribía con otros padres (me lo dijo él mismo), pero al echar un vistazo a los mensajes que me mandó, descubro esas mismas frases, palabra por palabra. Tan solo cambia mi nombre o el de Jack.

Abro otro mensaje de la bandeja de borradores.

Seguramente Matilda es todavía muy pequeña para jugar a Minecraft, pero a Josh le encanta. Acaba de construir un castillo y me ha dicho que quería mandárselo a Matilda para darle ánimos. (Le he contado que no se encuentra bien). Te mando una captura de pantalla. Espero que a Matilda le guste.

El mensaje lleva adjunta aquella imagen de Minecraft que recuerdo tan bien: el puente levadizo y los torreones hechos con bloques, y el letrero, en el que pone en este caso *Castillo de Matilda* y no de Jack.

Hago clic en el siguiente borrador y veo que está en blanco. Solo tiene una imagen. La abro y veo que es un dibujo que reconozco al instante. Creo que todavía lo tengo grabado en alguna parte, en el portátil.

Representa a un niño pequeño con la cabeza vendada, sentado en una cama de hospital. Y a dos dinosaurios vestidos de enfermeras. Me acuerdo de cuánto le gustaron a Jack los dinosaurios. Y de que me preguntó si aquella cama se podía sacar al exterior, para que el niño se sentara bajo ese radiante sol amarillo.

Anna tenía razón desde el principio. Nev estaba compinchado con la clínica, era un estafador que se aprovechaba de la desesperación ajena. Me engañó como a un primo.

Sigo en la cama, leyendo los mensajes de Nev. Me sirvo vodka en un vaso para cepillos de dientes y me lo bebo de un trago. Noto su picor en la garganta y me sube una arcada a la boca, pero me echo otro trago al coleto y el vodka me sabe a colutorio de menta y a vómito.

Ahora, cuando echo la vista atrás y analizo los detalles, lo veo todo muy claro. Nunca pensé que me fueran a embaucar, que pudiera dejarme engañar por un seudónimo, por un avatar, como uno de esos pobres memos que entregan los ahorros de toda su vida a una novia extranjera a la que conocen por Internet.

Inhalo y exhalo, conteniendo la respiración. Me dan ganas de salir corriendo, de precipitarme a la negra oscuridad de fuera y tirarme por el borde del acantilado, y sentir cómo se estrella mi cara contra las rocas. Noto que una vena o una arteria empieza a palpitarme en el cuello, pero está demasiado enterrada dentro de mi cuerpo. Ojalá pudiera alcanzarla, seccionarla y tocar su textura fibrosa, y sentir el latido de mi corazón. Porque el olor de la pena se parece mucho al de la vergüenza, y ya no distingo una de otra. Vergüenza por no haber podido salvarle, por no haber hecho lo suficiente. Por haberle dado plasma humano y Dios sabe qué más a mi hijo moribundo. Por seguir vivo, por no haber tenido el valor de acabar con todo.

Trato de recordar exactamente el aspecto que tenía Jack durante aquellas vacaciones en Grecia, con su cabello rubio y espeso y sus pantalones cortos de Spiderman. Pero, cada vez que lo intento, no consigo recordar el contorno exacto de su cara, la constelación de sus pecas, el brillo y el tono de sus ojos. Es como si estuviera pixelado, como si hubieran extraído su imagen de mi memoria para proteger su identidad, como la de un niño maltratado.

Recuerdo, en cambio, otras cosas de aquellas vacaciones: el bigote del camarero; el código de la caja fuerte de la habitación del hotel; la curva convexa del trasero de la monitora de aerobic. ¿Cómo puedo pensar en esas cosas? ¿Cómo puedo traicionarle así? Debería haber pasado cada segundo del día escaneando los rasgos de su cara, cada centímetro de su piel clara.

Nunca se olvida. Eso dicen: que nunca se olvida. Que no te olvidas de su tacto, de la suavidad de sus dedos; de su sonrisa dulce y desarmante. Que de pronto oyes una risa resonar en la habitación, cuando estás lavando la ropa. Que nunca olvidas.

Pero sí que olvidas, y el olvido te llega mucho antes de lo que imaginas, y en ese olvido hay vergüenza: vergüenza por no haber amado de verdad, por no ser más que un farsante. A veces no consigo recordar el rostro de mi hijo muerto, y sin embargo recuerdo con todo detalle los pechos de la última chica a la que me he tirado.

—Jack, Jack, Jack.

Digo su nombre en voz alta, una y otra vez, y un torrente de lágrimas aflora desde lo hondo de mi ser, desde más allá de las costillas, los pulmones o las paredes de mi pecho. Es como si mi corazón bombeara lágrimas.

—Jack, Jack, Jack.

Quiero abrir la ventana, trepar a lo alto del tejado y gritar su nombre, escribir en el cielo esas cuatro letras. Jack, mi precioso Jack.

Me parece verle delante de mí, al pie de la cama, de rodillas junto a su aparcamiento de madera, empujando suavemente un cochecito por la rampa. Sí, es él, no hay duda. Veo recortarse los mechones de su pelo revuelto contra la luz de la ventana. Se lleva un dedo a la boca y se muerde el labio, muy concentrado, como cuando trataba de escribir las letras de su nombre.

—Jack —susurro, pero no me hace caso y sigue moviendo la manivela del ascensor, pasando los cochecitos de un piso a otro.

—¿Me oyes, cariño? ¿Oyes lo que te digo? Por favor, contéstame, Jack, por favor.

Sigo diciendo su nombre mientras me balanceo, apoyado a un lado de la cama, retorciéndome las manos. Quiero hablarle a alguien de cómo cambiaba su respiración cuando dormía, de su expresión de desconcierto cuando se despertaba, de cómo se tapaba los ojos con las manos para esconderse de mí cuando se sentaba en el váter.

Quiero contarle a alguien que Jack estaba aprendiendo los números y que con el seis siempre se atascaba, y que probé mil trucos para que lo aprendiera: dibujarlo como una serpiente y pronunciar las eses exagerando el siseo. Quiero contar que estaba convencido de que Batman vivía en el jardín de atrás y que por las noches se quedaba dormido hablándose en voz baja. Quiero hablar de sus yogures en la nevera, explicar que ni Anna ni yo soportábamos tirarlos y que por eso los dejamos en el estante de arriba, con las tapas hinchadas, caducados desde hacía mucho tiempo.

Enciendo el portátil y abro una carpeta de mi correo titulada *Anna*. Le he escrito muchos borradores estos últimos dos años, pero nunca le he mandado ninguno. Algunos son especialmente venenosos. La llamo puta y zorra y le digo que mató a nuestro hijo. Enumero mis quejas punto por punto: que se negó a que Jack recibiera tratamiento en la clínica Sladkovsky y que antepuso su orgullo al bienestar de nuestro hijo.

Tiemblo, no de frío, sino porque es estremecedor descubrir de pronto lo frágil que es uno. Darte cuenta de que eso que creías a pie juntillas puede desintegrarse con toda facilidad, como un viejo pergamino convertido en polvo. Anna tenía razón desde el principio. En todo. Siempre dijo que Sladkovsky era un estafador y que Nev no era lo que aparentaba ser. Y yo la he maldecido por ello, la he pisoteado porque era demasiado arrogante para atender a razones. Estaba tan consumido por la soberbia que creía que todo, hasta la biología de mi hijo, podía hackearse. Llevo mucho tiempo asqueado, aborreciendo todo lo que me rodea, y ahora descubro que el único merecedor de ese asco soy yo mismo.

Asunto:
Enviado: Viernes 12 de mayo, 2017 18:18
De: Rob Coates
Para: Anna Coates

no hay otro modo de decir esto salvo que lo siento muchísimo. sé
que no merezco tu perdón por lo que hice y que os traté muy mal a
ti y a Jack estoy muy avergonzado de mí mismo lo siento muchísimo
anna.

viendo aquel atardecer, quise contarte más cosas acerca del cielo, Jack, pero estaba demasiado asustado. no quería meter la pata. debería habértelas contado, aun así, pero no sabía cómo hacerlo. ¿sabías adónde ibas a ir, jack? espero que no. espero que te imaginaras volando por el firmamento como el muñeco de nieve. y que encontraras el aire invernal cuajado de cariño.

2

Estoy tumbado en el sofá, en calzoncillos, viendo un programa de entrevistas americano. No puedo dormir por las noches sin mi anestésico habitual, así que me quedo despierto hasta la madrugada, dando vueltas, con la mente en un torbellino. El ansia puedo aguantarla, creo. Eso me lo esperaba. No me esperaba, en cambio, la pátina de sudor que noto constantemente en la espalda, las agujas que se me clavan bajo la piel, el trastabilleo de mi corazón, que brinca como una montaña rusa oxidada.

Tirito, helado de pronto, y me arropo hasta el cuello con una manta. ¿Qué he hecho? Puede que los retazos que recuerdo sean solo el principio. Puede que agrediera a Anna cuando estaba borracho, o que dijera cosas aún más hirientes. Me acuerdo de que una mañana me desperté con un hematoma en el brazo y sigo sin saber cómo me lo hice.

Pero eso no es nada, nada, comparado con lo que le hice a Jack. Plasma humano. Fármacos prohibidos. *Una negligencia estremecedora*. Y, ahora, un nuevo miedo que me impide dormir por las noches: la sospecha de que los tratamientos de Sladkovsky acelerasen la muerte de Jack.

Re: El doctor Sladkovsky, detenido
De Rob. Sábado 13 de mayo, 2017 04:39

Hola a todos, hace tiempo que no me paso por Hope's Place y solo
quería responder al mensaje de Chemoforlifer, ya que mi hijo recibió tratamiento del doctor Sladkovsky.

Siento asco de mí mismo. Mi mujer estaba convencida de que no debíamos acudir a la clínica, pero yo no le hice caso y llevé allí a mi
hijo, Jack. (A Jack le diagnosticaron el tumor en la primavera de 2014
y murió en enero de 2015, poco después de que dejáramos la clínica).

Siento mucho dolor y mucha culpa. No he parado de beber desde
que murió Jack, todos los días bebo hasta caerme borracho. Ahora lo
he dejado, pero no sé cómo voy a seguir adelante.

Me odio a mí mismo por lo que les hice a mi hijo y a mi esposa. Estoy tan avergonzado que me dan ganas de matarme. No me importaba nadie, solo yo mismo. Pido perdón a todas las personas a las que
he hecho daño.

Re: El doctor Sladkovsky, detenido
De Chemoforlifer. Sábado 13 de mayo, 2017 07:40

En primer lugar, Rob, espero que estés bien. Y, por favor, si quieres
hablar de este tema, escríbeme por privado o llámame (encontrarás
el número junto a mi firma). No sufras solo, por favor, y recuerda que
tus amigos de Hope's Place estamos aquí para ayudarte. Respecto al
doctor Sladkovsky, en fin, hace falta tener agallas para decir lo que
dices, para reconocer tu error. La vida nos enseña a todos. Te deseo
mucha paz.

Justo cuando voy a salir de Hope's Place, recibo un mensaje
privado a través del foro.

Re:
De naws09. Sábado 13 de mayo, 2017 15:21

¿Estás bien? Sé que no nos conocemos, pero no me gusta ver sufrir a nadie. Por favor, no te mates. Hay ya demasiada tristeza en este mundo. Yo perdí a mi niña, Lucy, hace unos años y entiendo perfectamente cómo te sientes. Sé lo negro que puedes verlo todo y sé cuánto dura esa oscuridad. Solo quería que supieras que aquí tienes una amiga por si alguna vez quieres hablar.

Re: Re:
De Rob. Domingo 14 de mayo, 2017 08:45

Hola, naws09. Muchísimas gracias por tu mensaje. Si te digo la verdad, me siento un poco idiota. Cuando escribí ese *post*, me estaba desintoxicando del alcohol y tenía el ánimo por los suelos. Perdona, no quería alarmarte.

Me ha emocionado la cantidad de desconocidos que, al igual que tú, me han mandado mensajes privados diciéndome que estaban preocupados por mí y ofreciéndome su apoyo. Así que muchísimas gracias. Significa mucho para mí.

Creo que, en el fondo, eso es lo que quiero: hablar, porque llevo mucho tiempo guardándomelo todo. Me acuerdo de que después de que muriera Jack mi mujer me dijo que necesitaba ayuda, y aunque yo sabía que la necesitaba me negué a aceptarla. Supongo que no tuve valor.

Espero que no te importe que te lo pregunte, pero ¿cómo lo haces tú? Seguir viviendo, quiero decir. Gracias otra vez por tu amable mensaje. Te lo agradezco de veras.

Saludos cordiales,

Rob

Re: Re:
De naws09. Lunes 15 de mayo, 2017 19:06

Hola, Rob, me alegra tener noticias tuyas y que ya te encuentres mejor. Bien hecho, por cierto, lo de la bebida (o lo de dejar la bebida, mejor dicho).

Me preguntas cómo lo hago yo. Pues no tengo una fórmula, eso está claro. Ni siquiera estoy segura de poder darte un buen consejo. Aunque parezca prosaico, intento mantenerme ocupada: trabajo mucho, corro, voy al gimnasio. Procuro interesarme por cosas distintas: libros nuevos, las series de televisión de las que habla todo el mundo en el trabajo.

No puedo decir que sea feliz, pero sobrevivo. Aun así, es solo un alivio temporal y he tocado fondo muchas veces. Me han dado ganas de cortarme las venas, de tirarme por un puente. He deseado cosas horribles, cosas por las que me avergüenzo de estar viva. Deseaba que esto les pasara a otros niños y no a mi hija.

Así que eso es lo que puedo contarte. Hay una cosa que hago y que creo que me sirve de mucho. Intento ayudar a la gente de la sección de Recién Diagnosticados. Me parte el corazón ver a esas personas desesperadas que lo están pasando tan mal, y procuro echarles una mano, darles apoyo, ser su amiga.

Cuando empecé a hacerlo en Hope's Place, descubrí que había todo un mundo que yo desconocía, que la gente contactaba por privado y que se escribía, que se hacían amigos por Facebook y esas cosas. Lo hacen discretamente, sin armar jaleo; hay cientos y miles de relaciones y vínculos personales que los demás desconocen. Es una cosa sin importancia, pero muy hermosa. Me he hecho muy amiga de varias personas de Hope's Place y eso ha significado muchísimo para mí. No soy una persona especialmente expansiva y me cuesta abrirme. Esas amistades con personas que han pasado por lo mismo que yo me han sido de gran ayuda.

Es verdad que eso no te devolverá a tu pequeño Jack..., pero nada va a devolvértelo.

Cuídate y sigue en contacto.

Mientas corro, veo a las gallinetas y a las gaviotas caminar por el barro, bebiendo de los pequeños canales que se abren en la arena. Paso junto al club náutico del estuario, frente a la clínica veterinaria y la vieja iglesia metodista, y aprieto el paso al subir por el sendero que serpentea junto al río.

Está ya muy avanzada la primavera, pero el sol calienta más de lo normal en esta época del año y tengo la camiseta y los pantalones cortos empapados de sudor. Enfilo un ligero repecho sin aflojar el ritmo y atravieso un túnel excavado en la roca hasta llegar al puente del ferrocarril, un viaducto de época victoriana que cruza todo el valle. Adelanto a dos cisnes que se deslizan parsimoniosamente con la cabeza gacha, buscando comida en la superficie del agua.

Ahora vengo aquí todos los días. Al banco de debajo del viaducto. Puede que sea por la soledad o el efecto sedante de la roca rojiza; el caso es que aquí arriba resulta fácil pensar sin que el alcohol lo emborrone todo.

El mundo tiene ahora cierta frescura quebradiza, como la escarcha matutina, tan delicada y pura que te da miedo dar un paso. Me fijo en las cosas que me rodean, en detalles que no había visto hasta ahora: en el borde desgastado del aparador; en el arcoíris que dibuja la luz del sol sobre la alfombra al atravesar la pantalla de una lámpara. Porque ahora, cuando escucho de veras, cuando me siento tranquilamente bajo el viaducto notando el hálito del viento y el picor del salitre en el aire, percibo, veo, oigo el mundo con una hipersensibilidad nueva, como si me hubiera quitado un tapón de los oídos y fuera capaz de advertir el ruido de un alfiler al caer al suelo.

Debería haberle hecho caso a mi padre. Le gustaba beber, pero odiaba a los borrachos. «Solo hablan de sí mismos, hijo», decía, «esos mamones aburridos, siempre dando la lata. Se creen muy listos, hijo, pero el chaval casi no se tenía en pie. Porque es lo que pasa con la bebida. Que te crees que estás desenvolviendo el mundo. Y no: es el mundo el que te está quitando el envoltorio a ti».

Llego a casa y me siento en medio del silencio de la cocina a beber un vaso de agua. La mujer con la que he estado hablando, naws09, tiene razón. Mantenerme ocupado me ha servido. Antes, la bebida gobernaba por completo mis días, los jalonaba y los mantenía en pie como los pilares de una iglesia o la llamada a la oración. He tenido que encontrar cosas con que sustituirla; tareas domésticas, sobre todo: ordenar las cucharas del cajón según su tamaño; preparar comidas complicadas; pasar una semana leyendo opiniones en diversas páginas de Internet acerca de los altavoces externos que conviene comprar para mi portátil. Hago algún que otro trabajo extra para Marc, más de lo que puedo sacar adelante, en realidad, pero sé que tengo que mantenerme ocupado para no caer en la bebida.

Las cosas que he empezado a recordar son todavía tan borrosas que no estoy seguro de que lo que recuerdo sea cierto. Porque los recuerdos se mofan de ti, te provocan desvelando un trocito aquí, otro allá, y nunca estás del todo seguro de que sean reales o una especie de llovizna sutil, imaginada.

Recuerdo que Anna me dijo que meé en sus girasoles. Que me meé en el recuerdo de nuestros hijos nonatos. Me estremezco. No hay circunstancias atenuantes ni posible reparto de culpas, solo la sórdida realidad de mi horrible conducta.

Por primera vez desde hace días, siento un deseo arrollador de beber. Podría montarme en el coche y estar de vuelta en casa dentro de veinte minutos con suministros frescos. Ahora mismo no se me ocurre nada mejor que abrir una botella de vodka o de vino y oír ese gorgoteo, ese ligero gluglú cuando el líquido se vierte en el vaso.

Pero no voy a hacerlo. Voy a darme una ducha y a limpiar el filtro del lavavajillas. No voy a beber. Es lo único que puedo hacer para intentar redimirme.

Re: Re:
De Rob. Jueves 19 de mayo, 2017 15:21

Muchas gracias por tu mensaje, naws09.

He intentado seguir tu consejo y mantenerme ocupado y la verdad es que creo que está funcionando: el solo hecho de tener un propósito cotidiano, aunque solo sea ordenar un armario o algo así.

Sé que tienes razón sobre lo de la sección de Recién Diagnosticados. Me encantaría poder hacerlo, ayudar a la gente, pero no sé si puedo. Creo que no doy para tanto. Además, teniendo en cuenta que llevé a mi hijo a la clínica del doctor Sladkovsky, no soy precisamente el más indicado para dar consejos.

¿Y tú qué tal estás, por cierto? Siempre hablo de mí, pero no sé nada de ti...

Re: Re:
De naws09. Viernes 20 de mayo, 2017 20:50

Claro que eres la persona indicada para ayudar a la gente de Recién Diagnosticados. Has pasado por todo eso, lo has vivido en carne propia. Sabes mejor que nadie lo que se siente.

Me preguntas qué tal estoy y, bueno, ya que quieres saberlo, la verdad es que últimamente estoy pasando por un bache. Todo me perturba, hasta las cosas más pequeñas. Estaba viendo uno de esos programas de la tele sobre los servicios de urgencias de los hospitales y salía una madre cuyo hijo había muerto atropellado por un coche. La mujer estaba destrozada, fuera de sí, y yo tuve de pronto una sensación de culpa espantosa por no haber estado nunca en ese estado, por no haber sido nunca como esa madre.

Estoy segura de que podría haber hecho mucho más para facilitarle las cosas a Lucy, para ayudarla a disfrutar de sus últimos meses. A veces me paraliza el miedo a que lo supiera: a que supiera que iba a morir y estuviera asustada, y a no haber podido quitarle ese miedo. Algunos días lo llevo mejor que otros, pero siempre tengo la sensación de haberle fallado.

Supongo que en el fondo siento que es culpa mía, que me lo merezco y que lo que le pasó a mi hija tuvo que deberse a algo que hice yo. Seguramente es una tontería, pero es lo que siento. Gracias por preguntar, de todas formas.

Re: Re:
De Rob. Viernes 20 de mayo, 2017 22:23

Pues claro que es una tontería ☺. Por supuesto que no es culpa tuya y que no deberías torturarte así. El problema es que puedo decirlo, puedo aconsejarlo, porque tú y yo sabemos que objetivamente es un buen consejo, pero saber que es una gilipollez no impide que yo sienta lo mismo a veces, sobre todo en los momentos más negros, cuando es tan difícil ver la luz, imaginarla siquiera. Así que te equivocas al sentirte así, pero te entiendo perfectamente, si es que eso tiene sentido. (Y ya sé que no te conozco, pero estoy seguro de que eras una madre estupenda).

Re: Re:
De naws09. Viernes 20 de mayo, 2017 23:45

Gracias. ¿Ves?, a eso me refería: se te da muy bien aconsejar a los demás. Deberías colaborar en Recién Diagnosticados. En serio. ☺

Quería preguntarte, por cierto, y por favor no me malinterpretes, que por qué acudiste al doctor Sladkovsky. En Recién Diagnosticados hay muchísimos padres que tiran por ese camino de las terapias alternativas (algunas incluso peores que las de Sladkovsky) y me gustaría ayudarles, disuadirles, pero nunca sé qué decir. Bueno, ya es tarde. Buenas noches.

Estoy sentado arriba, en mi despachito, tomando café. He intentado trabajar, pero no puedo dejar de pensar en Anna. Sigo sin tener noticias suyas. Volví a escribirle con más detenimiento, disculpándome y pidiéndole perdón. No espero respuesta. Sé que no merezco nada de ella.

Pero la echo de menos, y creo que en parte siempre ha sido así. Echo de menos a la Anna que con tanta alegría me hizo ir al maratón nocturno de *Star Wars* en el Ritzy. A la Anna que se quedó dormida en mi regazo en la playa de Brighton. Y aquella vez que jugamos al *squash*. Aquellos fantásticos culotes a lo Bobby Charlton. La cara que puso cuando se le echaron encima los animales.

Podía pasarme horas mirándola, observando los cambios infinitesimales de su semblante: su forma de sacar ligeramente el labio inferior cuando reflexionaba, como una caricatura de *El Pensador*. O cómo clavaba los ojos en el suelo después de decir algo de lo que no estaba segura (un instante de modestia, de incertidumbre) y luego volvía a alzarlos y proseguía, fortalecida de alguna manera por ese leve movimiento de la cabeza.

Me gustaría ver fotos suyas, pero las he borrado todas. Antes las tenía por todas partes. Pecios digitales, aletargados en la memoria de dispositivos desechados hace tiempo. Fotografías mal encuadradas, vídeos hechos a destiempo. Luego, sin embargo, al poco tiempo de instalarme en Cornualles, una noche que bebí demasiado, los borré todos. Recuerdo la pregunta del teléfono: *¿Está seguro de que desea borrar los archivos?*

De pronto siento un deseo febril de volver a ver esas fotos de Anna. Me descargo un programa de recuperación de datos que por lo visto puede rescatar archivos borrados hace años, pero no me sirve de nada. He formateado y reformateado tantas veces la unidad de disco que la huella digital desapareció hace mucho tiempo.

Y entonces me acuerdo. Mis copias de seguridad. Las viejas costumbres nunca mueren del todo, y yo siempre he hecho copias de seguridad. Una vez a la semana, rigurosamente, conectaba el ordenador a un disco duro externo.

Abro el programa de copia de seguridad y reviso todas las versiones antiguas de mi ordenador en el portátil que antes compartía con Anna. Escojo una, posterior en unos meses a la muerte de Jack, y oigo que el ventilador se pone en marcha y que la unidad de disco empieza a restaurarse.

Bajo a comer algo y cuando vuelvo la recuperación ha terminado. Me pongo a revisar los directorios y enseguida encuentro lo que estoy buscando. Anna en la playa, con la cara sombreada a medias por una pamela; Anna en un *pub* de Cambridge, sacando la lengua; Anna exhausta y sofocada, con Jack recién nacido y minúsculo pegado a su pecho.

Era tan guapa... Nunca se relajaba del todo cuando le hacían una foto; ponía siempre una sonrisilla, como si supiera algo que tú no sabías y que no iba a contarte.

Mientras voy pasando las fotos, veo algunas de Josh que debí descargar y grabar en el escritorio los últimos días que pasé en Hampstead. Les echo un vistazo: Josh con el uniforme del Manchester United; Josh en una fiesta de cumpleaños; y ese vídeo que me mandó Nev en el que llevaba el antifaz de Robin. A pesar de todo lo que sé ahora sobre el doctor Sladkovsky, sigo sin entenderlo. Nev y Josh no eran robots. No eran creación de un meritorio checo que trabajaba en el departamento de *marketing* de Sladkovsky. Existían. Yo hablé con ellos, vi fotos suyas, en carne y hueso.

Sé que tengo que encontrarlos, averiguar si es cierto que Josh falleció. Desde hace unas semanas busco por ahí tratando de dar con Nev, y hay un recurso que quiero probar. Abro un programa de pruebas de penetración que tengo en Linux y analizo la URL del blog de Nev.

wpscan — URL [nevbarnes.wordpress.com]

El programa busca fallos de seguridad, puertas falsas por las que puedan colarse líneas de código. Nev utilizaba una versión antigua de WordPress, sin parchear y llena de puntos flacos. Busco sus perfiles de usuario, pero están ocultos y protegidos por contraseña.

Doy por sentado que Nev es un seudónimo y trato de averiguar la contraseña por la fuerza.

wpscan — URL [nevbarnes.wordpress.com] wordlist [root/desktop/Nev]<27<1

Más líneas de comandos y luego un icono, un relojito de arena, mientras el programa trata de descifrar la contraseña sirviéndose de miles de combinaciones separadas por milésimas de segundo. Después un cursor y ahí está. Dejo escapar un sollozo cuando veo la combinación que eligió como contraseña.

Josh2606

Entro en su cuenta de WordPress y me voy derecho a los datos de facturación. Debajo del número de una de las tarjetas de crédito que aparecen listadas, hay una dirección postal. La busco en Google Maps: una casa en Preston.

3

Los ladrillos rojos de la calzada brillan como si los hubieran regado hace poco. Las falsas casas Tudor, con sus vigas marrones y sus recargados gabletes, están dispuestas en semicírculo alrededor del callejón sin salida. Los arquitectos trataron de romper la monotonía de las edificaciones nuevas añadiendo rasgos distintivos a cada finca: rocalla, una hiedra trepadora, una cerca de madera rústica.

Es un barrio más rico de lo que creía; no me imaginaba a Nev viviendo en un sitio así. Es muy de clase media: una calle de agentes inmobiliarios y ejecutivos de *marketing* cuyos vecinos leen el *Mail* y el *Times* y llevan a sus hijos a colegios privados de segunda fila.

Estoy cansado cuando aparco frente al número 36. El trayecto, de casi siete horas, se me ha hecho más largo de lo que pensaba y me alegro de haber reservado un hotel para pasar la noche.

Subo por la rampa de entrada notando cómo cruje la grava bajo mis pies y sigo a continuación un pulcro caminito de baldosas que atraviesa el césped. Llamo al timbre, un carillón electrónico, un sonido grave que retumba en toda la casa. Espero un rato, pero no abre nadie; estoy pensando en marcharme cuando un hombre abre la puerta. Pienso por un momento que es Nev (más elegante, más acaudalado), y luego vuelvo a mirarle y veo que es mayor que él y que lleva una especie de corbata.

—Hola —dice con un acento que imagino que es pijo del norte—. ¿Sí? ¿Qué quería?

Me mira de soslayo y me doy cuenta de que debo de estar mirándole fijamente.

—Eh, perdone —contesto, aderezando mi timbre de voz con una pizca de acento de Cambridge—. Estoy buscando a Nev Barnes. Soy un viejo amigo suyo. Perdimos el contacto y esta es la última dirección suya que tengo.

Me sudan las manos y noto que el hombre me mira detenidamente: se fija en mi voz, en mi ropa, echa una mirada furtiva al Audi por encima de mi hombro.

—Ah, el señor Barnes es el propietario anterior —contesta—. Se marcharon hace unos dos años. Su peque y él.

Su peque y él. Pienso en esas palabras. Su peque y él.

—Ah, vale —digo mientras me imagino a Nev y a Josh alejándose de allí en un coche repleto de maletas y bolsas de basura llenas de zapatos—. ¿No tendrá usted una dirección a la que remitirle el correo?

—Me temo que no. La venta fue muy rápida, dijo que iba a mandarme una, pero luego no lo hizo. Sí que tengo una dirección de correo electrónico, si le sirve.

—No, no pasa nada. Esa ya la tengo.

—Muy bien. —Parece confuso, como si desconfiara de pronto del extraño que ha llamado a su puerta.

—¿Y no tiene usted idea de a dónde fue?

Reflexiona un momento, sopesando todavía la situación.

—Creo que se trasladaron al barrio de Reeves, aunque parezca mentira. Está a las afueras del pueblo.

—Reeves, escrito R e e v e s.

—Sí, eso es.

—Gracias, ha sido usted muy amable. Puede que vaya a echar un vistazo por allí.

Me mira otra vez sin saber qué pensar de mí.

—Bueno, es un sitio muy grande. Y no creo que le convenga ir a echar un vistazo. Y menos con ese coche —añade señalando el Audi con la cabeza.

Me río.

—Ah, entiendo; bueno, gracias de todos modos. Quizá me lo piense, entonces.

—Sí, claro —contesta—. Mire, ¿podría hacerme un favor? Tenemos un montón de correo que le hemos estado guardando al señor Barnes. Y parece que usted tiene más posibilidades de dárselo que nosotros. ¿Le importaría llevárselo?

—No, claro que no. Lo haré encantado.

Desaparece un minuto o dos y yo me quedo en el umbral, azorado. Luego vuelve con cuatro bolsas grandes llenas de cartas.

—Aquí tiene —dice—. Evidentemente, su amigo era un tipo muy popular.

Guardo las bolsas en el maletero y, mientras el hombre me observa todavía desde la puerta, regreso a la carretera. En la calle principal, la mayoría de los locales comerciales están desocupados. Los que todavía quedan abiertos son puestos de comida india para llevar, empresas de radiotaxi, un despacho cutre que anuncia servicios de asesoría legal con el lema «*Si no gana, no cobramos*».

Me paro en el aparcamiento de un *pub*, un edificio pequeño, de una sola planta, entre filas de casas adosadas de dos pisos. El *pub* tiene un lado de la pared dañado por el fuego y, entre la hilera de casas, parece un diente roto y ennegrecido. Me quedo sentado un rato, tamborileando sobre el volante, mientras miro el mapa en el teléfono.

Mientras pienso qué hacer, alguien toca en la ventana. Junto al coche hay dos chavales esmirriados que están compartiendo una cerveza de alta graduación alcohólica.

—¿Buscas una lumi, colega? —pregunta el más pequeño cuando bajo la ventanilla.

—No —contesto sin saber siquiera qué es eso.

—¿Qué haces aquí aparcado, entonces? ¿Eres un pederasta o qué?

—Perdeos —les digo.

—¿Qué andas buscando por aquí, maricón? —El mayor de los dos empieza a reírse por lo bajo, chocan los puños y se pasan la lata uno al otro.

—La verdad es que estoy buscando a una persona. A lo mejor podéis ayudarme.

—¿Y por qué cojones vamos a ayudarte? —pregunta el mayor, y escupe al suelo.

—Puedo pagaros —digo.

—¿Cuánto?

—Veinte libras.

—Que te den, tío. Eso puedo sacarlo en cinco segundos vendiendo unas papelinas.

—Cincuenta.

Se miran, interrogándose mutuamente bajo sus gorras de visera.

—Vale. Danos la pasta, entonces.

Les enseño un billete de cincuenta libras manteniéndolo fuera de su alcance.

—Estoy buscando a un tal Nev Barnes. ¿Lo conocéis?

—Puede.

—No os hagáis los tontos. O lo conocéis o no lo conocéis.

—Lo creas o no, colega, yo sí le conozco —dice el más pequeño—, pero no pienso decirte nada si no nos das primero el dinero.

Le miro de arriba abajo.

—Vamos, entonces.

Les doy el billete, pero se quedan allí parados, sonriéndose el uno al otro mientras encienden un cigarrillo.

El más joven de los dos se inclina hacia la ventanilla del coche. Huele a desodorante barato.

—Te lo voy a decir, colega —dice bajando la voz casi hasta susurrar—. Te lo voy a decir porque conozco a Nev, vaya que si le conozco. Su peque va a mi colegio. Se mudaron aquí hace un par de años.

Su peque. Su peque y él. Me tiemblan tanto las manos que tengo que agarrarme al volante.

—¿Ves a esos tíos de allí? —Señala a unos chicos mayores que hay al otro lado de la calle, montando en BMX, y yo asiento—. Pues si no me das otro billete de cincuenta, voy a decirles que acabas de ofrecerme cincuenta pavos por hacerte una mamada.

Pone una sonrisa angelical, como si le fueran a hacer una foto escolar y, aunque sé que me está timando, no tengo elección, así que saco otro billete y se lo pongo en la mano.

Sonríe y se guarda el dinero descuidadamente en el bolsillo.

—Es aquí al lado, tío —dice—. Doblando la esquina. Tiene una valla roja y hay un Ford Fiesta viejo aparcado en la puerta.

—Gracias.

—Que te den, pijo de mierda —contesta, y se alejan riendo y bebiendo de la lata.

El chaval tenía razón. Estaba a treinta segundos de distancia: un gran rectángulo de hierba rodeado de casitas adosadas. Sobre la hierba hay montones de desperdicios, grandes contenedores industriales y una fogata envuelta en un halo negro. En la esquina del descampado hay una zona de baldosas con parches de cemento más claro, donde en algún momento hubo un tobogán y unos columpios.

Veo la casa de Nev, el Ford Fiesta en la entrada, la valla roja desvencijada, una cruz de san Jorge colgando de la ventana de su vecino. Mientras aparco, unos críos que estaban jugando al fútbol en el descampado se paran y me miran con curiosidad. Les observo sacando pecho para que piensen que soy un cobrador, alguien con quien no conviene meterse. Y entonces, justo cuando estoy a punto de dar media vuelta y cruzar la valla de Nev, le veo.

Me doy cuenta enseguida de que es Josh. Está jugando al fútbol y su cabello rubio ondea tras él cuando se agacha, gira y hace fintas. Su cabeza y sus hombros sobresalen por encima del resto. Parece fuera de lugar entre esos chavales que se encorvan, arrebujados en sus sudaderas, y echan una calada entre gol y gol. No puedo parar de mirarle mientras sortea a tres jugadores, engaña al portero y cuela sin esfuerzo la pelota entre dos latas de gasolina.

He visto tantas veces sus fotografías que conozco el tono exacto de su pelo, el contorno de sus hombros levemente redondeados. Aunque ha crecido, reconozco su sonrisa tímida, la forma en que el pelo le cae sobre la cara cuando regresa con sus compañeros de equipo con paso tranquilo.

He visto antes esa sonrisa. Una foto de Nev y de él de pie junto al Ángel del Norte. Tengo que hacer un esfuerzo por detenerme, por sobreponerme al impulso de acercarme a él, de ver y tocar a ese niño milagro. Quiero coger su cara entre mis manos, sentir el sofoco de su piel. Le saludo con la mano pero no me ve, no contesta.

La cancela de la casa de Nev está rota y hay que levantarla un poco para abrirla. Toco el timbre y espero. Junto a la puerta hay varios pares de zapatos de niño: deportivas y unas botas de agua azules con las suelas encostradas de barro. Su peque y él.

Reconozco al hombre que abre la puerta. Es el Nev con el que he hablado, no hay duda, el que he visto en vídeos y fotografías, pero no el Nev que recuerdo. Tiene la cara demacrada, sin afeitar, y el cuerpo enjuto como un alcohólico desnutrido. Los vaqueros le cuelgan flojos de las caderas y su sudadera gris Fruit of the Loom tiene los codos agujereados. Parece más flaco, más viejo, como si, cumplidos ya los setenta, siguiera llevando la ropa que usaba de joven. Tiene los labios secos y agrietados y los hombros cubiertos de caspa que se sacude con un ademán.

—Hola, ¿quería algo?

Su acento es muy cerrado, mucho más cerrado de lo que me pareció cuando hablamos por teléfono. Me fijo en que echa un vistazo por encima de mi hombro, hacia los chavales que juegan en el descampado.

—¿Nev?

Se queda parado y me parece advertir un destello de temor en sus ojos.

—Sí, ¿puedo hacer algo por ti, tío?

Las largas vocales de su acento de Lancashire me recuerdan que estoy muy lejos de casa.

—Soy Rob, el papá de Jack —digo jovialmente.

Su expresión no se altera, y no estoy seguro de que se acuerde de mí.

—¿Te importa que hablemos unos minutos?

Me mira de arriba abajo. El porche huele un poco a moho, como un invernadero, y en el rincón hay varios montones de periódicos gratuitos y una carretilla de reparto plegada.

—Bueno —contesta, manteniendo la puerta abierta.

Por dentro la casa está impecable: un pequeño oasis apartado de la calle. Un sofá raído pero limpio y una chimenea en cuya repisa no hay ni una sola mota de polvo. Hay libros infantiles apilados con esmero en el rincón, y a través de la puerta de la cocina, pegado en la nevera, veo un dibujo hecho por la mano de un niño.

Me siento en el sofá y Nev ocupa una butaca pequeña y dura que hay en la esquina. Nos quedamos callados un momento. Detrás de él, en un estante, hay una colección de figuritas blancas, de ángeles y caballos al galope. Están colocadas en perfecta simetría, como un mudo ejército de porcelana.

—No me acuerdo de ti... Creo que no, creo que no me acuerdo de ti —dice Nev.

Parece empequeñecido, sentado en el rincón, patético como un hombre retratado por un cazador de pederastas.

—No pasa nada. Sé que te escribías con un montón de gente. Hablamos por teléfono hace un par de años e intercambiamos varios correos. Mi hijo se llamaba Jack.

Nada, ni siquiera un destello de reconocimiento. Se lo conté todo: lo del tratamiento de Jack, lo de mi relación con Anna. Y ahora parece que estoy hablando con otra persona.

—Fuimos a Praga a que le dieran tratamiento, pero mi mujer no quiso continuar —explico con la esperanza de que se acuerde—. Jack murió poco después de que volviéramos.

—Vaya, lo siento mucho —dice, pero es como si estuviera en otra parte, oyendo otra conversación. Habla entrecortadamente, farfullando las palabras—. ¿Cómo has sabido mi dirección?

—Preguntando por ahí —respondo, y entonces hace amago de hablar, pero se oye un grito fuera y algo, una pelota, creo, golpea una de las ventanas de la fachada.

Nev no se inmuta. Por lo visto esto sucede muy a menudo.

—¿Ese de fuera, el que está jugando al fútbol, es Josh? —pregunto—. ¿El chico rubio?

Nev dirige los ojos hacia la ventana y luego se recuesta en la butaca. Guarda silencio un momento, como si le costara articular palabra, como si intentara sobreponerse a un tartamudeo. Veo sobre la mesa baja unos folletos impresos chapuceramente. *Nev Barnes. Chapuzas y trabajos en general. Pintura, jardinería, arreglos de todo tipo. Tlf: 01772 532676.*

—No, ese no es —contesta al cabo de un rato—. Aunque creo que sé cuál dices. El chaval larguirucho.

Pienso en el chico de fuera, colando la pelota entre las latas de gasolina, apartándose el largo pelo rubio de la cara. Era Josh, estoy seguro de que era él.

Nev sigue inmóvil. Fija un instante la mirada en uno de los ángeles, como si acabara de advertir que tiene una mota de polvo en el ala.

De pronto se levanta del asiento, da unos pasos hacia mí y de pronto parece alterado, a punto de perder los nervios; se golpea las piernas con las manos, un sarpullido rojo se extiende por su cuello.

—Mira, no quiero ser grosero, pero ¿qué es lo que quieres? Yo... siento mucho lo de tu hijo, pero... pero... no creo que pueda servirte de ninguna ayuda.

—Entonces, ¿dónde está Josh? —pregunto y, aunque no es esa mi intención, suena como una amenaza.

Nev se acerca como si quisiera enseñarme la puerta, pero yo no me muevo, me quedo sentado en mi sitio. Está cada vez más nervioso, se pasea de un lado a otro por el cuarto de estar.

—No sé por qué has venido aquí —dice mientras se retuerce las manos como si estuviera escurriendo ropa mojada.

—Solo quiero saber qué fue de Josh —contesto mirándole a los ojos.

—¿Que qué fue de Josh? —repite, y chasquea los dedos y hace sonar los nudillos—. ¿Por qué me preguntas por mi hijo? —Está a mi lado, de pie, y huele a sudor rancio—. Creo que es hora de que te marches.

Me levanto para encararme con él. Parece aún más pequeño; le saco casi una cabeza.

—¿Dónde está Josh, entonces? ¿En el colegio?

Me mira y desvía los ojos.

—Sí, eso es, está en el colegio, el crío está en el colegio —dice, y ni él mismo parece creérselo.

—Estás mintiendo, Nev. Sé que estás mintiendo.

—Mintiendo, pero qué dices... Te lo estoy diciendo, tío, está en el colegio, nada más doblar la esquina. Volverá dentro de un rato, se pondrá a hacer los deberes. O saldrá a jugar al fútbol con sus amigos. Siempre tengo que llamarle para que venga a merendar porque es un loco del fútbol, mi Josh...

No parece encontrarse bien. Ha dejado de pasearse y se mantiene erguido, muy quieto, sujetándose a la repisa de la chimenea. Tiembla y tiene una mirada vidriosa, como si le hubiera dado una especie de ataque.

—¿Estás bien? —pregunto tocándole el brazo—. Quizá deberías sentarte.

Le ayudo a llegar a la butaca y se deja caer en los cojines mientras intenta recobrar el aliento.

—Mi Josh murió hace cinco años —dice de pronto, y desvía la mirada hacia la pared.

Yo no digo nada y él sacude la cabeza.

—No se recuperó, qué va, pobre muchacho. Se murió allí, en Praga. —Se inclina hacia delante en su asiento, hacia mí, dando la espalda a los ángeles—. Él también estuvo en la clínica, en la clínica del doctor Sladkovsky, para que le dieran tratamiento, pero tampoco le sirvió de nada. Yo no lo entendía. Leía todos esos testimonios sobre niños y niñas que se recuperaban... Pero a nuestro Josh al final no le sirvió de nada.

—¿Qué...? No... Entonces, ¿por qué decías que estaba vivo, que se había recuperado? —pregunto notando que se me eriza la piel de la nuca.

Se encoge de hombros y me doy cuenta de que su pie izquierdo se mueve compulsivamente, apoyado en la moqueta.

—No entiendo —insisto—. Todas esas cartas, las fotografías de Josh... Hablamos por teléfono y le oí. Recuerdo que le pediste que se quitara los zapatos y que se oían los dibujos animados en la tele. Y ese vídeo en el que salíais los dos disfrazados de Batman y Robin... Es que no lo entiendo. ¿Quién era, entonces, el de las fotografías?

Nev se hunde aún más en la butaca.

—El niño más pequeño era mi Josh. Se las hice cuando estaba allí, en la clínica, o más o menos en esa época. Pero el niño mayor, ese era su primo Tim. Eran de la misma edad. Todo el mundo pensaba que eran hermanos. Es el hijo pequeño de mi hermana.

Trago saliva, intentando quitarme algo de la garganta, algo denso y espeso como la tierra. La compasión que sentía hace un momento por Nev se ha esfumado.

—Entonces, ¿obligabas a su primo a hacerse pasar por Josh?

—No, nada de eso. Él sabía lo que le había pasado a Josh, claro, y que yo participaba en todos esos foros de padres de niños con cáncer. Así que cuando nos disfrazábamos y hacíamos esa chorrada de vídeos, pensaba que estaba ayudando a los chavalines enfermos. Si te soy sincero, le gustaba. Le encantaba ayudar, la verdad. Mira, no se me da muy bien decir estas cosas, pero, en fin, yo... lo siento, lo siento de veras —dice Nev.

—¿Lo sientes? —Me inclino hacia delante, sentado al borde del sofá—. ¿Has visto las noticias últimamente? ¿Has visto lo que ha hecho ese hombre? ¿A niños, a familias enteras, a gente como yo? Y tú te quedas ahí sentado como si la cosa no fuera contigo, como si no tuvieras nada que ver con ello.

—Pues sí, pero te juro por Dios que yo no sabía nada. Creía en el tratamiento, de verdad que sí. Porque cuando mi Josh empezó a ir a la clínica y le hicieron los primeros tratamientos, nos enseñaron un montón de cifras y decían que estaba funcionando. Las proteínas, la GML y la CB-11, decían que era un síntoma de que el tumor estaba desapareciendo. Así que seguimos con las sesiones, una tanda detrás de otra. Pero era muy caro, sabes, y no teníamos mucho dinero, así que pedí prestado a todo el mundo y, cuando ya no pude pedirle a nadie más, tuve que rehipotecar la casa.

Solloza y se limpia la nariz con el dedo.

—Después de doce tratamientos, el doctor Sladkovsky decía que estaba funcionando, pero que había que continuar. Yo... no sabía cómo iba a pagarlo, pero firmé para cuatro tandas más, y luego para otras tres. Y quién no, claro. ¿Qué vas a hacer, si es tu hijo? Ellos me decían que se estaba recuperando, que estaba mejor. Está funcionando, funciona, decían, funciona. Yo creía de verdad que mi Josh iba a ponerse bien. Porque estaba completamente cambiado, de veras que sí. Más alegre, y tenía color en las mejillas, y todo mejoró: su forma de hablar y de andar. Parecía como nuevo. Ni punto de comparación con cómo estaba con la quimioterapia...

Le brilla la frente de sudor y se limpia las manos en los pantalones.

—Ya me había pasado con mi mujer, sabes, y no iba dejar que también le pasara a mi Josh.

—¿Tu mujer?

—Sí. Tuvo cáncer unos años antes que Josh. Fue muy rápido. —Traga saliva y respira hondo—. Fuimos de excursión al campo un fin de semana, mi Lesley era muy andarina, y de repente le dio un dolor muy fuerte y tuve que llevarla a urgencias. Y zas, cáncer

de páncreas. Le dieron nueve meses de vida, pero solo duró tres.
—Señala con la cabeza los ángeles y los caballos alados—. Las figuritas eran suyas. Las coleccionaba.

Se hace el silencio en el cuarto. Solo se oye el ruido de los niños jugando fuera y una sirena de policía a lo lejos.

—Por eso fui a Praga, si te digo la verdad, por eso me gasté todo lo que tenía. Fue a parar todo a la clínica: los ahorros, la casa, el dinero de los amigos. Porque no podía soportar ver a mi Josh pasar por lo mismo que pasó mi Lesley.

De pronto me acuerdo de algo que leí en Hope's Place: que en este asunto todos éramos víctimas. Víctimas. Pero cada cual seguía su camino. Hacíamos lo que podíamos por nuestros hijos, lo que haría cualquier padre.

—Lo siento —digo—. Lo de tu mujer. Pero eso no explica por qué defendías los tratamientos si sabías que no funcionaban.

—Yo... al principio no lo sabía, si te soy sincero. Empecé a hacer publicidad de la clínica y a hablar de ello en los foros cuando creía que Josh estaba mejorando. Ellos me aseguraban que el tratamiento funcionaba y yo les creía. Estaba convencido. Quería gritarlo a los cuatro vientos. Y empecé a hablar bien de la clínica porque quería de verdad, te lo juro por Dios, Rob, quería ayudar a otros niños.

Sigo inclinado hacia delante en mi asiento. No quiero perderme ni una palabra.

—¿Y cuando murió Josh?

—Bueno, al principio me engañaba a mí mismo. Seguía pensando que algo de verdad tenía que haber. Josh duró más de lo que pensaban los médicos. Y a lo mejor, si hubiera empezado antes el tratamiento, habría funcionado. Eso me decía a mí mismo: que la culpa era mía. —Se mira el regazo—. Pero también fue por dinero, lo reconozco.

—¿Por dinero?

—Sí, por dinero. —Me mira—. No intento disculparme. Sé que he hecho mal. Estaba hasta el cuello. Sí, hasta el cuello. Fue alguien que trabajaba en el departamento de *marketing* del doctor Sladkovsky. Vieron mis mensajes en los foros y me ofrecieron una comisión por cada paciente que llevara a la clínica. Verás, yo estaba desesperado, absolutamente desesperado. Le debía muchísimo dinero a Sladkovsky, más de cien mil libras. Y después de saldar las demás deudas, la venta de la casa solo cubrió la mitad. Me dijeron que podía pagarles lo que les debía trabajando para ellos.

»Al principio no estaba seguro, porque sabía que tendría que mentir sobre Josh, pero luego me amenazaron con demandarme, me hablaron de no sé qué tratado de extradición. Ya había perdido la casa y todo lo demás, y estaba muy asustado porque tenía que cuidar de Chloe y por aquí no hay trabajo, nada. Y entonces empezó a llegarme dinero de Sladkovsky, un buen dinero, y empecé a saldar la deuda y pudimos irnos de casa de mi madre y venirnos aquí...

—¿Chloe? —pregunto.

—Ah, sí, perdona, estoy hablando sin ton ni son, ¿no? Chloe es la hermana de Josh.

Las botitas de agua en la puerta, los dibujos de la nevera, la tele sonando de fondo. Su peque y él.

—Sabía que estaba haciendo mal, pero no podía dejar a Chloe en la estacada, ¿comprendes? Perdió a su mamá y luego a su hermano, y yo no quería que también tuviera que ver a su padre metido en la cárcel. Quería que tuviera una casa, con su habitación y todo eso.

Las nubes han tapado el sol y ahora hay menos luz en el cuarto de estar.

—¿Puedo...? ¿Puedo ofrecerte algo? ¿Un té o un café, o algo así? —pregunta Nev.

No contesto. Solo niego con la cabeza.

—Y tu hijo Jack... ¿Dices que estuvo en la clínica de Sladkovsky?

—Sí, cuando nos quedamos sin opciones. Le dieron un par de tandas de tratamiento y luego paramos.

No sé por qué, pero saco la foto de Jack que llevo en la cartera y se la paso a Nev.

—Ah. —Dice sonriendo—. Creo que me acuerdo de él, por tus correos. Parece un chaval muy simpático. Se parece mucho a ti.

Cojo la foto y vuelvo a mirarla. Se la hicimos en un parque infantil cerca de Regent's Park, pasada la esquina de la clínica de la doctora Flanagan en Harley Street.

La pelota vuelve a golpear la ventana y oigo como tiembla y se comba el cristal. Nev no se inmuta. En un rincón de la sala hay un montón de ropa doblada y me doy cuenta de que ha estado planchando las camisas del uniforme escolar de su hija.

—¿Por qué paraste, entonces? —pregunto.

—¿Que por qué paré de trabajar para Sladkovsky, quieres decir?

—Sí.

—¿Quieres saber la verdad?

—Me gustaría, sí.

—Porque saldé mi deuda —dice encogiéndose de hombros—. Era libre. Ya no podían demandarme. —Se queda callado un momento y se mira el regazo—. Mira, yo… siento muchísimo lo que he hecho, de verdad, y siento mucho lo que le pasó a Jack.

Me molesta oírle decir el nombre de Jack. Me parece una falta de respeto, como si ese nombre solo pudiera ser pronunciado en voz baja, fervorosamente. Y desde luego no por un extraño. No por Nev.

—¿Con el dinero, compraste eso, entonces? —pregunto señalando el enorme televisor de alta definición que hay en la esquina.

—Vas a pensar que es mentira, pero la verdad es que me tocó en un sorteo.

—Ya, Nev, porque tú nunca me mentirías, ¿verdad que no? Tú nunca harías eso.

Me remuevo en mi asiento. La espuma de los cojines es vieja y me hundo en el hueco del medio. Miro a Nev, su cuerpo enjuto agazapado en la butaca, su historia lacrimógena.

—¿Tienes idea de cuánta esperanza me diste? Y no solo a mí, sino a cientos de padres que estaban en la misma situación. Tú no te acordarás, Nev, pero yo sí. Me acuerdo de una vez que recibí un correo tuyo. Estaba en nuestra casa de Londres, en el patio. Creo que debí de leerlo cien veces. «Buenas noticias», decías. «A Josh le han hecho pruebas y ha vuelto a dar negativo». Todavía me acuerdo de esas palabras porque significaron mucho para mí. Leí ese correo una y otra vez, en mi ordenador, en el teléfono...

Me interrumpo. No hay nada más que decir. Me levanto para marcharme y Nev se queda sentado, inmóvil, encorvado en el rincón. Me acerco a él y cree que voy a pegarle y se encoge, se hunde aún más en los cojines.

—Eres patético, Nev. Absolutamente patético.

Tengo ganas de golpearle, de partirle la cara, pero no me fío de mí mismo, me da miedo no poder dominarme, así que doy media vuelta y me marcho. Al cerrar la puerta de la casa, le oigo llorar.

Fuera, los chavales que estaban jugando al fútbol se han congregado junto a mi coche y vuelvo a ver a ese chico, al chaval que yo creía que era Josh. De cerca parece distinto. Su pelo rubio, que antes parecía brillar, ahora se ve grasiento y descuidado. Tiene ronchones alrededor de la boca, como si hubiera estado esnifando pegamento.

—Te gusta ver jugar al fútbol a los chavales, ¿eh, colega? —pregunta.

Es mayor de lo que pensaba. Solo le saco media cabeza. Bebe de una lata amarilla de bebida energética y lanza un escupitajo largo y pegajoso. Ahora, al mirarle, me doy cuenta de que no se parece nada a Josh: tiene la cara mucho más afilada, mucho más dura, y el pelo de otro color.

—Que te den —contesto.

—Que te den —dice imitando mi acento de Londres, y se ríen todos, mofándose de mi forma de pronunciar.

—Estás un poco lejos de casa, ¿eh, tío? —añade, y los otros vuelven a reírse y se me acercan mientras camino hacia el coche.

—¿Este es el que te ha dado cien pavos por chuparle la polla, Gary?

Se ríen al unísono, como un coro griego enloquecido. Al fondo veo a los dos chavales que me han dicho dónde vivía Nev, con las gorras de béisbol echadas sobre la cara.

Al cerrar la puerta del coche, se me arriman en bloque, como un regimiento bien entrenado. Tiemblo, no acierto a meter la llave y tengo que agarrar el volante para que dejen de temblarme las manos. Arranco con un chirrido de neumáticos mientras les oigo canturrear a coro: «¡Pederasta! ¡Pederasta!» y llueven piedras y patadas sobre mi coche.

4

Re: Re:
De Rob. Viernes 2 de junio, 2017 11:45

Hola, espero que vaya todo bien y que te encuentres un poco mejor. En tu último mensaje me preguntabas por qué llevé a mi hijo a la clínica del doctor Sladkovsky. Pues, dicho en pocas palabras, porque soy idiota, porque estaba desesperado y porque era incapaz de aceptar que mi hijo se iba a morir.

No pretendo justificarme. Anna, mi mujer, estaba segura de que Sladkovsky era un farsante. Me lo dijo una y otra vez, pero yo no la escuché. La traté muy mal y, lógicamente, no quiere saber nada de mí. Ojalá pudiera rectificar, borrar de alguna forma el daño que le hice, pero me parece que ya es demasiado tarde para eso.

Por lo demás estoy bien. Como siempre, gracias por escucharme. ¿Tú qué tal vas?

Re: Re:
De naws09. Viernes 2 de junio, 2017 13:27

Hola, Rob. Voy tirando, gracias, un poco encerrada en mí misma últimamente. (Me pasa cuando no hago casi nada excepto trabajar y volver a una casa vacía).

Me gustaría tanto recuperar mi vida de antes. A veces miro Facebook y veo lo que estaba haciendo en esa fecha hace tres años, antes de que pasara todo esto, y me pone muy triste ver mi antigua rutina: el parque de bolas, mis clases de aerobic, las excursiones en familia. Es raro: una vida que te resulta tan conocida y sin embargo, ahora, tan distante.

Tengo una foto de Lucy, mi hija, en la bañera. Está de pie, con las gafas de buceo puestas, porque le encantaba ponérselas para bañarse y meter la cara debajo del agua y hacer burbujas. En la foto tiene una expresión tan bonita, casi un poco melancólica o enfurruñada, como si estuviera harta de que le hiciera fotos. No puedo parar de mirarla. Es como si quisiera tocar la fotografía, meterme dentro, volver a estar en ese cuarto de baño, con ella, otra vez. Perdona, este mensaje se me ha ido un poco de las manos. Seguramente no tiene ni pies ni cabeza. Cuídate.

He descargado todos los mensajes de Hope's Place dirigidos a Nev y los he organizado en una base de datos. Así es más fácil revisarlos, por ubicación y año de envío. No sé exactamente por qué los estoy leyendo. Sé que estoy buscando algo, pero ¿qué? ¿Una razón que explique cómo me dejé engañar por él, por qué estuve tan dispuesto a dar crédito al doctor Sladkovsky?

Algunos nombres me suenan, por el foro. Thomas Banson. John Stevens. Murial Stenovic. Priya Davidov. Sus hijos han muerto ya, casi todos. Leo sus necrológicas en periódicos locales: hablan de su pasión por los Lego o por el Leicester City Football Club, o de sus zapatillas afelpadas favoritas. Hay elegías en Facebook compartidas centenares de veces que hablan de la determinación de esos niños, de su sentido del humor y de la gracia que demostraron hasta el último instante.

Nunca me ha interesado la gente de Hope's Place. No me importaban sus vidas. Solo leía sus comentarios para averiguar qué tratamientos habían seguido sus hijos y si podían servirle a Jack. No tenía ningún interés por los hilos *off-topic*, por sus planes de fin de semana y sus excursiones, por los juegos de asociación de palabras que hacían a veces.

Creo que hasta los miraba con desprecio. Sus ventas de pasteles, sus *hashtags*. «Los que nadan con delfines», solía llamarlos. Gente que hablaba de lo bella que era la vida, que alababa cada amanecer, que intentaba convencer a los demás (y a sí mismos) de que el cáncer de sus hijos era una bendición.

Ahora, en cambio, tengo ganas de saber de ellos, de conocer a todos esos padres desesperados que le abrieron su corazón a Nev. Por eso leo sus relatos, el análisis forense de cómo se gestó todo: la pérdida de apetito, los mareos en el colegio, cómo creyeron en un principio que no era nada, que quizá solo se debía a que su hijo jugaba demasiado al fútbol los fines de semana. Leo sus descripciones acerca del día en que recibieron el diagnóstico, tan meticulosas y detalladas como si estuvieran declarando ante un tribunal: cuentan si brillaba el sol, el estado del tráfico aquel día, el olor del perfume de la recepcionista, la sensación pegajosa de los asientos de piel de la sala de espera.

Leo acerca de sus vacaciones en familia, de los trabajos que tanto les gustaban y a los que vivían entregados, de sus viajes a la cabaña del lago. Las cosas que hacían con sus hijos, las visitas a Peppa Pig World, las fiestas de cumpleaños con temática de superhéroes. Leo acerca de sus esperanzas (un ensayo clínico, inyecciones de vitamina C) y de lo bruscamente que quedaron aplastadas. Leo acerca de cómo perdían la fe, de cómo maldecían a Dios por permitir que sucedieran estas cosas.

Hablan mucho de «antes». Antes del diagnóstico. Antes de que ocurriera todo esto. Antes de que enfermara Jamie. Porque de pronto la vida se deslindaba de otra manera. Ya no era «antes de que nos casáramos» o «antes de que naciera Jamie». Había un nuevo antes y un nuevo después. Y me fijé en cuánto necesitaban hablar de ese antes, rememorar esa vida anterior, porque era el mundo al que querían regresar. Comprendía por qué le hablaban a Nev de todas esas cosas (de los torneos de fútbol, de los cruceros fluviales): porque así tal vez entendiera cuánto tenían que perder.

Había otro motivo por el que le contaban todo eso a Nev: porque en ocasiones contar lo que te pasa es la única manera de mantenerse con vida.

Re: Recién diagnosticados
De johnkelly. Lunes 5 de junio, 2017 8:05

Hola, todo ha sido muy rápido. Acabamos de recibir la terrible noticia de que nuestra querida hija tiene un tumor en el bulbo raquídeo. Todavía no están seguros de qué tipo es, y estamos en estado de *shock*. Solo tiene diez años y es la capitana del equipo de fútbol de su colegio.

Todavía no se lo hemos dicho a la familia y tenemos que esperar a ver qué dicen los médicos, pero queríamos preguntaros si alguien tiene experiencia con tumores del bulbo raquídeo. ¿Qué clase de tumores suelen ser? ¿Hay cura? Es muy difícil intentar encontrar respuestas a estas preguntas. ¿Puede alguien ayudarnos, por favor?

John Kelly

Re: Recién diagnosticados
De Rob. Lunes 5 de junio, 2017 8:30

Querido John:

Siento mucho que te hayas unido a este club del que nadie quiere formar parte. En respuesta a tus preguntas, solo los análisis pueden mostrar de qué tipo es el tumor y en qué grado de desarrollo se encuentra. Siento no poder ayudarte en lo que preguntas sobre el bulbo raquídeo, pero estoy seguro de que otros miembros del foro tendrán cosas que aportar.

Intentad no angustiaros hasta que sepáis exactamente a qué os enfrentáis. (Sé que es más fácil decirlo que hacerlo). Y, por favor, procurad no recurrir a Google. Hay muchos tipos de tumores, y muchos de ellos tienen cura cuando se trata de niños. El tratamiento de los tumores cerebrales ha avanzado muchísimo estos últimos años. Hay muchos motivos para tener esperanzas.

Si puedo ayudaros en algo, dímelo, por favor. Puedes escribirme por privado cuando quieras a través del foro, si necesitas hablar. Os tengo en el pensamiento.

Rob

Re: Recién diagnosticados
De motherofdavid. Lunes 5 de junio, 2017 10:36

La verdad es que ni siquiera sé por dónde empezar, pero aquí va. A nuestro niño, James, le diagnosticaron un astrocitoma de grado 3 hace poco más de un mes y después del diagnóstico teníamos ciertas esperanzas (gracias a este foro, la verdad). Había un ensayo clínico en el que podía entrar, pero nada ha funcionado, nada, y los médicos están pensando en suspender el tratamiento porque dicen que ya no pueden hacer nada más.

Estamos hechos polvo, aunque creo que en el fondo ya me lo esperaba. ¿Cómo es posible que Dios sea tan cruel? James solo tiene siete años y dicen que seguramente solo le quedan unos meses de vida, puede que unas semanas. Yo sabía que la cosa era muy grave cuando le diagnosticaron el tumor, pero pensaba que por lo menos tendríamos un año o dos por delante. Creo que mi marido también se lo imaginaba, pero cuando entró el doctor, nunca le he visto tan triste, tan angustiado. Nuestra vida se ha venido abajo y no sé cómo vamos a seguir adelante si le perdemos, y nadie parece saber nada, o si hay algo más que podamos hacer. La verdad es que no me cabe en la cabeza. Estoy rota de dolor.

Re: Recién diagnosticados
De Rob. Lunes 5 de junio, 2017 11:02

Querida motherofdavid:

Lamento mucho que hayáis recibido esa noticia. No hay palabras que puedan aliviar un golpe así. Después de pasar por la misma experiencia con mi hijo, creo que no hay forma humana de entenderlo y que es mejor no intentarlo siquiera, al menos de momento.

Lo único que puedes hacer es atesorar cada instante que paséis juntos. Como tú misma dices, no se sabe cuánto tiempo será.

Os deseo lo mejor a tu familia y a ti. Avísame, por favor, si necesitas hablar. Te mando un mensaje privado con mis datos de contacto, y aquí estoy para escucharte cuando quieras.

Rob

Asunto: Perdona
Enviado: Miércoles 7 de junio, 2017 12:05
De: Nev
Para: Rob

Querido Rob:

Seguramente ya es demasiado tarde y no hay nada más que pueda decirte, pero quería repetirte otra vez cuánto siento lo que he hecho. Estuvo muy mal, y os he perjudicado a ti y a muchas otras personas.

Estoy intentando arreglarlo poniéndome en contacto con todos los padres a los que engañé. También me he presentado voluntariamente en la comisaría de policía para declarar acerca del papel que desempeñé en todo este asunto. Soy consciente de que, teniendo en cuenta las acusaciones contra el doctor Sladkovsky, es posible que me procesen. Aceptaré el castigo que me impongan por lo que hice y sé que me merezco todo lo que me pase. Me preocupa mi Chloe, pero he hablado con mi hermana y me ha dicho que puede cuidar de ella si tengo que pasar una temporada lejos de casa.

Como te decía, no espero que me perdones, pero quiero que sepas que lo lamento muchísimo y que, si hay algo que pueda hacer para compensarte, lo haré.

Saludos,

Nev

Re: Re:
De naws09» Jueves 8 de junio, 2017 12:05

Hola, Rob, te escribo solo un momentito para decirte que me alegré mucho al verte en Recién Diagnosticados. Sé que a lo mejor no parece gran cosa, pero a mí me ha ayudado muchísimo. (Suena fatal, ya lo sé. No quiero decir con ello que se trate solo de «nosotros»; en realidad, se trata de ayudar a personas que están pasando un momento terrible, pero, en fin, espero que entiendas a qué me refiero.)

Si me permites ponerme filosófica un segundo, creo que todos tenemos esa necesidad de ofrecer, de amar, de darnos a los demás, y los hijos son el recipiente perfecto para ello: un lugar donde depositar todo nuestro cariño. Cuando perdí a mi hijo, todo eso desapareció de pronto. Ese afecto ya no tenía objeto. Creo que eso es lo que intento hacer en Recién Diagnosticados. Ayudar a otras personas, pero también encontrar un sitio donde depositar todo mi cariño (aunque sé que suena egoísta).

Re: Re:
De Rob. Jueves 8 de junio, 2017 12:15

Gracias. Lo has expresado perfectamente. Luego te escribo más despacio, ahora tengo que marcharme corriendo. Tu último mensaje me ha dejado un poco confuso. Hablas de cuando perdiste a tu hijo. ¿Perdiste a otro hijo, además de a Lucy?

Re: Re:
De naws09. Jueves 8 de junio, 2017 12:16

Está claro que no tengo madera de espía.

Re: Re:
De Rob. Jueves 8 de junio, 2017 12:16

¿Qué quieres decir?

Re: Re:
De naws09» Jueves 8 de junio, 2017 12:17

Un desliz: me he delatado.

Soy yo, Rob. Soy Anna.

estábamos sentados al sol, de picnic, mirando el faro y las rocas, y tú no parabas de hablar de la caja, de la caja del menú infantil que habíamos comprado en un restaurante chino. dios mío, aquella caja, jack, te gustaba tantísimo que no la perdías de vista. hasta dormiste con ella, manchada de grasa y todo, y con migas de pan de gambas, hasta que mami se empeñó en que la limpiáramos. yo sé lo que te gustaba tanto de aquella caja, jack. eran los dibujos de globos, los farolillos chinos, los colibríes volando sobre un sol ardiente.

5

El auditorio está a oscuras, salvo por el foco que apunta a Anna. Estoy de pie al fondo del salón de actos de un elegante hotel de Mayfair cerrado por gruesas puertas de nogal. El público está sentado, muy tieso e inmóvil: sombras con traje y zapatos de charol. Solo el rostro de Anna es visible. Está demasiado lejos, pero una pantalla grande amplifica su cabeza. Se la ve segura de sí misma y muy sobria, con el pelo apartado de la cara y recogido hacia atrás.

Pienso en las últimas semanas que pasamos juntos. Yo bebiendo vodka con las cortinas echadas; el olor a lejía; la lavadora funcionando continuamente; Anna cuchicheando con su madre en otra habitación.

Escucho, me acerco un poco más al escenario. Anna está hablando de «contabilidad ética».

—Después de lo de Enron, la profesión tiene que volver a ganarse la confianza de la opinión pública. Lo que implica —dice mientras pone otra diapositiva— algo más que redactar un código de buenas prácticas profesionales. Se trata de regresar a los fundamentos originales (hoy en día considerados desfasados) de una contabilidad sólida y saludable.

El público aplaude y Anna se dirige a un lado del escenario y estrecha la mano de alguien entre bastidores. Se han encendido las luces y los contables comienzan a desalojar la sala cargados con carpetas y con las etiquetas de sus nombres colgadas con cintas alrededor del cuello.

Anna sigue conversando con unas personas junto al escenario y veo que besa en la mejilla a una señora mayor elegantemente vestida. Se dirigen sin prisa a la salida, juntas pero sin tocarse. Al verme, se disculpa y se acerca a mí.

—Hola —dice. No sonríe, pero tampoco pone mala cara. Algo intermedio.

—Hola —contesto, y me sonrojo como si nos estuviéramos viendo por primera vez.

Lo curioso, lo increíble (tan increíble que tengo que mirarla otra vez a hurtadillas) es lo poco que ha cambiado, lo guapa que sigue estando.

—Tienes muy buen aspecto —dice.

—Tú también.

Tengo ganas de abrazarla, pero no lo hago; mantengo las manos bajas, pegadas al cuerpo.

Mientras vamos hacia el vestíbulo, la miro otra vez de reojo. Tiene el pelo más largo de lo que recuerdo y está un poco más delgada, más musculosa, supongo que de tanto correr maratones.

—¿Te importa esperarme quince minutos para que salude a unas personas y nos vemos aquí dentro de un rato? ¿Te parece bien?

—Claro —contesto—. ¿Estás segura de que es tiempo suficiente? No me importa esperar más.

—¿Habías estado alguna vez en un congreso de contabilidad, Rob?

—No.

—Yo sí —añade sin sonreír—. Nos vemos dentro de quince minutos.

La espero en el vestíbulo, con las manos pegajosas por el sudor. Al cuarto de hora en punto vuelve a aparecer con el abrigo puesto y una bolsa de ordenador colgada del hombro.

—Ya estoy lista. ¿Tienes hambre?

—Un poco.

—Hay un sitio tailandés que no está mal a la vuelta de la esquina. ¿Te apetece?

—Suena genial.

—Bueno, ya sabes. Hay que comer.

—¿Trabajas aquí, en Londres?

—Casi siempre. Ahora me dedico a la consultoría. ¿Y tú? ¿Sigues viviendo en Cornualles?

—Sí.

Seguimos caminando en silencio porque de pronto no sé qué decir.

—Bueno, ¿qué tal la conferencia? —pregunto al cabo de un rato.

El restaurante es el típico sitio al que habríamos ido cuando vivíamos juntos en Londres, el tipo de comida ligera y exquisita que solía gustarnos. Nos sentamos en un rincón, en austeros bancos de madera, cercados por las paredes como dentro de una cripta.

—Se me hace raro verte después de tanto tiempo —dice Anna—. Estoy un poco nerviosa, si te digo la verdad.

—Sí, yo también. Perdona si me aturullo un poco. Pero me alegro de verte.

—Sí, yo también —dice. Sonríe, pero no sé cómo tomarme su sonrisa, y ella se queda mirando su carta—. Bueno, ¿quieres que pidamos ya?

—Claro —contesto, aunque casi no he mirado la carta.

Mientras elijo, echo una ojeada a sus manos y veo que no lleva anillo de casada.

—Me sorprende que no te dieras cuenta de que era yo —dice después de que el camarero nos tome nota.

—¿Qué?

—En el foro de Hope's Place.

—Ah —digo—. No tenía ni idea, la verdad.

—¿En serio? —insiste. Siempre le han encantado los juegos de salón, las charadas—. Estaba convencida de que te darías cuenta, sobre todo cuando dije lo de las gafas de buceo en la bañera.

—No, qué va. En serio, no me di cuenta. Si no me lo hubieras dicho, no me habría enterado. Aunque cuando lo pensé después, me pareció lógico que hubieras elegido ese nombre para tu hija: Lucy.

Lucy, el nombre que le puso al segundo bebé que perdimos.

El camarero nos trae las bebidas. Una copa de vino para ella, agua para mí.

—Me alegro mucho de que ya no bebas —comenta Anna cuando se va el camarero.

—Yo también —respondo, aunque me escueza un poco. A los borrachos no les gusta que les digan que son unos borrachos.

Se hace un silencio, un silencio que me resulta familiar. El silencio que se extendía por la mesa de la cocina después de la muerte de Jack.

—Bueno —digo. Bebo un trago de agua mineral y por fin me animo a mirarla a los ojos—. Ya sé que no es la primera vez que te lo digo, pero quería decírtelo en persona. Te dije cosas imperdonables sobre Jack y sobre el tratamiento en Praga. Imperdonables. Estaba fuera de mí, por el alcohol y por todo lo demás. Sé que no es excusa y no espero que me perdones. Pero quiero disculparme. Lo siento mucho, de verdad.

Se queda callada y luego suelta un suspiro profundo, como si hubiera estado conteniendo la respiración.

—Gracias, Rob. Significa mucho para mí oírte decir eso. —Su tono es formal, un poco frío todavía—. Así que acepto tus disculpas.

—Gracias. Eres muy generosa. De verdad.

Se encoge de hombros.

—La vida es muy corta. Nosotros lo sabemos mejor que nadie.

Nos traen los entrantes. Rollitos de primavera por cuyos extremos asoman hilillos de zanahoria rallada. Anna mira su plato como si no supiera por dónde empezar.

—No voy a mentirte, me dolió muchísimo que me dijeras esas cosas —dice—. Sobre la clínica y eso de que podríamos haber salvado a Jack y... —Se interrumpe y se limpia la boca con la servilleta—. En fin, perdona, no hace falta que volvamos a hablar de todo eso. No he venido aquí a echarte la charla, por supuesto.

Durante las últimas semanas han salido a la luz nuevos detalles acerca de la clínica. Declaraciones de padres y familiares de antiguos pacientes, muchos de los cuales exigen indemnizaciones. Una enfermera que trabajó en la clínica ha acudido a la prensa y revelado datos sobre lo que el personal llamaba «el dopaje»: la administración de pequeñas dosis de morfina y esteroides a los pacientes para simular una respuesta clínica a la terapia de inmunoingeniería. Recuerdo todos los fármacos que le dio el doctor Sladkovsky a Jack: los frasquitos que traía, las píldoras que le ponía en la lengua.

—Qué ironía, ¿verdad? —digo—, que después de todas esas cosas horribles que te dije sobre la clínica y sobre que Jack podría haberse salvado, al final sea seguramente yo quien... —Trago saliva y dejo de hablar.

—¿Quien qué?

—Pues que puede que le hiciera mal. Que quizá acorté su vida por llevarle a Praga.

Anna toquetea el aro de su servilleta y bebe un sorbo de vino. Me mira y por un momento me siento como uno de los clientes a los que asesora.

—Entiendo que lo pienses —dice—, pero no deberías. No te hagas eso a ti mismo.

—¿Por qué? —pregunto—. Con lo que sabemos ahora sobre la clínica, es más que posible.

Sacude la cabeza y deja su tenedor.

—Estos últimos años he pasado mucho tiempo machacándome a mí misma por lo que podría haber hecho por Jack, pensando si tenías razón sobre Sladkovsky, si deberíamos haberle llevado al extranjero a recibir tratamiento, a Alemania, o haber presionado más para que le admitieran en el ensayo clínico del Marsden. Pero ¿para qué? Jack se estaba muriendo, Rob. Iba a morirse, hiciéramos lo que hiciéramos. Nos lo dijeron los mejores especialistas del mundo. Con Sladkovsky o sin él, Jack no tenía cura.

Trago saliva, bebo un poco de agua, picoteo un rollito de primavera.

—Lo curioso —añade ella, y me parece ver que esboza una sonrisa— es que a Jack le gustó mucho el viaje a Praga, estar en el aeropuerto, montar en avión.

Sonrío al acordarme de su mochila. Le venía grande, pero se empeñó en llevarla.

—Sí, ¿verdad? Le encantaba montar en avión.

—¿Te acuerdas de Creta? ¿De cuando le dejaron sentarse en la cabina del avión antes de despegar?

—Sí. Le gustó un montón.

Anna está a punto de decir algo cuando llega el camarero con los segundos platos. Bocaditos de gambas con cilantro y estragón. Tiras de ternera con salsa de chili. Una ensalada de papaya presentada con esmero y muy aliñada. Anna guarda silencio, casi como si creyera que ya ha dicho demasiado.

—¿Puedo preguntarte una cosa? —digo cuando empezamos a comer—. ¿Por qué volviste a ponerte en contacto conmigo, en Hope's Place?

Da un mordisco a su tortita de cangrejo, mastica con diligencia, traga y se limpia la boca.

—Bueno, al principio estaba un poco preocupada por ti. No quería que te suicidaras. —Se interrumpe, deja el tenedor y arruga la frente como cuando le desconcertaba el enunciado de un crucigrama—. Pero es un poco más complicado, en realidad. Ya que lo preguntas, creo que una parte de mí esperaba que empezaras a hablar mal de tu mujer, o de tu exmujer o como quieras llamarme. Creía que así me daría cuenta de una vez por todas de lo horrible que eras en realidad y podría dejar de pensar en ti.

Sonríe y bebe un largo trago de vino, y por un instante es como si hubiéramos retrocedido en el tiempo, como si estuviéramos de nuevo en un oscuro restaurante de Cambridge y tuviéramos toda la vida por delante.

—Dios mío, Lola me mataría si me viera ahora mismo —añade riéndose por lo bajo—. Siempre me dice que soy demasiado sincera. El caso es que mi plan maestro no funcionó, ese es el problema. Porque tú no decías nada contra mí en tus mensajes. Solo decías cosas bonitas y parecías arrepentido de verdad.

»Pero tampoco era solo por eso. Me encantaba hablar contigo en Hope's Place. Cómo escribías, cómo explicabas las cosas, lo que contabas de tus sentimientos... Tus mensajes me ayudaban mucho. Y es lo que siempre me encantó de ti, que nos tiráramos horas hablando en la cama, hasta las tantas de la madrugada. Solos los dos. Así que..., como te decía, mi plan no funcionó y supongo que por eso estoy aquí.

Me clavo las uñas en las palmas de las manos para no echarme a llorar.

—Lo siento mucho —digo—. Siento haberte tratado tan mal. Fue repugnante lo que te hice.

—Ay, Rob —dice Anna—. No tienes que seguir disculpándote. Lo entiendo, ¿sabes?

—Pero quiero disculparme —insisto con lágrimas en los ojos—. Siento que te lo debo.

Anna me mira con severidad.

—Si vuelves a decirme que lo sientes, me marcho y te dejo aquí con la cuenta.

Suelto una risita.

—Gracias por ser tan amable —digo—. No me lo merezco.

—No, no te lo mereces. —Me lanza otra mirada severa que se convierte en una sonrisa y seguimos allí sentados, respiramos hondo, bebemos un trago de nuestras bebidas.

—¿Puedo preguntarte cuánto recuerdas de lo que ocurrió? —dice ella rompiendo el silencio—. Después de que muriera Jack, quiero decir.

—No mucho —respondo, y siento una punzada de vergüenza por que lo pregunte, por miedo a saber las cosas que hice—. Lo tengo todo un poco confuso, si te digo la verdad, solo recuerdo cosas inconexas.

—¿Sabías que todas las noches, después de que muriera Jack, ponía el despertador para que sonara a las doce de la noche o a la una y me levantaba para ver cómo estabas?

No digo nada, no puedo mirarla a los ojos.

—Pensaba que podías morirte cualquier noche, ahogarte con tu propio vómito o algo así. —Se interrumpe y estudia la expresión de mi cara—. No lo digo para avergonzarte. Eso es lo que tú pensabas siempre. Pero no, Rob. Estabas enfermo. Tuviste un colapso nervioso y yo no sabía qué hacer. Intenté que fueras a algún sitio, a una clínica de desintoxicación o algo así, pero te negaste.

»Y eso fue lo que pasó. No sabía qué hacer, así que me replegué en mi mundo, igual que tú. Me pasaba el día trabajando y leyendo todas esas novelas policíacas absurdas. Y luego, cuando empezaste a beber aún más, comenzaron las discusiones. Discutíamos por cualquier cosa: por la clínica de Sladkovsky, por lo fría que era yo, por el cuarto de Jack... Dios mío, no sé cuántas veces discutimos por lo de la habitación. Estabas empeñado en que lo había tirado todo. Y yo no podía soportarlo más.

Estoy desconcertado. No sé qué decir. Me acuerdo de las cajas y las bolsas amontonadas en el pasillo.

—Creía que te habías deshecho de todas sus cosas.

—No, Rob —contesta con firmeza, inclinándose sobre la mesa—. Nada de eso. Un día guardé unas cuantas cosas porque no soportaba seguir viéndolas y tú me montaste una bronca. Se te metió en la cabeza que las estaba tirando. Pero no era verdad, no las tiré. Sigo teniendo todas las cosas de Jack, Rob. Están en mi desván, en Gerrards Cross.

Intento hacer memoria, encontrar un punto de apoyo en alguna parte, pero pierdo pie, no encuentro un asidero. Anna me toca el brazo por encima de la mesa.

—Rob, no lo digo para hacerte daño ni para avergonzarte, pero estabas tan borracho que no sabías ni cómo te llamabas. No sabías en qué día estabas. La mitad de las veces, cuando entrabas en una habitación, no te acordabas de qué hacías allí.

Creo que está a punto de llorar. Lo noto por cómo le tiembla la mejilla, por cómo se muerde el labio, pero se detiene, consigue dominarse.

—Odiaba verte así. El hombre al que quería, autodestruyéndose. Quería ayudarte porque sabía que tú no eras así de verdad y sentía que te lo debía...

—¿Por qué ibas a debérmelo?

Me mira intensamente, como si hubiera reflexionado mucho sobre ello.

—¿Te acuerdas de El Zoo de Jack? ¿De que tú eras el cuidador del zoo y él el jefe, el dueño, y que siempre te decía lo que tenías que hacer?

El Zoo de Jack. Jugábamos a eso durante horas en la cama de Jack: hacíamos cercados para los animales entre las almohadas y el edredón y colocábamos en fila a Tigre, Mono y a Ellie la elefanta. Y Jack, que era el jefe, me decía a qué animales había que dar de comer y luego preguntaba a cada uno si había comido lo suficiente y les miraba el culete para ver si lo tenían limpio.

—Sí, me acuerdo —contesto con una sonrisa, y recuerdo que Jack gritaba «¡Ya ha abierto el zoo!», y de que la persiana de su cuarto dibujaba cálidas franjas de sol en el suelo—. Qué gracioso era. Y tan puntilloso para algunas cosas. El zoo había que ponerlo en la cama, menos...

—Menos la jaula de los leones —dice Anna acabando la frase por mí.

—Sí, exacto. No sé por qué, pero le parecía que los leones podían estar en el suelo. Con las dos almohadas como jaulas.

Saca un pañuelo de papel de su bolso y se limpia los ojos. Todavía no entiendo por qué me cuenta todo esto. ¿Por qué cree que me debe algo?

—Le gustaba tanto ese juego... —digo—. Podía pasarse horas jugando.

—¿Y te acuerdas de la hora del baño, cuando se secaba y se ponía el pijama y tú te escondías? Y él iba a buscarte y tú salías de repente y a Jack le parecía lo más divertido del mundo y quería que volvieras a hacerlo una y otra vez. Podíais pasaros horas jugando a eso.

Le cambia la cara y mira la mesa con expresión malhumorada.

—Sé que ese nunca fue mi fuerte —dice—. Nunca se me ha dado bien hacer el indio. Ni siquiera de pequeña, cuando jugaba o había que tirarse por el suelo... No me sale espontáneamente. Por eso creo que estoy en deuda contigo, Rob. Por lo bien que se te daban esas cosas. Jack tuvo una vida maravillosa gracias a ti. Tú hacías que nuestra casa fuera un sitio alegre, lleno de risas, de diversión, de alegría. De muchísima alegría. Dios mío, la cantidad de juegos que inventabas: los disfraces, los cohetes espaciales, las historias de superhéroes, y tus dichosos helicópteros en el jardín.

»O cuando jugabas al cocodrilo con él y se sentaba en la cama y te lanzaba almohadas y peluches. Una vez probé a jugar con él a eso y no aguanté más de diez minutos. Empezaron a dolerme las rodillas. Pero tú podías tirarte así horas enteras. Yo no podía, no como tú. Y me avergüenzo mucho de ello. Ojalá no fuera así. Pero tú, Rob, tú le hacías sonreír mil veces al día, cada minuto. Jack te adoraba y tú hacías que su vida fuera muy especial, mucho más de lo que podría haberlo hecho yo. Fue el niño más feliz del mundo hasta el final y eso te lo debo a ti, Rob, y nunca nunca lo olvidaré.

Se queda callada y me mira.

—Lo siento, no quería hacerte llorar.

Bajo la mirada y me doy cuenta de que estoy llorando: caen lágrimas en mi plato. Anna me pasa uno de sus pañuelos y espera un momento para que me seque los ojos.

—Sigo pensando en él todos los días —añade—. Dónde podría estar, qué estaría haciendo si todavía estuviera aquí...

—Seguramente estaría en su cuarto, ¿no? —digo—. Leyendo o jugando con sus juguetes.

Sonríe con tristeza.

—Me siento culpable cada vez que oigo a hablar de niños con cáncer terminal que van a Disneyland o conocen a algún famoso —dice—. O de esos padres que organizan bailes multitudinarios para sus hijos enfermos. Pienso siempre en Jack sentado en su cuarto esos últimos meses, canturreando para sus adentros.

—Pero, como tú dices, era feliz —digo—. Recuerdo que en uno de tus mensajes decías que te angustiaba no haber sido buena madre, no haberte preocupado lo suficiente. Tú sabes que eso es una tontería. Fuiste una madre maravillosa para Jack, Anna. De verdad. ¿Te acuerdas de la fiesta de cumpleaños y de la tarta de Spiderman? Te pasaste media noche levantada, haciendo la tarta. Y le encantó. Qué contento estaba ese día.

—Sí —dice melancólicamente—. Estaba muy contento. —Mira su plato vacío—. ¿Pedimos algo de postre? —pregunta, y de pronto parece cohibirse, como si creyera haberse abierto demasiado.

Durante el resto de la sobremesa, mientras tomamos el postre y ella otra copa de vino, no hablamos de Jack (creo que premeditadamente), sino de nuestros viejos amigos, de sus hijos, de sus divorcios, de sus nuevos amores. Pagamos la cuenta y acompaño a Anna a su hotel, y ambos nos sentimos azorados, sin una idea clara de cuándo volveremos a vernos, o si volveremos a vernos.

—Mantente en contacto, por favor —digo, y nos abrazamos torpemente.

Me parece mucho más menuda de lo que recordaba. Noto cómo sobresale su clavícula. Siento ganas de llorar, pero tengo la sensación de que mi cuerpo se ha deshidratado por completo.

—Sé que tengo prohibido volver a decir que lo siento, pero lo siento —digo—. Siento mucho haberte hecho daño.

—No pasa nada —contesta, y seguimos abrazados, aunque tengo la sensación de que Anna quiere apartarse.

Justo cuando nos despedimos, se vuelve para mirarme como si hubiera olvidado algo.

—Ah, por cierto, he visto tu página web. We Own the Sky. Tus fotos. Son fabulosas. Preciosas de verdad, y es fantástico ver todos esos sitios a los que fuimos juntos.

—¿Has visto la página? ¿Cómo?

—Bueno, lleva tu nombre, Rob. Te busqué en Internet. Soy un genio, ¿a que sí?

—Es solo que me sorprende.

—Pues no entiendo por qué. Lo digo en serio: son preciosas y me traen muchos recuerdos felices. Para que lo sepas, era a través de tu página web como te seguía la vista. Bueno, aparte de los mensajes de Facebook que mandabas a mis amigos cuando estabas borracho. Cada vez que colgabas una foto nueva, sabía que estabas bien. Siempre me decía que cuando dejaras de publicar fotos, vendría a buscarte. Pero no dejabas de publicarlas. Todas las semanas, sin faltar una, colgabas fotos nuevas, y así sabía que estabas bien. Sabía que estabas vivo. Seguramente no te habrás dado cuenta, pero siempre escribía algún comentario.

La comentarista misteriosa, el primer comentario que recibía en cuanto colgaba una panorámica. *Preciosa. Qué maravilla. Cuídate.*

—Entonces, ¿swan09 eras tú?

—Pues sí, era yo —responde Anna—. Pero no solo quería seguirte la pista. También me alegraba mucho ver tus fotografías, porque así era el hombre del que me enamoré. Alguien que construía cosas, que creaba cosas. Pero, en fin, estoy diciendo tonterías —dice dando un paso atrás. Mira su reloj, el mismo aparatoso Casio de siempre—. Tengo que irme. Mañana tengo que madrugar.

Y así, sin más, se marcha. Desaparece en el vestíbulo del hotel.

6

En el aparador de la entrada están guardadas las cuatro bolsas llenas con cartas de Nev. Las saco y las llevo al cuarto de estar. Algunas están atadas con cinta y cordel; supongo que las ató así el dueño de su antigua casa. Otras están metidas dentro de las bolsas sin ningún orden. Tienen polvo, varios años de antigüedad, y el papel está reseco y amarillento. Algunas, las más recientes, son más blancas y el trazo de bolígrafo en los sobres es más nítido.

Dudo al empezar a abrir una. Creo adivinar lo que contienen. Ruegos de personas desesperadas cuyos hijos se estaban muriendo. Peticiones de información, súplicas para que los adelantaran en la lista de espera. ¿Qué debo hacer con ellas? ¿Devolvérselas a Nev? ¿Escribir a esas personas y contarles que Nev era un impostor?

The Cedars
Firmtree Farm Road
Nr Barnstaple
Kent

Estimado Nev:

Le escribo para ver si puede ayudarnos. Es por mi nieto Antony, al que hace poco le han diagnosticado un tumor cerebral avanzado. Estaríamos interesados en que reciba tratamiento en la clínica del doctor Sladkovsky...

Vuelvo a mirar la fecha. Han pasado seis años. Saco otra carta del centro del montón. Lleva un complicado matasellos indio, un elefante alado sobrevolando el meandro de un río.

Estimado señor Barnes:

Siento mucho molestarle, señor, pero le escribo en nombre de mi padre, el ingeniero Bhagat. Está muy enfermo. Muy muy enfermo, debo añadir. Hemos oído...

Leo un par de carta más, pero todas cuentan lo mismo. No experimento ira hacia Nev, sino una sensación de pérdida de tiempo y de derroche de vidas humanas. Reviso más cartas, notando la aspereza del polvo en las manos. Pasado un rato, caigo en la cuenta de que la letra de algunos sobres es la misma. Una letra clara, trazada por alguien que aprendió a escribir en cursiva. Tardo un rato en darme cuenta de que es la letra de Nev. Son cartas suyas, dirigidas a personas de todo el mundo que nunca llegaron a sus destinatarios y fueron devueltas al remitente.

Abro una de ellas y cae una fotografía de Josh. Aunque ahora sé que no es Josh, me sigue pareciendo él y deseo desesperadamente que sea Josh. Es larga, pero la leo entera. Nev habla de una visita al zoo, pero la carta está escrita como si Josh tuviera siete u ocho años, una edad que nunca alcanzó, e hiciera cosas que hacen los niños mayores: montar solo en el tranvía o cambiar cromos de fútbol. Cuenta detalladamente que a Josh le encantaron los gorilas y que quería que su padre le comprara un libro de la tienda de regalos. Y que luego, cuando llegaron a casa, vieron juntos la puesta de sol, y que Josh se quedó dormido en sus brazos, con su libro de gorilas en el regazo.

En otra carta, escribe acerca de la fiesta del noveno cumpleaños de Josh y de lo contento que estaba su hijo porque hubiera ido tanta gente a la fiesta, y de lo estupendos que eran los regalos que recibió: la camiseta del Manchester United, las entradas para el parque de atracciones de Alton Towers. Abro más cartas, pero son todas iguales. Describen página tras página la vida de Josh. Página tras página, narran una vida inexistente.

No era solo una estafa. Ahora me doy cuenta. Minecraft, los partidos de fútbol a los que iban, los paseos por los acantilados al atardecer... Nev escribía aquellas cartas para mantener vivo a Josh. Eran sus cartas de amor. Y en eso no somos muy distintos.

Asunto: Hola
Enviado: Lunes 22 de julio, 2017 10:05
De: Rob
Para: Nev

Querido Nev:

Gracias por tu nota. Agradezco tu disculpa. Me alegro de que estés intentando reparar el daño que causaste. Creo que es lo correcto.

Lo creas o no, te entiendo. Sé cómo afecta el dolor a la gente. Y, si te soy sincero, yo no soy mejor que tú. Hice daño a mi mujer, Anna, mucho daño, y me avergüenzo de cómo me porté.

Creo que lo que hiciste está mal, pero entiendo por qué lo hiciste. Estabas desesperado e hiciste lo que creías mejor para tu familia. Perdiste de la manera más espantosa a dos de tus seres queridos. Nadie tendría que pasar por eso.

La verdad es que me ayudaste mucho cuando Jack se estaba muriendo. Me escuchaste cuando lo necesité y, a pesar de todo lo ocurrido, conmigo fuiste un buen amigo.

El fin de semana que viene estaré por tu zona, en el faro de Plover Scar, haciendo unas fotos, así que, si te apetece tomar un café o algo así, avísame. Estaría bien que nos viéramos.

Espero que Chloe y tú estéis bien.

Rob

Se me hace raro cruzar el cementerio de Hampstead con otra persona. Caminamos muy juntos, nuestros brazos se tocan y hay algo de ceremonioso, de fúnebre, en la cadencia de nuestro paso, como la marcha lenta de un soldado en un desfile. El cementerio siempre me ha parecido un lugar invernal: es húmedo y oscuro, incluso en verano. Los árboles forman un sudario que impide el paso de la luz. Hoy, en cambio, es distinto. Hay claridad, orden, como si lo hubieran arreglado.

—Sabía que venías —dice Anna— porque la tumba estaba siempre bonita y limpia.

—¿Cuándo venías tú?

—Los domingos, normalmente. Me parecía lo más apropiado, como ir a misa. ¿Y tú?

—Por las mañanas, temprano, entre semana.

—Hmm —dice—. La verdad es que no me gusta mucho este sitio. Seguramente suena fatal, pero no me parece un lugar de reposo, ni mucho menos.

—Sí, a mí tampoco —contesto, y seguimos caminando en silencio.

Al llegar a la lápida de Jack, dejamos nuestras flores y nos quedamos un rato callados junto a la tumba. Acertamos al elegir la arenisca. Es resistente y aguanta bien la intemperie. Nos miramos sin saber qué hacer.

—¿Nos vamos? —pregunta Anna—. Perdona. Es que...

—Sí.

—No me gusta decir adiós y esas cosas —añade—. Ni siquiera me gusta pensar que está aquí.

—Lo sé —digo yo—. Venga, vámonos.

Y echamos a andar, más deprisa esta vez.

Vamos a un *pub* de Hampstead, uno por el que solía pasarme antes de coger el tren de vuelta a Cornualles.

—¿No te importa estar aquí? —pregunta Anna.

—¿Por la bebida, dices?

—Sí.

Me río con nerviosismo. Un leve pálpito de vergüenza.

—No, no me importa. Pero gracias.

—¿Consultaste con alguien sobre ese tema? —pregunta en voz baja mientras esperamos en la barra—. Sobre la bebida, quiero decir.

—No. Tenía intención de hacerlo, pero pensé que sería mejor intentarlo por mis propios medios. Ha sido difícil, pero de momento lo estoy consiguiendo.

Sonríe complacida.

—Qué bien, estoy muy orgullosa de ti. Seguro que no ha sido fácil.

—Gracias —digo, y me doy cuenta de que no me gusta hablar de mi alcoholismo; hace que me sienta débil.

Pedimos dos raciones de asado y dos tónicas y encontramos sitio en un rincón rodeado por un friso de madera.

—Veo que estás participando mucho más en Hope's Place —comenta Anna.

—Sí. Disfruto haciéndolo, si es que puede decirse así. Aunque es muy triste. Desde el momento en que publican un mensaje, te das cuenta de que seguramente no hay salvación para muchos de ellos, o de sus hijos.

—Sí. —Anna sacude la cabeza—. Como con Jack. El tumor era demasiado agresivo. No podía hacerse nada.

Aparta la mirada de la mesa. Entra una pareja con un niño pequeño y se sienta en la mesa de al lado. La madre se afana en sentar al pequeño en la trona, en quitarle el abrigo, en ponerle delante sus juguetes y su álbum de pegatinas. Anna sonríe al niño y él le devuelve la sonrisa y le enseña un perrito de plástico.

—Por nuestro precioso hijo —digo mirándola y levantando mi vaso.

—Por nuestro precioso hijo —contesta, y entrechocamos suavemente nuestros vasos—. Por Jack.

Nos quedamos callados un momento, oyendo el alegre ajetreo del mediodía dominical. Tengo ganas de estirar el brazo y cogerle la mano a Anna, de formar un pequeño capullo alrededor de su puño, como solía hacer antes en nuestro viejo y frío piso de Clapham. Pero no lo hago; mantengo las manos bajas, a los lados.

—Siento mucho cómo me porté contigo —repito—. Es que no sé cómo...

—Deja de una vez de decir que lo sientes —responde riéndose un poco, y no consigue apartar la mirada del niño, que balbucea y aparta la cuchara que su madre le pone delante.

—Ah, hay una cosa que quería enseñarte —digo.

—¿Sí? Qué emoción.

Cojo mi bolsa y saco el portátil. Me conecto al wifi y abro We Own The Sky.

—Ah, tu página web. ¿Alguna foto nueva?

—Sí, eso quería enseñarte. Unas fotos. Creo que las vas a reconocer.

—Estupendo. ¿Me dejas?

Le paso el portátil y se pone a mirar las fotografías. La vista desde nuestro jardín de Hampstead. Una instantánea deslumbrante lanzada al sol desde la ventana del cuarto de Jack. El faro de Swanage destellando con un fulgor blanco y audaz. Y luego Grecia, la panorámica desde nuestra terraza. Jack, el trípode humano.

—¿Qué? No lo entiendo. ¿Son tuyas?

—No, son de Jack, de su cámara. La que le compramos por su cumpleaños.

—¡Hala! Son increíbles, en serio —dice acercándose el portátil—. Qué día tan bonito aquel, ¿verdad?, en Swanage. —Sigue pasando fotografías como si buscara algo en concreto y luego me mira—. Pero yo creía que habíamos perdido la cámara. ¿La tienes tú, entonces?

—Sí, la tengo. Espero que no te importe.

—No, por Dios, claro que no. Eso era cosa vuestra. De los chicos. Subir a edificios altos, hacer fotos desde el Heath...

—Sí, a él le encantaba. También quería enseñarte otra cosa —digo—. Cuando estoy programando la página y cargando las panorámicas, le escribo mensajes a Jack.

—¿Mensajes? ¿Qué quieres decir?

—Son solo recuerdos, cosas sobre Jack que recuerdo de un sitio concreto. Antes estaban escondidas, ocultas en el código, pero ahora las he publicado. Mira, si pasas el ratón sobre la foto, aparece el texto. —Respiro hondo—. Supongo que son las cosas que le diría si pudiera, si estuviera aquí.

—Ay, Rob, es precioso.

—Pero, mira, lo que quería enseñarte es esto. He hecho una versión de la página para ti. Solo tienes que iniciar sesión con tu nombre y tú también puedes añadir cosas, escribir tus recuerdos de Jack.

—Gracias, Rob, es maravilloso, pero no hacía falta que...

—Sé que no hacía falta, pero quería hacerlo porque hasta ahora siempre se ha tratado de mí, ¿verdad? De mi tristeza, de mi alcoholismo, de mi pena, y te fallé de la peor manera posible. No pensé en ti ni una sola vez, en cómo te afectaba todo esto, en cómo lo estabas asumiendo. Solo pensaba en mí mismo, y lo siento muchísimo.

Fija la mirada en una de las fotos, una que nos hizo Jack vestidos con chubasqueros en una playa de Dorset.

—El otro día dijiste una cosa que me dio mucha pena —añado—. Dijiste que te avergonzabas de cómo te relacionabas con Jack, que te arrepentías de no haber hecho más, y lo entiendo, lo entiendo de verdad. Pero no es cierto, porque él te adoraba, te adoraba de veras. Lo de los padres con los hijos es una cosa, pero con una madre es distinto. A ti te necesitaba de un modo especial, como nunca me necesitó a mí.

»¿Te acuerdas de que a veces, por las mañanas, se quedaba durmiendo hasta tarde y nosotros ya estábamos abajo, en la cocina? Bajaba medio dormido y con el pelo de punta, y siempre quería primero a mamá, venía y apoyaba la cabeza en tus rodillas. Nunca en las mías. Siempre se acercaba primero a ti. Y eso me encantaba. Me encantaba ver lo mucho que te quería.

Veo que empieza a temblarle la barbilla y que se pone a llorar. Rodeo la mesa para sentarme a su lado en el banco y la estrecho entre mis brazos. No se aparta, sino que me abraza y apoya la cabeza en mi cuello.

Siento un impulso repentino y ansioso de estar con ella, de volver a conocerla, de descubrir a la persona en la que se ha convertido, a la persona que era ya antes de que nos conociéramos. Porque eso es el amor. Lamentar no formar parte del pasado de otra persona. No haber estado a su lado cuando lavaba botecitos de pintura o corría por campos de girasoles, o trataba de aprender a sumar sentada en su escritorio.

Aquella Navidad, cuando fuimos a Suffolk a visitar a sus padres, Anna me llevó a su lugar secreto. Estábamos aburridos, queríamos escapar de aquella casa y salimos a dar un paseo. Era, me dijo, el lugar al que iba de niña cuando quería estar sola.

Nos internamos en la arboleda que hay cerca de la casa, hasta que llegamos a un denso macizo de árboles y matorrales. Parecía impenetrable, pero Anna dijo que había una forma de cruzarlo, un camino que había tenido que aprender. Entró ella primero y yo la seguí, dando vueltas y revueltas, avanzando a gatas. Pasado el último tramo, donde tuvimos que arrastrarnos, salimos a un gran claro sobre el que los árboles y los matorrales formaban un entoldado, como si lo hubiera vaciado una máquina gigantesca.

Allí, me dijo, iba a leer cuando quería escapar de sus padres. Se llevaba una manta y algo de fruta y queso, y se pasaba todo el día allí. Era un lugar virgen, intacto, un sitio en el que ningún humano, aparte de ella, había pisado nunca.

No creo —no lo creí entonces ni lo creo ahora— que la haya amado más que en ese momento. Deseé haberla visto de niña, con las rodillas pegadas al pecho y las agujas de sol traspasando el dosel de ramas y hojas.

La aprieto contra mí y la beso en la coronilla. Es un gesto inapropiado, pero no sé qué otra cosa hacer o decir.

—¿Has visto esta? —pregunto acercando el portátil. Quiero distraerla, hacer que se sienta mejor.

Pincha en una foto de Beachy Head, el día que fuimos de pícnic.

—Sí, me acuerdo de ese día. Hizo un tiempo perfecto. —Mira de nuevo la foto, acordándose de algo—. Rob, no sé qué decir. Son tan bonitas... Dios mío, esa caja del restaurante chino, me acuerdo de aquello, de cómo dormía Jack con ella. —Cierra el portátil—. Pero lo siento, no puedo verlas aquí o me pondré a llorar como una magdalena. Además, había olvidado que eres un mago de la informática.

—Bueno, todos necesitamos un proyecto, ¿no?

—Sí. Entonces, ¿estás trabajando en algo nuevo?

Sonrío con nerviosismo, sin saber si hablar de ello o no.

—¿Qué es? —pregunta mirándome de reojo.

—Bueno, no te rías, pero la verdad es que sigo intentando hacer algo con los drones.

Me sonríe como una maestra reprendiendo a un alumno díscolo pero muy querido.

—Creo que solo necesitas más tiempo, Rob, tiempo para perfeccionarlo. ¿Cuánto tiempo llevas ya? ¿Casi diez años?

Le brillan los ojos y, como estamos todavía un poco incómodos el uno con el otro, me da un pequeño codazo para darme a entender que es una broma.

—Vete a paseo —le digo con una sonrisa—. Va a ser un bombazo, ya verás.

—Eso me recuerda que tengo algo para ti. —Abre su bolso y busca algo dentro—. Aquí está —dice hablando consigo misma, y me da un lápiz de memoria—. Tardé bastante tiempo porque no soportaba verlas, pero por fin me puse a revisar todas mis fotos y mis vídeos de Jack. Hay uno que va a gustarte especialmente. En cuanto lo vi, comprendí por qué se llama así tu página web.

—¿Por qué?

—Tú míralo. Te va a gustar. También hay muchas cosas de las vacaciones en Grecia. A Jack le encantaron esas vacaciones, disfrutó cada segundo.

—Sí —contesto—. Tienes razón.

Jack, mi niño. Nuestro niño.

En el tren de vuelta a Cornualles, me siento a una mesa con un café y abro mi portátil. Conecto el lápiz de memoria que me ha dado Anna y veo que ha grabado distintas carpetas: Nacimiento, Navidad 2010, Navidad 2012, España, Brighton.

Voy abriendo carpetas, revisando cada foto. La primera cena de Navidad de Jack, porcioncitas de cosas que no se comió en su plato de Mickey Mouse, el gorro de papel casi tapándole la cara. Jack haciendo como que rugía en un parque de bolas, o fingiendo que estaba en la cárcel, sonriéndome entre los barrotes de su cuna.

Hay un vídeo de El Zoo de Jack y al verlo no puedo evitar que se me escape una sonrisa. Veo cómo vamos poniendo en fila los animales sobre su cama y haciendo una hondonada en el edredón: una jaula, decía Jack, para los monos. Y entonces me besa el cuello, un beso tan tierno y lleno de cariño que me quedo sin respiración.

Hay también dos vídeos que creo que no había visto nunca. Son de la casa de Hampstead, grabados en verano, el año que a Jack le diagnosticaron el tumor. Estábamos achispados por el vino y rodeados de buenos amigos y de niños que corrían como locos, temerariamente, por el jardín. Jack estaba armando mucho jaleo y Anna me pidió que hablara con él. Así que eso hice, pero puede que me hubiera pasado con el vino porque me puse a hacerle cosquillas y al poco rato empezó a reírse como un loco y rodamos los dos por la hierba.

Se me cae una lágrima, y luego dos, y tres, y ya no paran, pero no me importa que me vean llorar en el tren, porque nos estoy viendo a los tres rebosantes de felicidad, con nuestro mundo todavía intacto. Ese era nuestro antes. Nuestro maravilloso pasado.

Abro el segundo vídeo y la marca temporal del archivo demuestra que es de esa misma tarde, después de que se marcharan los invitados, cuando se estaba poniendo el sol. Era un puente y nuestros vecinos también estaban de fiesta, haciendo una barbacoa. Daban más voces, eran más jóvenes, no tenían hijos y por el ruido daba la impresión de que estaban un poco borrachos.

Jack le grita a la luna y corretea por el jardín con Oso Pequeño y un avión de juguete. De pronto se oye un estallido de risas en casa de los vecinos y Jack me mira, mueve el dedo y dice «Muy mal, muy mal» y entorna los ojos como cuando veía un dinosaurio enseñando los dientes o un árbol nudoso y siniestro en un libro.

Vuelve corriendo al patio, aprieta la cabeza contra mis rodillas, me mira y pregunta quién ha hecho ese ruido.

Son nuestros vecinos, le digo, viven en la casa de al lado. Luego, un silencio. Anna dice algo incomprensible fuera de cámara.

Jack me mira con sus ojos enormes y pregunta qué son los vecinos y yo contesto que esta casa es nuestra y que los dueños de la casa de al lado son los vecinos.

Y entonces me pregunta que qué pasa con el jardín, que de quién es, y yo le digo, bueno, el jardín es nuestro, y también la casa, y el patio, y todo lo que ves a nuestro alrededor.

«¡Todo!», dice abriendo las manos de par en par como si hubiera pescado un gran pez.

Sí, todo, contesto: los árboles, las paredes, la ventana de tu cuarto, el tejado con los pájaros.

La cámara tiembla ligeramente mientras Anna, fuera de encuadre, trata de contener la risa.

Jack levanta la mirada hacia el cielo y luego me mira.

—Papá —dice señalando el atardecer rojo y la luna, y la estela difusa de un avión—, ¿y el cielo? ¿También es nuestro el cielo?

Epílogo

El tiempo está inestable como si fuera a llover y calculo que pronto tendré que marcharme. Pero por ahora el jardín del Rockpool es demasiado tentador. Brilla el sol y es la primera vez en mucho tiempo que hace tanto calor.

Las mesas y los bancos están llenos de gente diseminada desordenadamente bajo los árboles. Los niños cruzan corriendo las anchas puertas abiertas, esquivan a los camareros, describen círculos a su alrededor. En las mesas, las familias abren bolsas de patatas fritas para compartir.

Aprovecho el wifi para ponerme a trabajar en mi nuevo proyecto. Un día estaba leyendo un artículo en el *Guardian*. Trataba de un niño con una enfermedad terminal que estaba usando una cámara para documentar sus últimos meses de vida. Recuerdo que al ver aquellas fotografías pensé en lo mucho que se parecían a las de Jack. Su asombro ante las cosas corrientes, ante las formas y los colores a los que estábamos tan acostumbrados que nos eran indiferentes: el azul intenso de la tapa de un boli; la textura rugosa de la nariz de un oso de peluche; el resplandor rojo y digital de la pantalla de una bomba de perfusión.

Así que fundé Sunflowers (el nombre me lo sugirió Anna), pedí a empresas de tecnología que donaran cámaras de alta resolución a niños con enfermedades terminales a los que damos clases de fotografía gratis en sus casas o en el hospital para que aprendan los rudimentos de la técnica fotográfica.

Al principio fue un proyecto muy modesto, pero pronto me vi desbordado. Me escribían padres, familiares, algunas veces los propios adolescentes enfermos, preguntando si podía enviarles una cámara. Cuando me escribían, siempre decían lo mismo: que querían documentar y plasmar su mundo, el mundo que sabían que pronto tendrían que abandonar.

Sabían cómo los veía la gente: calvos, enfermos, dependientes. Y no era así como querían que los recordasen. Porque aunque su mundo se hubiera reducido a las cuatro paredes de una habitación o el ala de un hospital, seguía habiendo mucha vida que querían captar, respirar, hacer suya: una bandada de gaviotas que pasaba volando ante su ventana; un tablero de juego desplegado con esmero sobre su cama de hospital; el día en que, sentados con su familia, vieron cómo un rojo atardecer incendiaba el cielo. Esas eran las cosas de las que querían dejar constancia. Las cosas que no querían que olvidáramos.

Me acabo el café, me subo la cremallera de la chaqueta y salgo de la cafetería. Se ha levantado el viento, empieza a entrar la gente y comprendo que es hora de irme. Me echo la mochila al hombro y subo por el camino, hacia los acantilados. La humedad del aire se ha vuelto casi insoportable y la tormenta se cierne amenazadora sobre el horizonte. Se ve el destello de los relámpagos a lo lejos, sobre el mar, y, al arreciar el viento, oigo el rugir difuso de un trueno.

Al llegar a lo alto de la cuesta, abandono el camino y me dirijo al borde del acantilado. Oigo a lo lejos el traqueteo de un motor que no arranca y en alguna parte, en una granja, el ladrido frenético y contagioso de unos perros.

Al principio parece que va a ser un chaparrón ligero, que la tormenta solo va a rozarnos de refilón, pero luego se oyen dos tremendos estampidos y comienza el aguacero. La lluvia me acribilla la cabeza, me azota la piel y me pega el chubasquero al cuerpo.

El viento sopla con fuerza y sé que ha llegado el momento. Me quito la mochila y hurgo en ella hasta encontrar los globos y el bote de helio. Escojo uno azul, lo inflo y escribo en el globo con rotulador negro: *Querido Jack, el cielo es nuestro. Con todo nuestro cariño, mamá y papá.*

Me acerco todo lo que puedo al borde del acantilado y me pregunto si debería decir una oración, pero lo único que se me pasa por la cabeza es cuánto le habría gustado a Jack estar aquí arriba: la lluvia furiosa, el viento que lacera la hierba crecida como una guadaña.

El mal tiempo siempre le exaltaba. Sonrío al acordarme de él correteando por una playa lluviosa de Brighton, y entonces suelto el globo. No va muy lejos: enseguida empieza a descender hacia el borde del acantilado y las rocas de más abajo.

Y entonces se detiene, quizá a causa de una turbulencia o de una racha de viento en contra, y se queda suspendido en el aire, y por un momento creo que va a caer al mar. Lo asombroso es lo quieto que está, esa inercia que no entiendo, como si lo sostuvieran unas manos invisibles.

Camino hacia el globo y, justo cuando empiezo a bajar por el talud de hierba, el viento lo levanta, lo sube y lo baja, haciéndolo zigzaguear en el aire.

Lo veo sobrevolar el mar grisáceo hasta que ya solo es una mota en el horizonte. Sigo mirándolo hasta que, finalmente, me convenzo de que ha desaparecido.

Agradecimientos

No podría haber escrito o publicado este libro sin mi agente, Juliet Mushens. Fueron sus consejos y sus continuas sugerencias editoriales los que convirtieron mi desordenado manuscrito en una novela. Desde nuestra primera conversación telefónica, ha sido mi mayor defensora. No podría desear una agente más amable, comprensiva y tenaz. Gracias también a Nathalie Hallam de Caskie Mushens por todo su apoyo y por cómo me ayudó a bandear algunos de los aspectos menos emocionantes del proceso de publicación.

Tampoco podría desear mejores editores que Sam Eades, de Trapeze, y Liz Stein, de Park Row Books. Desde que leyeron el manuscrito, sus consejos y aportaciones me fueron de incalculable ayuda. Me echaron una mano a cortar, ampliar y pulir, y ha sido un inmenso placer trabajar con ellos. Muchísimas gracias también a las correctoras Joanne Gledhill y Cathy Joyce por eliminar incoherencias, rectificar mi mala puntuación y cambiar los términos británicos más incomprensibles.

El libro nunca habría despegado del suelo sin los maravillosos comentarios y sugerencias que hicieron algunas personas sobre el primer borrador. Muchísimas gracias a Kathryn Baecht, Andrew Gardner, Ruth Greenaway, Rob McClean y Nicole Rosenleaf Ritter. Gracias también a Jessica Ruston por sus críticas minuciosas e impresionantes, que me ayudaron de veras a mejorar el manuscrito.

Y gracias a Andrew Rosenheim, que me brindó una oportunidad en un proyecto anterior, lo que me convenció de que quería escribir una novela.

A todos mis amigos y familiares del Reino Unido y la República Checa, a mis compañeros de Radio Free Europe/Radio Liberty, gracias por las risas y el apoyo que me habéis brindado durante estos años. El cáncer suele ser una experiencia espantosa, pero vosotros me ayudasteis a sobrellevarla. Gracias especialmente a «los chicos», como diría mi madre. A todos, y en particular a Daniel Easton, Michael Howard, Ben Mellick, Neil Okninski y Glenn Woodhams, y a todos los chicos de Predz, que semana tras semana venían a verme para tomar una cerveza antes de mis sesiones de quimioterapia. Convertisteis algo horrible y aterrador en un disfrute. Nunca lo olvidaré.

Hablando de cáncer, gracias a los estupendos médicos que me salvaron la vida, el profesor Paris Tekkis y el doctor Andrew Gaya, que han sido todo lo que debe ser un médico: comprensivos, pacientes y siempre dispuestos a escuchar mis preguntas angustiadas. Gracias también de todo corazón a las maravillosas enfermeras y al personal de apoyo de la London Clinic y de Leaders of Oncology.

También debo dar las gracias a todo el mundo de COLON-TOWN, la comunidad *online* para pacientes de cáncer de colon. Es un lugar estupendo para encontrar apoyo y a mí me ha ayudado muchísimo.

A mi familia checa, Miroslav Jirák e Iva Jiráková, que, sobre todo en los peores momentos, nos ayudaron tantísimo y han sido los mejores abuelos para nuestros hijos. Sin su apoyo (y sin su ayuda infinita cuidando de los niños), no podría haber escrito este libro.

A mi hermana Ruth, gracias por todo el cariño y el apoyo, y especialmente por ayudar a responder a mis histéricas dudas médicas.

A mi madre, gracias, por todo tu amor y por haber creído siempre en mí, como hijo y como escritor. Siempre has demostrado una serena confianza en mí y ese es el mejor regalo que se le puede hacer a una persona. Eres la mejor madre del mundo y soy muy afortunado por contar contigo.

A mi padre, gracias por ser el mejor papá del mundo y por haberme enseñado, sin decir una palabra, a no darme nunca por vencido. Ojalá estuvieras aquí.

Y sobre todo, gracias a mi esposa, Markéta, que me ha dado tantas cosas: amor, apoyo, tolerancia con mis «bromas», pero también, en un orden práctico, tiempo para escribir. Cuando estaba enfermo, siempre me decías «tienes que recuperarte, sé que vas a recuperarte», y con eso me bastaba. No podría haber hecho nada de esto sin ti.

Y a mis dos hijos, Tommy y Danny. Sois mi vida, mi todo, pero, por favor, dejad de darme golpes en las pelotas.